本 司 汀

张艳华 著

新星出版社　NEW STAR PRESS

从未停止过爱你，
只是从浓烈到无声无息，
再到浓烈。

此书献给我的"非他不可"。
本故事纯属虚构，如有雷同，纯属巧合。

世上无鬼，无妖，但有物，有人，还有人造物，有人造人。
他本是人造，她是人。何以相恋于今世与来生？
他说，怕是神也没有答案。

张艳华，80后女性梦想实践者，祖籍湖北，现居上海，新闻学、管理学双学士，同济大学MBA工商管理学硕士，著有长篇小说《我在海拔5700遇见你》。她是"双创人"，除了创作外，也是一名创业者，现为杭州粲奇文化传媒创始人，并在杭州良渚开设自己的书吧"镜子说"（英文名：Mirror）。有十余年媒体从业经验。曾先后担任"分众传媒"集团媒体事业部全国业务督导总监、"舞泡网"执行副总裁等职。她热爱公益、时尚和旅行，现为著名社会学家、企业家袁岳老师组织的"环球旅行先锋队"成员。

目录

引子

上篇　地球之行

第一章	齐诺比娅女神庙	005
第二章	他是谁？	073
第三章	梦境游戏	095
第四章	身份	155
第五章	257号洞窟	172
第六章	记忆芯针	178
第七章	自然人和人造人的对话	196
第八章	自然人吃了人造人的血肉	220

下篇　梦回西里斯帝星

第一章	危机 / 寻石者与守石者	277
第二章	少年本司汀	297
第三章	阴谋	307
第四章	谁盗了帝王墓	338

第五章　拱门之外	364
第六章　逃亡之路	392
第七章　写给未来的人类	451
后续	468
雨果日记	470
跋：我的 Y 先生　我的爱情观	473

引子

我叫张雨果，一个普通的中国女孩，就职于上海一家生物制药公司，每天过着朝九晚五的日子，隔壁老王家的儿子叫什么名字，我都不关心，在楼道里遇见他，只会用"小王同学"来代替。

早晨我会啃着面包，在报摊上拿走一份免费的报纸，焦急地赶着公交车上班，新闻里非洲的难民离我太遥远，国家政治是男人们操心的事，叙利亚战争是一部惊悚剧。直到一个早晨，FBI菲利普出现在我家门口，打破了我乏味的生活。这有点扯，我也觉得他是骗子，可却是真的。

回想2015年，你会记得哪几则新闻呢？

对我来说，印象深刻的有两则。一是2015年9月6日，叙利亚中部地区齐诺比娅（公元240年—275年）神庙被极端组织IS炸毁后又神奇复原。二是美国生物学家哈塞姆死于飞机失事。

是的，我曾经认为这两件事和我没有半毛钱关系。

齐诺比娅女神庙复原让我记忆深刻，是因为网上那张齐诺比娅雕像，意外地与我相似，被同事们大惊小怪了好一阵子。而美国生物学家哈塞姆的逝世新闻，我发誓它就是一个和我八竿子打不着的新闻，直到FBI菲利普拿着他的照片找到我家。

我的生活从此不再平静……

上篇　地球之行

第一章　齐诺比娅女神庙

1/

2015年9月7日，伊朗，色拉子。婚礼中的爆炸性消息。

"玫瑰和夜莺之城，我终于回来了。"生物学家哈赛姆坐在豪华专车里，神情凝重，老泪纵横。过去几十年，他被骄傲宠坏了，丢失了信仰。身在色拉子，他有些怀念心中有真主的日子。

宽阔的砖拱大道将沙漠燥热的空气隔绝在外，主干道两旁错综复杂的小巷里布满售卖地毯、手工艺品的店铺。望着窗外繁华的巴扎，熙熙攘攘的人群，哈赛姆闻到了熟悉的玫瑰精油的芳香。突然，他眼前一亮，兴奋起来，前方是他魂牵梦绕的粉红色清真寺吧。"那巷子后边是莫克清真寺吗？"

"是的，先生。"司机通过后视镜打量着这位衣着体面的先生，此时他像个刚进城的伊朗孩子，见什么都新鲜，"您多久没回来了？"

"二十几年了。变化真大呀。"哈赛姆回答。色拉子是他的故乡，在这里他有贫困、善良、纯净的记忆。莫克清真寺是他过去常去的地方，当阳光穿过彩色玻璃，置身其中犹如在万花筒之中。

但是，他并不怀念这里。他很少跟人提及他曾经是贫苦的伊朗人。如果不是好友拉苏尔的邀请，他是怎么也不会回来的。他在美国的研讨会都开不完，每天的日程都很满。近日，白宫又交给他一项重要的绝密级研发项目，对他来说，睡觉都是一种奢侈。

他并不是不爱伊朗，而是因为他生活在美国，他时常怀疑自己的人格是分裂的。他狂妄自大，又极度自卑。白天，他生活在公众的聚光灯下，风光无限，游走在名利场，被人追捧；夜晚，他喜欢独自一人在自己的豪宅里冥思苦想，或者与权贵们挥霍无度。这几年，他必须靠药物维持睡眠。

作为公众人物，他的一言一行代表美国人，特别是当他千辛万苦实现美国梦，进入梦寐以求的美国精英阶层、特权阶层之后，他的言论直接被政府绑架。美国的媒体常常把伊朗妖魔化，认为中东是有争执的地区，导致他自己都在怀疑这些年伊朗的变化。

其实，当他回到伊朗，或是去中东其他地区访问讲座，他发现大部分的中东地区都是祥和的，人民是善良的。所谓的动荡只是非常小的区域和很特殊的时刻，中东绝大多数地方都很安全。那些追逐风筝、踢球奔跑的孩子，和美国的孩子们一样笑容灿烂。

"我能为可爱的故乡做点什么呢？我什么也做不了。伊朗人恨我，骂我是美国人的走狗，谴责我背离了真主。就连办理回伊朗的签证都很难。"他哀伤起来。作为一名科学家，他选择了信仰科学真理和美国政客式的思维方式。

这些年媒体上大约80%以上关于伊朗的新闻，都与对美博弈、以色列、战争、恐怖主义、危机、威胁等关键词有关，关于文化、经济、社会的少之又少。媒体的偏见导致了世界对伊朗认知的妖魔化。他时常默默地为伊朗在国际上的形象而担忧,大规模的犯罪审判和警察枪击,在欧美国家是"(正常的)法治",在发展中国家就是"人权侵犯"或"专制统治"。

作为一名学者,他心知肚明,热爱伊朗。作为伊朗裔美国人,他的内心世界非常复杂,必须用美国人的思考方式生活。他尽量避免人们谈及他伊朗人的身份,甚至搜索引擎上对他的介绍里都找不到"伊朗裔"这个词,只有美国著名生物学家哈赛姆教授。

一年前,他很庆幸自己是生物学家,不是核武器专家,至少他在美国的发明惠及伊朗人,现在的部分癌症能得到有效治疗,离不开他在人类基因学、细胞学上的贡献。可是,此时此刻,他觉得自己罪孽深重。"若将科学用在战争和武力上,生物学家比核武器专家的危害力更大。"这是他曾经劝诫学生们远离战争说的话。

如今,他却走上了不归路。当一年前美国副总统亲自给他打电话,交给他一项重要的研发任务时,他受宠若惊。从此,保守秘密使得他睡不好觉了。他的事业达到了巅峰,也进入了权力的最黑暗地带。

经过莫克清真寺,就意味着离好友拉苏尔的家不远了。他需要在百忙之中寻找内心的安宁,即便非常短暂。

他放下手头繁忙的工作,千里迢迢从美国飞到伊朗色拉子,只为了参加好友拉苏尔女儿的婚礼。提到拉苏尔,他是感激不尽的。二十多年前,若不是拉苏尔相助,把所有积蓄借给他去美国攻读生物学硕士、博士,美国和世界将少了一位伟大的科学家。

在伊朗人眼里,战场上识勇敢,激怒中识智慧,穷困中识朋友。相比美国上流社会的逢场作戏,单纯的拉苏尔是他真正的朋友,也是他唯一认可的朋友。

在美国最艰难的求学日子里，拉苏尔曾给他写信鼓励他，"功夫和坚韧使桑叶变成绸缎"。这是一句广为流传的伊朗谚语，成为哈赛姆困难时期的精神力量。

现在，他岂止是绸缎。他是受亿万人瞩目的科学家，美国白宫的常客。美国总统视他为科学界的瑰宝。基于他对遗传基因学、细胞学、分子生物学等的巨大贡献，甚至有媒体称呼他为"在世的达尔文"。

他讨厌这个称呼，他觉得自己可以超越达尔文的成就和名望。上周他去纽约一所大学讲座，有个学生问他如何评价达尔文的进化论。他说："达尔文，那个不信基督教的大胡子？虽然我也是无神论者，但是，我敬畏一切未知的力量。你们被猴子玩弄了。"引起学生们哄堂大笑。

他讲起一种叫七鳃鳗的物种。在郁郁葱葱的早白垩世时期，淡水湖泊覆盖着内蒙古，完好保存了七鳃鳗化石。美国堪萨斯大学的研究员发现，今天的七鳃鳗与1.25亿年前的发育阶段、形态特征和生活习性并无多大差异。七鳃鳗并不是唯一在亿万年间无演变的物种，还有许多动植物在几亿年的时间长河里几乎没有变化，例如近亿年前传花粉的蜜蜂、近2亿年无进化的蕨类植物、4亿年交配习性不变的腔棘鱼。这些不曾变化的物种用进化论是难以解释的，为什么它们拒绝进化？为什么被视为从古代物种进化为今天物种的中间环节缺少了化石证据？

"这是对达尔文进化论质疑的有力证据吗？"

"是的，同学，不过只是证据之一。你们要大胆研究，更多的证据期待你们去发现。不要被以往的科学研究所羁绊。记住，每个人都有发现新的真理的可能性。人类到底从何而来？真的是猴子进化来的？我也还在思考。"

同学们给予他热烈的掌声。

"如果有个人顽固不化,你们可以称呼他为七鳃鳗。我的家人常叫我七鳃鳗,因为我总是改不了挑战权威的毛病,我需要进化。"学生们又一次哄堂大笑,不得不承认,他是个傲慢的、幽默的科学家,即便他多次有点无礼地嘲讽了达尔文。

他还有个年轻、性感的女友,也是他的学生和助理,他们时常在媒体面前秀恩爱。他很享受聚光灯下的快感。

"到了,先生,这就是拉苏尔教授的家。"司机停下车对他说,打断了他的回想。

"以真主的名义",老阿訇郑重地宣布了订婚仪式的开始。哈赛姆下了车,一路小跑推开门进了拉苏尔的家,仪式要开始了。来得早不如来得巧。

"哦,我的兄弟,你来得正是时候。"拉苏尔看见哈赛姆,从斑斓的波斯地毯上一跃而起,两个人紧紧拥抱。

哈赛姆以为拉苏尔说他参加婚礼来的真巧。不料,拉苏尔激动地拉仕他走到一旁:"太让人震惊了。真是个好消息。"

"是吗?可是我们去年刚在美国见面啊。我亲爱的兄弟,你不要对我的到访这么惊讶。冷静点。什么都没有你女儿的婚礼重要。"哈赛姆拍拍拉苏尔的肩膀,笑着说。

"不,我是说齐诺比娅女神像。"拉苏尔着急地用双手比划着一个头像的样子。

"什么?"哈赛姆一脸茫然。

"父亲,哈赛姆叔叔,快来呀,我们来念哈菲兹(Hafiz)的诗歌吧!"

美丽的新娘冲他们喊道。在色拉子人们的心中，在婚礼上吟诵哈菲兹的诗歌已经成为传统，它的地位仅次于《古兰经》。歌德曾盛赞哈菲兹，"你是一艘张满风帆劈波斩浪的大船，而我则不过是在海涛中上下颠簸的小舟"。可见哈菲兹在文学界的威望。

"太棒了，我好久没有朗读哈菲兹的诗歌了。拉苏尔，我们一起来吧。""在爱情的道路上，/寺院和酒店全一个样；/哪里有情人的娇容，/哪里就闪烁着灵光。" "尽管你我天涯海角各居一方——/愿他人万莫远离你的身旁；/但我这热恋着你的人啊，/心里炽燃着与你相会的期望。"哈赛姆陶醉地手舞足蹈，用世界上最古老的语言之一——波斯语，背诵起几首哈菲兹的爱情诗。

"哦，天啦，行了，行了，我的兄弟。我们有的是时间缅怀爱情。"拉苏尔拍了下自己的脑袋，对哈赛姆如痴如醉的行为感到无所适从。他现在只想找个人谈谈齐诺比娅女王，于是回头冲他的女儿应和了一声，"马上，我的女儿。你们先开始吧。"仿佛对于他这个考古学家而言，女儿的婚礼并不是最重要的。

他转过头，激动地对哈赛姆说，"我刚接到消息，昨天被IS炸毁的女神庙神奇复原了，一夜之间，恢复到了原状，跟以前一模一样。"

"噢，有这种事情？接着说。"哈赛姆停止背诵诗歌，不敢相信自己的耳朵。

"我要去一趟叙利亚探个究竟。哈赛姆，你要帮我去帕尔米拉古城。你一定有办法得到叙利亚政府的支持。"拉苏尔满怀期待。

"不，这太危险了。何况，请考虑下叙利亚和伊朗的局势。不可否认，叙利亚是当今世界上一个非常危险的地方，你在玩危险游戏。"哈赛姆不赞成好友的探险计划。

"所以，我需要你的帮助，哈赛姆，让我去吧，想挤狮子的奶水，就必须有非凡的勇气。我不能错过这个奇迹，真主会保佑我。"拉苏尔佝偻着身子，在苛求哈赛姆。他是个瘦弱的教书匠。

"听我说，也许女神庙压根就没有被IS炸毁，昨天媒体上的照片都是假的。今天你收到女神庙复原这个消息就不足为奇了。"哈赛姆试图说服好友放弃危险的决定。

"怎么可能？我的兄弟，昨天全世界的媒体都在报道女神庙被IS炸毁的新闻，他们还有航拍的视频作证。今天女神庙神奇的恢复到了原状，这也是真的。昨晚上，有两个小孩亲眼见证了女神从天而降，神庙散放出夺目的光芒。然后，他们告诉给了他们的父亲，他们的父亲又告诉给了附近村庄的人，一传十，十传百……"

"你是说见证人是两个孩子？哦，拉苏尔，我们怎么能相信孩子？"哈赛姆打断了拉苏尔的话，无可奈何地摸了摸自己的额头，他被拉苏尔的智商击败了。

"可他们才五六岁，不会撒谎。"拉苏尔坚定地说。

"我们都知道孩子们有丰富的想象力。他们甚至可以告诉你，白雪公主和变形金刚结婚了。"

"这不是没有可能。"拉苏尔兴奋地说，他是个简单纯粹的人，眼珠子晃动着，做出了幻想的姿势，"挺浪漫的故事。"

"哦，天啦。我们还是继续讨论严肃的考古问题吧。"哈赛姆说。

"当地的一个朋友给我传来了照片，你快看。马上，我敢说，整个世界都要沸腾了。哈赛姆，机不可失，我们要成为第一批到那里的考古人员。"拉苏尔向哈赛姆展示了女神庙复原的视频和照片。看来，拉苏尔是铁了心要去叙利亚了。

"可是，今天是你女儿的婚礼。"哈赛姆并不是不想帮他，只是这个要求太突然，他需要时间安排叙利亚的行程。至少让他的助理和专机飞到叙利亚去。

"婚礼结束我们就可以走。我的兄弟，没人比你更了解我。你热衷生物学，我热衷考古。这件事情会让我寝食难安。我们一定能发现什么奇迹。"拉苏尔握住了哈赛姆的手，眼神里满是憧憬与渴望，"求你，帮我。记得小时候我们一起玩的寻宝游戏吗？如今，我们去实践这个梦想，如何？"

"好吧，如果你坚持的话，跟我说说齐诺比娅女王。"哈赛姆叹了口气，二十多年前拉苏尔支持了他，如今，轮到他支持拉苏尔了。

拉苏尔拉着哈赛姆去了他的书房，关上门，爬上一个梯子，翻出一本破烂的古籍，第一页便是女王齐诺比娅的画像。

女王齐诺比娅（Septimia Zenobia）是个传奇的女子，她出生于公元240年，她的丈夫奥登纳图斯有勇有谋，自立为帕尔米拉国王，成为罗马帝国三十僭主之一。当奥登纳图斯被暗杀后，妻子齐诺比娅掌权，成为一代女皇，自称是埃及艳后克里奥帕特拉的转世，公然挑战罗马。她趁着当时罗马帝国内外交困无暇东顾之际，挥戈西进，罗马帝国的一些行省纷纷倒戈；女王很快占领了整个叙利亚，势力一度扩展到北至小亚细亚、南达埃及的广大地域。后来被古罗马入侵，她做了罗马人的俘虏。公元274年，在罗马的凯旋式上，罗马人让齐诺比娅戴着金锁链以炫耀战功。最终，齐诺比娅屈辱地死在监狱里。死时，她诅咒了罗马，乞求叙利亚的和平。

她执政时期，在帕尔米拉修建了许多神庙，留存在世的只有一座神庙，因为神庙中央有一座疑似齐诺比娅的雕塑像，所以当地人直接称它为齐诺比娅女神庙。

昨天，这座神庙被极端组织 IS 炸毁，神庙中央的女神像的头也被盗走，全世界媒体的聚光灯都聚焦到这座古老的沙漠之城，谴责极端组织 IS 的暴行。难以置信的是，女神庙却一夜之间发生神迹，被毁的神庙复原，被砍的女神像的头回到原位，破坏神庙的多名 IS 成员离奇死在沙漠里。

"我们要去的就是这里。"拉苏尔指着叙利亚地图上中部的一片沙漠地带说，"齐诺比娅女神庙位于叙利亚中部地区的帕尔米拉古城西侧，这里是沙漠绿洲。"

"我们还要去采访那两个见证奇迹的孩子吗？"哈赛姆调侃拉苏尔说。

"那是当然。"拉苏尔认真回答，"如果你能帮我找到他们，我将感激不尽。"

2/

2015 年 9 月 8 日傍晚，叙利亚，帕尔米拉古城。两个孩子亲见齐诺比娅女神庙复原。

拉苏尔的团队在哈赛姆的帮助下，于夜幕降临时，他们顺利到达帕尔米拉古城，在神庙附近的一块空地上扎营。一个身材魁梧、身着军装的叙利亚人上前敬礼，迎接了他们。他搂住了哈赛姆的肩膀，悄悄说了两句,"我的朋友,有我在,你放心。即便俄罗斯人也不会把你怎么样。"

哈赛姆神通广大,叙利亚反政府军派了三十多名全副武装的人员保护拉苏尔和他的安全。当然,他也为之支付了不少美元。

"如我电话里讲的,帮我找到那两个见证奇迹的孩子。"哈赛姆又给叙利亚军官塞了一笔钱,还有几大包香烟。香烟在战争中的叙利亚已经稀罕得货比黄金。政府军、反政府军、IS极端组织三者打得不可开交,各类物品价格飞涨,供不应求。

"找他们不难,两个小家伙和他们的父亲明天上午就能到这里,他们要穿过三个小时的沙漠。很抱歉我们的直升机有限,只有一部直升机可以临时护送您来到这里,还要去执行别的任务。所以,孩子们只能坐骆驼。"军官撇撇嘴说。不远处发送嗡嗡的声音,护送哈赛姆的直升机起飞走了,那是叙利亚亲美派的飞机。

"没关系,我们等等孩子们。"哈赛姆回答。他和拉苏尔免去了劳顿之苦,是乘坐直升机穿越沙漠到达古城的,而他们的科研队伍则是提前出发的骆驼队,他知道叙利亚物资和交通工具的紧缺。

军官又说:"两个孩子现在是当地的名人。都说他们受了女神的眷顾,是来保佑和平的。他们的父母一贫如洗,逃难至此,现在俨然不用继续逃难了。有人送他们房子和食物,还有骆驼和车。我请他们来,按您的意思,也送了不少钱给他们的父亲。"

"能想象得到。"哈赛姆嘴角上扬说。人们总是崇尚未知的力量,越神话,反而越让人痴迷。在宗教发展史中,凡是见到神的人,都是有荣耀并赋予重要使命的非凡之人。见到奇迹的两个孩子也会被人们神化和供奉吧。

"扯淡！真主显灵了吗？神庙真的复原了？"眼见为实，哈赛姆走进挺拔的神庙，抚摸着两侧高耸的石柱、精工细作的雕刻、美轮美奂的壁画，终于见到殿堂中央齐诺比娅女王的雕塑，脱口而出，"她真是个性感的尤物。"

"哈赛姆，不要亵渎女王，她是美丽的女神，象征着和平。当地人很崇拜她。"拉苏尔严肃地凑到哈赛姆的耳边说，"你的言论会引起村民暴乱，攻击我们。"

"你知道的，我是个无神论者。一定是什么未知的力量将这一切还原。也许是一个大型的3D打印机，也许昨天全世界的人民被媒体玩弄了，女神庙根本就没有被 IS 摧毁。"哈赛姆耸耸肩说，他在大胆地猜想这件事背后的真相。

哈赛姆安排人手晚上加班临摹女神的画像，并拍照存档，记录整个神庙的数据。"这个鬼地方，不会有人带着大型 3D 打印机出现，就算有，现代科技也不可能一夜之间将一座神庙复原完工。"他默默地想，他知道自己刚才的辩解是苍白无力的。但是，碍于他的科学家身份，他不能承认这是神迹。

神庙里，还有几十个穿过沙漠，特意前来拜谒女神的附近村民和流浪至此的难民，打地铺睡在了神庙前的广场废墟上。

"从今天早上有人发现女神庙复活，冒着生命危险来这里拜谒女神的人就开始络绎不绝，据说，从早到晚，没有停过。这些叙利亚人在乞求和平和福音。真主保佑他们！"这是拉苏尔从他的叙利亚朋友那里打探到的消息，"没人知道女神庙为什么复原，一点被摧毁的痕迹都没有。我们尽可能多地采集一些数据回去。真担心 IS 卷土重来，又毁了这座神庙。"

"如果这件事是真的,现场也许会发现什么蛛丝马迹。我们一根头发也不能放过。"哈赛姆从科学的角度讲。他不会相信女神显灵这类的传闻。如果神存在,那么科学将失去立足之地。

二十几年前,他摈弃宗教思想,捍卫科学真理,并立志为此奋斗一生。他可不愿意像布鲁诺那样成为科学的殉道者,被神灵狂热分子们烧死。"这一次,科学必须战胜神灵。"他告诫自己。

神庙前的广场上,几个孩子吵吵嚷嚷在争夺什么,转移了他们的注意力。哈赛姆、拉苏尔和叙利亚军官走上前去。

"他们抱着火箭弹做什么?"哈赛姆问军官。

"那是孩子们的玩具。用火箭残骸可以做成秋千、小铁秤,还可以搭建小房子、铁皮车。"军官紧锁着眉头说。

"玩具?"制造杀戮的炮弹成为孩子们快乐争夺的玩具,这是哈赛姆和拉苏尔看到的最心酸的玩具。

"叙利亚内战,战火纷争,空袭不断,这里的人们无时无刻不生活在恐怖的侵袭之中。政府军、反对党、IS极端组织、趁火打劫的犯罪分子、美国人、俄罗斯人……"军官猛抽了几口哈赛姆带给他的香烟,声音有些沙哑。

"孩子们的笑声是战争里天使的声音。"拉苏尔落下了一滴泪,感慨地说。

他示意随从给孩子和难民们送去他带的毛毯,"别让孩子们着凉。"接着,他又嫌不够,让随从给孩子和难民们送去水和食物。

"够了!别这样,拉苏尔,我们的物资也有限,不能都给了他们。"

哈赛姆拦住了拉苏尔,说。

"可他们是孩子和难民。"拉苏尔不解,情绪有些失控。他是个多愁善感的热心肠。

"我知道你的好心,但是你改变不了什么。"哈赛姆让拉苏尔冷静点,"我们不是来拯救难民的,别忘了,我答应带你来,是来考古的。我们随时有生命危险。"

哈赛姆突然发现,他对眼前的一幕是冷血的。也许,他正在变成一个不拿枪的刽子手和杀戮者。在这里,他只关心拉苏尔和他的安全。

夜深,星空作伴。哈赛姆许久没和老友畅谈了,他们在帐篷里聊起了伊朗的童年。这让拉苏尔的心平静了许多。

他没想到,死神正在向他们靠近。

看似平静的夜里,危机四伏。

他们的高调扎营引起了 IS 极端组织的关注。IS 极端组织收到线报,这批扎营的人里有美国著名科学家哈赛姆。他们岂能错过绑架哈赛姆,找美国人要赎金的机会?

天未亮,IS 袭击了营地,几十名 IS 极端分子向营地发起了突然攻势。炮火照亮了夜空里的古城和沙漠。

守卫兵遭到埋伏,四处逃窜,拉苏尔被击中。他奄奄一息说:"救我,哈赛姆,救我,我还没有见到那两个孩子——神迹的见证者。"

"如果神迹存在,她就不会让你死。"哈赛姆悲痛地喊道,他恨神迹将他和好友拉苏尔引到了战争地,"你是多好的人啊。不,拉苏尔,伙计,你不能死。"

军官和几个士兵慌忙拉着哈赛姆撤退,他歇斯底里地哭喊起来,"不,我们不能把拉苏尔留着这里！"

"快走，博士，不然我们都会死。快走！"紧接着，军官也中枪了。

哈赛姆仓皇而逃。

这场战斗中，躲在神庙里诚惶诚恐的孩子和难民们毫发无损。

IS极端分子像是被女神显灵的故事洗脑了一般，他们绕过了神庙，目标只是神庙附近扎营的哈赛姆和守卫兵们。双方的士兵也没有让子弹再次破坏齐诺比娅女神庙的一砖一石。毕竟他们都是凡人，对于没有科学解释的神迹现象，凡人总是会有敬畏之心的。

第二天，人们更加坚信神迹的力量。女神保佑了在神庙里避难、信奉她的叙利亚人。越来越多无家可归的难民向神庙汇集。

传闻，哈赛姆是触犯神灵的人，所以遭到了神的惩罚。

3/
2015年9月9日早晨，叙利亚，帕尔米拉古城附近的沙漠。哈赛姆遭袭，被救。

黎明时分，哈赛姆饥渴难耐，在荒无人烟的沙漠里艰难前行，疯狂地喊着救命，后面是追赶他的二十几名IS恐怖分子，枪声此起彼伏。

那些恐怖分子嚣张地笑着，吹着口哨。"你能逃到哪里去？还是省点力气束手就擒吧。我们不会伤害你，我们只要钱。"一名IS恐怖分子走近他，用流利的英语对他说。

显然这个小头目是IS极端组织在全球招募的成员，"太可怕了，这些年轻人在想什么,不远千里万里跑到这鬼地方拿暴力来圣战吗?"哈赛姆想。

他知道自己的下场,IS恐怖分子一定会狮子大开口,漫天要价,而短时间内,他熟知的美国政府的办事策略,不会轻易向IS恐怖分子妥协,他还是会受到皮肉之苦,搞不好性命难保。

"你们打算要多少钱?放过我,我给你们钱。我有的是钱,都给你们。"哈赛姆害怕这些失心疯子,跪在地上乞求道。

"哈哈,你们听见没?他是个明白人。我们先录个录像给美国总统看看,如何呢?兄弟们,我们要出名了。这可是座大金矿。"一名恐怖分子得意地说。他拿起手机,拍了一个哈赛姆被抓捕的窘迫视频,急于邀功似的传送给他的长官,把哈赛姆当作了小丑一样折腾了一番。他们甚至脱了哈赛姆的裤子羞辱他,只让哈赛姆穿着内裤出现在镜头里。

"你们不得好死!"哈赛姆在崩溃的边缘,泪水浸湿了衣襟,但他除了恐慌和愤怒,也无能为力。

小头目又揪住了哈赛姆的头发,凶神恶煞地瞪着他说,"老头,对着镜头说点什么吧,看奥巴马愿意付多少钱买回你的人头。"

哈赛姆的尿都快被吓出来了。他望着黑洞洞的镜头,感到既屈辱又惊恐,身体止不住的颤抖。

砰!揪着他的恐怖分子突然倒下。砰!砰!砰!恐怖分子一个个相继倒下。哈赛姆怵在原地,惊魂丧魄,不知道发生了什么,隐约看见一个男子的身影从眼前飞过。他睁大眼睛,却发现他的四周,只有荒凉的沙漠,还有几个和他一样惊慌的IS恐怖分子正在端着枪,四处张望,急躁地寻找袭击者的身影。他们在喊,"是谁?是谁?你他妈跟我滚出来!滚出来!"

"天啦，到底是怎么回事？见鬼了吧！"哈赛姆见 IS 恐怖分子无暇顾及他，本能地提起裤子想逃跑，却两腿发软，在沙漠里根本站立不起来。他从沙堆上翻滚下去，准备站起，大脑却忽然被什么利器敲打了似的，晕了过去。

醒来时，烈日炎炎，他被一个高个子男子扛在肩膀上，已经离开了沙漠。

"你是谁？"他用微弱的气息问道，双唇干裂，惊魂未定。

"救你命的人。"男子的声音很温和，操一口流利的英文，有 BBC 英国广播电视台播音员的风范。

"谢谢你，我还活着，对吗？"哈赛姆想起他在沙漠里被 IS 极端分子围攻，然后那些极端分子纷纷在他身旁倒下，他根本就不知道是谁干的。"我记得我晕在了沙漠里。到底发生了什么？你杀了他们？"

"杀了谁？"

"追捕我的二十个 IS 恐怖分子。"

"不，我只是在沙漠里发现了你。"高个子男子淡定地回答，"你确实晕倒在沙漠里，差点死了。你附近还有一些 IS 恐怖分子的遗体，吓死我了。"他做出惊悚的表情。

"哦，谢谢你，我的恩人。"哈赛姆感激不尽，"我们要去哪里？"

"叙利亚反政府军管辖的区域，那里有美国人、欧洲人。对于你来讲应该是安全的地方。把你放到那里，我就离开。我在那里待过，那里很安全。"

"哦！"哈赛姆放松了些。

"那里还有电话，你可以联系你的朋友来接你。"

"哦！我们走出了沙漠？"

"嗯。"

"你一直背着我吗？还有你的背包？"哈赛姆难以想象这个男子的力量，他看上去很轻松的背着他和硕大的背包。

"是的。"高个子男子说。

身后那片荒凉的沙漠，唯一的交通工具是骆驼，当然军队的直升机也从那里的高空飞过。

一般人徒步在沙漠里，翻沙堆，陷进松软的沙土里，迈开一步都很艰难，何况这个男子扛着七十多公斤的他，还背着一个硕大的背包！最大的疑点是，高个子男子看上去一点也不疲惫。哈赛姆听不见他喘气的声音。

哈赛姆眯着眼睛，抬头望了望太阳，看了看手腕上的手表，显示当地时间7点多。也就是说，这个陌生的高个子男子，在一个多小时的时间里，负重至少75公斤，走出了沙漠，其中大部分路程是在沙漠里。这不符合人类体能的基本常识，美国陆战队的精英士兵也做不到这一点。即便用骆驼，也不可能。

"他在胡扯！也许他是军方的人，只有军方的人能搞到现代化的交通工具。"哈赛姆不相信高个子男子的话。这个自称救了他命的高个子男子到底是谁？他必须警惕这个男子。

"你怎么会在沙漠里？"哈赛姆试探性地问道，他希望高个子男子告诉他，他是军队的人。

"旅行啊。环游世界啊。想见见齐诺比娅女神庙就过来了。"高个子男子愉快地说。

"你的胆子很大。叙利亚可不是旅行的好地方。"从高个子男子嘴里听到"旅行",而不是"军人"这个词,哈赛姆有些失望,更加觉得高个子男子可疑了。他默想,这不是个诚实的家伙。

"都这么说,可我喜欢冒险。"高个子男子换了个姿势扛着哈赛姆,笑了笑说。

"你真的是背着我走出的沙漠?"哈赛姆又试探性地问。

"怎么可能?你想累死我啊!有骆驼啦。我的当地导游指引了一条近路,他刚离开。他不想进入反政府军的管辖区域,所以离开了。"高个子男子机警地问答。

近路?他从未听人说起过到达沙漠中央的古城有近路,也许真有近路吧!也许正是高个子和他的什么导游同伙,把他击昏过去的!在经历命悬一线的危机之后,哈赛姆本能地做出各种惊人的猜测,胡思乱想起来,"一个小时前,也许高个子和他的人还杀掉了那些IS恐怖分子,大约在30秒的时间内将他们消灭干净。"虽然哈赛姆没有看清整件事情的经过,但是,他敢肯定,救他命的人力量不容小觑。

"放我下来吧,你的背包磕碰到我的下巴了,我可以走。"哈赛姆冷静下来,出于好奇心,想看清这个自称救他命的男子的脸。

这是一张英俊的脸,有着金黄的头发,面孔像是欧洲人。与普通人无异。只是,他的穿着显得与众不同。大热天,脚踏一双厚重的铁皮靴子,手上戴着皮手套。

哈赛姆算是死里逃生了吗?不,他不能轻易相信任何一个陌生人。"拉苏尔呢?你知道我的朋友们吗?你在沙漠里看见他们的尸体了吗?"他整理好脏乱的衣服,悲伤地问。

"拉苏尔是谁?我不认识你的朋友。"男子答道,递给他一个水壶,

"喝口水。"

"拉苏尔死了,军官死了,他们都死了。他们都被IS杀死了。"哈赛姆悲伤不已,咬着牙,背过身去,长满皱纹的脸在抽搐,他真想亲手宰了那帮丧心病狂的恐怖分子。他蹲在地上,抱着头失声痛哭起来,"我不该答应拉苏尔,带他来叙利亚的,都是我的错。"

"不是你的错。"高个子男子抚慰他。

"不,是我的错,昨天还是他女儿的婚礼。多么幸福的时刻,今天他就不在了。"他继续哭着说,"你不该救我,应该让我死在沙漠里,陪着拉苏尔。"

"活着的人要好好活着,才对得起逝去的人。"高个子男子说。

"你为什么要冒着生命危险救我?"

"你是伟大的生物学家。"

"你怎么知道我的身份?"哈赛姆大惊,警惕地后退了两步。果然这个男子不同寻常。

"这有什么好奇怪的。你是名人啊,电视上,网络上都是你的照片啊。没有人不认识你。"高个子男子耸耸肩说,又幽默地补充了一句,"就像麦当娜一样有名。"

"哦!"哈赛姆想想男子的话确实有道理。至少他在美国是家喻户晓的,在世界的科学界也颇有威望。

"救你,也许会得到很多奖励。也许我也出名了。"男子打趣说。他在试图打消哈赛姆的顾虑。他看得出来,哈赛姆很紧张,对他的身份也持怀疑态度。也许是被IS追杀事件的影响,这个老头急需要找到安全感。

"原来你是为了钱。等到了镇上,有了电话,我会联系助理给你送笔钱的。"哈赛姆幡然醒悟。那么，救他的原因迎刃而解了。他倒是希望这个男子为了钱救了他一命。反正，他有的是钱。在生命面前，钱不值一提。

"不，你误会了，我不要你的钱。我是说，我的教父也是伟大的生物学家。我救你，是因为他。"高个子男子一副天真的模样，摆摆手说。

"噢？他是谁？"哈赛姆追问道，没有哪个伟大的生物学家是他不认识的。

"不提了，他去世很多年了。"男子的眼角有一丝忧伤，"他自杀了。"

"对不起。"哈赛姆说。此刻，他觉得自己时来运转，命不该绝，或许真的是遇到了一个救他命的好心人，或者说，傻瓜。只是，他的脑海里暂时搜索不到哪个伟大的生物学家是自杀身亡的。他还在悲愤之中抽泣。

他放松了警惕，又想起了拉苏尔，于是瘫坐在地上哭丧着脸，眼泪止不住地往下流。男子也蹲下来，递给他一个毛巾，拍了拍他的肩膀。他瞥见了男子露出的一小段手臂，那不是凡人的手。那手臂上的静脉比凡人粗壮许多，颜色接近植物的茎，像是基因变异后的人种。在他的人体试验品中，出现过类似的静脉。

"你的手臂怎么了？"哈赛姆好奇地问。他再次打量着眼前穿着怪异的高个子男子。

"手臂？"

"我刚才看见你的手臂上，静脉很粗壮，颜色也很奇怪。"哈赛姆指了指高个子男子的手臂说，他猜测应该是一种疾病。不然，太阳已经出来了，天气很燥热。高个子男子为何在大热天还戴着皮手套，穿着长袖风衣，把身体遮挡得严严实实的。"需要我的帮助吗？需要的话，告诉我，我可以帮你。"

"哦，我的身体确实有点疾病。这是我的私事，我们能不提吗？我没事的。"高个子男子拽了拽袖子，确保整个手臂被袖子遮挡起来。

"对不起，我只是想说，你救了我的命，如果你需要什么手术，我可以帮你。我是生物学家，也认识许多知名的医生……"

"不用了，谢谢！"高个子打断了他的话，微笑着说。

"你穿那么多不热吗？"哈赛姆汗流浃背，边走边抱怨沙漠区域中炎热的天气，早中晚的温差很大，他热得脱下了外套。

"不热，还好啊。你再喝点水。"高个子男子说，又把水壶递给他。

"我都喝完了，你喝什么？这么远的路，你还一口也没喝过。"

"我不渴，你喝吧。"

"炎热的沙漠天气里，他不饿，不渴，不出汗，还敢在叙利亚独行，手臂上的青筋也很奇怪。我是不是该做点什么？至少搞清楚他是谁？"哈赛姆走在高个子男子的后方，逐渐从丧失好友的悲痛中拉回到现实，用生物学家的思维打量这个陌生的男子。

在尔虞我诈的世界里，他刚经历了一场死里逃生。"我不能轻易相信任何人。"他暗想，一个计谋在他脑海里盘旋。

这不是件正派的事情，但是他忍不住非做不可，这是一个科学家的好奇心。

"不伤他性命，但要弄清楚这个陌生男子的来历。拉苏尔，你死了，我们也许依然发现了宝藏。如果我的猜测属实，他的种种症状表明他非常有可能是基因变异后的人，也许正是他那死去的生物学家教父干的。拉苏尔，我会让你死的值得。"他在为自己的邪念寻找冠冕堂皇的借口，他的好奇心跟拉苏尔有什么关系？他似乎疯了，对一个救他性命的陌生人妄加猜测起来。他压根不相信高个子男子的话。

"嗨，你到了。我就送你到这里了。前面那个村庄你可以找到车辆去镇上，应该不到半小时的路程，镇上有驻军。"高个子男子转身对他说。

"不，你不能一个人走。你一个人会有危险。"哈赛姆连忙上前拉住高个子男子的胳膊说。

"没关系，我不会去IS的控制区域。别担心我。"高个子男子感谢哈赛姆的关怀，"你就像我的教父一样慈祥。"

"我是说……好吧，我承认，是我担心自己的安全。你知道，我刚从IS手中死里逃生，我的人都死了。从这里去往镇上的路，我担心凶多吉少，请原谅我的自私和畏惧。"哈赛姆央求说，"我们一起去镇上吧。到了镇上，我弄一部车给你旅行岂不是更好吗？那里有美国人，有我的朋友，我们可以在那里饱餐一顿，就当我谢谢你的救命之恩。"

"好吧。"高个子男子怜悯地望着哈赛姆，答应了他的要求，"送你到镇上，我再离开吧。"

他们在村庄里找到一辆破旧的小卡车，高个子男子支付了一些钱，卡车的主人送他们去了镇上。

一个多小时后，哈赛姆为自己的好奇心付出了代价，他的专机在叙利亚境内失事。他还是死在了叙利亚，以另一种生命终结的方式被死神带走。

很难说，是好奇心害死了他，还是邪念害死了他。

IS极端组织没有放过虚张声势的机会，宣称对美国科学家哈赛姆死亡事件负责。

"女神庙复原"和"哈赛姆死亡事件"占据世界各大媒体的头条。

4/

一个月后，美国联邦调查局，菲利普警官受命调查"哈赛姆死亡事件"。

菲利普警官跌跌撞撞地进了繁忙的办公室。昨晚，他又喝多了，头还有点晕乎。这个无酒不欢的警察，正义勇敢，但是不通世事，时常窘态百出，四十多岁还是小警官，他对做官一点兴趣都没有，喜欢独来独往。

他的领带耷拉在颈脖子上，流氓式地坐到一个新来的女同事露西的办公桌上，和露西打情骂俏。露西一头短发，看上去像男人，戴着一副笨重的黑框眼镜，毫无女人味，她被上司史密斯安排在开放式办公室里接电话。

在这个男性主导的大办公室里，只有菲利普警官对她热情，其他人似乎都很忙，以至于没空搭理她。

露西在跟菲利普抱怨办公室里被冷落的待遇。

"怪谁呢？我的甜心，不用悲天悯人，长吁短叹的，只要你会穿高跟鞋，我保证问题就能解决。"菲利普调侃她说。

"我已经接了一个月电话了，史密斯什么时候才能让我参与办案呢？"

"我比你更急，我已经两个月没有性生活了。"菲利普油嘴滑舌地说，他拿起露西办公桌上的苹果，啃了一口。

"只有两个月？我听同事说，你已经两年没有约会了。"露西翻了个白眼，偷笑着。

"耐心，多么可贵的品质，知道吗？弟兄们哪，你们要忍耐直到主来。看哪，农夫忍耐候地里宝贵的出产，直到得了秋雨春雨。"菲利普学着神父的模样嚷嚷起《圣经》来。

"你们也当忍耐，坚固你们的心。因为主来的日子近了。"露西也挺起胸膛，昂起脖子嚷嚷了两句。

两人在办公室捧腹大笑起来。

"不过，说正经的，约会对我来说是件很痛苦的事情，应付女人比应付间谍还难。女人总是让人捉摸不透。见过海市蜃楼吗？漂亮的女人就像海市蜃楼一般，是生活的七彩光给我折射的虚像。"菲利普灰心丧气地说。

"那我呢？"

"你？嗯，你不是女人。你是……"

"菲利普，别泡妞了。你来得正好，有个大案交给你！"上司史密斯从办公室伸出头来冲他喊道。他视菲利普为眼中钉，这个"烂人"这次是在劫难逃了。史密斯私下称呼菲利普为"烂人"，因菲利普时常无视纪律，不把上司放在眼里，却总是交上好运，再难的案子也能破解，总统还为他颁过勋章。

"是的，长官。"菲利普左摇右晃地回答。他哪里知道，精明的上司会扔给他一个烫手山芋，派到叙利亚执行"不可能完成的任务"，破解"哈赛姆死亡事件"之谜。

"搞不定这个案子，我们都要去见上帝。"上司威慑说，递给他一摞资料，"搞清楚哈赛姆有没有间谍嫌疑，现在白宫担心伊朗人和叙利亚人，还有俄罗斯人会不会私下和哈赛姆有接触。"

"哈赛姆死亡事件？间谍？这真是天大的案件啊。您放心交给我？"菲利普打了一个嗝，猛然清醒，文件上那赫然在目的几个大字是他的醒酒器，更是警员们眼里的瘟神，"对不起，刚才吃了一个苹果。苹果嗝！"

"是苹果在酒精里发酵的嗝。"史密斯说道，并嫌弃地摆摆手，用文件夹散开刺鼻的空气。

菲利普听同事们讲过，这个案子有多难，一个月过去了，一点头绪都没有，唯一的黑匣子也在运回美国的途中被盗。

在叙利亚仓促听过黑匣子声音的联邦探员们说，绝大部分的内容是信号干扰过的吱吱声，只有一小段机长、哈赛姆、女助理、男助理说笑的声音，最后的部分出现一个男人的声音，只有三个字"太迟了！"关于此案的线索非常少，疑点却很多，加上远赴叙利亚、伊朗收集线索，多有不便，负责此案的联邦调查局的警员们非常疲惫。

白宫给了联邦调查局很大压力，封锁了一切消息。政府担心媒体的诸多不利报道，将叙利亚战争、美伊关系的报道升级，影响中东局势。

几乎所有的美国主流媒体一致播报，非常低调："我们尊敬的科学家哈赛姆先生，因飞机失事，不幸遇难。"对于飞机在叙利亚境内失事并未提及，更不用说公布此事件是"谋杀"。有几家主流媒体还特意为哈赛姆制作了纪录片，循环播放，纪念他对美国乃至世界生命科学的卓越贡献。

但是，千军万马也阻挡不了媒体人寻求真相的好奇心，关于"哈赛姆叙利亚境内飞机失事"的消息不胫而走。社交媒体上，人们对"哈赛姆死亡事件"议论纷纷，"亵渎女神的代价"、"叙利亚和伊朗蓄谋已久的计划"、"俄罗斯人参与了这件事"、"挑衅美国人"、"被西化的伊朗裔美国人成为圣战的对象",这些言论致使美国政府和联邦调查局的官网一度瘫痪。

唯恐天下不乱的政治家们也出来发表高论,居心叵测。

在遥远的某个东欧国家的旅馆里,一个挺拔的背影从沙发上起身关掉了电视机,金黄色的头发在阳光下发出闪闪的光亮。

可笑的人类。他们把"凶手"想象成战争的导火索、刽子手。他有些焦虑,低估了事态的发展。他抚摸着形影不离的背包,对背包说,"我做错了什么吗?"

或许,他不应该鲁莽地将飞机炸毁的。

"那个老头不是好人,我必须杀了他。"他宽慰自己说,"如果老头哈赛姆发现了我的秘密,人类可能将面临巨大的灾难。我绝对不能让这种可能性发生。"

"我是对的,请告诉我,我做的是对的。"他抱起背包,头靠在背包上,背影温柔,语调忧伤,仿佛背包能听见他的声音。

"也许我该主动做点什么,谁偷了那个破烂不堪的黑匣子?难不成美国人能复原黑匣子里的数据吗?又是谁负责这个案子?"过了一会儿,他打开了智能盔甲上的搜索系统,在空中画了一个圈,电子屏幕显示出来,他要攻入美国联邦调查局的内部网络,随时了解更多关于这起案件的进展,以便在关键时刻设计线索,故意误导案件的发展方向。

美国联邦调查局内部定案为"一级谋杀"!

科学家哈赛姆的逝世是美国科学界的一大损失,他手上承接的政府研发项目也将停滞不前。白宫甚为愤怒。如果他的死和政治扯上关系，那是对美国的公然挑衅。

至于叙利亚的IS极端组织只是在借此事虚张声势罢了，美国官方完全不予理会。

但是，究竟是谁杀了哈赛姆？死去的哈赛姆一定不希望，他的死被别有用心的政治家们利用，影响中东局势。

"所以，这……这起案件处理不好，将引发战争危机？后果不可想象？"菲利普警官打了个寒战，吞吞吐吐地问上司史密斯。哈赛姆不是核弹专家，只是生物学家，飞机失事也是常有的事情，"哈赛姆死亡事件"能引起白宫的高度关注，只怪出事的地点——叙利亚是一个敏感的区域。

"老兄，交给你了。怀疑是你的强项。需要人手，随时找我。这次可是总统亲自点了你的名。"史密斯似笑非笑地说。

"我有个疑惑，哈赛姆并不是考古学家，怎么会出现在叙利亚的帕尔米拉古城？"菲利普问。

"白宫也问过这个问题，他们对哈赛姆去往伊朗和叙利亚非常敏感。但是，事实上，哈赛姆此行并没有政治目的。他是伊朗人，出事之前，他只是回他的老家伊朗的色拉子参加了好友拉苏尔女儿的婚礼。拉苏尔是当地的考古学家，据拉苏尔的家人讲，是拉苏尔邀请哈赛姆一起前往叙利亚探险考古。"史密斯问答。

"原来如此。"

"我本不应该跟你讲这些，白宫虽然担心哈赛姆和伊朗人、叙利亚人有私下活动，但是他们还是更倾向于相信哈赛姆被伊朗人、叙利亚人或者俄罗斯人谋杀。坦率地说，菲利普，你不是一个受欢迎的伙计，大老板给白宫举荐了好几个优秀的警官，但是总统却点名让你负责，他没忘记你刚被授予荣誉勋章。我也很遗憾，你恐怕凶多吉少。自求多福吧。"史密斯说。他没有告诉菲利普另一个事实，在给白宫的警官推荐名单里，他悄悄写上了菲利普的名字。其实，是他间接性地举荐了菲利普，把"哈赛姆死亡事件"这个烫手山芋扔给了菲利普。

"谢谢史密斯，不，谢谢长官！"菲利普给了史密斯一个少有的敬礼。不论史密斯是出于什么目的告诉他这些"机密"，但是起码这些信息很有用，让他有了分寸。

"你的问题在这些资料里都可以找到答案，前期的几位警官已经做了深入调查，但是没有破案，凶手是个谜。交给你。希望这只是一场简单的谋杀案，与间谍、政治无关。"史密斯意味深长地叹了口气说。包括他在内，调查此案的警官们天天被白宫问话，他们快被白宫逼疯了。

"叙利亚人也很想找到凶手，避免与美国不必要的矛盾。毕竟飞机在叙利亚境内失事，而死去的人是我们著名的科学家哈赛姆先生。他们也很着急。"史密斯补充道。

对于哈赛姆的死，考虑到他的威望和名气，叙利亚人的亲美派很紧张。哈赛姆到达叙利亚时，他们唯恐哈赛姆在叙利亚境内出现意外，同时他们也担心哈赛姆在叙利亚境内进行非法的研究实验，所以对哈赛姆有求必应。表面上派兵保护他在帕尔米拉古城的考古工作，实质上是监视哈赛姆的活动。不料，百密一疏，意外还是发生了。

菲利普接过上司史密斯递过来的一沓资料，搬着沉重的资料箱，回到自己的办公室里仔细翻阅起来。女同事露西敲响了他的门，给他送来一杯热咖啡，"我刚才听到史密斯把哈赛姆的案子交给你了？"

"亲爱的，你在史密斯的办公室里装了窃听器吗？"菲利普调侃道。

"别胡说！这话被史密斯听见，我会死得很惨的。说正事，你接了那案子？"

"是的，有问题吗？"

"你犯傻吗？他们几个都破不了案，被白宫逼去休假。你不怕破不了案被老大干掉吗？"露西表现出对朋友的关心。

"我试试吧，没有破不了的案子，只有不认真破案的警官。如果你能偶尔帮一下我，就更好了。"他朝露西微笑，给了一个飞吻。

"哇，你太懂我了，我一直想参与这个案子，老大说我只配在办公室接电话，菲利普，谢谢你的信任。"露西觉得幸福来得太突然，她本不抱任何希望，没想到菲利普看出了她的心思，爽快地邀请她一起破案。

"就你那点小心思，谁看不出来？最重要的，你要相信你自己。耐心，我说过，耐心很重要。来吧，关上门，小妞，我们干活！"他冲露西眨了下眼睛，摇摆了下头，示意她把资料箱里的资料拿出来，一起研究。

"我们要做的第一件事就是把事件的经过了解清楚，把案件的疑点找出来。"他在白板上写写画画，让露西帮他记录下所有疑问点。

死者，哈赛姆，1960年生于伊朗色拉子，1990年移民到美国，哈佛生物学、物理学博士。离异，前妻死于肺癌晚期。有一个儿子叫山姆，年轻有为，与父亲哈赛姆关系不佳，是美国生物制药公司Ican的创始人。

菲利普将几个关键人的头像贴在了白板上，坐在摇椅，托起下巴，聚精会神地思考起来。齐诺比娅女王，二十几个IS恐怖分子，考古学家拉苏尔，生物学家哈赛姆，沙漠里救哈赛姆的无名氏，哈赛姆的两名助理，飞机里的第五个人，谁是凶手？……

"露西，我们看下几个关键时间、地点和事件。"菲利普让露西把一张事件追踪图贴在了白板。

9月6日，叙利亚帕尔米拉古城，齐诺比娅女神庙被IS炸毁，女神像的头被盗。

9月7日，哈赛姆飞到伊朗色拉子；听他的好友拉苏尔说起女神庙复原，提议一起前往探秘。

9月8日上午，两人启程去往叙利亚，晚上7点左右在女神庙附近扎营；存活的两名士兵说，听见有人用污秽的语言亵渎女神像。

9月9日，黎明前，IS极端组织突然对营地发动袭击。

6点40分，IS拍摄在沙漠里抓捕哈赛姆的画面。随后，这些人全部被杀。哈赛姆逃脱。

8点左右，哈赛姆和一名欧洲金发男子租用了一辆小卡车到了镇上。有人在镇上看见哈赛姆和金发男子在一家餐厅买过饮料茶水。两个人很融洽。

8点之后，哈赛姆在叙利亚临时购买的手机号码有6次通话记录，4次与他的两位助理（助理死亡，电话内容不得而知），1次与儿子山姆（据山姆说，是日常电话，告知马上要回国了），还有一通匿名电话打往美国，查无此人。

8点半左右，多名目击者看见有两部豪车在小镇上经过，接走了哈赛姆和欧洲男子。

9点半左右，飞机失事。哈赛姆、两位助理，以及机长都在此事件中丧生。

露西看完资料，说："那个与哈赛姆并肩同行的神秘的欧洲金发男子很可疑，他是谁？"

"他很可能是关键人物。但是小镇上没有任何监控设备，餐厅的老板娘称只记得是一个高个子的欧洲人，金发。小镇上极少出现金发男人，所以她记得很清楚。女人总是会对帅气的男人尤为关注。"

"喔，确实如此，换做我，也会盯着看。"露西抛了个媚眼，故意诱惑菲利普说。

"不穿高跟鞋的女人是诱惑不了我的，抱歉，我们接着往下梳理。"菲利普耸耸肩笑着说。

"你真是不懂风情，难怪单身汉一个。好吧，我们接着看。从IS极端组织成员上传在网上的视频显示，他们确实在黎明时分抓到了哈赛姆，并向美国炫耀，施加威胁，索要上亿美元的赎金。哈赛姆是怎么独自从IS的魔掌中逃脱的，还杀了二十几个训练有素的IS恐怖分子，谁救了他？会不会是那个欧洲男子救了他？"露西是一个心思缜密的姑娘。

"聪明，但是，也不排除他们只是在半路碰上的，目击者称，那个欧洲男子是个背包客。他一个人的力量不可能杀掉二十几个IS恐怖分子，应该是好几个人所为。会是谁呢？"

"IS极端组织成员的死亡现场没有任何痕迹。救哈赛姆的人身手了得，如此小心谨慎，在害怕什么？为什么没有露面护送哈赛姆去镇上？"

"你刚才说什么？护送？"

"是的，护送，怎么了？"

"有没有一种可能性，多名武装人员救了哈赛姆，然后交由这位欧洲金发男子护送他到镇上？毕竟这么多人携带武器去叙利亚政府军管辖区域，有点招人耳目。"

"有道理。这样就说得通了，那么，回到我们讨论的原点，关键人物还是这个欧洲金发男子。他不仅是嫌疑犯，也和拯救哈赛姆，干掉二十几名IS恐怖分子有关系。"

"小卡车的主人也证实，金发男子和哈赛姆一起出现在村里，支付给他很多钱，找他租的车到镇上。高个子男子和哈赛姆看上去很熟络。"

"嗯。我在想，或者他可能就是IS极端组织里的一员，临时叛变，杀了其他人，救了哈赛姆。"菲利普在白板上写下又一个关于金发男子身份的大胆推测。

"有这个可能性。"

"那么，下一个问题，齐诺比娅神庙复原事件与哈塞姆死亡事件有关联吗？如果有关联，这个'神迹'是谁干的？"菲利普抛出这个无解的问题。

"那两个亲历神迹的孩子说，他们醒来时还收到了女神的礼物——一箱黄金和一个足球。两个孩子被父亲追问，他们才把晚上看到的神庙发光的情景告诉父亲。孩子们根本不懂什么是神迹，认为那是魔法，是他们的父亲说那是女神显灵了。而据追踪，这箱黄金来自一个死去的阿拉伯大毒枭，足球是城镇超市买的最普通的一款，无法查证购买者。"

"露西，你相信神迹吗？"菲利普问。

"我信上帝！"露西没有正面回答。

"我倒觉得这是人为。类似于替天行道之类的人为。"菲利普盯着白板上的线索，在白板上写上几个大字——"人为还是神迹？"

"神迹？如果女神真的存在，她为何不救敬仰她的拉苏尔，却让侮辱她的哈塞姆逃出沙漠？所以，我认为齐诺比娅女神并不存在，是有人在捣鬼！"

"太棒了，露西，你分析得很有道理。史密斯之前怠慢你，太可惜了。"菲利普觉得自己找到了一个得力的助手，"会不会和阿拉伯大毒枭的死有点关系？"

"很可惜这条线索的报告是，无法查证。当地警方说，大毒枭在家里服药自杀，死的时候很安详，跪地在做祷告，死之前半小时将两亿美元的资产捐给了几个慈善机构。现场没有任何被谋杀的迹象。"露西看了报告说。

"这个大毒枭会突然良心发现，向真主忏悔？"菲利普不相信毒枭会自杀。

"谁知道呢？目前没有线索显示毒枭的死和女神庙复原、哈赛姆死亡有关系。若真有，那应该是一个实力雄厚的人干的。没人敢动毒枭的金子。而且，这些金子从迪拜运到了叙利亚的帕尔米拉古城，胆子太大了。"露西补充道。

"再看看孩子们的口供，小孩子们收到的那箱金子和足球到底怎么回事呢？深夜，一个五岁的孩子醒来尿尿，看见了古城七彩的荣光，于是叫醒了他六岁的哥哥爬到石墩上看'美丽的魔法'，紧接着，他们身边掉下来一个百宝箱，两个孩子欣喜万分地睡去……俨然一个美丽的童话故事。"菲利普陷入了从未有过的困惑。

这些奇怪的人和事件相差万里，线索之间没有必然联系。

只能说明，复原女神庙的人和杀害科学家哈赛姆的"凶手"拥有不可小觑的力量。

不知不觉，两人讨论到凌晨两点。联邦调查局只剩下菲利普的办公室里亮着灯。后来，索性两人在办公室里睡着了。

第二天，同事们开始传两人的绯闻。

"菲利普老兄，你的口味真的很重。"路过的警员们开起两人的玩笑，"有点饥不择食。"

露西上前噼里啪啦两下，将一名取笑菲利普的探员擒拿了："管好自己的嘴！"办公室里一片起哄声和口哨声。史密斯警官说："你们干什么呢？省点力气干活！"

菲利普尴尬地笑笑。

露西给菲利普买来早餐，两人关起门来继续工作。"不要听他们胡说八道。"

"亲爱的，我无所谓，我倒是比较担心你。"菲利普喝了口咖啡说。

"我？你没看见刚才我怎么收拾他们？"露西显得很骄傲。她边吃三明治边说："哈赛姆的团队遭到IS攻击后，怎么会只有他独自逃脱？也许他和IS有什么交易？在返回美国的专机上发生了什么？飞机是事故坠毁，还是有人刻意引爆？IS宣称对哈赛姆死亡事件负责，是他们故意借哈赛姆的名气挑战美国人，还是事实？这个案子了解得越深入，疑点反而越多。"

"快吃，别老想着案子。"菲利普没有回答露西，其实，这也是他的问题。

"失事飞机的黑匣子显示有五个人（哈赛姆、机长、女助理、男助理、陌生男子）的声音，为何失事现场只有四个人的尸骨和基因信息？还有一个人是谁？说'太迟了'的那个人是谁？到底是什么事情太迟了？

他在飞机失事前逃脱了吗？怎么逃脱的？"

"还有，一个残破的黑匣子怎么会在送返美国的途中被盗？谁盗了它？IS盗了它？还是杀害哈赛姆的罪犯盗了它？或者另有其人？黑匣子里有什么秘密？"菲利普也开始提问了。

两个人PK提问，相视无解，哈哈大笑起来。

"露西，我必须去一趟叙利亚，今天下午就走。"菲利普拿纸巾利索地擦了下嘴巴，将脏纸巾揉成团，精准地扔进了三米外的纸篓里。

"下午？时间太急了吧？听说在叙利亚办案条件不便利，困难重重。我和你一起去。"露西差点被最后一口三明治噎住。

"再难也要试试。那里不安全，你还是在办公室里等我消息吧。"菲利普说，"我一个人办案习惯了。"

"不，正是因为不安全，我才要和你一起去，别忘了，我的身手比你好，我是神枪手。"露西最引以为傲的就是练习了十多年的柔道、擒拿，还有射击。

"好吧，勇敢的姑娘，麻烦你保护我这个老男人。咱们一起去一趟死亡现场，见见传说中的女神庙，希望能找到有价值的线索。"

5/

2015年10月25日，中国，上海，我的公寓。

我叫雨果，上海一家生物制药公司的小白领，每天早九晚五的工作，我做梦也没想到，在我匆忙刷牙，赶早班车去公司的枯燥早晨，一个叫菲利普的美国联邦调查局的警官会按响我家的门铃。

"谁呀？"我披着凌乱的头发，嘴里满是牙膏里的泡沫。在我千篇一律的生活里，这么早按我家门铃的只有快递，或者物业管理人员。

"这么早送快递？还是收物业费？"我烦躁得挠挠头。

"你好，雨果小姐。"一个四十多岁、穿着GAP牌T恤衫和牛仔裤的美国男人出现在我面前，他出示了他的证件。没吃过猪肉，但也会见过猪跑。美剧看多了，FBI几个字还是熟悉的，但我分辨不出真假。生活告诉我，骗子挺多的。我哐当一下关上了门。

"雨果小姐？"那个男子喊道。

"别叫了，我不认识你，小心我报警。"我不以为然，继续刷牙，骗子都骗到我家门口来了。倒也不怕，我住的社区里到处是摄像头，光天化日之下，这个FBI也不会把我怎么样。何况，繁忙的早晨，上上下下的楼梯间里，邻居们来来往往。

我用浅薄的防卫常识安抚自己，没有罪犯会愚蠢的选择在早高峰时间作案。那么——只有一个可能，他真的是FBI！

我从猫眼里偷窥了他一眼，他在门口抽着烟，背靠着墙等待。

哦，若是这样，我犯了什么罪？我活了27岁，压根儿没去过美国。我所在的生物制药公司倒是有几个美国同事，莫非是他们犯了罪？

半个小时后，我吃完早餐打开了门，吓了一跳："你还没走？"

"雨果小姐，冒昧打扰，我就不进去了。"他在和我贫嘴。

"你这人挺执着，也挺无赖的，我也没打算让你进来。"

"哦，对，是的，那么，这是我的名片，我有件事情想找你谈谈，你方便的话给我打这个电话，任何时间和地点都可以，你定。给我十分钟就行。"他很急切地期待我的回答。

"是谁犯了什么罪吗？"

"嗯，是的，很重要的事情。也许，你能帮到我。"他郑重其事地说。

"十分钟？好吧，那麻烦你在楼下的花园等我吧。那里人多，我也是为我的安全考虑。我换双鞋就下楼。"

"哈哈，你想多了。即便你触犯了美国的法律，我也不会在中国的国土上，贸然闯入你的家中把你抓走。你可以到美国大使馆弄清我的身份。"他的话似乎有几分道理，安慰了我忐忑不安的心。

不过，谁喜欢警察一大早来敲自己家的门呢？何况，美剧上的 FBI 都是西装革履，他一身 GAP 休闲装糊弄谁呢？

"你认识这个人吗？"他从公文包里掏出一张照片，出示给我看。

"开什么玩笑，你怎么不问我是否认识霍金或者比尔盖茨呢？"我看到照片，苦笑了一下。这个自称 FBI 的美国男人大老远跑来，就问我这个幼稚的问题吗？

"我是很严肃地在问你呢。"

"菲利普先生，他是大名鼎鼎的著名生物学家哈赛姆，无人不识，无人不晓，我几年前还听过他在中国的演讲。他不是飞机失事死了吗？"我不耐烦地说。

"那你认识什么金发的高个子欧洲男子吗？个子大约 1.85 米，长相英俊。"他比划着。

"我倒是想认识。可我们公司只有两个外国男人，哦，对了，还是你老乡，美国人，大腹便便。一个平头，一个秃顶。"我焦急地看看表，要错过班车了。

菲利普觉察出我没有撒谎，事实上，他在找我之前已经对我的祖宗十八代都做了详细调查，包括我从大学到现在历任男友的简历。他得出结论：这是一个普通的中国女孩，如同白纸一张。

"如果发现什么可疑的金发高个子男子，麻烦给我打电话。"他的眼神里有渴望。

"哦，好的。"我又看了看他的名片，"我会有危险吗？"

"我不确定，但是，希望你发现任何可疑的欧洲面孔能打给我。谢谢！"

6/

2015年10月28日，中国，上海，某午夜影院。我和山姆相遇。

这是浪漫的一天。

山姆，我的未婚夫出现在我的生命里。

我们在午夜的电影院相遇。影厅里，一前一后只有我们两个人。我想，我们都是孤独的灵魂，在无聊的零点十分，看了一部没有任何情欲镜头的欧洲历史战争片。原本死一般寂静的影厅里，因为这部电影，充满了万马奔腾的蹄声，还有兵戎相见的兵器声，轰隆隆的。我吧唧吧唧地嚼着爆米花，想用爆米花裂开的声音，去征服那一声声巨响。

这是无聊里的无聊，没有更无聊的事可以做。

帅气的山姆坐在我侧后方，始终一言不发，我压根儿没留意到他的存在。直到电影结束，他终于起身，拍打了一下我的肩膀，语无伦次地说：

"天啦，我憋了两个小时，竟然有女孩和我一样喜欢看这部历史剧。"

我疑惑地看着他，嚼着一口爆米花没有咽下：这男人有病吧？可是他不像是一个坏男人。我快速地评估他身上那件干净的杰尼亚衬衣，还有手腕上价值高昂的百达翡丽限量版古董表。

这是一个讲究的美国男人，关键是年轻、英俊、有品位，还很有钱。我庸俗的魂在作祟了。我对他有了欲望。他是我的猎物。可是，根据我在都市的生活经验，面对有钱的男人，我要遮掩这种欲望，表现我的矜持，让我看起来像个落入凡间的天使。

他紧张的双手在揉搓，接着说："这一定是天意。我在这里出差，没什么朋友。其实，我都不知道电影在讲什么，我一直在看你，期待它早点结束，哦……还没自我介绍，你好，我叫山姆。"

走出电影院，我和这个长相英俊、说话结结巴巴的美国男人一起去了衡山路的酒吧，以为他是一个寂寞的男人，就像我一样过着乏味的生活，我们需要体验一点别样的刺激，融入凡尘。可是，我们聊到了清晨五点，他送我回家，我们没有上床。只有一个"晚安和早安"的拥抱。

他是个好男人，也是个迟钝的笨男人。聊天中，我们发现我们有许多共同的爱好，比如，我们都在生物制药公司工作，我们都热爱阅读历史书，我们都喜欢旅行。最重要的是，我们都是单身。

菲利普警官发来了问候的简讯："有什么可疑的人吗？记得随时打给我。"

可疑的人？山姆算不算？他的头发不是金色的，是黑色的。他的个头也没有185厘米，也不是欧洲人，唯一满足条件的是外国人，年轻英俊。

我也不知道为何会信任菲利普警官，大概是他有着一张真诚的脸庞。

"山姆？美国人？他的全名是什么？"

"等等，我看看他的名片。山姆·贾巴利塔埃姆。"

"真是个聪明的家伙！"菲利普暗自想。

"喂，菲利普警官，就是这样，有问题吗？"我急切地问他结果。

"好的，谢谢，雨果小姐，你放心吧，他不是我要找的人，但是也不要轻易相信任何人。你知道的，穿着杰尼亚衬衣的男人都不太好对付，正如，不要轻易和穿着PRADA的姑娘上床一样。"

"哦，谢谢，菲利普，你是个有意思的人。保持联络！"

7/

2015年10月29日，中国，上海。山姆是嫌疑犯之一。

挂断我的电话，菲利普火急火燎地给搭档露西打电话。

"山姆来上海了？"菲利普憋着一团怒火，直接问。

"他昨天早晨还在纽约。"露西正在大街上端着热咖啡过斑马线，听出菲利普有些生气，愧疚地说。

"你没有跟踪他吗？"

"我？对不起，我这两天疏忽了，家里的狗生病了。"露西突然想起什么，停在了路中央，嚷嚷说，"这个畜生，肯定是他派人给我的狗下了泻药，然后甩掉了我。发生什么事情了吗？"红灯亮了，被她挡住的车子按着喇叭提醒她快走。

"露西，我们一刻都不能松懈。他在上海，见到了雨果。我想我们被利用了。"菲利普火冒三丈。

"别让我碰见他,否则我踢烂他的屁股,也让他尝尝泻药的滋味。"露西咬牙切齿地说,手里的咖啡杯被她捏得变了形。

一周前的一个早晨,趁着山姆去 Ican 公司上班的时间,菲利普蒙着头巾,翻墙进入山姆的别墅。露西则一路跟踪山姆,担心山姆中途返回发现菲利普。

菲律宾女佣戴着耳机,扭动着丰满的身躯,正在厨房里打扫卫生,吸尘器嗡嗡地响。菲利普蹑手蹑脚进了山姆的卧室。

山姆是个谨慎的人。卧室里一定有秘密。进他的卧室必须要经过指纹识别,验证通过后,门才能打开,所以菲律宾女佣都是在山姆在家的时候才能进屋打扫房间。

获取山姆的指纹信息,对于一个联邦警察局的探员来说,不是难事。露西早在几天前就通过山姆拿过的咖啡杯获取了指纹信息。

门开了。

菲利普悄悄关上门,在山姆的房间里逐一排查。首先查看房间的角落里有没有安装摄像头。

这个年轻的企业家很注意保护隐私,以至于互联网上查不到他和父亲哈赛姆的合影。媒体只知道哈赛姆有个儿子,具体姓名、相貌,无人知晓。

山姆的房间里摆放着几张照片,那是早年间一家三口的合影。山姆穿着棒球服,笑得青春洋溢。

菲利普拿出手机拍了几张房间的照片。突然发现,卧室的洗手间里延伸出去一个隐蔽的小书房。他又推开门进了书房,心想一定有秘密。书房的墙上果然有张 A4 纸打印出来的画像,画像上写着:

WHO ARE YOU？（你是谁？）

WHO DID IT？（谁干了那件事？）

菲利普拍下了这张照片。

在昏暗的灯光里，他凑近想看清楚那张画像。"这家伙搞什么鬼？画上的女人不是齐诺比娅女王吗？只是穿着、头饰，不像几千年前罗马时代的装扮。"菲利普十分惊讶。

山姆不可能不知道齐诺比娅女王。"他为什么要找这个女人？莫非有个女人长得很像齐诺比娅女王？莫非这个女人与他父亲的死有关联？"这张画像又把菲利普带进了谜团，他的脑袋里一团乱麻。

从山姆家里出来后，菲利普通过联邦调查局的资料库，查询这个画像中女人的信息，无果。他陷入焦虑。

"别灰心，菲利普，也许她不是美国人，这是一个东方面孔。"露西安慰搭档说，"我们应该查查叙利亚人，再辐射到中东乃至中国。一定可以发现什么。"

"也许这是狡猾的山姆在戏弄我们。我始终怀疑他。他有杀人动机。"菲利普查了山姆公司的资料，他有充足理由怀疑山姆谋杀亲父。

山姆年轻有为。七岁时随父亲哈赛姆从伊朗移民到美国，受到移民歧视，他与父亲哈赛姆一样自尊心极强，立志长大后进入美国上流社会。耶鲁大学毕业后，他创立生物制药公司Ican，公司发展很快，大部分产品得益于他父亲哈赛姆的发明专利。该公司近来因企图收购竞争对手——一家中国大型制药公司，而陷入财务危机。传闻他的父亲哈赛姆曾多次阻挠这次收购计划。他们两人的关系一直不好。哈赛姆12年前与山姆的母亲离婚，8年前他母亲查出肺癌晚期，临死前哈赛姆还在实验室里工作，没能陪在前妻左右，为此，山姆很恨他父亲。

山姆的母亲去世后，哈赛姆的事业如日中天，科研成果频出，但是也传出许多绯闻，其中最离谱的是与小三十多岁的女助理传出婚讯。

"山姆很有可能因为公司财务危机、父亲娶娇妻、未来财产分配等诸多问题，对他父亲和他父亲的情人加以迫害。"菲利普笃定地说。虽然他没有确凿的证据，但是他怀疑山姆。

他曾与山姆打过交道。

在飞机失事前，哈赛姆用临时买的叙利亚手机只给四个人打过电话：他的男助理、女助理、儿子山姆，还有一个匿名电话。两个助理和哈赛姆死在飞机上，因此通话内容无法知晓了。但是，与山姆的通话内容是值得怀疑的。匿名电话更是一个谜。

被问起电话的内容时，山姆曾不耐烦地回答他说："我再说一遍，我已经回答过之前的警察了，你可以去看口供。真的只是普通的问候而已，我要说多少次你们才相信？他告诉我，他要从叙利亚回国了，希望有时间我们能在纽约见面谈谈。他很关心我公司的财务问题，希望能给我帮助。"

菲利普不信任山姆。他认为山姆在撒谎。理由很简单，山姆的眼神和肢体动作显示他在撒谎。山姆那天回答问题时，情不自禁地揉鼻子，而鼻子里的海绵体撒谎时容易痒。

"也许他确实痒，他的眼神语言是在回忆。"露西也从山姆的微表情判断说，"给一个罪犯看犯罪现场的照片时，他会首先表现出恶心、轻蔑等微表情，但是山姆表现出的是惧怕和悲伤，这不像是撒谎。"

"真正的惊吓持续不到1秒时间，他的惊吓至少有5秒，而且那张死亡现场的照片，他不是第一次看。这又怎么解释？"

"这……"露西在回想山姆的表现。

"当大脑在编故事的时候,手指和眼神不是一个方向,语言和表情相互矛盾。如果一个人皱着眉头对你说'我爱你',你一定不会相信他说的是真的吧?你发现没有,而且他很刻意地强调与我的眼神交流,即便他不是凶手,一定是为了掩饰什么。"菲利普凭借多年的调查经验判断。

8/

2015年10月29日,中国,上海,外滩。线索断掉,凶手究竟是谁?

"露西,帮我约这只狡猾的狐狸。"菲利普对山姆的态度由怀疑转为敌意。

约见的地点在上海的外滩。山姆友好地上前跟菲利普打招呼,去和他握手:"我们竟然在上海见面了,你好,菲利普警官。"

菲利普没有伸出手。山姆冷笑一声:"你在怀疑我杀了我父亲?"

"不是吗?伪装者!"菲利普叉着腰,他听到这小子说话的口气就忍不住想挥起拳头。他对山姆利用自己找画像主人的事情耿耿于怀。

"那是你不知道我有多崇拜他、爱他。我比你更想知道谁杀了他。"山姆的脸色瞬间转变,他揪住了菲利普的衣领。

"你确定你要和一个联邦探员打架吗?"菲利普对山姆的鲁莽举动感到非常意外,他毫无防备。山姆松了手,又将菲利普推了出去。

"你他妈就是混蛋,真正的凶手逍遥法外,你却偏偏和我过不去。请你用脑子,考虑下我的感受。"山姆双手支撑在外滩边的围栏上,气愤地说,他落下了几滴泪。有什么比一个警察怀疑他是谋杀父亲的凶手,更让他愤怒和哀伤呢?他虽然恨他父亲,但也同时崇拜和爱他父亲。

"那我们算扯平了,你的如意算盘打得真不错。我上当了。"菲利普意识到山姆和他父亲的情感或许并不像外界传闻的那样单薄,可能他误会了山姆。

"菲利普警官,讲话要有证据。"

"我开门见山地说吧,你知道我会潜入你的卧室对不对?那张女人的画像是个陷阱。你想找到画像中的女人,可是你没有办法,通过美国联邦调查局是个不错的主意,所以你利用我,找到了雨果。"菲利普指着山姆,一口气说完。

"好吧,我承认这件事情是我做得不对,我戏弄了你。但是,你不应该怀疑我是杀害我父亲的凶手,并且潜入我的房间。我完全有理由控告你私闯民宅。"

"雨果没有问题,她是个好女孩,不可能杀了你父亲。我希望你离她远一点。"

"当然,我没有说她是杀人凶手。"

"那你找她干嘛?那张画像上的两句话是什么意思?"菲利普问道,"WHO ARE YOU? WHO DID IT?"

"随便写写的,我不这样写,你怎么会好奇上当,帮我找到她?"山姆带着轻蔑的口吻说道。

"你在撒谎。"菲利普坚定地说。

"对不起,我是利用了你。我上次来上海偶遇她,给她拍过一张照片,很像齐诺比娅女王对不对?没想到世上真有女子像齐诺比娅。后来公务繁忙,人群拥挤,错过了。我喜欢她,想找到她,就这么简单。"

"你当自己是情圣吗?"

"谢谢夸奖,实不相瞒,我正是。这是我的私事,请不要干预。"

"你最好小心一点,别被我抓到什么把柄。"

"我可以认为你在威胁我吗?"

"你?……"菲利普甩甩衣服,真想揍眼前这个得意忘形的小子,他转身走了,肺都快气炸了。忙活了半天,竟是为这小子泡妞服务!他进了街角一家酒吧,喝掉了一瓶威士忌,消消气。

画像的线索算是断掉了。案件又陷入了迷茫。

菲利普掏出一个记事本,找酒保借了一支笔,写下:

线索:

1. 山姆房间里的女人画像(雨果?齐诺比娅女王?被山姆利用,排除!)

2. 两个见证奇迹的孩子,阿拉伯毒枭的死和一箱金子

3. 哈赛姆出事前打出的四个电话号码,匿名电话是打给谁的?内容是什么?

4. 哈赛姆死亡前与儿子山姆的通话,内容到底是什么?

5. 欧洲金发男子,背包客,高个子,185cm左右。他是谁?

6. 哈赛姆飞机上运送的金属货物箱残骸(里面装的究竟是什么宝贝,会是人吗?)

7. 黑匣子里第五个人的声音,只有三个字"太迟了"(这个人是谁?他还活着吗?是不是装在金属货物箱里的"东西"?)

菲利普抽完几支烟,把第一条线索划掉,依靠剩下的几条线索,基本处于大海捞针的状态。那几个被无名人士射杀的二十多名IS恐怖分

子身上没有留下任何可疑的线索，可见解救哈赛姆的无名氏经验丰富，行为处事极其谨慎。对失事飞机更是无从下手，现场乌黑一片，只剩下一堆残骸，受害者的几具尸骨也不完整。

黑匣子被盗，只能说明这是一场谋杀。也许"凶手"担心黑匣子里的信息被识别，所以盗走了它。或者，有人担心黑匣子里有什么秘密，盗走了它。

"这是谋杀！找到凶手！这是谋杀！找到凶手！"菲利普提醒自己说，他开始神神道道了。

9/
2016年9月，叙利亚，齐诺比娅女神庙。凶手终于再次出现了。其实，凶手一直离菲利普很近。

离事件发生，几个月过去了。

菲利普飞遍了迪拜、叙利亚和伊朗，始终一筹莫展。

FBI办公室找不到消失的黑匣子，它就像从世界上蒸发了一样。飞机残骸里的碎片，也在无数个夜里被附近的叙利亚人捡回去做了遮风挡雨的工具，或者孩子们的玩具。菲利普站在飞机失事现场，一声怒吼。

阿拉伯人对大毒枭的死给不出合理的解释，甚至有人认为他是服毒自杀。菲利普不相信一个十恶不赦的大毒枭会突然良心发现，向真主忏悔而自杀。他的一盒金子怎么一夜之间跑到了齐诺比娅古城，落在了两个见证奇迹的孩子手里，始终是个谜。

平凡的人们认为那是神迹，他可不信。

他重复哈赛姆的行迹，从美国飞到伊朗，到达色拉子，又飞到叙利亚，飞往帕尔米拉古城。然后，在沙漠里模拟被IS追捕，从沙漠里出逃到村庄，找到村里的卡车司机送他去镇上的餐厅……他把自己当作哈赛姆，猜测这个过程中发生的每个细节。

哈赛姆是怎么从IS手中逃脱的？到底发生了什么？是什么人能将二十几个IS极端分子杀死，而且每个人都是一枪毙命？

那个多次出现在哈赛姆身旁的高个子男子是谁？如果他和哈赛姆关系亲密，为何在哈赛姆死后没有露面？难道他也死了吗？或者他就是凶手？他会不会是黑匣子里出现的第五个声音"太迟了"？如果是，是什么分歧导致他与哈赛姆反目，从关系亲密转为谋杀？棺材里的东西会不会是一个人，而这个人就是"凶手"？哈赛姆为什么要把一个活人装在棺材里？

这些问题一直困扰着他。

他把帕尔米拉古城当作临时的家，搭起帐篷住了很长一段时间，每天和途径这里的难民、考古学家们待在一起。他在等待"神迹"再次出现。

露西说他疯了，哈赛姆案件就像毒品一样侵入了菲利普的身体。

悬疑越多的案件，让他越上瘾。

许久都破不了案，菲利普警官靠酒精来麻醉自己。有一天，他回到美国的家。如平常一样打开满满的信箱，里面有他订阅的报纸，一些信件，还有银行的账单，商家的广告单。他懒得拆开看，扔在了餐桌上，转身放下车钥匙，心不在焉地打开电视，进厨房冲了杯牛奶，喝了一口。牛奶过期了，一口馊味。他恶心地吐了出来，却喷在了餐桌的那摞信件上、地板上，还溅在了他的白衬衣上。

"真见鬼！"他懊恼地将杯子丢进了洗碗池，抽了几张餐巾纸擦拭他的白衬衣,还有餐桌。一封白色信封的信件映入眼帘。他翻过面,没有地址。显然,这封信是被人丢进他的信箱的,不是远方寄来的。

他冷静地坐下来,警察的敏感性让他捏了捏信封,里面似乎只有一张纸,不是炸药之类的危险品。他迅速拆开了信封,读着读着,从椅子上一跃而起。天啦,上面的话让他热血上涌。

"哈赛姆打往美国的匿名电话是打给副总统的,飞机的棺材里装着基因变异人。锁定副总统!他了解真相!销毁这封信。"

他再也坐不住了,在房间里来回踱步。

是谁给了他这封信?会不会又是一个骗局?

总统办公室的人?副总统的仇家?副总统身边的人?还是,偷了黑匣子的人?

也许是他!凶手!不,严格意义上讲是基因变异人?

总之,一定是一个具有大能量的人。否则,他无法获得这些连FBI都不知晓的关键信息,和副总统过不去。副总统是下一届总统的候选人,也是呼声最高的总统候选人。

不管提供线索给他的人是谁,找出真相才是菲利普最关心的。要知道,哈赛姆的死亡事件差点演变成国家与国家之间的战争。IS声称杀了哈赛姆挑衅美国政府,而美国政府怀疑叙利亚政府军和俄罗斯人杀了哈赛姆。

他烧毁信纸和信封,匆匆推开门跑了出去。不管信件的线索是真还是假,他要做一次冒险,触碰美国权贵的雷区,调查副总统。

他必须小心谨慎,不能将这个消息走漏给任何人。因为,很可能是有人故意为之,误导他调查副总统,也许副总统并不知晓基因变异人。政治家之间的斗争从来就是腥风血雨的。他不想被牵扯进去,他只想找到真相。

他的身后,几个黑影紧紧跟随。

深夜,他走进FBI办公室,输入自己的查询密码,查阅了副总统的所有资料,还有近几年的言论。自从白宫点名要他调查此案后,联邦调查局给他开通了管理级官员的权限,方便他查案。

副总统的生物学专业背景是众所周知的。他与哈赛姆也多次在公众场合合影,但这并不能证明两人的私交紧密。他在办公室里待了好几个小时,天快亮了。终于,有一条惊人的消息映入他的眼帘。副总统曾供职于某研究所,同期有一个基因研究项目是与哈赛姆所在的研究所合作。

"这说明他们几十年前就相识了,而且一起主导了一个人类基因项目。"菲利普惊叹道。

菲利普离开后,一个苗条的身影进了FBI办公室,潜入他的电脑,查询他的浏览痕迹。黑影的手指在桌面上紧张地敲打了两下,删除了浏览记录,关闭了电脑。

"他发现我们了。是否需要动手?"黑影拨通了一个电话,冷静地说,这是一个女人的声音。

"他有证据吗?"电话那头是一个低沉的男士的声音。

"没有,应该只是猜测,他急冲冲地从家里跑到办公室,只为了查阅你的简历。"身影说。

"继续跟踪他,如果他发现秘密,干掉他!"男士说。

"是!"

"黑匣子有下落吗?"

"暂时没有。"

"希望那玩意永远找不到。"

"您放心,即便被人找到,用现代科技复原的可能性几乎为零。"

"还是小心为妙!"

正当菲利普斗志昂扬地侦探副总统的行踪时,他的上司史密斯突然说,白宫对他很失望,奉劝他"休假"一段时间。

"再给我两个月时间,我一定可以破案。"菲利普央求说。

"这是白宫的命令!"

"总统?可是,之前是他点名让我调查这起案件的。"

"没错,但是,伙计,快一年了,我们调查无果。白宫决定我们停止对此案的调查,移交案件。"

"停止?移交?史密斯,还有哪个部门比我们更清楚这个案件?中央情报局吗?这件事和叙利亚人、俄罗斯人没关系,我保证!"

"证据呢?你说它只是一场简单的谋杀案,证据呢?请服从上级的决定!这是大老板的指示!"史密斯大声说。

"FUCK YOU!"菲利普摔碎了史密斯桌上的杯子。露西慌忙赶过来:"发生了什么?"

"休假!"菲利普咬牙切齿地说,"这个混蛋让我们休假!"

菲利普解开领带,叉着腰在办公室里徘徊:"你知不知道,再给我两个月时间,我一定可以破案。"

史密斯耸耸肩,摇摇头:"很抱歉,菲利普,这是大老板的决定。"

他无处可去,每天梦游似的在酒吧里度日。搭档露西也被上司派去执行新的任务——继续在办公室里接听电话。

进入9月的一天,菲利普的身边来了一个人,趁他不注意,在他旁边放了一张纸条。

他迷迷糊糊地打开纸条，惊讶地从高脚凳上跳下，不料没有站稳，摔倒在地。那字条上写着："哈赛姆的死是个意外，与伊朗和叙利亚无关，想找到我，到齐诺比娅！只是，小心你的尾巴！"

他想在酒吧的吵嚷人群里寻找给他字条的人，那人已经不见了踪影。他跑到经理室去查看监控，但画面太黑，灯光闪烁，根本看不清人的长相，何况那人还戴了一顶帽子。

"是他，一定是他！"菲利普抽风似的冲出酒吧，跑到大街上，四处寻找。

按照字条的指示，他奔赴叙利亚的帕尔米拉古城。

露西一天没他的消息，问他："你去了哪里？""他约我到齐诺比娅见面。""什么？""凶手，他一定是凶手，他约我在叙利亚的齐诺比娅神庙见面。"

露西被他的话震住了。她不相信这是菲利普的胡言乱语。"你疯了吗？一个人去叙利亚？如果真的是凶手，你根本就不是他的对手。"

菲利普急于找到凶手，他匆匆挂断了露西的电话，打出租车回家取护照，赶赴机场，一刻也不停留。

当菲利普赶到齐诺比娅女神庙时，神庙的大门关闭着。"怎么大白天把门关上了？"他小心翼翼地拔出枪，向神殿靠拢，慢慢推开了紧闭的大铁门，他甚至期待"凶手"出现。

虚惊一场：一名法国白胡子考古学家正在齐诺比娅女神庙考察，他不像是凶手。菲利普收好枪，如果老头有行动，他随时准备把枪掏出来。

他喝了口随身带的酒壮壮胆，走到了白胡子老先生的旁边。"大白天的关门干什么？"

"安静！怕外面的世界惊扰到齐诺比娅女王。"老先生趴在梯子上，拿着放大镜好像在数齐诺比娅的头发数量，严肃地说。

菲利普笑了笑："您是在数女王的头发吗？"

他时常为考古学家们怪异的行为而发笑。之前，他还遇到一个在齐诺比娅考古的美国人数墙上和地面的砖，他告诉菲利普这是项非常有价值的工作。菲利普想，难不成还要建立一座一模一样的神庙吗？

自从女神庙神奇复原之后，考古学家越来越疯狂了。

"你是来探险的？这不是个安全的地方。尽管军队已经控制了这个区域，还是担心 IS 极端组织会反攻。"老先生奉劝他说，"这里也不适合饮酒，会招来杀身之祸。"

"先生，我不是穆斯林。"菲利普环顾四周，有几个穆斯林工人在帮法国人干活，他悄悄把酒瓶藏了起来。在叙利亚，当众饮酒不是明智的行为。谁也不想被 IS 极端分子野蛮地抓到笼子里游街示众。

"这里没有宝藏，即便有，也早就被强盗们抢光了。"老先生继续说。

"不，我不是来找宝藏的。"菲利普的声音很低，像个颓废的流浪汉。他觉得自己被"凶手"耍了，这里和以前一样，除了考古人员换了一批，没有任何变化。

"哦？那你来旅游？你不像是考古工作者。"老先生放下手头的放大镜，低头看着他说。

"随便走走。"菲利普警惕地打量着帮助法国人测量的当地人，那些人不像是可疑的人。

"随便走走？没有人会到帕尔米拉随便走走。你能把记录表递给我吗？你看起来很紧张，放松点。"老先生示意菲利普把工具箱里的记录本递给他。

"您有什么重大发现吗？"

"真美，她自诩为克里奥帕特拉的后世，但是她的美貌、贞洁、智慧和勇气远胜于克里奥帕特拉。"老先生从梯子上下来，轻轻挪动梯子，准备换个角度欣赏齐诺比娅的雕塑，"她的牙齿像珍珠一样白，大大的黑眼睛发出不可思议的光辉，笑容如此甜美。难怪，历史记载，在公元272年，罗马皇帝奥雷里安反攻，俘虏了齐诺比娅，并在罗马的凯旋式上让她戴着金锁链以炫耀战功，她的庄严和美貌轰动了整个罗马城。"老先生滔滔不绝地讲道。

老先生停顿了下，接着说："罗马帝国时代，曾经挑战帝国权威的女性君王，总共三位：埃及艳后，克里奥帕特拉（Cleopatra）；英国女部落首领，布狄卡（Boudica）；叙利亚的帕尔米拉女王，齐诺比娅（Zenobia）。我最喜欢齐诺比娅。"

看得出来，又是一个齐诺比娅的粉丝。菲利普暗自笑笑。他对齐诺比娅的故事已经烂熟于心。

他放下戒备之心，和老先生聊起天来，说："我听说关于她的死有许多不同的记载，有的说她是病死的，有的说她是绝食而死，也有的说她是被砍了头。您倾向于哪一种说法？"

老先生说："在这些说法中，最乐观的一个版本则是：奥勒良对齐诺比娅动了恻隐之心，把自由还给了她，赐给她位于蒂沃利（今意大利共和国境内）的一处环境幽雅的住宅，在那里，齐诺比娅成为一名罗马主妇、著名哲人和社会名流……"

突然，老先生话锋一转，目光投向远处的大铁门："嘘，安静，神迹出现了。"

"什么？"菲利普也向大门的方向望去。

"你看，齐诺比娅的眼睛看向哪里？"

菲利普眯着眼睛，站在雕塑的后方，踮起脚，什么也没看到，又着急的爬上楼梯，和老先生站在一起，顺着齐诺比娅的眼睛方向看出去，说："门，大铁门。"

"稍等，等阳光照到那个位置。再看，透过窗户照进来的光看。"

"画？我好像看见了一幅画，不，好像是一个数字。"

"是的，别急，还有两分钟到12点，你再看。不可思议，隐形的画。在正午12点阳光的作用下会看到的画，其他时间，就是一面光秃秃的铁门。"

"画的内容是什么意思？"菲利普从未注意到墙上那幅隐形的壁画，他想，以前估计没有人会在中午12点进门后关上大门，爬上梯子，顺着齐诺比娅眼神的方向看过去。

"这是敦煌石窟的外观图。"

"敦煌？"

"是的，中国的敦煌，丝绸之路的重要站点。见鬼，怎么会在这里？"老先生很诧异。

"很奇怪吗？"

"是，这里以前肯定没有这幅画。"老先生肯定地说，他有他的依据。

"哦？"

"很可能是神庙炸毁后有人画上去的，可是他怎么做到的？女神果真显灵了吗？"老先生如获至宝，开玩笑说，"也许运用了什么高科技。"他准备拍下来这张画，可是相机里却不见画的影子。他打开门，走出殿外，招呼助理赶紧给他再拿一部相机过来。

"另一种可能呢？"菲利普紧跟其后。

"只有第一种可能。"老先生接着说，"敦煌石窟最早开凿于前秦建元二年（公元366年），沙门乐僔戒行清虚，当他行至莫高窟所处的地方时，忽然看见鸣沙山在一片金光中化现出千佛状，于是开始在那里修造洞窟。但是，刚才忽闪而过的数字257是什么意思呢？"老先生疑惑地打开了电脑。

"对，我刚才也看见了画里有个数字257，在一个洞的上面。"菲利普努力回想着，与老先生有了共鸣，虽然他搞不清楚这幅画有什么奇怪之处。

"你确定在洞的上方？我想我知道了。"老先生说。

"知道什么？"菲利普摸不着头脑。考古学家们总是疑神疑鬼的。

"稍等。"老先生通过搜索引擎找到了敦煌的257号洞窟，他指着画面对菲利普说，"257是一个洞窟的号码。"

"洞窟？"

"对，敦煌石窟是东方的卢浮宫，有近千个洞窟，每个洞窟都有一个号码。洞窟以精美的壁画和塑像闻名于世，有大量的佛经故事画和佛教雕塑。"

"那么，257号洞窟里是什么？"菲利普急切地问。

老先生在搜索引擎上查找257号洞窟的信息，"我们查一下。这个洞里最著名的是《九色鹿经图》，是中国北魏洞窟的代表作，同时也是敦煌莫高窟最优美的壁画之一。我曾经专程去敦煌了解莫高窟的文化，所以印象深刻。奇怪的是，中国北魏时期的年限是公元386—534年，齐诺比娅女神庙的修建时期要更早，大约在公元270年，所以工匠们不可能会画出这幅画。另外，从宗教、文化层面讲，波斯人的建筑里表达佛家的理念可能性很小。齐诺比娅女王也不是佛教徒。"

"这是佛教的画？"菲利普听得云里雾里。他对中国的历史一无所知，也不了解佛教。

"对，画的是佛主释迦牟尼的前生。"老先生痴迷在这幅敦煌壁画里。

"那些鹿、人都是什么意思？"菲利普问。

"答案自己去找，我不太了解敦煌文化。我只能告诉你，你去中国的敦煌能找到答案。你是菲利普警官吧？"老先生关上电脑，问道。

"你是谁？"菲利普本能地掏出枪对准了老先生，环顾四周，没有什么异样，工人们正在专心致志地干活。

"不，请不要慌张。两天前有个小伙子到达这里，当时我食物中毒，发烧得厉害，多亏他带了药救了我，不然我难受着呢。"老先生似乎能预料到菲利普的反应，一点也不惊讶，慢条斯理地说。

"与我有什么关系？你到底是谁？怎么会知道我的名字？"菲利普仍然很紧张。

"你听我讲，美国人怎么耐心都这么差呢。那个年轻人走时告诉我，让我帮他一个忙。瞧，就是这幅在中午12点看到的铁门上映出的壁画，他让我帮你识别它。他回赠给我一个秘密，女神像底座下方有个通道，下面有个密室，记录着女王生平的事迹，还有一批未被发现的文物。"

"恭喜你，我不关心密室和宝藏。你还没告诉我，救你的人是谁？"菲利普知道老先生提及的年轻人一定是"凶手"，他需要耐心听老先生把事情讲完。

"你能把枪放下吗？我这么大年纪，第一次有人用枪指着我。老实讲，还是挺害怕的。"老先生幽默地说。

菲利普把枪放下了，但是并没有放下对老先生的提防："最好你不要要什么花样。"

"他告诉我，一个叫菲利普的美国警察会到这里来，应该就是你吧，他让我指导你看这幅壁画。你要找的答案就在这幅画中。另外，他还送了你一份礼物。他说，让你假装去门外晒太阳，你会发现一直有人在跟踪你。如果你没有学会甩掉你的尾巴，恐怕永远见不到他。"老先生说。

"什么？尾巴？"菲利普转身向大铁门方向走去，打开门，装模作样的在门口伸了个懒腰，警觉起来，果然不远处的废墟旁闪过几个脑袋。他十分懊恼，又假装吹着口哨，拉开裤子的拉链好像寻找厕所的样子，渐渐靠近那几个可疑的人，接着迅速掏出枪，跳过几个石墩，给了他们一个措手不及。

"不要开枪，自己人。"那几个人把枪也对准了他，出示了证件：美国联邦调查局。

菲利普把枪收起来，猛踢了几下石墩，痛得脚快抽筋了。他给露西打了电话："他妈的，我被跟踪了。联邦调查局的人，你和史密斯在玩我吗？"

"你问我是什么意思？"

"我只告诉过你，我的行踪。"菲利普怒吼道。

"你在怀疑我？我什么人，你不知道吗？菲利普，你疑心太重，让我很担心你。你不能神经兮兮的，这样下去，你还有信任的人吗？"露西打起了感情牌。

"对不起，露西，我好像有点神经过敏了，应该是史密斯安排人跟踪了我。"当露西委屈的声音通过电话传过来时，菲利普觉得自己误解了她。

露西松了口气。

"史密斯，请不要跟踪我！我现在休假期，想去哪里去哪里。"他给史密斯打了通电话咆哮了一番，说完也不管史密斯怎么说，他就挂掉了。史密斯感到莫名其妙，回电菲利普也不接了，他已索性将手机调整成为静音。

他转身又回到神庙里。老先生还在聚精会神忙碌着，丝毫没有被神庙外的十面埋伏所惊扰。

"先生，他在哪里？"

"他？他说你不用找他，也找不到他。你要的答案就在这幅画里。他就让我转达这些。必要时刻，他会找你的。"

"好吧，谢谢。"

菲利普准备离开，老先生叫住他说："不管你找他干什么，警官，他不像是个罪犯。我看见他把仅有的一壶水给我的叙利亚工人们喝，更别说救了我的命。你见过这样善良的罪犯吗？"

菲利普越来越摸不着头脑了："他是谁？他究竟是谁？"

他一直在和"凶手"玩"神龙见尾不见首"的游戏，越多的悬疑，越让他欲罢不能。他必须搞清楚真相，至少知道"凶手"的模样和杀人动机。他决定去中国敦煌一探究竟。

他突然想到去年调查过的中国女孩——雨果，他有一种微妙的感觉，雨果似乎和这些事有某些联系。他拿出手机，拨通了雨果的电话。"雨果，你在上海吗？我计划过两天去中国的敦煌。有机会见一见你，最近很心烦。"

"太棒了，好久不见。很期待与你见面。"

"你和山姆还好吗？"

"是的，我们正在西藏旅行呢。今天去西藏阿里地区的札达县城。这里真美，你来吗？"

"好吧，虽然我也不知道那是什么地方，不过，注意安全，玩得开心。看来，穿杰尼亚衬衣的小伙子动真情了，我忙完敦煌的事情电话你。"

"我告诉过你，山姆没你想的那么坏。他爱我，他很善良。"

"好吧，你喜欢就好，再见。"

10/
2015年9月，幽暗深处的"凶手"不得不现身了。

幽暗的深处，一个身着风衣的身影压低了棒球帽，悄无声息地紧紧跟随菲利普。他在帮助菲利普甩掉跟踪的人，以便找到合适的机会塞给菲利普纸条。

他确实是杀害哈赛姆的凶手。

长期以来，菲利普只意识到自己被人跟踪，却不知跟踪他的人来头很大，除了副总统的人，还有总统的人，现在多了"凶手"！

"凶手"默默地在后方将跟踪菲利普的两拨人弄昏迷了。他的嘴角上扬，松了口气。他的麻烦事终于告一段落，但本来单纯的环球旅行计划被搅乱了。

这一年，他做了三件麻烦事：鲁莽地杀了阿拉伯大毒枭，复原了齐诺比娅女神庙，救了科学家哈赛姆。这三件事给他带了许多困扰。

他本来行为低调，独来独往，却鬼使神差地做了三件"神迹"之事，再次干预了地球人的生活。

一年前的一个傍晚,他在迪拜附近的荒凉处歇脚。一个少女和她的父亲开着车从他身旁经过,他们停下车,冲他喊道:"嗨,先生,沙尘暴要来了,快走吧,我们载你一程。"

"啊?谢谢,不用了,我自己走。"

"这附近荒凉,没有什么车,我们载你到迪拜。放心,我们不是坏人。"善良的少女说。车上,还坐着一只凶猛的狗。那狗在少女旁边很温驯。

"上来吧,年轻人。不然,你会死在这里的。"少女的父亲说,他是个好心人。

"好吧,谢谢你们。"盛情难却,他上了车,紧张地坐在狗狗旁边。那狗一直盯着他,鼻子里哼哼哼的。

"呵呵,你别怕,它很好相处。"少女咯咯地笑着。

"你们欧洲年轻人总是喜欢冒险,生命不能鲁莽。"少女的父亲是个可敬可爱的人,也多愁善感,"我的两个儿子以前也喜欢到处旅行,我总是担心他们的安危。现在他们不旅行了,我更加害怕了。"

"别这样,爸爸。"少女安慰父亲说。

"怎么了?"他问道。这位慈祥的父亲、单纯的少女和狗,让他的旅途有了温暖。

"他们染上了毒品,和大毒枭混在一起。爸爸很难过。"少女忧伤地看着狂沙飞舞的窗外,口无遮拦地说,双手微颤,拉扯着自己的衣服,眼睛里闪烁着泪光。父亲假装咳嗽了一声,提醒她不要讲了,家丑不外扬。

车子很快到了市郊的贫民区。"前面就是我的家了。"少女大叫道,本来笑盈盈的脸瞬间惊恐起来,"呀,父亲,那边好像失火了!"

"哦,天啦,那是我们家的方向。"少女的父亲加大了油门。"凶手"搞不清发生了什么事,他想说,你们放我下来吧。但少女的父亲焦急地往前开,也忘了半路放下他。车子一路开到了他们家门口。

"该死!"少女的父亲歇斯底里地怒吼,少女也恸哭起来,那只凶猛的狗发出尖锐的吠叫。他们匆匆下车,向着火光奔去。

他怵在原地,方才意识到发生了什么:少女家被人纵火了。

人们在议论,说有一帮人冲进了他们家里。少女的两个哥哥和妈妈被捆绑起来,被人放了一把火,烧死了。传言他们得罪了大毒枭,私吞了一批毒品。

少女的父亲昏厥了过去。少女无助地向围观的人们哭喊着:"救我爸爸,救我爸爸!"

他急忙跑上前去,抱起少女的父亲送往医院。在医院里,他听少女和她的父亲讲述了大毒枭的暴行,许多家庭都深受毒品的危害。这是"凶手"第一次近距离接触一个与他毫无干系的家庭的不幸。

"这里的富豪们是毒品的最大买家。所以,他们也在暗中保护了毒品的供应链。"

"警察不管他吗?"

"警察、法官都被他收买了。"少女的父亲绝望地说,"真主会惩罚他的。"那张瘦弱的脸上只剩下悲伤。少女的双眼红肿着,握着父亲的手,继续哭泣。

走出医院,他的内心无法平静,竟然落下几滴泪来。

他搜索了大毒枭的行踪,定位了后者在迪拜高楼大厦里的豪宅。他深夜降落在大厦的顶楼,沿着玻璃外墙潜入大毒枭的房间。在房间里,他设置了智能化的消声器,投毒暗杀了毒枭,还逼迫毒枭捐赠了所有的钱财给慈善机构。毒枭的保镖们在房间外完全不知情,听不见房间里面的任何动静。

他带着毒枭保险柜里的一箱金子和现金，飞檐走壁，潇洒地走了。他喜欢金子，也喜欢撒金子，就像救世主一样撒下金子，施舍给需要的民众。

曾经，他常常做这件让他兴奋的事。

午夜，他回到了医院，将一些现金悄悄留给了少女和她的父亲，留言："善良的人们，请相信真主的力量！"

然后，他继续踏上旅程，去往叙利亚。他要飞去传说中的齐诺比娅女神庙。他刚刚在医院走廊的电视新闻里看见，那座神庙被IS摧毁了。他十分懊恼。

齐诺比娅女神的雕塑像，对他意义重大！他曾多次专程飞去女神庙，瞻仰女神像。

是的，他要替天行道，施展人们眼中的"神迹"去复原女神像和女神庙。这个想法非常大胆，让他热血沸腾、迫不及待。尽管会冒着揭露身份的风险，但是，他非做不可。

只有在"神迹"面前，那些破坏古迹的恶徒才会有畏惧之心。

在沙漠里遇到哈赛姆纯属意外，如果不是哈赛姆死亡事件，美国人根本就不会发现他的存在，更不会到处搜捕他。

平凡的人们只会认为这是又一个神迹，这是上帝的裁判。

他以为"哈赛姆死亡事件"会像"大毒枭之死"、"齐诺比娅女神庙复原事件"一样成为未解之谜，随着时间的流逝，人们会忘记这些事情，只会越描述越神乎其神。但是，他低估了地球人类的探索能力，没想到美国人的高科技会让他惊慌起来。

"哈赛姆啊,哈赛姆,你是我的克星,让我的旅行变得复杂。"他自言自语。

他一路追踪,窃听了美国白宫的通讯,终于发现哈赛姆失事飞机中消失的黑匣子,是被美国总统的人从FBI手里偷走的。菲利普警官苦苦追寻黑匣子的下落,一直未果。菲利普只是一个小警官,怎么有能耐和总统周旋?他不由得对菲利普产生了同情之心。

当然,他更加同情自己。当全世界都在怀疑"凶手"偷了黑匣子时,作为"凶手"的他有苦难辩。

美国人汇集了一批精英,秘密花了大量的时间和精力恢复黑匣子里的数据。秘密基地安保非常森严,属于地球最高等级的安保措施。贸然进去抢夺黑匣子不是明智之举,他在等待时机伪装成雇员进入基地。

虽然黑匣子完全复原的希望不大,但是,几个月后,美国总统的人发现了一条不完整的重要信息,这条信息足以让"凶手"恐慌——哈赛姆与助理们的一番断断续续的对话,里面提到了水熊的抗辐射能力,提到了他们抓获的基因变异人拥有动植物两套生命系统,皮肤表面具有一层薄膜,那薄膜可以让人拥有超越水熊的抗辐射能力,让人在宇宙中得以生存。

这是一个骇人听闻的消息。

但是,总统并没有把消息直接透露给FBI。"凶手"并不知道菲利普已经收到了一封匿名信,他还在同情菲利普警官:"这个警官也只不过是一颗政治家们的棋子。他在云里雾里中办案,更像一只戏台子上的猴子在表演。"

"凶手"窃取了总统的私人电话,他被美国人的思维方式搞迷糊了,他本想混进科研基地,亲自去毁了黑匣子。没想到总统对下属说,毁掉黑匣子,这件事绝对不能再让任何人知道,引导FBI结案,不要给他们留下任何线索。

电话那头,一个男子的声音回答总统:"是的,不能让他们再干预此事,这已经不是普通的谋杀案。但是,您可以放心的是,这件事与外星人有关,与叙利亚人和俄罗斯人无关。"

总统继续下达指令,说:"派出一批精干的特工,寻找凶手,哈赛姆和副总统对我们有隐瞒。"

"您的判断没错,哈赛姆在叙利亚打往美国的匿名电话是打给副总统的。他们的关系一直很紧密,副总统一定知道棺材里装着基因变异人,或者说外星人。据他的贴身保镖说,副总统曾安排专人在华盛顿接应哈赛姆,还准备了许多精密仪器。他看起来非常兴奋。"

总统说:"好,你们去办吧。一定要在副总统之前,找到凶手!"

"凶手"行走在午夜的华盛顿大街上,他对美国政治家们的阴谋颇为反感。副总统支持科学家哈赛姆秘密实施了基因计划,总统对此事毫不知情。若不是哈赛姆的飞机在叙利亚境内失事,政府受到的舆论压力很大,总统担心叙利亚的局势,就不会有人密切关注此事,更不会挖出惊天大秘密。

副总统在找"凶手"!

总统在找"凶手"!

菲利普在找"凶手"!

全世界都在找"凶手"!

但是，只有总统和副总统知道"凶手"是谁！

一个雨夜，他停下脚步，走进一个小酒吧，里面的小青年们正在嘈杂的音乐中舞动自己的身体。他喝了几口闷酒。有一个美妞还走过来主动搭讪他，他不耐烦地把她支开了。

他的耳朵里再次传来总统办公室的声音，打扰了他悠闲的午夜时光。

他监测到有人汇报总统，他们发现了太空中的飞行器残骸，疑似外星的飞行器。总统办公室里一片死寂。

过了一会儿，一个官员说："总统先生，我们必须采取行动，直接把副总统叫来，我们当面谈一谈，如果那个'凶手'是外星人，后果不堪设想，他们已经靠近地球了。我们要团结一致，联合起来抗拒外敌。这实在太危险了。"

"凶手"听见总统说："好，我来给他打电话。我们摊牌。"

当晚，副总统乘坐专机赶到了白宫。他的一番话让"凶手"胆战心惊起来："哈赛姆上飞机之前，跟我视频通话，我见过凶手的模样和身体，那是异形人，或者说基因变异人。用哈赛姆的话说，那是外星高级人类，他的长相与我们地球人很相似，只是他的肌肉非常坚硬，里面似有大量金属线路。并且他有两个心脏，具有动植物两套生命系统。他的风衣、靴子是受程序控制的，上面镶满了芯片，而且根本脱不下来。"

"你为什么不汇报？乔治，你知道你做的事情有多么愚蠢吗？"总统在训话。

"尊敬的总统先生，这件事是国家机密，只有部分要员知道基因计划，并且立誓严格保密。这个外星人对我们的基因计划有重大参考价值。"

"什么价值？"

"这个……"几个官员点点头，示意副总统说下去，"我们准备优化美国人的基因，控制战争局势，乃至世界局势，也可以派出基因改造人登陆外星。"

"荒谬，这么重要的事情，你们对我都保密？你们都怎么筹集巨额经费的？我怎么没审批过预算？那我这个总统有何用？"总统非常生气。

"请原谅！这项计划我们已经秘密开始了十几年。上一任总统也不知晓。我们确实打算找到凶手再向您汇报。"副总统惭愧地低下头说，"因为这个凶手很可能是外星高级人类。"

"找到他？你们都找了一年了。他在哪里？你们有没有发现太空中有外星飞碟的残骸？说不定不止一个外星人潜伏在地球上了。再创造几个神迹，恐怕上帝都会遭到质疑。这将是人类的灾难。"总统恼羞成怒。

"总统先生，请放心，上帝的地位无可动摇。我们不会让这件事发生。我们会找到外星人。"一个官员在发抖。显然，现在的局势已经超出了预期。如果高级文明的外星人大批降临地球，谁也不知是福还是祸。

"让新闻中心缓些时日再公布在太空中发现残骸的新闻，就说是卫星残骸。让那些科学家们管好自己的嘴。"

"是！"

……

"凶手"匆匆结账，走出酒馆，他告诫自己："这件事要马上解决。菲利普，找到菲利普，告诉他真相的时刻到了，指引他破解哈赛姆死亡事件，扰乱白宫的计划。只有他不畏强权，对这个案件执着，如果让他发现白宫的基因计划，他一定会阻止。"

"可是，直接告诉他真相吗？不，这个经验丰富的警官不会相信。

他压根就不相信神迹,也不会质疑他的美国政府。也许,他会认为我在胡说八道。"他在风雨里边走边想,"绝对不能暴露自己的身份。"

"给他寄去总统和副总统的对话录音?不,这个想法有点大胆,如果录音落入公众视野,会扰乱美国人,甚至全世界人类的生活。"

那么,跟菲利普玩个游戏,让他见证一下神迹,甩掉他的搭档,自己去寻找答案吧。让他知道那个他信任的露西小姐是副总统的人,整天派人跟踪他。菲利普还是太善良了。

可是,什么游戏能调动菲利普的兴趣?

"凶手"突然想到了不久前,他在中国的敦煌石窟看到的一幅壁画——九色鹿本生图,当时他就想起了哈赛姆。那幅画不是正好揭示了他和哈赛姆死亡事件的关系吗?

他是九色鹿,而哈赛姆就是忘恩负义的被救之人。

这是个有趣的游戏,只要菲利普花点心思,一定可以找到哈赛姆死亡事件的真相。然后顺藤摸瓜,发现白宫的阴谋。

还缺了点什么。"凶手"严谨起来,凡事必须要有预案。如果菲利普太笨,发现不了真相,那就再冒险一次,把副总统的通话记录放在一个安全的地方,等待菲利普发现。

第二章 他是谁？

11/

2016年9月8日，中国，西藏，札达县城。捡到一本怪异的《道德经》。

山姆在完成对中国制药公司的收购后，慢慢将事业重心转移到中国，我们有了更多的相处机会。终于，2016年8月，他向我求婚了。谁都设想到我们在婚礼前旅行的最后一站，中国西藏，会遇见影响我们一生的人——本司汀。

这一天，天很蓝，水很清，青藏高原上出现了黄土高坡上的苍茫与豁达。

歇斯底里地，我挥舞着双手，和着车里的劲爆音乐敲打着双腿，南腔北调地哼唱着摇滚，快节奏的音声和焦灼的阳光让我饥渴又兴奋。我们的越野车任性地飞驰在十八个车道的高原上，谁也听不见谁在说什么，谁也看不清前方的路。唯有我们响彻云霄的尖叫声、欢呼声显得无比清晰。

旷野里只有我和未婚夫山姆两个人，还有一辆足以使我们肆无忌惮的路虎牌越野车。山姆狂热地在荒野里亲吻我的身体，仿佛世界都是我们的。

爱情就像鬼,很多人听过,但是没见过。我很庆幸山姆爱我,我以为我在经历着爱情。如果没有遇见本司汀,几天后,我便会毫不犹豫地嫁给这个叫山姆的美国男人。

我掏出黑色的记号笔,在杂志上撕了张纸,粗犷地写了句"F**K YOU,交警",贴在车窗上,傻子似的哈哈大笑,继续出发。我想从天使变成魔鬼,或许,我本身就是魔鬼,只是披着天使的外衣。在这段旅途里,平日穿着杰尼亚衬衣的山姆,也换上舒适的T恤和牛仔裤,纵容着我的放纵。

尘土愈发勇猛地扑面而来,像是别开生面的仪式,欢迎远方来的不速之客。

山姆开始减速慢行,示意我注目山坡后的远方。他摘下墨镜,观而不语。晚霞、落日,余晖映红了半边天。车里的摇滚乐与寂静的荒漠形成了鲜明的对比,却又相得益彰、融合无间。

只有在荒漠中,摇滚才有质感。那穿透云际的音符不是荒凉,那是嘹亮。

置身荒原,我们的周围威严地耸立着一些古老的"雕塑"。有的像宫殿,有的像房屋,有的像人头像,有的像动物的轮廓,有的像大板鞋。这不是昆明的石林,也不是人类修建的庙宇,而是自然冲磨出来的壮烈诗篇——土林。难以数计的土窟、酷似楼宇的残壁断垣、塌毁的洞穴、倾圮的佛塔,全部由土构成,在晚霞的映衬下多了几分凄凉几分愁。

有些阴森,我想逃离。

尘土不再飞扬。大风席卷了山坡的牛羊,它们"咩咩"乱窜在贫瘠、干涸的河道里，渴望抢食那最后的几株绿草。

雨在吞噬这块沟沟坎坎的土地，这块土地渴望被它吞噬。却也挺好。

荒漠里的古城需要雨滴滋养。人们体内肮脏的肺需要雨水来洗礼。我们的越野车被尘土覆盖得面目全非，它需要雨水的冲刷。

而雨，只吝啬地下了十分钟。

我们焦急地要在天黑前寻找一家小旅馆，然后继续奔向信仰之乡消失的神秘荣光。

我从望远镜里窥见远方的桥和几株绿树，喜悦之感溢于言表。在晚霞中我们终于赶到目的地——扎达县城。

越野车借着它的野蛮性子，在没有几盏路灯的小县城里，来来回回蛮横地绕了两圈，仍然寻不见我们的旅店。虽说是县城，也只有一条不长的主路，和内地一个小镇的规模不相上下。

山姆在一个拐角突然急刹车，吓得我慌了神。万幸他不是撞到了人，不是撞死了狗或羊，而是偶遇了路人们推荐的小县城里最好的旅馆。"幸福之家"几个字在月光下没那么迷人，却足以让我们在长途跋涉之后安定放松。

我们慵懒地下了车，从后备箱取下行李。第六感告诉我遗忘了什么。我返回车，打开车门，撕掉了车窗上的那张纸。

山姆向我竖起了大拇指，说："亲爱的，还是你想的周到。"

"我们不能太嚣张。进了城，城里有警察，我可不想惹人耳目，被警察抓。"我说。

我急不可待地拿了前台的钥匙上楼，跨步冲向订好的客房，去换洗我发臭的衣服,留下山姆用蹩脚的中文与同样讲着蹩脚汉语的藏族店老板讨价还价。

有时候,我是一个淘气的坏女孩,我不得不承认这一点,回望那两人滑稽的对话场面,我咯咯地笑着。

皎洁的月光透过窗户投射在这间潮湿的屋子里,雨后的屋子里有股霉味,六平方米的房间只有一张床、一张破旧的木桌和一把掉漆的木椅子。没有电视,没有独立洗手间,没有洗漱用品:什么设施都没有。我已习惯旅行中的一无所有,唯有山姆和我们的越野车,还有浩瀚的星空做伴。

我置身于"幸福之家",困顿地骂了句"幸福个屁!",还没来得及开灯去抱怨"本店最大客房"的寒酸,只见木桌的角落里一本摊开的书发着朦胧的微光,我误以为是月光的映射。这本书被风吹动,书页沙沙作响,光影也随风摇曳起来,让我睡意惺忪的眼睛发出明亮的光。

兴奋提高的往往不是人们的警惕心,而是人们的好奇心。

我快速打开灯,丢魂似的扔下二十斤的登山包,健步流星到书桌前捡起那本放光的书。

这是一本中文版的《道德经》,我反复翻了翻,书本身没有什么异样,微光来自于内页的金色文字。那些文字不是印刷体,而是批注的笔记,像是用一种纤细的荧光笔或者金色的墨汁书写的。书翻开在这一页:"昔之得一者,天得一以清,地得一以宁,神得一以灵,谷得一以盈,万物得一以生,侯王得一以为天下正……"

这是我熟悉的《道德经》第三十九章。正如大部分人看书的习惯一样,这本书没有签名,没有联络方式,却在这几行字上写写画画,批注我看不懂的文字。那些文字类似跳动的音符,更像奇怪的编程代码,也有点像某种古老的象形文字。

我琢磨着这该是上一位客人落下的,而这个人肯定不是中国人。

这不是汉语,不是藏语,不是英语,也不是阿拉伯语。我自言自语。我对一个品读《道德经》文言文的外国人莫名产生了敬意和遐想。

"张雨果,愣在那里干嘛?把睡袋铺好。"我的未婚夫山姆背着他的登山包,一瘸一拐地进了房间,满身灰尘。当天他在西藏古格王朝遗址——"东噶村"的几百个阶梯上来回两趟,一趟是为了找回我遗失在山洞里的手链,那是情人节他送我的礼物。等同于二十层楼的石阶运动,导致他两腿发麻发软,要了他半条命。

"瞧,亲爱的,我捡到一本书。"我挥了挥手里的书。

"什么书?游记?"山姆连瞥我一眼的力气都没有。

"你就知道游记,这是老子的《道德经》。"

"老子是谁?这书是不是上一个客人落下的?"他"砰"的一声趴在了床上,震得床咔嚓咔嚓地响,又慌忙弹跳起身,检查床底有没有塌:"什么破床?吓得我觉都没了。"

"拜托,你斯文点,别把床弄坏了,咱还得赔钱。"

"OK,OK!对了,你刚才说老子,老子是谁?"他打了个哈欠。

"几千年前,我们中国有个圣人哲学家叫老子,类似于西方的苏格拉底。"

"怎么会有人在荒郊野岭的旅行途中看这种深奥的书?真是一个奇怪的人。"

"奇怪的还有这些划线和批注,你瞧,这笔挺新鲜,能写出金色的字,夜里看书挺好。"

"哇塞,还有照明功效呢。"山姆接过我手里的书,上上下下端详着。

他试图把书卷成一个手电筒。

"别闹,别把人家的书弄坏了。你看,特别是这页写了好多字,可惜看不懂是哪一国的文字。"

山姆漫不经心地翻了两下,丢在了桌子上:"世界这么大,国家和文字那么多,我们哪里认得全咯。雨果,别猜了。我恳求你快铺好睡袋睡觉吧,今天可把我累坏了。早点休息吧,咱们明天还要去古格王朝遗址看日出呢。"

疲惫的山姆铺好他的睡袋,整个人缩进睡袋里,没有洗漱,不一会儿就呼噜呼噜地睡着了。

12/
2016年9月8日晚,中国,西藏,札达县城。初见本司汀。

我躺在床上,借着小旅馆微弱的灯光,翻阅着这本写满特殊批注符号的《道德经》,回想起上一次阅读《道德经》已是遥远的大学时代。工作后,哲学类书籍离我们都市青年的生活越来越远。我担心上一位客人来寻书,起身穿好衣服,准备将书寄存在旅馆前台。

陈旧潮湿的旅馆地板,只要走两步就会吱呀吱呀作响。我蹑手蹑脚出门,生怕吵醒山姆。正准备关上门,突然有人用浑厚的嗓音说:"嗨!你好。"这个声音着实吓我一身冷汗。

"我的天呐,你吓死我了,你是?"我扭过头看他,本能地环视四周,走廊里还有三三两两旅客,在旅馆唯一的厕所门口排队等候梳洗,这让我放松了些。

我开始仔细打量他。

这是个金发碧眼的俊朗男子，轮廓分明，脸庞像希腊神殿里的亚历山大、阿波罗之类。他的个头很高，1米85的样子。一双蓝绿色的大眼睛炯炯有神。他有着健硕硬朗的身板，却穿着一身奇怪的由银丝制成的偏灰色的防风衣，手上是一双破旧的皮手套，脚踏一双酷炫的金属靴。身后背着硕大的棕色皮质登山包，里面像是装着一个大箱子。这是想假装低调也会高调的不伦不类的牛×装扮。

昏暗的走廊里那件风衣发出荧光，格外惹眼，就像黑暗的屋子里荧光色的《道德经》笔记。

"先生，你从米兰时装周来的吗？你是不是特别喜欢荧光的物件，瞧你金色的头发都似乎在发着荧光，像画里上帝的光芒。"我比划着，噗嗤笑笑，也不知是不是见了帅哥之后失了方寸的痴笑。女人见了好看的男人，也顾不得妇人的端庄大方了。勉强顾上的，也只是暂时的故装矜持。

他听不懂我的幽默，一副木然模样。

走廊里摇曳的灯光突然有了能量，明亮如白昼，厕所门口排队的旅客们小声欢呼起来，还吹起了愉快的口哨，三言两语地嘲讽灯泡怎么半夜才打了鸡血。

灯光照亮了我的脸庞，他似乎惊愕于我的相貌。他的瞳孔瞬间放大，额头上的青筋凸显，两眼在忽闪忽闪的灯光下隐约泛着泪，他的眼圈和脸颊刹那间由微红到火红，我几乎认为他快要休克。

他拍了下我的脑袋，我觉得像被蚊子叮了一下。他把什么东西扎进了我的头皮，应该是比针还纤细的东西，因为我没有感到疼痛。

我摸了摸脑袋，精神恍惚了下，差点摔倒，赶紧扶着墙壁站稳清醒。

问他:"你干嘛碰我的头。"

他尴尬地说:"对不起,小姐,这里蚊虫太多。你的头发上有蚊子,我有强迫症,实在受不了蚊子叮在一个人的头发上。"

我双手紧紧抱着书,从女人的梦幻中惊醒过来,谨慎地往后退了两步,有些害怕这个表情时而惊愕、时而平静的陌生人,莫非他对我有邪念?

天知道刚才发生了什么事!

我想开门进房间叫醒山姆,手忙脚乱,手里的钥匙该死地掉在地板上。这时有只手帮我拾起钥匙,耳边传来温柔的声音:"小姐,我来拿我的书。吓到你了吗?"

"你,你,你刚才没事吧?"我脸上应该有大大的一个"囧"字。

"哦,没事,我想说,你拿着我的书。"他指着我手里紧紧捧着的书。

"这是你的书?太好了,我正准备去旅馆老板,存放在他那里以便失主回来取。失而复得,给你!"我心有余悸,连忙把书扔给他。

"谢谢!"他将书插进风衣口袋里,书上有我的汗渍。

"不客气。"我见他转身要走,对我没有恶意,莫名的好奇心却让我叫住他,问,"先生,你是哪里人?"

"你问这个干什么?"他似乎对这个问题颇为敏感。

"哦,没什么,只是非常敬佩您在旅途中看我们中国圣贤的《道德经》,还是文言文,太牛了。我身为中国人,若没有翻译,我都无法看懂。而且,我发现您看得好认真,写满了批注。"

他嘴角轻轻上扬,微笑着对我说:"哦,我喜欢看哲学书,不仅看《道德经》,也看《圣经》、《古兰经》、《金刚经》,所有古代经典我都爱看。"

"哇，那您真的是太让人感到意外了。"我想说他是个怪胎，却不知如何接他的话。

"意外？"

"噢，就是我很崇拜您的意思。对了，您还没说您是哪里人？"

他停顿了下，说："我……我来自一个你不曾到过、不曾听过的地方。"不得不提，他的笑是我见过的最帅、最迷人的笑容。瞬间我忘却了警惕，也忘记了我爱的山姆，想让那一刻的美好得以永恒。

"哈哈，这个世界很大，毫不夸张地讲，我和我男友已经去过五十几个国家旅行。"我觉得他的话有些嚣张，我得挽回点自豪感。

"哦？去过哪里？"

"亚洲、欧洲、美洲的很多地方，确实还有一些地方不曾去过，但是你说我不曾听过，我不赞同。"我再次打量着他，试图记住他那双深邃的眼睛、高挺的鼻梁、性感的嘴唇，还有他眼角的一颗小痣，将它们都刻进我的脑子里。

我又说："像你这样金发碧眼的人生活的欧美国家，我基本都知道。我喜欢天文地理，虽然学习成绩不怎么样，好歹也是受到过科学洗礼的。别说地球，宇宙中的很多星球我都知道。"

"哦，是吗？去过太空吗？"他见我自信地口若悬河，开始挑衅我。

"太空？开什么玩笑？没几个地球人去过吧。莫非你是宇航员，你去过？"

"嗯，去过。有本书叫《男人来自火星，女人来自金星》，你就当我来自火星好了。你还是不要知道的好，我一向独来独往，不喜欢别人问我的隐私。"他在调侃我。

"这么神秘？我反而更想知道。"我拦住了幽默的他。

"好奇心害死猫。就像你们的老子讲的，道取法于自然，顺其自然，若你该知道，有一天你会知道的。"他拍了拍口袋里老子的《道德经》。

"你先别走，能否告诉我，你在《道德经》上批注的字是什么意思？那种金色的墨汁，还有那些文字我从来没见过。"我想知道那些用金色的墨汁写的笔记记载着什么。

他微笑着翻到那一页，指着那些字说："你说这些？这是一种古老的文字，记录着一个已经消失的古国的历史，那个古国叫普诺岗日。他们用金银冶炼成汁水，在一种薄薄的黑色牛皮纸上书写，阳光下金光闪闪，光彩夺目，保存时间久远。我学会了这种文字，并用这种特殊的文字纪念一个人。"

"谁？我猜，一定是你的爱人！"

他回以微笑。

"那你写下的这些古老文字，是什么意思呢？"我被他的博学所吸引。

"我写的是一个露珠就是一个宇宙，探索它的奥秘需要科学和想象力。露珠里有草履虫和长履虫。它们永远不知道人类在想什么，人类对于它们是庞然大物，或者是它们的神。地球是草履虫和长履虫无法想象的浩瀚宇宙。"他转身留给我一个潇洒的背影，还有回望时的迷人微笑，在走廊的尽头下了楼。

草履虫和长履虫的世界？听完他的露珠理论，我愣在原地，许久没回过神来。我最怕数理化，大学生活也是在课堂上睡大觉中度过的，爱因斯坦的相对论会让我掉头发，霍金的《果壳中的宇宙》是我的催眠书。

这个金发男人博学的让人望而生畏。

我想说是不是遇见鬼了，那沉重的靴子走在地板上怎么悄无声息的？我不禁打了个寒战！

13/
2016年9月8日晚，中国，札达县，"幸福之家"小旅馆。我的第一次奇幻梦境，寻找他，他是谁？

回到房间，山姆揉着惺忪的眼睛问我跟谁在走廊里说话。我丢魂似的告诉他，恰巧碰见了来寻书的客人。

那一夜我没睡着，脑海里一遍又一遍浮现这个品读《道德经》、身着银灰色风衣的金发男人。

他回望我时神秘的微笑，那是男版的蒙娜丽莎，充满未解之谜的符号。

夜里，我的头有些昏沉，做了一个奇怪的梦。我和这个神秘的风衣男人在一个彩色的热气球里，纵横历史，周游列国。

我们在春秋战国时代遇见了越国的西施和范蠡。西施不是在奢华的宫廷里，也并非待在吴王夫差旁边翩翩起舞。梦境里，她是个年轻美貌的乡村妇人，在河边捶打着脏衣服。范蠡来了，他显得很苍老，有慈祥的面孔和长长的胡须，驮着背一瘸一拐的走来。他是个瘸子？天啦，我一直认为范蠡是个帅气的谋士。

只听西施称呼范蠡为夫君。还有几个孩子在河边嬉戏玩耍，往河里丢石子，打水漂。那是西施和范蠡的孩子，看得出来他们很恩爱。西施面相很纯美，但言行举止很粗鄙。她的孩子拿书给她，问她这是什么字，她怒斥他们说，娘不识字，去问爹，一边玩去，别碍着娘洗衣服。

我在想，这两个人如何能相爱一生？仅仅文化层次的鸿沟就可以把他们的关系扼杀。老夫少妻，范蠡衣衫褴褛，也不富有。不远处的村口是他们贫寒的几间茅草屋。

我和风衣男子将热气球降落在芦苇荡，坐在河边依偎着晒太阳，偷听范蠡和西施说着乡里乡亲、家长里短的事。我想听范蠡劝西施去吴国，使用美人计勾引吴王夫差，解救越王勾践。但是始终没有听到这类对话。

孩子们跑向我们，问我们会不会捉迷藏。风衣男子说，好。他便躲进了芦苇荡里。孩子们东窜西窜，寻不见他。我也帮着孩子们去找，芦苇荡里突然飞出一只鸟，叼着一条巨大的鱼，比小孩的身体还大。西施和范蠡震惊了，我也吓坏了，莫不是风衣男子被鸟吃了吧？

飞鸟松口将鱼丢在范蠡和西施面前。西施收起裙摆、挽起袖子、张开腿，抱着挣扎的大鱼就往家里跑，生怕鱼逃脱进河里。她喊着："我去家里煮了，今天晚上有鱼吃了。"

飞鸟又进了芦苇荡，几秒钟之后又飞了出来，叼着一条比之前更大的鱼，扔在了范蠡面前，范蠡慌慌张张地喊孩子们："快点娃儿们，我们把鱼抱回家，跟我去集市上卖鱼。"只见他精神抖擞，和孩子们一前一后抱起了鱼，兴奋地说："天助我也！有给你娘进城的盘缠了。越国有救了！"

我没心思关心鱼，也没心思关心飞鸟，我在芦苇荡里焦急地寻找风衣男子的影子。

芦苇荡里神奇的飞絮，像蒲公英般翩翩起舞。一只飞絮飘到了我眼前，它是挥着透明翅膀的精灵，有着拇指大小的身躯，齐腰的白色长发，身披青色的长裙，挥舞着翅膀，绕着我转了一圈。

它问我，你是谁？

我说，我是张雨果。

它又问，你在找什么？

我说，我在找跟我一起来的男人，他和孩子们捉迷藏，躲进了芦苇荡里。

它又问，他是谁？

我支支吾吾地回答，是啊，他是谁？我不知道他的名字，但是他穿着一件银灰色的风衣，有着金色的头发。

飞絮精灵吱吱笑了两声，飞走了。

"雨果，我在这里。"远远的，我看见风衣男子从芦苇荡里窜了出来。

"你吓死我了，我还怕你被飞鸟吃了。怎么躲这么远？"我高兴地说。

"什么飞鸟？"

"说了你也不知道，好神奇，一只飞鸟叼了两条奇特的大鱼，送给了范蠡和西施。他们可以进城了。"

热气球又飞到了古埃及，风衣男子说他要带我去见他的好朋友凯撒大帝。我们看见凯撒大帝与埃及艳后克里奥帕特拉站在阳台上，像是在窃窃私语。我身着蓝色的刺绣长裙，挽着风衣男子的臂膀，款款走下热气球。凯撒大帝见到我们，热情地欢迎我们参加他盛大的晚宴，他儿子的两岁生日宴会。

凯撒大帝宫殿的门卫是两头狮子，狮子们会讲人话。它们嗅了嗅我和风衣男子身上的气味，说放行。于是，宫廷的大门才打开，里面一片歌舞升平。

克里奥帕特拉并非我想象中的绝世妖女，她是知性霸气的，相貌一般，但是身材匀称，妩媚性感，左手拿着权杖，右手捧着一本典籍在怀里。她说，不读书，人就会变得愚昧。

我笑笑，克里奥帕特拉是个女学霸？开什么玩笑？我一直认为她应该一手拿权杖，一手抱着宠物狗狗猫猫，躺在某个有价值的男人怀里谋取权力。

我想问她，亚历山大大帝的墓地在哪里。因为我和山姆，还有全世界都在找她的墓地，亚历山大大帝的墓地，还有很多帝王的墓地。可是，这是她儿子的生日，问她墓地在哪里，她会杀了我吧？

风衣男子和凯撒大帝去宴席上就坐喝酒。克里奥帕特拉牵着我的手去欣赏她的珍宝。我兴奋地想大开眼界，古埃及的金银珠宝可是世上可遇不可求的珍奇。她让宫女打开黄金打造的储物箱，里面竟然都是失落的古籍。

她炫耀地说："瞧，这都是我和凯撒的宝贝，价值连城。你有吗？你的凯撒有吗？"

"谁？"

"你的凯撒？"

"你是说穿风衣的男人吗？"

"对。他不是你的凯撒吗？他很性感啊，你怎么比我还贪婪。"

"不，不，我不认识他，我是说，我刚认识他。他邀请我一起来王子的生日宴会，我就来了。"

是啊，他是谁？我要知道风衣男子的名字。

晚宴的音乐响起，克里奥帕特拉离开我，飞步跳进了舞池。她随手抽掉侍女的丝巾，披在自己的身上，在华丽的阿拉伯地毯上狂舞，妖艳地冲着帝王席上的凯撒献媚，舞池旁边是祭司们不苟言笑的庄严。

她时而跳印度的肚皮舞，时而跳南美的拉丁舞。凯撒大帝经不住她的诱惑，也进了舞池，当着众人的面在舞池中央热吻她，然后他们俩不知何时不见了。我看见祭司们点燃了圣火，宾客们开始涌进舞池，狂欢起来。

我来不及问凯撒和克里奥帕特拉，亚历山大大帝的墓地在哪里呢？

神秘的风衣男子突然出现，挽着我起舞，我想问他的名字，但是他吻我的那一刻，我心慌地醒了。

半夜醒来，我没有告诉山姆我做了一个奇怪的梦，确切地说，我不能告诉山姆我在梦中竟然和另一个男人约会，况且还是一个初次相逢的陌生男人。

多疑是爱情的累赘，嫉妒是爱情的克星。我没有必要给我们的爱情引发一场多疑之战。

可是，他是谁呢？

14/

2016年9月9日，中国，西藏，古格王朝遗址。可疑的男子，寸步不离的背包。

天亮了，县城里唯一的一家包子铺营业了。稀饭只有几颗米，实质就是面汤。山姆想吃烤全羊。我说，没有人早餐会吃烤全羊。

他指了指马路对面餐厅里的一个男子，手撕着羊肉吃得得意忘形。透过餐厅的玻璃窗，我勉强辨认出那就是昨天晚上遇见的风衣男子。我鬼使神差地拉着山姆，付了包子铺老板十块钱后往街道对面走去。

山姆不明真相地问："你是不是也馋了？"

我们坐在男子的邻桌，跟老板说："我们要吃烤全羊。"

老板皱着眉头，说："早上没有烤全羊。有糌粑、青稞面烙饼、酥油茶、白色的奶酪皮子……"

"可我想吃烤全羊。"我用娇嗲女人的伎俩摇着山姆的胳膊，打断了老板的话，指着邻座的羊，问，"他为什么有呢？"

"这个……"老板不知如何作答。

"老板，把我的羊肉分一半给他们吧。"神秘的金发男子说话了。

"为什么你可以点烤全羊，我们却不可以？"我想引起男子的注意，提醒他该看我一眼。我迫切想知道他的名字。可我的未婚夫山姆在旁边，我不能太明显地表露我对这个金发男子的好奇心。

这个男人打击了我的自尊心，他依旧低头吃羊肉，对我的问题置之不理。

"他自己在市场上买的羊，还付了我一只羊的钱做加工费。"老板说。

我不甘心，又问他："你在哪个市场买的羊？我们也去买一只。"

"不用浪费，反正我也吃不完，你们和我一起吃吧。"他扔掉手里的羊骨头，用纸巾擦了擦戴着皮手套的手，对我们礼貌地提出了邀请。那双漂亮的蓝绿色眼睛看了眼山姆，还是对我视若不见。

"哥们，你太够意思了，那费用我们平摊吧。"山姆高兴地提议。我知道山姆好几日没吃肉，长途跋涉，他需要开荤。

"不用的，就当谢谢这位小姐替我保管我的书。"神秘的金发男子掏出《道德经》在我们眼前晃了晃。原来，他是记得我的。

"哦，上帝啊，雨果，那不是你们昨晚就认识了吗？太巧了，你好，我是山姆。怎么称呼你？"山姆高兴地坐到神秘男子的桌子，跟他握手。

他说，他叫本司汀。

我记住了这个名字，一个梦中精灵问我、埃及艳后问我，困惑了我一晚上的名字。从此在我心里刻下了一个永生无法忘怀的名字，本司汀。

这个早晨，我们谈笑风生，吃完了整只羊，只剩下骨头。

本司汀说，他受不了米饭、蔬菜和面包，爱吃鸡和羊，那是他的主食。他说，也许有一个地方，没有原汁原味的鸡肉、牛肉、羊肉，屠杀任何飞禽走兽都属于违法，那里的所有食物都是人造的。他们可以通过生物技术，培育、制造任何动物的肉。

我幻想拥有那样的世界："这样，动物们就不会被杀害了。"

他却笑我的愚昧。"如若地球人有那样的科技，鸡、牛、羊就会从人类的世界文明里消失。"

我不懂。矛盾里的存在。

他说，人类也是自然界食物链里的重要一环。那些动物旺盛的生命力和繁殖力来源于人类的餐桌文化，如果地球人不再依赖它们，它们就失去了存活和繁衍的条件。你的慈悲心看似在保护它们，殊不知是害了这些物种。一个物种消失，牵一发而动全身，有可能整个生态圈都会被打乱，后果不堪设想。

这个在旅途中看《道德经》的金发男人像苏格拉底。

我们一起出发去了古格王朝遗址，他开着一辆耀眼的红色悍马。我们的路虎越野车跟在后面，吃了一路的灰尘。他一路都没用 GPS，他说他的大脑就是 GPS。事实证明，当荒野里的路线有分歧时，他的直觉比我们的 GPS 还准确。

一路上，大漠孤烟直得怅然。

荒野里，我们遇见两位佝偻着背，背着行李，徒步行走的藏族老人。本司汀停下车，关切地询问他们去哪里。我们听见他在用藏语和老人们熟练地对话。这是个了不起的男人。他不仅看文言文版的《道德经》，还会说藏语。

他走到我们车旁，示意我和山姆先走，他要送老人们去趟县城的孩子家。

我和山姆说，一起送吧，反正也不急。只要赶上去古格王朝看日落就行。

本司汀是个值得交往的朋友，我们想。

再次行驶在通往古城的路上，我们用对讲机聊着天。山姆开始嫉妒本司汀的无所不知。

他说："你们住的旅馆太吵，卫生间太脏了。"原来他昨晚从"幸福之家"搬进了附近的民宿。他建议我们晚上和他一起住民宿。

他在民宿里遇见一只狗，狗的伴侣死了好几年，它没有再找爱人。

我取笑他胡说，扯着嗓子对他喊："狗没有爱人，只有交配。"

他说："狼、猴、狮子、灰鹅、企鹅，你能叫得上名字的动物几乎都有爱人。"

山姆也说："胡扯！"

他不依不饶地说，"动物比我们人类懂爱，它们爱得纯粹和义无反顾。德国有个农场里养了很多灰鹅，有只公灰鹅和母灰鹅组成了小家庭，相依相伴了十几年，形影不离，而且母灰鹅没有生育。如果只是配偶，他们为什么要相伴十几年？按逻辑和常理，公灰鹅和母灰鹅应该各自去寻找新的伴侣。一年后，一场暴风雨来临，母灰鹅失踪了，农场主和公灰鹅都认为它死了。公灰鹅整天郁郁寡欢，形单影只。半年后，农场主给这只公灰鹅寻找新的伴侣，尝试多次后，它终于相中了一只母灰鹅，组成了新的家庭。可是没过多久，原来的伴侣母灰鹅奇迹般地飞回来了。公灰鹅高兴坏了，它义无反顾地迎接了它的前妻。"

我不信，说："你在演绎安徒生童话吗？"

他不屑与我争辩，继续侃侃而谈："你们知道企鹅、猩猩等，很多物种生命里都有同性恋存在吗？"

我和山姆对视，瞠目结舌："真的假的？你疯了吧？"

他笑着说："山姆先生、雨果小姐，你们需要科普，也需要想象力。小姐，戏剧大师雨果知道你用他的名字取名吗？知道会气死吧。"

这个男人很嚣张。山姆关掉对讲机，谩骂本司汀的张狂。事实上，我和山姆并不知道，我们两个自然人的脑容量和体力加起来，再乘以十倍都敌不过他一个人造人，任他嚣张吧。

我们加大马力，继续赶路，两部越野车在荒野里画着 S 线。

"没事,山姆,术业有专攻,你有你的强项。没必要跟本司汀比知识储备量。"我安慰山姆说。

山姆吻了下我的手,说:"谢谢。"脸上的沮丧无法遮掩。

日落时分,整个空旷的古城只有我们三个人。

我们在王朝遗址的洞穴里穿来穿去,顺着古老的阶梯往上爬。本司汀就像一个历史学家,告诉我和山姆,这个洞是平民的家,那个洞是士兵的营寨,还有山坡上那个洞是关押犯人的。这里是个集市,那里是个庙宇。

山姆认为他故意在我面前显摆,说:"洞穴只有编号,没有简介,甚至有些洞穴连编号都没有,无法查证你说的真实性。"

我们在一个"尸骨洞"前停下,我打破了两个男人的僵局:"据说,这个古城一夜之间消失了,你们说会不会人们得了瘟疫,在这里集中死亡?"

"历史学家考证这里是河流干涸了,失去了水源,城邦才消亡。人们有可能搬去了其他地方生存。"山姆说。

"可是,如果是迁移,不可能没有历史记载,好像突然人间蒸发了一样啊?"我说。

"有可能是战争……"山姆说。

"本司汀,你怎么看?"我扭头问本司汀。

本司汀皱着眉头说:"这个挖掘出无数尸骨的'尸体房'像是经历了集体屠杀。"

"屠杀?你当是纳粹集中营啊?你还真会想。有证据吗?"山姆对这个猜测嗤之以鼻。

"嗯，我也是猜测。"本司汀陷入了沉思。他心里清楚自己不是猜测，他是绝对百分之百肯定，他有证据，证据在他脑海的记忆里。他若当着我们的面，打开他的智能盔甲，按下手臂上盔甲的某个按钮，我们眼前就会出现空中显示屏，他的记忆画面就像电影似的放映给我们看。

但是，他知道现在时机不对，还不是展示特异功能的时候，恐怕我和山姆两个自称见过世面的地球人了解真相后，会惊叹得立马昏厥，或者迅速启动越野车消失在他眼前。

他曾在旅行的途中拯救车祸现场一对危在旦夕的夫妻，荒郊野岭，他便打开空中电子显示屏查询最近的医院，启动他的飞行战靴准备起飞，夫妻两人见状，惊吓过度，当场就死掉了。

古格王朝遗址的顶端是三百多年前国王的居所，底端居住的是平民百姓。那一眼望不到头的土阶差点要了山姆的命，这几天他爬了太多楼梯了。他说："我的上帝，什么狗屁国王住这么高？他自己怎么不爬两层试试？"

我也累得不行，对本司汀说："你打了激素吗？穿着金属靴子，背着登山包不嫌沉吗？你就不能把它放在车里？我看着都累死了。"

本司汀不理会我们的气喘吁吁，他背着沉甸甸的登山包一鼓作气爬上了顶端。我抬头望景，瞥见他在落日下的剪影，那轮廓像是他坐在落日里看风景，把夕阳当成了五彩缤纷的摇篮。一阵清风吹来，夕阳中的剪影随风灵动摇摆。我拿起相机按下快门，偷偷拍下他。

他坐在石墩上，抱着登山包，默默遥望远方，直到我们上了山顶。

我留意到他的眼睛红润。

不知为何，身处此地，我似乎突然进入了幻境。

我的耳边总是出现一个穿着飘逸白裙的女子百灵鸟般的笑声，她穿梭在繁荣的城邦里，在古格王朝的街市上和小贩们讨价还价。这里人声鼎沸，有藏人、汉人、波斯人、喇嘛，还有西方传教士。

突然，山姆拍了下我的肩膀："想什么呢？魂不守舍的？"

"哦，我好像看到了这里昔日的繁华。"我傻愣愣地笑着说，拉着山姆一屁股坐在本司汀的身边，手搁在他的登山包上。

他慌忙推开了我搁在登山包上的手臂，用力很猛，险些把我推倒在地，山姆扶住了我。"你有病吧？"山姆对本司汀的粗鲁行为颇为气愤。

"请不要碰我的包！"他板着脸一本正经地说。

"对不起。"我有些尴尬。

"雨果，我们坐那边。不理这鸟人，我早看他不顺眼了。以为自己是百科全书，头上写着万能之神啊。"山姆最不能容忍的事情之一是有人欺负他的女人。

"没事，山姆，我们坐那边。"我拉着山姆坐到一旁。由于太累我倚靠在山姆怀里睡着了。

莫名的，我仿佛又听见了一个女孩百灵鸟般的笑声："呵呵，呵呵，你快来啊，看这里，还有那里，这耳环好不好看？……"等等，那个女孩不是我吗？那个追着我的男子是谁？我的潜意识让我不想醒来，慢慢进入了深度睡眠。

在梦中，或许我可以找到那个男子。

天啦，他的面容逐渐清晰了，是他，还是他！

第三章 梦境游戏

15/

2016年9月9日，我的第一次白日梦境。**本司汀和南卡，同游古格王朝。**

这个梦中，我的身份似乎是一个公主，我想每个女孩都有自己的公主梦，也不足为奇。只是，梦境里出现了本司汀，而不是山姆。

我听见他叫我南卡，是的，无比清晰地记得，他叫我南卡公主。

梦中有久远的古国，有宽阔的温泉河，有雾凇，有雪豹，也有古格王朝，还有机器人和飞船。

这是什么乱七八糟的梦境吗？这个故事好像又很完整。我迟迟不愿醒来。

脚下的积雪咯吱响，身边的雪豹库尔突然变得异常警觉，我停下脚步，观察四周。前方不远处有些动静，我手持弓箭，放轻脚步，慢慢地靠近过去。是一只受伤的羚羊倒在地上挣扎，我放松了警惕，准备上前进一步查看。突然，一声暴呵"小心"在我身后响起，一条白鳞赤眼的毒蛇向我袭来，它在空中被一颗石子击中，落地仓皇逃去。

金发男子夺过我的弓箭，瞄准那条毒蛇，嘴角上扬地说道："尊敬的公主陛下，拿弓箭这样的事还是让我来做吧。"

我握住箭，说："这蛇并没有伤害到我，放了它这一回吧。"

我向受伤的羚羊走去，有些恼羞成怒地问他："你为何在这里？"

"我是您的新护卫，自然要过来保护你。"金发男子微笑着说。

"我不需要护卫，库尔会保护我的。"

"可事实证明，只有库尔还不够，公主陛下，就让我为您效劳吧。"

我蹲下来查看这只受伤的羚羊，我有些气恼，他救了我，我应该感谢他，但是刚刚差点被一条蛇伤到，还正好被他看见，这实在是让我失了颜面。

"这只羚羊应该是被蛇咬了，一会儿下山找个农户来把它弄下山吧。"我起身，跨过羚羊继续向前走去，不想理会身后的金发男子。

"公主是上山打猎的吗？我可是个一流的猎手，绝对不会让您失望的。"他跟在我身后说道。

"我不是来打猎的，我是来采灵芝的。"我回过头，看着这个金发男子，问道："你知道灵芝长什么样子吗？"

"当然知道，不过，公主要灵芝做什么？在这雪山里，灵芝可是个稀罕物，不好找呢。"

"有个农户的孩子生了重病，城里的灵芝都用完了。"

金发男子有些疑惑地看着我。

"他是个好孩子，父亲在他小的时候就去世了，他和母亲相依为命。虽然他和母亲过得很困苦，但是他却很正直很诚实。之前我丢了一包珍珠，因为不记得在哪里丢的，就没有寻找，后来过了几天，我在路边看到他,他一直在问路人有没有丢东西。原来他捡到珍珠之后就一直在寻找失主。"我对金发男子解释。

他没有说话,皱着眉头似乎在思考什么。

真幸运!我发现山崖边有一株灵芝,正准备去采,他拉住了我,轻声说道:"我来。"

"小心点,安全最重要。"那株灵芝的位置十分危险,我有些担心他。

金发男子愣了一下,笑了,他的眼睛在发光,像两颗宝石。

由于分心,他的脚一滑,差点滚下山崖,他敏捷地抓住了山崖边的一块硬石。我紧张地趴在地上,向他伸出了手:"快点,我拉你上来。"

"不行,太危险,会把你也拉下去的。"他吃力地往上爬。我义无反顾地拉住了他的手腕。僵持的结局一定是两个人筋疲力尽,掉下山崖。我快要支撑不下去了。

他果断决定启动飞行战靴。

刹那间,他一跃而起,迅速抱起我,飞到了半空中。我在慌乱间,用两只手牢牢抓着他的脖子。

他在山崖下面的瀑布旁停下,平稳落地,舀了些溪流里的水给我喝下,轻声叫着"南卡"的名字。

我醒了,躺在他的怀里,原来我叫南卡。我第一次近距离地端详他,忍不住用手去触摸他那金色的发丝,蓝绿色的眼睛,高挺的鼻梁,还有骨感的脸颊。

我看清了他的脸,原来他是本司汀。

我问他:"你是魔鬼,还是精灵?从没见过你这般相貌的人。"

"外面的世界很多这样的人。"他说。

他深情的眼神让我的心慌乱了起来，我推开他，慌张地问他："我记得刚才我们在山崖，然后我们飞起来了，对吗？"

"你想飞出去看看更大的世界吗？"

"我们现在可以吗？"我期待着。

他握紧我的手，说："南卡，不要紧张，我带你飞，抓紧我。"

他又叫了我一次南卡。

我们飞过了普诺岗日城邦，飞过了几百里的冰川，飞过了无人区的羌塘草原、高原湖泊，看到了草原上驰骋的藏羚羊、野马、野驴，还有无数的牦牛、翱翔的鹰。然后，我们还看见白色、黑色的帐篷，彩色的经幡，成群的牛羊，放羊的藏民。

本司汀说："快看，那是藏族牧民的房子。人们以放牧为生，他们不像你们普诺岗日人住石头房子，而是住牦牛皮制的帐篷。"

我不敢相信自己的眼睛，这就是外面的大世界。果然，普诺岗日城邦之外还有这么奇妙的世界。

我们飞到了古格王朝的上方，我的白裙在空中飘扬。他对我说："这就是我跟你讲的古格王朝，你瞧他们的房子都是土制的，是不是很有意思？我带你下去逛逛集市。"还没等我回应，本司汀已经在古格王朝城邦的郊外落地。

我们步行进了城。

他指着城邦蜿蜒向上，直通顶部的阶梯对我说："这个古格王国总面积72万平方米，比你们普诺岗日大了3倍。这些建筑物沿着逶迤的山势层层而上，直抵山顶，布局严格，气势雄伟。整个城堡，从地面到顶端高三百多米，由房屋、洞穴、佛塔以及碉堡、工事、地道组成。这是多么了不起的人类建筑智慧。而整个世界，就是你生活的地球，更是大到你无法想象，就好比这个王国只是山上的一块石头，而地球就是整座山。"

梦中的我对外面的世界是惧怕、惊讶的，也是亢奋的。

走在热闹的集市上，我不再那般勇敢，像个怕走丢的孩子牵着本司汀的手，紧紧跟着他，好奇地看着琳琅满目的货品、着装迥异的人们。我听不懂任何语言，周围一片喧闹的声音。

我问本司汀："我们应该还会回去吧？"

本司汀冲我眨了下眼睛："别担心，我的公主，我们只是出来采药而已！"

在城邦的集市上，本司汀看见了灵芝，问我带金子了没有。我有些疑惑地把王冠取下来递给他："这个算不算？"

本司汀被我逗乐了，说："我是要买这些灵芝。金子在全世界都是通用的货币，你可以用它来买任何你想要的东西。"

我说："那就用这个王冠吧，我的普诺岗日最不缺的就是金子，就是缺这些药材，我还有几十个这样的王冠。"

他听到这话，潇洒地说了句："那我们就阔气一回了。"他用王冠还有一对我爱不释手的藏式耳环，跟卖货郎换下了一袋子的灵芝。

出城的路上，我意犹未尽地对本司汀说："下次我们多带点金子，买些药材回去。还可以给父王、母后带些小玩意。"

他说："好，下次我们多买点。"

在我的白日梦境里，我们身后一直有三个盗贼紧紧尾随。

本司汀早有警觉，可集市上人太多，他不想惹人注目。他故意带着我在一个无人的小巷子里穿行，并用手表拍下三个盗贼的面孔，传递给他的搭档机器人杰克，杰克搜索三人的资料后告诉他，那是几个宇宙惯偷，老大是"无耳贼"希罗。

本司汀拉着我突然躲进一个土洞里，在古格城堡不计其数相连的土洞里穿梭。他看见三个匪盗着急找他的同时，还不忘偷路人的钱袋、首饰。

几个士兵路过，本司汀机警地牵着我走出土洞，跟士兵们告状说，他看见了三个小偷。于是，士兵马上开始了抓捕行动。仓皇之下，小偷们分散而逃。

我把灵芝丢给本司汀，也快步跑过去给士兵们帮忙，还命令本司汀去抓另一个。本司汀没来得及反应，我已经跑进了人群，他担心我走丢，也赶紧跟了过去。

我在一条巷子里跟匪盗交手，打得热火朝天，本司汀大步流星，跳到我身边说："南卡，没想到你功夫不错，有两下子。"

"你敢小瞧本公主？我从小就跟父王和勇士们学功夫，对付几个小偷还是绰绰有余的。放心，交给我吧。"我正要继续进攻，两个匪盗掏出了手枪。

本司汀赶紧拦住我，举起我的手，对匪盗们说："哇喔，我们投降。"

两个盗匪放松了警惕，拍拍身上的尘土，得意洋洋地说："怕了吧？不要命就上来。"

说时迟，那时快，本司汀的战靴发威了，它像磁铁般吸走了匪徒身上所有的武器，包括他们刚才偷的金银首饰。我一个飞腿过去，踢翻了一个盗匪，他的一颗门牙在空中划出了一道弧线。本司汀快速解决了另一个。

"你那是什么玩意儿？"两个小偷倒在地上号叫着问本司汀。

"没见过啊？那给你们长点见识。这双靴子能感知十公里以内的金银铜铁和矿物质，特别是武器，通通可以吸过来。"本司汀说。

我爱慕地看着本司汀："你的功夫也不错。"

士兵们赶了过来，我们将小偷交给了他们押走。本司汀很清楚这三个匪盗不是地球人，更不是古格王朝的人，他们是漂泊于宇宙各星球之间的惯偷。但是，本司汀不清楚他们跟踪自己的目的，于是联络机器人杰克要查清楚。

他带着我飞回到普诺岗日瀑布底下的小河边，沉默不语。我问他："你有心事？"

"南卡……你们城邦是不是有颗黑色的圆形石头，只有这么大，一闪一闪的？"本司汀比划了一下石头的大小。

我把手伸进脖子里取出了"希望之石"，问他："你是说'冰川的守护者'吗？"

"我看看。"本司汀伸手想去碰它。

"小心，你不能碰。除了我父王和我，其他人碰它都会烫伤，即使我母后都不能碰它。"我敏感地往后退了一步，守护石不是任何人都可以触碰的。

"怎么会这样？"本司汀颇为不解地追问。

"你也觉得很神奇，对不对？所以，我们的祖先才认为它珍贵。一直以来只有族人的头领才能佩戴它，它是王权的象征。巫师说它是冰川之魂，也是我们普诺岗日子民的守护者。"我回答。

"对了，你怎么知道这块宝物的？"我坐在小河边，开始玩弄河边无数的黑色石块，抛进河里，划出一道道水圈。

"其实，我……"本司汀有些支支吾吾。

我开始漫不经心地述说着我的心事。格来是我的未婚夫，一个星期前，我的父王扎伊跟格来的父亲——贵族吉旺商定了这门举国欢庆的婚事。如果没有本司汀的出现，我和贵族格来会是古国里万人艳羡的金童玉女。可是，我并不喜欢格来。我把巫师的预言告诉给了本司汀，说："比起嫁给格来，我最担忧的就是我的王国会在我手里毁于一旦。"

本司汀轻抚着我忧伤的脸庞，说："砍伐树林是没有用的，将要发生的应该不是小规模的火灾，而是地壳运动，这里会下沉或者毁于火山爆发。"

他捡起一块石头，神情凝重："你看，这些冰川下的石头大多都是黑色的火山石，这说明你们四周有座山是火山，这些火山可能几万年爆发一次，一旦喷发，威力强大到人类无法阻挡，它会摧毁你们的整个城邦，大部分的人会被火烧死，整个冰原也会被黑色的岩浆覆盖。你们要远离火山，越远越好。"

"那你会帮我们逃离这里吗？"我渴求的目光充满对本司汀的期望。

"相信我，我会帮你们迁移出去。"本司汀说。他搂着我在小河边晒着太阳，我们不知不觉睡着了。清澈的河面上是我们依偎的倒影。

两只雪豹衔着我的权杖找到了我们，懒洋洋地趴在河边等候。它们在窃窃私语，雪豹库尔说，他们的公主爱上了这个叫本司汀的会飞翔的外来勇士。

终于，夕阳西下的时候，本司汀叫醒了我，说："南卡，我带你去坐我的飞机吧，我想带你去看地球各地的夕阳，把我所有的故事告诉你。"

我微笑着点点头，说："就是你要帮父王造的飞机吗？太好了！我还想带上我的雪豹库尔,它从来没有飞过。"

本司汀看了眼躺在一旁打盹儿的库尔,他知道库尔是我最好的朋友,笑着说:"好。不过,我现在的力量带上它可能有点难度。你不要怕,我要启动智能盔甲了。"

两秒的时间内,飞行战靴和他的风衣,从下至上变成了一个贴身的金属盔甲,把本司汀包裹得严严实实。

他的手臂好像有了巨大的力量,带上我和雪豹库尔飞向羌塘无人区,最后我们一起走向停在草地上的一艘飞船。

"好大一只蜜蜂。"我惊讶的是本司汀驾乘的飞船的外观。

"这不是蜜蜂,这是我的教父阿多瓦的飞船,只是做成蜜蜂的样子。"本司汀笑着说。

机器人杰克羞涩地走上前跟我问好,他说:"我最怕见美女,见到美女我容易失控……哟,这只漂亮的雪豹是你的坐骑吗?哇噢,你太酷了!"

"谢谢!你跟本司汀一样也会讲普诺岗日语?你长得好可爱,怎么全身都是硬邦邦的?"我动手去摸杰克僵硬的胳膊和脸。

"我可是全宇宙最帅最聪明的机器人保镖……"机器人杰克开始自夸起来。

"好了,杰克,我命令你,你可以闭嘴了。"本司汀转身把我拉到副驾驶的位置,给我系紧安全带,叮嘱我坐稳,他们要出发了。

"他还好色,见到美女就滔滔不绝,我打赌你不到一个小时就会烦他的。"本司汀看看做鬼脸的杰克,"不过,他确实很可爱,是一个好保镖,我是说不废话的时候。"

机器人杰克听到本司汀夸奖他,眉开眼笑地对雪豹库尔说:"我的主人和你的主人……"库尔表示赞同地吼了一声。

突然,匪盗"无耳贼"希罗携着重型武器和他的四个部下出现在我们面前,"无耳贼"将炮口对准了驾驶舱。突如其来的一幕,吓得我尖叫了一声。本司汀安慰说:"别怕,南卡,几个贼而已。"

原来,这五个匪盗在冰川顶上看见本司汀进了豪华飞船,本来想偷偷跟上,但在一天一夜的停泊后,他们的飞船被冰川死死冻住了,老旧的飞船发动机失灵,无法启动,求救信号也发不出去。

紧急情况下,"无耳贼"希罗对他的几个部下说:"笨蛋,拿上武器赶紧下船,跟上他们。不拦截阿多瓦博士的飞船,我们怎么回去?"

本司汀看着飞船前衣冠不整的几个匪盗,不屑地调侃他们说:"你们是从炼狱星球的监狱里逃出来的?你们还没被教训够吗?快让开!"

"无耳贼"希罗说:"你是铁血战士本司汀?"

"你怎么认识我?"本司汀有些好奇。

"罗恩将军已发秘令,在全宇宙重金悬赏缉拿你,说你抢了阿多瓦博士的豪华飞船逃跑了。""无耳贼"希罗说。

"哈哈,你相信罗恩?据我所知,你们五个盗贼也是罗恩抓捕的罪犯。而你应该是'无耳贼'希罗吧,你的耳朵据说是在变态的炼狱星球服刑时,跟人打架被人割掉了。你不恨罗恩吗?"本司汀说。

"我不相信任何人,我只相信奖赏。要么你把我们一起带走,要么你下来把飞船留下,不然休想起飞。"无耳贼恶狠狠地说。

"对,休想起飞。""马上下来。""还有那个能打的妞,你把我的这颗金牙都给打掉了。""多亏了她打掉了,不然我们都不知道老大在我们身上装了跟踪器。""笨蛋,没有跟踪器,老大就找不到我们。"

小偷们嚷嚷着，乱作一团。

"我说，你们几个怎么来到地球的，你们的飞船呢？"本司汀站起身来，双手撑在方向盘上，淡定地看着飞船前的几个匪盗。

"不准动，再动我开枪。枪口可不长眼的。""无耳贼"希罗把炮口对准了本司汀。

"老大，是，是，是开炮，不……是开枪。"一个小偷在一旁结结巴巴地提醒"无耳贼"说错了话。

"你这个笨蛋，他妈的，把飞船停在冰川上冻住了，要不然老子用得着扛炮下来吗？""无耳贼"希罗使劲踹了几下刚才说话的那个小偷。

"哈哈，好好，我不动。如果我非要走呢？"本司汀坚定地说。

"那先打败我们……哼！我们有枪有炮！""对，先打败我们。"匪盗们的话一点底气都没有。

"真是废话多！"还没等本司汀说话，机器人杰克已经跳出了船舱，飞上前夺了"无耳贼"手上的重型炮，站在了五个匪盗面前。三下五除二，利索地把几个人撂倒在地。

"无耳贼"掏枪准备反击，被杰克一个飞腿打掉了。

杰克摆了一个很酷的姿势说："你们才是笨蛋，阿多瓦博士的飞船是防弹防火防炮的，就这点破武器还想抢我们的飞船？"

本司汀也跳下飞船，走到绑匪们面前，把枪对准了匪盗的脑袋，问他们："为什么跟踪我，受谁指使。"

匪盗们哭着说，他们看见阿多瓦博士的豪华飞船，很罕见地独自行驶在远离西里斯帝星的太空里，没有其它飞船的保护。他们误以为是阿多瓦博士和某个情人出行，想借机抢劫飞船，敲诈一笔，于是就悄悄跟上了阿多瓦博士的飞船。谁知道，为了这笔大单，一跟踪就是两年。

"你们跑得也太远啦！"匪盗们哭喊着，"两年啦，我们都想家了。"

后来，匪徒们看见同行放出的消息："罗恩的空军重金悬赏，寻找铁血战士本司汀，找到阿多瓦的飞船有重酬。"

于是，他们联系了罗恩，向罗恩告了密，透露了阿多瓦飞船的踪迹。罗恩让他们不要轻易行动，只需跟踪。

他们远远地看见，阿多瓦的机器人保镖杰克和铁血战士本司汀从飞船里走出来，不像是本司汀抢了飞船。不过，他们从始至终都没有看见阿多瓦博士，有些失望。

这些大盗们跟罗恩汇报说："那黑发的漂亮妞看上去像本司汀在地球上的情人；有可能阿多瓦博士继续用本司汀在地球上搞什么实验，让本司汀遇见了这个漂亮妞。"

匪盗们还告诉罗恩，本司汀带着漂亮妞，去了一个热闹的城邦买了些东西。

意外的是，他们跟罗恩汇报了这么多，只想找罗恩要一部飞船作为奖赏，结果罗恩一口拒绝，让他们这些人渣最好死在地球上。

我在一旁听不懂他们说什么，但显然意识到自己是被打劫了。本司汀跟我解释了下盗匪的用意。

我单纯地建议："不如，我们载上他们吧。他们只是想回家，你送送他们。"

本司汀愣住了。杰克对雪豹库尔小声说："你主人没傻吧？让我们把贼往自己飞船里带？这不等于引火烧身吗？"

雪豹库尔用头顶了杰克两下，表示反对，说："公主善良，不是傻。"

"他们家很远吗？回去要很久？"我关切地追问着。

本司汀和杰克相视大笑起来。

我生气地说："我说错什么了吗？你们干嘛要笑？他们只是小偷，贪财而已，现在回不了家，你们要是方便，送他们一程，也未尝不可。留在这个荒野里，他们恐怕会死的。"

本司汀忍住笑，向机器人杰克说："杰克，听南卡公主的，辛苦你先把他们绑起来，关在飞船的储物间里，看紧他们。带着也好，免得在这里祸害地球人。"

这是个奇怪的组合，一个智能化的"人造人"铁血战士，一个奴隶社会的古国公主，一个机器人保镖，一只雪豹，还有五个匪盗，开始了太空之旅。他们在太空里飞行，飞了许久许久。

直到我的梦醒时分。

"山姆、雨果，对不起。我刚才失礼了。太阳下山了，我们回札达县城吧。"许久之后，本司汀走过来向山姆伸出了友谊之手。我从白日梦中惊醒。

"只是这包里装着我最珍视的东西，我不喜欢别人碰它，请谅解。"他弯下身来，表示了他的诚意。

我打量着眼前这个金发男人，怎么会对他有莫名的好感？昨天梦见他，今天又梦见他。由于梦醒得突然，我只能依稀记得梦里的几个情节，古国的公主、未来战士本司汀、雪豹、几个盗贼，具体内容都不记得了。

"我睡了多久？"我揉揉眼睛，问山姆。

"一个多小时吧，这两天奔波，太累了，我刚才也睡着了。"山姆起身伸了个懒腰说。他压制了愤怒，选择原谅本司汀，平息了两个男人之间一触即发的战争。毕竟这一路的漫长旅程才刚刚开始。

16/

2016年9月9日晚，札达县城，小旅馆。本司汀背包里的秘密。

我们慢悠悠走下了古城的阶梯。早晨的羊肉太多，山姆吃坏了肚子，去寻洗手间，留下我和本司汀。

独自面对他，我有些局促和慌张，不知道找什么话题。我三言两语地简单告诉他我刚才的白日梦境。我说，我甚至梦见了太空和外星球的人。

"只是一个梦而已，你不要介意。"我低下头喃喃地说。我知道我的内心深处，将梦中的南卡公主想象成了自己，否则为何南卡和我长得一模一样呢？

他并不惊讶，哈哈大笑说："雨果，我来帮你将这个故事补充完整，你看看我的想象力如何？"

从前，有个国王叫扎伊，他只有一个女儿叫南卡，被他视为掌上明珠。南卡出生时王后难产，五天五夜后才生出南卡。南卡出生时，国王胸前的"守护石"放出耀眼夺目的光芒，像太阳一样照亮了整个峡谷。

巫师占卜后对国王扎伊说，南卡就是普诺岗日未来的救世主转世。祖先曾告诫我们，普诺岗日王国在十八年后会被火毁灭，所以，这几百年来我们不敢住木制的房子，不敢用木制的器皿，住房的材料全部改成了石头。几代国王不断派出勇士去外界寻找新的生存之地，而都以失败告终。如今，南卡的诞生给我们的族民带来了希望。

国王和王后格外珍爱这个女儿，举国上下也视南卡为"救世公主"。南卡出生后，国王便把象征王权的"守护石"戴在了南卡身上。

南卡公主自幼品行善良、聪慧过人。她不忍看见每逢月圆之日，大量的藏羚羊和牦牛作为祭祀品被宰杀，要求国王诏令全国将祭祀品改换成素食和高原格桑花。金银汁书写的禁杀诏令贴在城邦的各个角落。此后，在普诺岗日王国，官方规定：非重大节日，禁止宰杀牲口祭祀，更不准抛弃于荒野。

南卡公主成年后，长得花容月貌，落落大方，倾国倾城，国王扎伊和王后更是宠爱有加，准备从贵族中挑选一位青年才俊格来成为南卡的夫君，将来辅助南卡管理国事。

南卡18岁那年，巫师预言，祖先告诫即将成真，王国将会遭受灭顶之灾，被火吞灭。国王扎伊和贵族们诚惶诚恐，纷纷议论，和平的普诺岗日真会有天灾？数百年前祖先预言的毁灭真会来临吗？

一个月圆之夜，国王扎伊牵着公主南卡的手，带领全部族人到半山腰的神坛举行隆重的祭祀仪式，祈求冰川之神的保佑。不料，他们遇到轻微地震，刹那间山石滚落，众人惊惶而逃，峡谷内死亡人数过百，这是普诺岗日古国有历史记载以来最严重的一次自然灾害。

巫师断言这是火灾到来的前兆，神灵的暗示。

于是，在国王扎伊的城堡内，最大的贵族吉旺请求国王扎伊从平民和奴隶中挑选勇士，立即驾着雪豹翻越冰山，寻找另一处安身之所，建立新城邦。还有贵族建议，拆掉城内的所有的木制建筑，甚至要砍伐峡谷内的松树和其他树木，以防引起火灾。国王紧急下令集结国内所有的勇士，诏令他们马上踏上征程，寻找另一个世外桃源。

全城上下的奴隶和平民们也开始按照国王的命令大肆砍伐城邦外围一公里以内的松树并集中焚烧，这一举措导致峡谷内的部分动物无处藏身，四处逃窜，冰川的半山腰和峡谷内随处可见动物的尸体。

公主南卡十分哀伤，手握着"守护石"，不知如何发挥它的巨大能量。她终日以泪洗面，祈求神灵保佑她的王国里的一切生灵安康，免受灾难。

她在等待救世主的出现。而她期待的救世主就是本司汀。

"你真是会扯，不当剧作家可惜了！"我听完瞠目结舌，向他竖起了大拇指。

"跟你玩个'故事接龙'的梦境游戏吧，一个古国公主和未来人类的故事。"他笑着说，"展开你的想象力吧，只是不要告诉山姆，我不想让他误会我们。"

"嗯。故事接龙，有趣的提议。"我认同。旅途中总是需要找点乐子的。

这时，菲利普的短信进来了："亲爱的雨果，我到中国了。"

看到短信，我猛然警醒，我忘了菲利普经常问我的问题："最近有没有遇到金发的欧洲男子，185厘米左右的可疑人？"

不，我不能告诉菲利普。本司汀不像坏人。"若他真是犯罪嫌疑人，也应该有隐情。"总之，我不能告诉菲利普我果真遇见了一个符合他要求的人,至少,现在我没有看见本司汀犯罪,现在还不是通知菲利普的时候。

"如果他有犯罪的迹象,我一定打给菲利普。"我暗示自己,在理智和情感中博弈。我对本司汀有了私心。

远远地,山姆从洗手间出来,捂着肚子看见我和本司汀在谈笑。他不想声张,正寻思着一场小阴谋。

返程的路上,对讲机里只有本司汀和山姆断断续续的路况播报,我们都很疲惫。山姆突然关掉对讲机,在我耳边窃窃私语。

我露出些许不耐烦:"哎呀,亲爱的,大点声,车里就我们两个人。"

他说:"雨果,你有没有发现本司汀连上厕所小便都背着登山包,我就是好奇他包里装着什么宝贝玩意?"

"我们还是别管闲事了吧?又不贪图他的钱财。"

"你怎么知道他不是杀人犯、抢劫犯、盗墓贼?"

"什么意思?"

"这个男人神神秘秘,说话阴阳怪气,秘密应该在他的包里。我们要一探究竟。"

"你要去翻他的包?"

"为什么不?你不好奇吗?我们两个人,他一个人,怕什么呢?也许我们为社会铲除了一个犯罪分子。"

"他看起来玉树临风,学问渊博,不像是罪犯。除了那双招摇的金属靴子。"

"你看新闻上犯重罪的,没几个是蠢货,高智商罪犯才会畏罪潜逃,逍遥法外。他应该就属于这一类。"

"如果真是高智商犯罪分子,那我们更不能贸然行动,他要是把我们灭了怎么办?"

"只是翻一下他的包,小心一点,不会被他发现的。如果里面有大量的金银财宝或者古玩,稳妥起见,我们先拍照再报警,待警察查证。"

山姆的话有几分道理,他显然已给本司汀定性为罪犯。

当晚,我们搬到了本司汀入住的家庭旅店,见到了那只传说中的"丧妻狗",它快快不乐地趴在地上,丝毫没有对我们的光临表示欢迎,反倒是见到后面上楼的本司汀才兴奋起来,摇了摇尾巴跟着本司汀去了他的房间。

二楼只有两间房,我们就住在本司汀的隔壁。

山姆贴着墙听见本司汀开门下楼去了浴室,他让我放哨,溜进了本司汀的房间。"丧妻狗"本来一动不动地趴在房间的地板上,它猛地一抬头,吓了山姆一跳。

"宝贝,不要叫,不要动,我知道你老婆死了,一切会好起来的,赶明儿我给你介绍一只漂亮的母狗。"山姆对狗说。

"你跟一只狗说人话?它能听懂吗?快点行动吧,别磨叽了。"

山姆蹑手蹑脚打开包,准备用手机拍摄包里的赃物,我在门口战战兢兢,生怕本司汀上楼。

突然,房间里一声惨叫。

我猛然回头,看见山姆脸色煞白,一副失魂落魄的样子。我示意他快点出来,二人逃离了现场,回到自己房间。

狗叫了,它像是在跟本司汀汇报刚才的突发情况。本司汀快速上楼,敲开我们的房门,对恐慌的我们说了句:"不是你们想的那样,我稍后跟你们解释。冷静。"

家庭旅馆的老板夫妇,老板儿子和老阿妈的房间都陆续亮灯了,准备上楼。本司汀拦住了他们。众人问怎么回事。

本司汀连忙哄大家说:"没事,我朋友山姆逗狗,差点被狗咬了。"

店老板说:"我嘱咐过你们的,这狗脾气不好,不要惹它。没事吧?"

"没事,没事,没咬到,只是吓了一跳。大伙回去休息吧。不好意思。"本司汀连连道歉。

他推开门进了我们的房间。我和山姆从慌乱中醒悟过来,准备报警。他瞬间移动到我身边,打掉了山姆手里的手机。我和山姆哆哆嗦嗦地手拉着手,越握越紧。

"你还会功夫?"我惊叹道。

"你,你,你到底是谁?你的背包里怎么会有死人的尸骨?"山姆行动前对我说的那些豪言壮语已荡然无存,此时的他手心在冒汗。

"两位,我不是你们想的坏人,更不会是杀人犯、抢劫犯,请相信我。如果是,我没必要冒险与你们同行。同行等于自杀,暴露我的身份对我没有好处。拜托用你们的脑子想一想。"

"你别跟我们显摆你的智商,我最他妈受不了你显摆你的博学。要是在纽约,你这种人早在街头被枪杀多少回了。"山姆忘了恐惧,开始愤慨起来。

"OK,那我们用基本的逻辑知识分析一下。"

"你说话怎么这么不招人待见啊?你是说我们连正常的逻辑分析能力都没有吗?"

"山姆,咱们先听他说。"我示意山姆冷静。他和我都被吓坏了。

明月当空，满天星辰。本司汀讲了一个遥远的故事，故事的重点是：那是他妻子的尸骨，他曾答应妻子要带她环游世界，她生前未能如愿，死后他想兑现承诺。

我被这个浪漫、凄凉的故事感动，哭得稀里哗啦。

"恐怖片变浪漫爱情片了。真是糟心。"山姆递给我纸巾，将我搂在怀里。

"你坐飞机是怎么将尸骨过安检的？"山姆无厘头地问了他一句。

我停止哽咽，静静听着，也许能从这个问题的答案里看出什么破绽。

"我没有坐飞机，全部是自驾游和徒步，遇到边境要安检的，找当地黑道马仔塞点钱解决。这点活对他们易如反掌。"

他见我们仍旧怀疑的模样，继续说："我是无论如何也要实现妻子的愿望的，即便倾家荡产，即便死也要走下去。我的命是我的妻子救的，我们很相爱，很幸福，可她因病离开我了，我的世界也崩塌了。带着她的尸骨环游世界，最后将尸骨埋葬在普罗岗日冰川下是她的遗愿，不管付出多少代价，我也一定要完成。"本司汀不像在说谎，他也没必要跟我和山姆撒谎，若真是杀人犯，早把尸骨埋了或抛到荒山了，不会愚蠢地背在登山包里旅行。

我和山姆肯定，那登山包里的不管是不是他的妻子，也应该是他身边极其重要的一个人。

"哦。"这是一个让人信服的答案。为了爱情，人们做什么都不足为奇。

"打扰了，对不起惊扰了你的妻子，我们回去休息了。"山姆有些抱歉。

"他一定很爱很爱他的妻子，爱到疯狂。"睡觉前我对山姆说。

"我也很爱你。该死的爱情,人们为了它失去理智,如此疯狂的事情也能做得出。"山姆吻着我的额头说。

17/
2016年9月9日,晚,我的梦境。美妙的太空婚礼,他从哪里来?回到哪里去?

慢慢地夜深人静了,我想起本司汀提到的专属我们两人的"故事接龙"的梦境游戏,有种欣喜的滋味。

我从山姆的怀里侧过身去,闭上了眼睛,期待白日梦境的延续,在"故事接龙"游戏里扳回一局。

明天醒来,讲给他听。

本司汀的"蜜蜂"飞船驶进了高空,我俯瞰着眼下的土地,夕阳下的晚霞、草原、冰川、山峦和湖泊尽收眼底,美不胜收。本司汀教我如何使用望远镜,奇幻的地球美景将我带入一个未知的世界。

我乐在其中,忘记了自己已渐渐远离了地球。

我重复着一句话:"请告诉我,这不是梦。这一切发生得太突然了。"

在地球的高空中,本司汀问我:"南卡,你不爱贵族格来,为什么要嫁给他?"

"父王的命令,我不能忤逆。"

"可你的幸福呢?你会快乐吗?"

"我的快乐?不,我不快乐。可是,不嫁给格来,我能嫁给谁呢?

至少格来是喜欢我的。"

"你嫁给我吧！"

"什么？"

"我喜欢你，南卡，我不想你在痛苦中生活。你也喜欢我，对吗？"

我羞涩地背过身去。

"对不起，我说得太直接了。我可以给你时间考虑，不要嫁给自己不喜欢的人。"

"嗯，我知道。"

"南卡，我想请你帮我一个忙。"

"你说。"

"可能我要带你离开一段时间，当然，首先必须征得你的同意。如果你不愿意，我可以送你回去。但我希望你能和我在一起。"

我放下望远镜，意识到这不是看夕阳这么简单，问本司汀："你说的我听不懂，你们要带我去哪里？"

"去救人，一些善良的像你的子民一样的人，但是数量是10亿，或者更多。我不知道会不会成功，但是我需要你，还有你脖子里的希望之石。这一路危险重重，我担心你会受伤，被无辜地牵连进来。所以……"

"这就是你接近我的目的？这一切都是有预谋的对不对？你只是为了我脖子里的这颗宝石而来。"我有点恼怒，像是受了欺骗。雪豹库尔也站了起来，怒吼一声，它要保护她的主人。

"不，南卡，你是我遇到的人间天使。我以我对你的爱发誓，我宁愿选择死也不想把你牵扯进来。"本司汀握着我的手，含情脉脉地说。

"你说什么？"我的眼睛红润了。

"是的,南卡,我看到你的第一眼就爱上你了。我从来没有喜欢过一个人,我是说,你是我爱上的第一个姑娘。所以,我想带你走。虽然,我的星球上不允许 DNA 优选人和自然人结婚,但我不是 DNA 优选人,我可以娶你。如果你不愿意,等我办完事,完成使命,我也可以和你一起在普诺岗日古国生活。"

"对,他爱上你了。"机器人杰克急了,说,"亲爱的南卡公主,我的主人爱上你了,他是个好人,是我们星球的铁血战士,是个真正的勇士。但是,我们身上肩负着使命,我的主人要回去救人,救很多人,一个星球的人。不,可能是无数个星球的人,包括你生活的地球。我们需要你和守护石的帮助。"

我伤心地哭了,努力平复心情,希望本司汀没有欺骗我:"好,我跟你们走,但五六天后一定要送我回来,请你兑现你的承诺,帮我拯救我的子民,给他们造飞机。"

"恐怕不是让你离开五天,是一两个月,不,其实是五年。我的家很远。你在飞船上度过一天的时间,其实我的星球、你的古国已经过去一个月了。"本司汀支支吾吾地说,他知道这对我来说,是个很大的打击。

"什么?五年?你疯了吗?你的家那么远吗?"

本司汀抱住了哭泣的我:"从我家里到你的古国,需要至少两年时间。但你在飞船里只过了一个月。"

"让我想想,我需要安静一会儿……"我走进一个房间,关上了门。雪豹库尔紧随其后,焦虑地守在门口。

"对不起,南卡,我不勉强你,但是我们真的需要你和你的守护石。我答应救你的子民,我一定会救他们。"本司汀在门外说。

不一会儿,我停止抽泣,开门出去了。"现在,请告诉我到底发生了什么可怕的事情,告诉我怎么帮吧。只要你答应我,拯救我的国家和子民,在末日来临之前带他们离开,我可以跟你走。"我冷静下来说。

我是爱本司汀的,一点也不想当女王,也不爱格来,但是父王只有我一个女儿可以继承王位,我必须保护我的王国和子民。

本司汀启动了飞船的快速飞行模式,向西里斯帝星飞去。

到了晚餐时间,本司汀给我煮了杯巧克力,这是他在地球上的西班牙发现的饮品。他将可可豆磨成了粉,加入了水和糖,加热后制成饮料。

"南卡,你尝尝,这个东西喝了会兴奋,有利于提神醒脑,坊间传闻有恋爱的感觉。"他端到我面前。

"是吗?呀,这黑色的水真好喝,黑糊糊的像草药,给库尔和杰克也来一杯吧。"

杰克说:"不,不,谢谢公主殿下。我的食物是电能,就像这样。"杰克打开自己胸口的小盖子,将飞船里的一根充电线插进了他的胸口里,很满足地站在那里充电。

我咯咯笑个不停:"你真幽默,这个我也能吃吗?"

本司汀连忙说:"不,不,南卡,我们恐怕不行,这是充电器。相信我,你不会喜欢那种味道的,只有机器才可以。"

"那给后面的五个小偷送点吃的吧。他们也应该饿了。"我又想起了被遗忘在储物间的匪盗们。

"好吧,杰克,麻烦你给他们送点吃的吧。"本司汀撇撇嘴,说,"请原谅,我们南卡是个热情善良的姑娘。"

"是的,她非常热情,这一路要把我忙坏了。"杰克故意说。

杰克给匪盗们送去食物和水,告诉他们多亏了南卡公主,不然他们上不了飞船，更别想有东西吃。匪盗们不满足，又嗅到可可豆的香味，吵着要喝。

本司汀把腿翘在驾驶舱前方，拿着望远镜悠闲地侦查太空里的动向，一边对杰克说："这帮匪盗要求真多，给他们拳头，杰克，你问他们要不要尝尝？"

我却悄悄走到后面的储物间，把自己的巧克力热饮给了他们。本司汀担心匪盗们会伤害我，离开座位把我拉了回来。匪盗们在后舱的储物间里，叽里呱啦地议论我的美貌和好心肠。

突然，一个盗匪尖叫起来，他发现了储物室里面的几具尸骨。

我闻声赶到后舱，蹲下身检查了下尸骨："几具尸骨而已，你们几个男人惊慌什么？"

"就是，你们惊慌什么？"本司汀附和了一声。其实，他的心提到嗓子眼了。他有些埋怨杰克把盗匪们关错了房间。

他转过身，背着我向杰克做了几个手势，意思是"你真欠揍，怎么能把盗贼和地球人的尸骨放在一个房间呢？"杰克做出"抱歉"的表情给予回应。

"你太变态了，你以为尸骨是收藏品吗？我们要换房间，我们不能和这些卑贱的尸骨关在一起。"盗匪们嚷嚷着，这与西里斯帝星人类的价值观格格不入。

"他们可不是西里斯帝星上卑微的尸骨，他们很尊贵。"本司汀说。

"但是，本司汀，这些尸骨年代久远。你怎么把它们放在你的飞船里？"我仔细检查了下这些尸骨，凭我的经验判断。我对人体和动物的尸体都不陌生。

本司汀拉着我回到主舱位置上，将这几个人的故事娓娓道来，从秦始皇讲到亚历山大大帝,再到西施、克里奥帕特拉、华佗,讲了一天一夜。

我一脸崇拜与好奇的样子,但压根没法理解这几个尸骨主人的世界,只当是听神话故事了,昏昏欲睡。

"虽然我不知道教父为什么选了这几个人的尸骨,但是一定有巨大的用途。"本司汀对我说。

对我和本司汀而言,宇宙间最浪漫的约会,就是坐在阿多瓦的蜜蜂飞船里,喝着热巧克力,观看浩瀚的宇宙里神奇的壮丽景观。我们穿越绮丽的星云,漫游在夺目的星河,旁边的机器人保镖杰克也不闲着,它循环播放着动人的音乐,偶尔担任解说员的角色,向我介绍他们遇见的某个恒星或者行星的故事。

虽然在太空里,受不明暗物质的影响,杰克的音乐总是卡碟,但是静寂的太空之旅,有浪漫的音乐相陪总是快乐的。

雪豹库尔肩负起了看守的重任,在储物间的门口守着五个盗匪,对他们身上的肉垂涎三尺,偶尔还会舔几下盗匪们的脸颊戏弄他们,吓得他们慌慌张张。

本司汀问我:"想不想进太空看看?来,闭上眼睛。我要邀请尊贵的南卡公主跟我跳一支舞。"

本司汀牵着我的手,给我穿上轻薄的太空服,然后启动他的风衣战甲和飞行靴变型模式,带着我缓缓走出了飞船。

我突然感觉脚下落空,身体轻飘飘的,睁开眼睛,心提到了嗓子眼,异常慌乱,完全失去了平衡。

我不敢相信自己飘浮在太空里。

本司汀说,想象你是峡谷小河里的浮萍,漂浮在普诺岗日大峡谷的湖泊里。

"可以吗？"

"你可以的。相信我，我会保护你。"

我滑稽地做了几个游泳的姿势，问本司汀："我会掉下去吗？这种感觉太美妙了。"

本司汀哈哈大笑起来，他牵着我的手，摆出各种舒展的姿势，一步两步三步地跳起了太空舞。我也跟着本司汀晃动起来。

随着悠扬的音乐，我们围绕着蜜蜂飞船飞了一圈又一圈。然后，轻盈地落到了飞船的顶部，也就是"蜜蜂"的头上。

我温柔得像只小鸟一样依偎在本司汀的腿上，望着远处的恒星点点，那些橘色、绿色、火红色的光里，夹杂着形态各异的灰尘云和气体，若隐若现。这意境恐怕只有本司汀才能给予。

本司汀突然说："南卡，嫁给我！"

我略显羞涩，说："答应跟你走的时候，就已经决定嫁给你了。"

"嗯？什么？"本司汀激动地冲着太空大喊了一声，"南卡答应嫁给我啦！"

这呐喊声只有对讲机连线的我和飞船里的机器人杰克、雪豹库尔能听得到。"你把我的鼓膜都快震破了。"杰克吼道。

本司汀不予理会。他兴奋着："你是机器人，哪里有什么鼓膜？"

我说："这是梦吗？如果是，它会碎吗？即便碎了，我也不愿意醒来。"

本司汀通过头盔的透明面罩，给了我一个隔着太空服的吻，说："这不是梦，以后你想来，我就带你来。"

我问他："宇宙中有这么多星星，你最喜欢哪一颗？"

他说："我已看过银河，但我只爱一颗小行星，它的名字叫地球，也叫南卡星。她就在我的眼前。"

我热泪盈眶，说："问一千遍一万遍，我的回答都是，我嫁给你。"

我们算是私奔了吧？在太空里举行了简单的婚礼。在一只雪豹和一个机器人的见证下做出了相爱相守一生一世的承诺。

我说，除了恒星划过时形成的流星雨，我最爱看各种颜色变化莫测的星云，特别是马头星云。

本司汀告诉我，猎户座内的马头星云是天空中最易辨认的星云之一，它是巨大黑暗分子云的一部分。星云后方是被恒星所照射的氢气。

他指着暗色的马头说，别看它小，那是因为距离我们太遥远，它的高度约一光年，比普诺刚日冰川高了无数倍，应该算是全宇宙最大的马。

我生怕错过什么美景，连眨一下眼睛都觉得是罪过。这是不可思议的宇宙。

本司汀说，你看那个暗色的马头主要是由浓密的尘埃造成。贯穿星云的强大磁场，正在迫使大量的气体飞离星云，所以远看像马在草原上驰骋。

我从小骑马长大，16岁成年后开始骑雪豹，对马的情感很深。

我记住了浩瀚宇宙里那个从暗红色背景里冲出的黑色马头。本司汀以马头为背景，让我摆出造型，为我拍下了一组太空照片，那应该是整个宇宙中最英姿飒爽的骑马照。

18/

2016年9月10日，　从札达县到双湖县。关于亚历山大之墓的争吵。本司汀提到了他的父亲罗恩和单性人类社会组织。

月牙儿还挂在西边的树梢,东边的红晕已隐约可见,这是黎明时刻。本司汀在外阳台上伸了个懒腰,痴迷于刺破远方黑暗的光亮中若隐若现、变幻无穷的色彩。地球就像三百多年前他第一次遇见时一样,让他迷恋。

他已经爱上了地球上的生活,对他的西里斯帝星没有丝毫眷念。

地球是五彩斑斓的,而他的星球是色彩单一的,一切事物都是浅色的,以至于他第一次见到地球时,眼睛无法适应色调和色度的变化。在他的西里斯帝星,建筑物的主色调都是白色,连树儿、花儿都是浅色的。黑色是罕见的颜色,富人专有。地球是个充满活力的星球。这里的人们有爱、有道德、有信仰、有法律,也有饥饿、贫穷与纷争。

藏狗紧跟着他,矫健的两只前爪搭在阳台上,和本司汀一样看着远方的光亮。他的心情不错,抚摸着藏狗的头,说:"伙计,我今天要走了,我们都失去了至爱,只有你懂我。谢谢你的陪伴。"

智能手表上的信号灯又开始闪烁,通过脉搏刺激着本司汀的心脏。他的心脏附近 0.5 厘米处,曾经安装了一个颗米粒大小的微型仪器,它不仅有定位的功能,可以监视本司汀的一举一动和生命体征,还可以收录和储存本司汀所见所闻所感的信息。

西里斯帝星上,野心勃勃的科学家们认为没有人能有这样高超的技术,自己给自己做心脏手术,而且一旦本司汀移除心脏旁的微型仪器,他将失去任何支援,在地球上将无法生存,没有人会傻到摘除仪器而毁灭自己。

但是,他们忽视了本司汀的能量,或者说他们从来不曾真正认识本司汀。

一年前，本司汀在飞船靠近地球时，自己拿刀对着镜子剖开了胸腔，取出了微型仪器。然后，他炸毁了飞船，飞船的碎片成为宇宙的垃圾，飘浮在星际里。

他启动三百多年前他的教父阿多瓦博士研发的飞行装置和战斗盔甲向地球飞去，金属战靴和战甲里有巨大的秘密武器。这几百年，飞行装置在他的研发下已经升级了好几代，由厚到薄，功能也越发智能，穿戴也便利了许多。

他比任何人都了解地球，因为三百多年前他曾来过，后来，他和南卡重返地球时发现宇宙中原来的路径彻底消失。过去的一百多年，他一直在研究通往地球的新路径，期待再次光临地球。

当他飞抵地球时，地球的孩子们只当是夜空里看见了一颗大流星划过，望着星空欢喜雀跃。

本司汀站在阳台上，陷入沉思。高原清晨的寒风掠过他的脸颊，吹乱了他额前的金发。

他回想起出发前往地球的前一天，科学家们问他想带什么一同踏上宇宙探索之旅，他说只要带上妻子南卡的尸骨。科学家们哗然，但还是同意了他的请求。

他手表上的信号灯一直在闪烁。他一如既往地按下了红色按钮，显示"继续关闭，不启动"。此时距离三百多年前，他在地球上第一次遇见南卡的纪念日还有两天。他默念着："不知不觉来地球已经一年了，这一切快要结束了。"

他可以毁掉飞船，因他不曾想过回去，也不想满足西里斯帝星人探索地球的欲望。但是，他暂时不能毁掉智能手表，他起初有些担心自己在宇宙航迹里的生存空间，在没有完成妻子南卡的遗愿时，他不能死。若有突发情况，这是他与他的西里斯帝星联络的最后工具。这只手表目前为止一直处于关闭状态，说明他一切安好，也可以说明他死了。

他在地球人的新闻里看到国际航空站发现了疑似飞船的残骸物，但地球人还是倾向于相信那是卫星的碎片，报道神乎其神。用不了多久，地球人会发现更多残骸，也就是说意味着他们有机会发现另一个宇宙里的生命体确实存在。

本司汀想，这是他送给地球人的礼物，他欠地球人的。

他转身发现我们的房门紧锁，里面一点动静也没有。

"山姆、雨果，六点了，怎么还在睡呢？快点起来吃早餐出发。我昨天买了几个馒头和包子，老板娘热好了。"本司汀砰砰敲响了我们的房门。

"十分钟就好。十分钟……"山姆伸了个懒腰回话。

"什么？本司汀买包子了？他真是个有心、贴心的人，知道我们吃馒头。小城里馒头难买。"我揉着惺忪的眼睛说。

"我看他是对你上心吧。"山姆一边穿衣服，一边醋意浓浓。

"你的思维方式能纯洁点吗？人家还背着妻子的尸骨在旅行呢。"我踢了一脚坐在床脚的山姆，把他踢下了床。

"亲爱的，快点起床吧，还有行李没收拾呢。"山姆说。

我们出门时遇见正要下楼的本司汀，他接过我手里的登山包，说："我来帮你拿包，下楼小心点。"

"本司汀，你真的买到包子了？我不是在做梦吧？"我对他的感谢脱口而出。

"哈,不客气。包子都热好了,我看你们昨天早上在包子铺吃早餐,所以在去古格王朝遗址回程的路上,专门打电话给旅馆老板预订,这样就不必担心今天我们走得太早,包子铺还没开门。"

"你真的太周到了。"我说。

"咳,咳,雨果,注意你是有未婚夫的人。"山姆假装咳嗽了两声。

"我只是说他细致,又没说喜欢他。你吃醋啦?"我凑到山姆耳边说。

"我又做了一晚上梦,被你的敲门声惊醒,什么也不记得了。"我埋怨本司汀说。

"什么梦?"他问。

"这两天老做梦,都是零零碎碎的片段,记不清楚。昨夜的梦乱七八糟,前半夜梦见的是太空里发生了什么,我这笨脑袋,半夜起来上厕所,然后怎么都记不起来了。后半夜又做了一个梦。我还有印象,你们猜我梦见谁了?"

"谁?布莱德·皮特?奥巴马?"山姆把越野车门打开,把行李丢进后备箱,用美国人的幽默方式问我。

"去你的,我梦见了亚历山大大帝和……和华佗。"我神秘地说。

"历史剧看多了吧?华佗?华佗是谁?"山姆又从本司汀手里接过我的背包,丢进了后备箱。

"华佗你不知道?中国东汉末年著名的医生,晚年因遭曹操怀疑,下狱被拷问致死。在中国无人不知华佗,就像无人不知曹操。"本司汀跟山姆介绍华佗。

他的话似乎让熟读欧洲历史、大男子主义的山姆感到羞辱,山姆说:

"我问你了吗?我又不是中国人,也就是对中国历史不太熟。亚历山大大帝我还是很了解的。"

"山姆,哥们,我没有这个意思,可能我的表达方式不对,对不起。我只是觉得你找了个中国女朋友,或多或少应该知道点。"本司汀耸耸肩。

"要不是雨果说我们同路去普诺岗日冰川有个照应,我真不愿意和你这种人同行。"山姆说。

"你们两个男人烦不烦?都不关心我梦见什么吗?"我急切地想告诉他们我的奇怪梦境。

其实,我记得第一个梦境,那是我和本司汀的"故事接龙"小游戏,不能告诉山姆,我要寻找合适的时机讲给本司汀听。

所以,我现在只能当着山姆的面讲述第二个梦境。

"说吧!"他们异口同声地回应,坐到了小旅馆一楼的餐桌旁,"咱们边吃边说。"

"雨果,如果你梦见了亚历山大,是否可以告诉我,梦境中他想把自己葬在哪里?"山姆一只手搭在我肩上调侃我,亲吻了我的脸颊,在本司汀面前,显示我们的亲密。

"你想找他的墓穴想疯了吧?"我推开他的手臂,给他们俩一人倒了杯酥油茶,"来,喝点酥油茶暖暖胃。"

"全世界人民都想!"山姆不紧不慢地说。

"你们找他的墓穴干什么?"本司汀很诧异。

"你说干什么?金银财宝、考古价值、亚历山大的真身,不同的人有不同的企图心。可惜,就是没人知道他的墓穴在哪里。"山姆说。

"有人说被他的将领托勒密安放在古埃及的亚历山大市,做成了木乃伊、凯撒大帝、罗马皇帝盖乌斯·卡里古拉、提图斯皇帝等人还去祭拜过他。"我补充说。

"又有人说在马其顿，我和雨果还去马其顿看过冒牌的墓穴，很失望。那是某个贵族的，不是他的；也有人说和克里奥帕特拉的宫殿一起沉没了。谁知道在哪里呢？全世界的考古学家都在找他的墓地。"山姆一脸遗憾的表情。

"恐怕永远找不到。"本司汀说。他盯着碗里漂浮的杂质，用勺子挖了出来。

"为什么？"我好奇地问他，随手给了他一个空碗，示意他将杂质倒进空碗里。

"也许就不存在，或者早已被盗，销声匿迹了。你们也别找了，徒劳无功。"本司汀安慰我们。他的眼神有一丝躲闪，像是有什么难言之隐，不敢直视我们的眼睛，低着头，手里的勺子搅动着滚烫的稀饭。

他比任何人都清楚亚历山大的墓穴在哪里。三百多年前，就是他盗了亚历山大大帝的墓穴，甚至还有克里奥帕特拉、秦始皇、西施的墓穴，鬼知道还有谁的墓穴。时间久远，他自己都忘了。他在埋怨自己盗了地球人的墓穴，给地球人带来困扰，三百多年后地球人发疯似的全世界找亚历山大的墓穴。

但是，他还不能告诉我们他的身份，他还在考验我们。

"这么伟大的人物死后没有任何记载，是没有道理的。人们总想多了解他一些。"我虽然觉得本司汀的话有道理，但还是不到黄河心不死。

"是啊，瞧，雨果做梦都是亚历山大，我们俩是亚历山大大帝的粉丝。"山姆说，"对了，你还没说你梦见亚历山大什么了？"

"在梦中我是赫菲斯提昂，Hepheastion。我的意思是，我以为那是我本人，当亚历山大抱着我痛哭时，我从镜子里看到我是个卧床不起、面容苍白的英俊的金发男人，穿着一身白色的长袍躺在亚历山大的怀里。"

"果然是我的女人，做梦都这么有性格。"山姆骄傲地说，又亲了我一下。我总感觉山姆今天有点奇怪，虽然平时我们也很腻歪，但是，此刻他对我的亲昵举动显得有些刻意。

我给了山姆一个白眼，继续讲述："我们一起聊着童年往事，聊着这些年如何一步步攻占一座座城池，实践统一世界的梦想，聊着他结婚生子。我们从小一起长大，一起读书，一起骑马。亚里士多德是我们的恩师，教会我们历史、哲学、数学与教养。亚历山大20岁时被马其顿军队中的重臣安提帕特推举为新国王。我们在金碧辉煌的宫殿里举行登基仪式，彰显亚历山大的威严。"

"这和华佗有什么关系？"本司汀问。

"你们别急，听我说啊。紧接着，我的头脑里像播放电影似的出现一串串画面，准确地说就是亚历山大的发家史，画面非常清晰，就像我在现场。为了让亚历山大成为马其顿王族中唯一健全的男性继承人，我们策划了一系列精确的政治部署，杀了太多人，王族中但凡对亚历山大构成威胁的势力格杀勿论。我的梦境里一片杀戮，满地满城的鲜血。奇怪的是我从来没完整阅读过一本亚历山大大帝的传记，怎么会有这么清晰的历史脉络，就像赫菲斯提昂托梦给我一样。你们不觉得这很悬疑吗？"我一口气说完，对自己突然通晓亚历山大时期的历史，既感到意外，又感到自豪，"男士们，我怎么突然变聪明了，就像我活在那个时代一样。"

"有意思。"本司汀似乎对我的梦境很有兴趣。

"有啥意思啊？听雨果说。"山姆说，"有时候梦境可以唤醒记忆深处的意识，将零散的片段组合起来。你看了那么多有关亚历山大大帝统治时期的电影，梦到这些不足为奇。"

"这只是铺垫，有意思的还在后面呢。亚历山大因御医宣布我的病是不治之症，要杀了他。我拦住他，我是说赫菲斯提昂拦住了他，别忘了，我在梦里是赫菲斯提昂。"

"是，亲爱的，我们知道你在梦境里是赫菲斯提昂，穿着白袍子。"山姆搭腔说。

"我求他不要杀害无辜的人，他是神，要有怜悯之心，怎么能滥杀无辜呢？我让御医向亚历山大隐瞒我的真实病因，谎称我是疲劳过度，寝食难安，吃了不干净的食物而得了疟疾。"

"对，传说他是中毒死的，不是得了疟疾。"山姆说。

"我不知道是谁给我下的毒，我想皇后、宠妃、将军们、侍女们、男宠们，谁都有可能。他们都想我死，嫉妒亚历山大对我的专爱，嫉妒我的功绩和地位。他们恨我，千方百计想置我于死地。如今，我真的要死了，我却不想让亚历山大为我报仇，仇恨只会让他失去理智，心胸变得狭隘，阻碍他统治世界的梦想……"我进入了戏剧的角色，声情并茂。

"亲爱的，你的梦境成功地解答了人们对于赫菲斯提昂之死的猜测。"山姆夸奖我说。

"哈哈，梦境真是个好东西。"我大笑起来。

"同性之爱？"本司汀显示出一点不耐烦，突然说，"同性之爱让我觉得恶心。"

"看你思想挺开明的，怎么同性恋都接受不了？你是天主教信徒？穆斯林？"山姆问。本司汀的话让我和山姆的愉悦感瞬间消失了。

"不是。"本司汀严肃地说，反问道，"你是天主教信徒？"

"不是每个说 MY GOD 的人都是天主教徒，也不是每个天主教徒都严守教义。"山姆也严肃地回答，"古希腊男人普遍具有同性相恋的倾向，在希腊的方言里，表示爱人的字面意思'启发灵感的人'。古希腊人相信，男性之间的爱能激发出双方的勇气、灵感和道德，这是生活的意义。绝对不是你理解的性和现代意义上的同性恋。"

"哦？愿听其详。"本司汀露出一丝不屑的神情。

山姆喝了口热奶茶，仿佛终于有了展示才华的机会："即便哲人苏格拉底也有同性情人，甚至，苏格拉底曾冒着生命危险去战场上救受伤的阿西比德将军，那位将军就是他的同性情人。这种感情丝毫不亚于你对妻子的爱，也不亚于我对雨果的爱。"

"不可相提并论。请不要亵渎我和南卡的情感。"本司汀很敏感拿他的妻子南卡做比较。我啃了几口包子，想听山姆讲述古希腊的同性恋。

"确实不可同日而语，但本质是一样的，都是纯粹之爱。古希腊社会是个男权社会，女子三从四德，不能出门见生人，不能讨论政治，不能学习。希腊人认为，男性一旦和女性接触过多，会影响男性的阳刚之气，会使男性变得软弱。一般情况，男孩只允许在母亲身边待到七岁，然后将会被同其他男孩一起组织起来，由成年男子教导他们的德、智、体、美，而他们娶妻的目的仅仅是为了生子，繁衍后代。"山姆边吃边说。

"山姆，我从来没听你讲过这些。继续，继续。"我饶有兴致地听着。

"两性之间社会地位的严重不对等，简直抹杀了男女之间产生爱情的可能，这样男女之间的爱情就自然失去了滋生的土壤，同性之爱也就盛行了。古希腊的成年男人一般会找一个俊俏健硕的少年男子做爱人。当少年长大成年了，也会找一个少年做爱人。"

"爱人？！啊哈，启发勇气、灵感和道德的人。"这是我听过的对"爱人"最好的诠释。

"嗯，很多希腊联邦的军队都是由同性恋男子构成，柏拉图就曾证明，这种方式可以增强战斗力，让士兵不畏牺牲，共同进退，在战场上很有杀伤力。亚历山大和赫菲斯提昂就是这种同性情感……"

"我实在听不下去了。雨果，还是你说梦吧。"本司汀插话了。

"为什么你如此排斥这个话题？昨天你在路上不是还告诉我们动物世界的同性恋之美吗？"我小心翼翼地问他。

"人类太复杂，欲望太多，和动物的纯粹之爱不能相提并论。我父亲就是同性恋，变态的自私的同性恋。你们想，如果有人要建立'单性人类社会'，那该多可怕？"本司汀的言语里流露出他对父亲的憎恨。

空气凝结了五秒。我们都很尴尬："单性人类社会是什么？"

"就是一个社会只有男性，或者只有女性。"本司汀说话的时候脸部僵硬。

我们着实被这个组织的想法吓住了，埋头咽下包子，差点噎住。

"亲爱的，你刚才说梦见亚历山大遇见了华佗，这是怎么回事？"山姆打破了这一沉默的局面。

"后来，亚历山大病了，患了传染病，高烧不退快死了，我很心疼他，想替他受罪。"

"这就是胡说了。史书记载公元前323年6月初，亚历山大在巴比伦突然因发热而病倒，十天后就死去了，当时还不满33岁。赫菲斯提昂比亚历山大早死几个月，怎么会心疼他。"

"山姆,我讲的是梦境而不是你的历史。也许我死后变成了一个隐形人,总之我仍然可以看到亚历山大。有个波斯大臣曾经到过东方,他给亚历山大推荐了中医华佗,亚历山大差人快马加鞭地去了东方,打算请不来华佗就绑架。"

"哈哈,绑架华佗?"山姆捶着桌子,哈哈大笑起来。

"那时的东方还是春秋战国时期,相对闭塞,并不知西方有个亚历山大大帝。我看见华佗风尘仆仆地来了,他留着长胡须,是一个和蔼的老先生,长得像亚里士多德。我是说,他们俩都头发斑白,满脸皱纹,除了眼睛不一样,身材差不多。他的面相让亚历山大倍感亲切,放松了许多。亚历山大和曹操一样,是不会随便把自己的性命交给一个医生的。华佗给亚历山大针灸、磨粉、煎药。亚历山大的病被华佗治好了,他开始在梦中频繁见到我,告诉我华佗是他的老师,他要挽留华佗在希腊传授医学。"

"我的雨果,你真是个可爱的人儿,这个梦境荒唐至极,然后呢?"山姆追问,一旁的本司汀静静听着。

"然后,亚历山大说,东方人救了他的命,救了古希腊人民的命,避免了他死后古希腊的分崩离析。所以,他向华佗承诺不会征战到东方去。我劝他休养生息,不再征讨和杀戮,于是他停止征战,大力发展经济和文化,又活了好多年,直到变成一个白发苍苍的老头。从某种意义上,华佗使古中国文明免受外敌破坏。"

"哈哈,你的意思是华佗是民族英雄,多亏他救了亚历山大的命,亚历山大没有带着他的军队打到中国来?我只能认为那是你单纯的美好愿望和对亚历山大的崇拜。"

"可这是我梦境啊。我很喜欢这个梦境啊。"

"你看网上的资料。华佗（约公元145—公元208年），沛国谯县人，东汉末年著名的医学家。他医术全面，尤其擅长外科，精于手术。并精通内、妇、儿、针灸各科。晚年因遭曹操怀疑，下狱被拷问致死。他怎么可能遇见亚历山大，完全不同时代的人。亚历山大遇见华佗的祖父的祖父的祖父还差不多。"山姆给我看他手机里查到的关于华佗的介绍。

"有劲没劲啊，都说了是梦。梦本身就是虚幻的、有趣的。你们设想一下，假如亚历山大当时遇见了华佗这样的神医，医治好了他，这个世界的历史该如何发展呢？"我托着腮帮子问他们。

"人命在天，现实中没这种可能性。如果假设这是真的，世界历史将重写，有可能古中国的秦始皇一统天下都不存在了。"山姆说。

"你觉得秦始皇不是亚历山大的对手？"我反问山姆。

"亲爱的，这不是中国人和欧洲人的战争，你知道我没有恶意。我还想波斯文化重整天下呢。要是和阿拉伯人重来一场战争，波斯不会输。"

"那你怎么不说，西方文明进入古中国后，秦始皇就会知道西方的强大，然后励志打到欧洲去呢？搞不好还世界统一了呢？"我的民族自尊心油然而生。

"他们两个帝王都不是一个时代的好吗？亚历山大比秦始皇早。"山姆继续据理力争。

"也没差多少年，我只是假设。"

"OK，OK，如果这是你希望的话，秦始皇统一了世界。我们都被中国化了。"山姆妥协了。他知道这个时候不能跟女人计较。

"本司汀，你觉得亚历山大和秦始皇对垒的话，哪个更厉害？"我想听听本司汀的意见。

"雨果，你实在是个有意思的人。"本司汀说。

"拜托，你就说说你的想法嘛。"我央求道。

"坦率地说，我甚至相信这种可能性！太空并不等于虚无，它可以延展、缩小、变形，时间也可以变形。一定存在一种力量让时间和空间变形，可以让我再次遇见已逝的妻子南卡，让不同时空的人遇见。亚历山大也可以遇见华佗，也可以遇见秦始皇。你要相信你的假想会成立。至于谁会输赢，这不是他们两个人能决定的，国家环境、自然环境、军队实力、政治主张等等都会有影响的。单纯论两个人的智谋和野心，我觉得不相上下。"本司汀说。

"哦，上帝啊，你连时空穿越都扯上了，真是个天马行空的早晨。吃完了，我们走吧，还要开一天的车呢。"山姆站起来，翻了个白眼说。

"他是怀念南卡想疯了，说着疯癫的话，怎么不去好莱坞借一台时光穿梭机呢。即便有可能，那按照现在的科技是远远不可能实现的。"上车后，山姆依旧倔强地对我说个不停。

山姆不喜欢本司汀，我知道。他一定把本司汀当作了情敌。

若他知道，在我每晚的梦中，我把自己的模样投射在南卡身上，甚至将自己设想成一位古国的公主，与本司汀邀游在宇宙里，自由飞翔，他会怒气冲天到杀了我们吧。

我从未想到背叛山姆对我的爱，当事情顺理成章的发生的时候，我的理智输给了情感。我对本司汀有了纯粹的欲望，迫切地想走进他、拥抱他，给予他一个女人的关怀。

经过一天的高原奔波，车子到达冰川古国所在的双湖县，我们早早休息躺下，期盼睡个好觉。这里的人们习惯日出而作、日落而息，晚上七点之后很少看见街上有人在溜达。我们也无趣地睡觉了。

第二天，天蒙蒙亮，窗外传来机动车的声响，早起的人们去往县城里的市场赶集。我挣扎着起床。又是一晚上的梦，与本司汀有关，与山姆无关。泪水弄湿了枕巾，我担心山姆看见，悄悄换了枕头的另一面。

现实和梦幻交错出场，我不想慌张，又不想遗忘。

梦里的本司汀非常真实，我梦见在拥挤的古格王朝集市上，人群中本司汀大声叫一个人的名字，但他像吃了失声的毒药，嗓子完全发不出声音，一副痛苦的模样。我想他是叫南卡。前方有个俏皮的姑娘，一袭白裙，焦急地寻找本司汀的影子，我看不见她的脸，但我想她是南卡。

那我又是谁？我在空中看着他们，冲着南卡喊，本司汀在你的后方，站在那里别动。

一阵狂风肆虐，人们不见了。

城市也不见了。

水源也不见了。

我揉揉眼睛，在朦朦胧胧中寻找南卡的身影。

只见南卡身上、手上、脚上都是伤，插满了铁皮碎片，连脸上都是。地上一片狼藉。她在等本司汀去救她。

南卡奄奄一息，嘴巴里都是血，面目全非。

本司汀却在另一个时空急切地找她。

他们就像两条永不相交的平行线，无论如何也遇不到对方。

也许他们只是出现在彼此的梦里，或者想象的思维空间里，并非真实存在过。

19/

2016年9月10日晚，双湖县宾馆，我的梦境。这个梦境有关本司汀如何见到南卡，就像是前几次梦境的前序。

太空船终于到了普诺岗日冰川的夜空，本司汀调整了飞行速度，缓慢行驶。

他手指上的感应器突然亮了。杰克尖叫起来，兴高采烈地跟阿多瓦博士汇报，他们可能找到了"希望之石"的行踪，就在普诺岗日冰川。

本司汀对兴奋的杰克说："冷静，全宇宙都快听到你的声音了，你想把罗恩引来吗？"

感应器在普诺岗日大峡谷的上方闪耀的节奏越来越快，本司汀知道"希望之石"就在这里。于是，他拿起望远镜审视着下方的土地，侦察地形。

这分明像是一个古老的城市。虽然是刚日落，但人们已经休息了，只有零零散散的人家点着煤油灯，他能看出这是一个古老城市的轮廓，有许多的房屋、灯塔，还有士兵、牲口。

城市的中心像是一个三层楼高的小城堡，城堡里灯火通明，有士兵骑着雪豹在巡逻，三楼的一个房间里有个美妙的白衣少女正在跟她的家人谈论着什么，像是发生了一些争执。

那个白衣女子有着飘逸的黑色长发，一双黑色的大眼睛里含着些许忧伤。白嫩的皮肤，婀娜的身段，天使般的骄人面孔，让本司汀的心怦怦地跳个不停，咽下了口水。

杰克在一旁给本司汀递过来一杯水，说："主人，渴了就喝水，口水不解渴。"

本司汀已经习惯了机器人杰克的冷幽默，他尴尬地接过水杯，说了声："谢谢。"一口气喝完了整杯水。

他把看到的一切告诉给了阿多瓦博士，描述白衣女子时尤为具体。

阿多瓦博士严肃地说："我的孩子，我知道你很久没见过女人，但请不要忘了你的使命，事关整个西里斯帝星人类的安危，我不是让你来看美女的。"

机器人杰克在一旁偷笑，说："主人，你刚才对白衣女子的描述太详细了。"

本司汀尴尬得脸都绿了，他关闭了杰克胸前的说话系统，虽然他知道杰克会自动解锁。

阿多瓦博士没想到地球的冰川上会有人居住，西里斯帝星上的人们从来没有见过雪和冰川。他从小博览群书，通古论今，大脑里有丰富的宇宙星球的历史。但对地球，他一无所知。

他让机器人杰克和本司汀再三确认。

本司汀确信没有搞错，他把地理坐标重复报给阿多瓦博士，并将实况画面传送给了他。

本司汀问阿多瓦："这些人的语言我听不懂，有什么办法可以知道他们在说什么？'希望之石'就在这里，我必须下去打探。"

阿多瓦说："打开护腕的语言翻译功能，它可以搜集对方的声音并分析语言规律，迅速转化成西里斯帝星的语言，而你说的话也可以同步翻译成对方的语言，传递给对方。在此期间，你要迅速了解他们的语言系统，收集他们的文字，学会他们的语言。"

阿多瓦还叮嘱本司汀说："如果希望之石在地球人的手里，那说明它已认可地球人是它的主人。切记不要吓到地球人，不要生硬地夺取，要用借的方式,我们要礼貌一点。"

本司汀苦笑一下,说:"好吧,教父。"

阿多瓦补充了一句:"孩子,地球人若实在不肯借,你再抢吧。"

机器人杰克听到插嘴说:"哦,博士,这可有悖于我做机器人保镖的原则。你没有给我设置偷盗抢夺这些犯罪系统。"

"杰克,你可以闭嘴了。你负责看好飞船。"本司汀一边盯着望远镜镜头里的美少女,想知道她为什么难过,一边对机器人杰克说。

"好吧,主人,这样分配任务是最好不过了。偷盗抢劫的事情我干不了。"杰克摆摆手,露出心安的可爱表情。

他们准备在大峡谷周围的冰川上停机。不料冰面太滑,本司汀下机后,粗心的杰克将太空船没停稳。太空船哗啦啦地冲到一个小冰沟里,把那里变成了一个天坑。

这个巨大冲击声引发了小城里的一场骚乱,牲口的嘶叫声,雪豹的吼声,猎犬的吠声,还有士兵们的击鼓声,陆陆续续地整个城邦里的住户们都亮灯了。小城里乱成了一锅粥,人们穿上衣服,沿着温泉小路向山上跑来,行人们议论纷纷。

杰克忙乱中捡起自己断掉的一只胳膊,轻松地再组装上,说:"主人,这不是我的错。这船不防滑。"

本司汀说:"杰克,你的胳膊断了也能自动修复吗?我的教父真是个天才。太空船没事就行,反正你毁容了、胳膊断了,也是可以自动修复的。"

本司汀慌慌张张地嘱咐机器人杰克驾驶飞船先离开,到外部空旷地区找个安全隐蔽的地方停机等他消息,不要惊吓到城邦里的人们,他不想把事情弄糟。

机器人杰克收到主人命令，快速驾着飞船离开了，在羌塘草原的空旷无人区等着本司汀。

勇士们骑着马匹和雪豹首先赶来，他们总是冲在危险的第一线。

本司汀飞跑，躲进了半山腰的树林里，没有被人发现。他听见人们说：“可能只是轻微地震引起了山石滑落，没有人员伤亡。”

本司汀忍不住偷偷暗笑。

他正要起身，突然手指上的感应器闪得愈发剧烈。他抬头看见刚才望远镜镜头里的那个白衣少女骑着雪豹，拿着权杖也来到了这里。他听见身边的士兵跟她说：“南卡公主，只是轻微地震，冰川上的石头滑落，没有人受伤，您请回吧。”

"原来她叫南卡，是这里的公主，为什么她路过时感应器会闪得如此猛烈？"本司汀非常不解，他对这个古老的国度充满了好奇，他要解开这个谜。

"谁？"突然一个权杖挥过来，本司汀赶紧躲闪，脑袋差点被打到。

南卡公主敏锐地发现，路旁树林里有东西一闪一闪，她迅速从雪豹上跳下，发起攻击。

感应器闪得更加强烈，像是要爆炸了。本司汀赶紧关掉了它。

"是我！本司汀。"本司汀从树丛里站了出来，英俊潇洒的他以狼狈的姿态，出现在美丽的南卡公主面前，翻译器迅速同步帮他用普诺岗日语进行了自我介绍。

"你是什么人？你不是我的子民。"南卡打量着他，摸摸身边的雪豹，低声说了什么，"雪豹库尔也不认识你。你到底是谁？"

本司汀有些慌乱了，不知该怎么解释比较好。如果他介绍说，他来自遥远的"西里斯帝星",是一个空军上尉,这个事实肯定会把落后的地球人吓坏,也会认为他胡说八道。

他突然想起傍晚经过古格王朝,那里有跟他一样蓝眼睛、黄头发的传教士,于是灵机一动,说:"我是来自古格王朝的传教士,离你们普诺岗日不远。"

"古格王朝?传教士?"南卡紧锁着眉头,盯着本司汀,说:"没听过。"

"没听过强大的古格王朝?那你知道明朝皇帝吗?"本司汀问。

南卡一脸疑惑的样子。

"你们不向朝廷献贡吗?"本司汀急了。

南卡摇摇头。

"完了,这里是个与世隔绝的地方。"本司汀心凉了半截,小声嘀咕着。

"公主,无论他是谁,黄头发、蓝眼睛,长得如此奇怪,不像好人,我们不如把他带回去请国王审问,听从国王发落?"一个士兵对南卡建议说。

"谁不像好人?怎么说话呢?"本司汀不想破坏了自己在美丽的南卡公主面前的形象,酷酷地整理了下仪表。

"带走!"南卡转身,跳上雪豹库尔,坚毅地丢下这两个字。

她黑色的长发齐到腰间,白色的长裙迎风飘扬,裙裾巨大的下摆飘到了本司汀的脸上,散发着迷人的清香。本司汀陶醉了,他坚信南卡是他所见过的这个宇宙中最美丽的女子。尽管,他40岁了,也没见过几个女人。

士兵们给他绑上绳索，用黑布蒙上他的眼睛，押着他，喊道："快走！"

他才慌张地回过神来："你们带我去哪里？"凭着敏捷的身手和脚下的飞行靴，他可以轻易打败这些拿着原始武器的士兵。

士兵说："去城堡见我们国王。"

听到这句话，本司汀一点不害怕了，也没了挣脱的必要，他进了城堡他就可以再见到南卡。南卡公主身上肯定有他要的"希望之石"。

南卡公主骑着她的雪豹飞奔先进了城，本司汀有些着急，催着士兵让他们走快点，跟上公主。

士兵们取笑他说："你脑子没问题吧，没见过哪个罪犯这么急着见国王审判的。"

在城堡的大厅里，士兵们向国王扎西、皇后和公主行跪拜礼，拿掉了本司汀眼睛上的黑布。

"父王，就是这个奇怪的人。他说他来自外面的世界，一个叫古格王朝的地方。"南卡跟国王扎伊说。

"哦？"国王扎伊走下宝座，围着本司汀转了一圈，摸着长长的胡须，仔细打量着他，"莫非真有外来世界？"国王看着一旁的巫师问道。巫师也不敢胡乱猜测，没有答言。

"您好，您是国王吧？恕我直言，你们只看见自己的这片天，就认为这里代表着整个世界。其实外面的世界非常非常大，这里只是地球上一个个非常小的弹丸之国。"

"哦？你继续。"国王饶有兴致地听着。

"你们所在的星球叫地球，这个星球比你的国家要大几十万倍都不止啊，更别提整个浩瀚的宇宙了。"本司汀直言不讳地说。他并不知道地球人繁琐的礼节。

"放肆,你怎么能这样跟我们国王讲话?"巫师恼怒地训斥本司汀。

"没事,我倒是很想听听,我的女儿,你的意见呢?"英明的国王问。

"父王,我也想听他说说外面的世界。若真有其它极乐世界,火灾到来之时,我们的族民就有了搬迁的地方,可躲过这一劫难。"南卡冷静地回答。

"火灾?什么火灾?"本司汀问南卡。

"不关你的事,你说你是来自古格王朝的传教士。那你是怎么进来的?"南卡公主问。

于是,聪明的本司汀绞尽脑汁给国王、巫师和公主编了这么一个可信的故事:

我是西方的传教士,在古格王朝传授基督教,我们把上帝视为至高无上的神。古格王朝离你们城邦不远,繁荣昌盛。你们城邦被冰川包围,冰川外面还有广阔的羌塘草原、无人区、湖泊、沙漠,阻挠你们认识更大的世界,所以你们很难出去。只有飞行才能穿越那些无人之境,到达古格王朝,甚至更遥远的地方。我就是飞进来的,我现在到你们城邦来传教,就是传播我们外面世界的文化,同时也学习你们的文化。

"飞?你是说像鸟儿一样飞翔?"巫师问。

"对!而且比鸟儿飞的要快。"本司汀惟妙惟肖地说。

"如果能飞,那么我们的族民就有救了。"巫师对国王扎伊说。

"怎么才能飞出这里?"国王像遇见救星一样,请士兵给本司汀松绑,求教飞行的奥秘。

"造飞机、造飞船。"本司汀活动了下手腕,脱口而出。

国王向本司汀鞠躬，行了一个礼，在场的众人纷纷跪下："那请我们尊贵的客人本司汀为我们造飞机吧！"

本司汀被这阵势吓坏了，心想，这个国王要打破砂锅问到底了，怎么办？能骗多久骗多久吧，撑过今晚再说，怎么可能留在这里给这些远古人类造飞机？

他故作镇定地说："国王陛下，造飞机不是短时间能造好的，需要设计图、材料、人员、燃料，估计得一到两个月，请您给我时间。"

国王欣慰地说了声："好！需要什么我等定全力支持。"

接着，他跟贵族们、巫师、公主议论起国事，并吩咐仆人要以贵族身份厚待本司汀。

本司汀如释重负，被士兵领到城堡的卧房去休息。

深夜，城堡安静了，雪豹们也熟睡了，只有几个站岗的士兵在巡逻。本司汀溜出了房间，按下飞行靴的按钮，"嗖"地一下他起飞了，飞向古国外面羌塘无人区里的"蜜蜂"飞船。

机器人杰克看见他，捂着嘴笑个不停："我们的基督教传教士回来了。我还在向阿多瓦博士请示，要不要去峡谷营救你。"

本司汀忙着卸掉盔甲，放松一下筋骨，没理会杰克。

杰克又问："主人，我们真要留下来给他们造飞机吗？"

本司汀长叹了一口气，说："恐怕是。"接着，他打开了视频联络器，对阿多瓦博士说："我等会儿去南卡公主的卧室检查，我确定希望之石就在她身上。"

阿多瓦博士嘱咐他小心，如有不测，请机器人杰克支援，拿到希望之石就迅速赶回西里斯帝星。

杰克又插了句话："主人，下次我们说话不想被阿多瓦博士知道的时候，可以关闭你的联络器，还有机舱里的监控系统。比如，如果你想把白衣公主带回飞船。飞船里发生的一切，阿多瓦博士都是看得见的。"

本司汀拍拍杰克的胸脯，红着脸说："老兄，你总算说了句有用的话。"

他从设备舱里取出消音器，便跟杰克告别，启动战靴，飞回到普诺岗日国王城堡二楼的卧室里。

本司汀按下消音器，躲过士兵的岗哨，悄悄地走向三楼南卡公主的房间。三楼是国王、皇后和公主的寝居，还有会客厅。雪豹库尔守在南卡公主的门口，熟睡打着呼噜。

他蹑手蹑脚地跨过雪豹，打开南卡房间的门又轻轻关上。若不是消音器，他很难躲过雪豹库尔敏锐的听觉。

他打量着房间，这里像一片花海，空气中弥漫着花香。他记起，南卡的裙摆散发出来的味道就是这种清香。他走到南卡的床边，月光撒在公主的脸上，她睡得像个婴儿一样甜美，他听着南卡轻缓的鼻息，替她撩开嘴角的几丝头发，突然被耳机里阿多瓦的声音惊醒了："本司汀，你干点正事，快找希望之石！"

本司汀撇撇嘴，定定神，视线转移到南卡裸露的白皙脖子，她贴身的衣服里挂着一颗黑色圆形的石头。

普诺岗日的女子平日都穿着高领的长裙。正因如此，所以本司汀才看不见南卡戴在衣服里的那块奇石。这颗石头里面有无数个晶莹的粒子在微微闪动，就像一个宇宙里包含着若干个星球的缩影。

他把手表上的微型摄像头对准黑色的石头，耳机里传来阿多瓦博士浑厚的声音:"应该就是它。快把它取下来。"

"你不是让我先礼后兵,先找地球人借吗?"本司汀小声说。

"没时间客气了,应该就是这颗石头。"阿多瓦博士异常兴奋。

本司汀接到教父确认的指令,伸手去拿那块石头。结果,他的手刚一触碰石头就快速缩了回来。石头滚烫无比,发出万丈光芒。他被烫得尖叫。

也许是光太刺眼,公主南卡翻了个身,本司汀不知如何下手才好。

阿多瓦博士说:"你别急,先回房间休息,我想想办法,你明天问问公主为什么她挂在脖子上会安然无恙。"

第二天清晨,本司汀在仆人的敲门声中醒来。"本司汀大人,我们国王陛下请您下去吃早餐。"

本司汀伸了个懒腰,打了个哈欠,迷迷糊糊光着上身去开门。五个女仆走进了房间,议论起他健硕如铁的身材,开始蹲下帮他换衣服、穿鞋,还有个女仆抱着一束格桑花,对本司汀说:"这是我们南卡公主送您的花,希望您有美好的一天。"

仆人说每天早晨,鸟儿们都会在南卡公主窗边歌唱,还为她衔来一朵朵美丽的格桑花。鸟儿们是被公主的仁慈、善良和美貌所感动。

本司汀任由女仆们摆布,除了在西里斯帝星"新娘市场"的艳舞厅,他还从没被这么多女人伺候过。在父亲罗恩和教父阿多瓦家里,也没有这么多女侍者伺候他起床。他回过神来,自己是这里的贵族。

他慌忙推开这些女仆说:"那个,我……那个衣服我自己穿,脸我自己洗,你们把公主的花留下,先出去吧。"

女仆们咯咯笑起来,给他留下了一套干净的普诺岗日贵族男人的服装，请他换上，便退出了房间。

本司汀将风衣变形为护身盔甲，再套上袍子似的宽松服装，对着铜镜胡乱摆了几个POSE，他觉得自己很滑稽。

他走出卧室，在楼梯口遇见下楼的南卡公主。南卡戴着黄金王冠，扎起了温婉的发髻，一袭拖地的白裙，像仙子一样款款走来。她的腰间还别着一把短刀，手腕上戴着精致的花环，手拿着权杖，身上依然散发着熟悉的花香。遇见本司汀，南卡先开口说话了："本司汀大人，你昨晚睡得还好吗？你穿我们族人的服装挺精神。"

本司汀听到南卡公主先向他问好，马上在脑海里搜索地球上西方男人的绅士礼仪，他脱下帽子，划了一个大圈，对南卡公主深鞠一躬，说："尊敬的公主，早安！"然后又伸出手，对南卡说："我扶你下楼。"

公主和旁边的女仆都被逗笑了。

"这是你们外面世界的礼仪吗？"南卡露出了甜美的笑容。

"男士爱护女士，特别是您这样美丽的女士，是我们的荣幸。"本司汀装模作样地说。

他们谈笑着下了楼，在城堡一楼的餐厅里，器皿都是黄金打造，华贵而精致。花团锦簇的餐厅里还有蜜蜂、蝴蝶飞来飞去，翩翩起舞。

有一只蝴蝶轻盈地落到了南卡的手上。

南卡对本司汀说："普诺岗日的冬天也会有花儿在山谷里开放，这些彩蝶一年四季都忙个不停。我们族人夸赞一个人勤劳而美丽就说她是彩蝶，夸赞一个人勇敢就说他是雪豹。"

本司汀笑着说，"那我就是雪豹，公主就是彩蝶。"他似乎已经忘记了来这里的初衷。南卡身上有一种神奇的吸引力。

国王、王后、巫师，还有古国最大的贵族吉旺和他二十岁的儿子格来，已经入席就座，在愉快地交谈着什么。格来看见公主牵着本司汀的手下楼，有些醋意。他站起来想走过去牵公主的手入座，他的父亲吉旺按住了他，让他冷静。

早餐时他们听本司汀讲述外部世界的传奇故事。本司汀俨然成了早晨美好时光的主角。

格来突然提议说，他想跟本司汀比试下武艺。他们普诺岗日的男人都需要跟雪豹决斗，然后才能成为真正的勇士。如果本司汀能躲过雪豹的袭击，将雪豹制服倒地，才算真正的贵族。

本司汀听到这个无理的提议，差点呛到。他跟宇宙盗贼、恐怖分子、杀人犯、机器人决斗过，在野外作战时也曾徒手杀过猛兽，但是从来没想过要跟雪豹搏击。这么漂亮的动物，他有些于心不忍。

众人放下刀叉，齐刷刷看着本司汀，等着他回答。

本司汀又看了看南卡公主，公主的眼神里像是对他充满了信心，说："本司汀大人，没事的，只是比赛，雪豹不会伤人。"

本司汀只好硬着头皮答应。如果能使用他的战靴，别说战胜一头雪豹，杀掉百头都不在话下，可是在古老的普诺岗日，暴露自己的身份显然不是明智之举。他不想让南卡公主失望，更不能让挑衅他的那个叫格来的小子得逞。

他斩钉截铁地对众人说："好，为了勇士的荣誉，我们比试比试。"

国王城堡外的广场上，仆人们搭起了擂台。巫师吹响了悠长的号角，国王的子民们像是听到了召唤，纷纷涌过来观看。没多大工夫，城堡的小广场上就挤满了看擂台的人们。

格来少爷懂雪豹的语言。比赛前他对参赛的雪豹库尔说,"给他点教训,他喜欢我的南卡公主,肯定不是好人。"

雪豹库尔说:"大人,你吃醋了?但是,国王说他是我们尊贵的客人。"

格来有些生气地说:"老兄,这是勇士的比赛,你不想给你们雪豹家族丢脸吧?作为公主的坐骑,那就让我们看一下你的实力。"

雪豹库尔大吼一声上了场。

本司汀穿着那身古老的传统长袍,有些手足无措,施展不开。他索性脱掉了长袍,扔给了主持擂台的巫师。

巫师说,按照礼仪,他跟雪豹要先碰头示好,才能开始比赛。

本司汀走到雪豹库尔面前说了一番话,手腕上的护甲将这些话翻译成豹语传递给了雪豹库尔。

本司汀说:"哥们,我不想跟你打架,这一点都不好玩,但吉旺和格来大人好像不太喜欢我,所以我不得不跟你搏斗。听着,你必须让我赢,不然,我不会给你们国王和公主造飞机,你们休想飞出去。"

雪豹库尔"嗯"了几声,在他耳边悄声说:"小子,你是我们公主的朋友,你已经赢了。造不了飞机我再收拾你也不迟。"

比赛双方蓄势待发,各就各位,雪豹库尔一声低吼,向本司汀冲过来。本司汀一跃而起,翻身跳到围栏上站着,雪豹库尔一击不中,又冲了过来。本司汀迎面一脚踩到雪豹库尔的头,跳到它的背上,双手牢牢抓住它脖子上的项圈,赢来民众一片欢呼。本司汀巧妙地给雪豹挠起了痒痒,库尔乖巧地卧倒在地。

周围掌声响起,民众齐声喊:"勇士、勇士!"

观赛台上,南卡公主的掌声尤为热烈。格来十分失望,悻悻然地说:

"竟然让他出尽了风头。"

本司汀跨过擂台,快步来到国王面前,行了鞠躬礼,对国王扎伊说:"尊敬的国王陛下,我请求做南卡公主的守护者。"

国王扎伊大笑起来,说了声:"好,但是你造飞机的计划我希望能尽快出来。"

本司汀拍着胸脯,说:"您放心,一周之内必定给您拿出飞机设计图。"

本司汀骑着雪豹,准备登上冰川,雪豹突然倔强地跳起来,将他重重地摔在地上,他爬起来再次骑上了雪豹,雪豹摇摇头,一声怒吼,又将他摔了下来,暗示他向冰川行跪拜礼。

"这都是什么规矩?"本司汀嚷嚷了几句。他从来没给谁磕过头,站在原地,四肢无所适从,只能将就着爬上一块岩石眺望城邦。

南卡在阁楼上看见这一幕,捂着嘴笑了几声。她叫上雪豹库尔,穿过一棵棵松树,跳过一条条温泉河,飞奔而来。

"你要上冰川吗?"

"是的,尊敬的公主殿下。"

"上冰川做什么?"

"我想找一个俯瞰峡谷的高点,这样可以画出整个城邦的地图,挑一个地方改建成飞机场,还有原材料、燃料的供应路径、库房,都需要设计。"

"飞机场?"

"就是飞机起飞的地方。"

"我们城堡门前的广场不行吗?"

"不，恐怕不行，需要找其它更大、更开阔的地方。"本司汀又指了指自己的坐骑，问道，"它为什么不肯带我上去？"南卡轻笑了一下，解释了其中原因。

普诺岗日人对雄壮圣洁的冰川素来怀有敬畏之心，他们世代守护着几百公里的高原冰川，从来不轻易触碰冰面，他们认为那是神灵的圣洁，不容玷污。

人们有一个世代传承的礼节，在踏上冰川的冰面之前向冰川行跪拜礼，如同见到君王，用额头接触有冰层的地面才算获得冰层的允许。

"你要像我这样行礼，雪豹才会带你上冰川。"南卡给本司汀做了示范，虽然她听不懂本司汀说的飞机场、库房是什么，但隐约觉得他是对的。

本司汀模仿南卡的样子向冰川行礼，雪豹方才带他上了冰川。南卡和雪豹库尔也跟了上去。站在冰川上，只见远方是一座又一座更威严的冰川，没有尽头，四周死一般的寂静。

南卡忧虑地说："我们只能到这里，不能再远了。这里是警戒线，再高再远我们会迷失在冰川里死掉的。很多勇士曾深入冰川，但没有人活着回来。"

本司汀"嗯"了一声。

他发誓，在地壳运动之前，他要带这个女孩和她的族人离开。

踩点结束后，本司汀在他的房间里，硬着头皮画了一下午的图纸，嘱咐不要让任何人打扰他工作。

本司汀原本可以利用他风衣战甲上的高端仪器，轻而易举地给南卡和她的父王播放立体的城邦地图，但是他担心这个奴隶制社会的古国人会认为那是妖术，适得其反。好在制作沙盘地图对他是小菜一碟，他很快就弄出了一个。

但他绞尽脑汁也回忆不起来简易版飞机的设计图。这是被他以前忽略的科学记忆，尽管他阅读过有关飞机、飞船、精密仪器的大量读物，但那是少年时期的事情了。

没有办法，他只好面对墙壁打开手表上的搜索，找到一幅满意的简易版飞机制作图，在心里默记下来，然后转身一笔一画地在兽皮上用金子墨水勾勒了出来。接下来的工作是指导工匠按照设计图用木头削成块状、薄片，制作飞机模型。

南卡在天窗外静静地偷望他思考、忙碌的样子，她以为本司汀没发现她的存在，殊不知本司汀对周围环境有敏锐的觉察力。他怕她会羞涩地离开，装作没看见她的样子。

过了许久，他故意抬起头，对天窗上的南卡笑笑，说："公主殿下，下来了，你趴了很久了。我担心你会四肢麻木摔下来。"

南卡和侍女们尴尬地爬下天窗，在他的屋子门口徘徊，不敢敲门。

本司汀自己开了门，南卡慌忙说："对不起，你嘱咐不让人打扰的。"

本司汀说："进来吧。来看看我做的地图和飞机模型。"

南卡第一次看见整个峡谷完整的地貌和飞机的样子，兴奋地去向她的父王禀报。

傍晚时分，国王来了。

在本司汀的解释和渲染下，国王对地图和飞机模型很满意。他高兴地邀请本司汀去祭坛，参加日落时分贵族们的祭祀活动。国王的仪仗队从城堡出发，带着众人坐上温泉河里的金属船，向城邦中心的祭坛驶去，却唯独不见南卡。河两岸是民众的欢呼声,他们提着花篮向温泉河里撒下了花瓣。

本司汀在船上四处张望南卡的影子。

城堡里的一位侍女说,南卡公主和格来殿下已经在祭坛等候了。这是南卡和格来婚礼前的祭祀活动。古国的每一对新人在婚礼前,都要在日落时分去祭拜神灵,得到太阳神的祝福。

本司汀听完,心里凉了半截。

游船在祭坛的口岸停下,众人浩浩荡荡地下了船。装扮华丽的祭师们将一头藏羚羊杀死、烤熟,再给藏羚羊化个怪异的妆,献给了祭坛中央的太阳神神像。

祭坛的两边是12座U形塔,今天的日落正好在第6个U形塔上方,这表示现在是一年的6月。太阳逐渐落在西边的U型塔上方,当被U形塔完整地框住时,格来和南卡一起举槌敲响了祭坛的皮鼓,众人欢呼起来。然后,他们互相交换了藏羚羊的心脏。

那心脏是煮熟的,放在金子打造的器皿里。

心脏被切成片,南卡吃了一片,将器皿传给国王,国王吃了一片传给王后,依次传下去。格来也同时传给自己的家人。这个环节叫"换心",意思是二人从此心心相印,成为受太阳神庇佑的、共生死的夫妻。

本司汀木讷地参加婚礼前这场奇怪的订婚仪式。

整个过程里,南卡都是一副强颜欢笑的模样。她在众人里瞥见本司汀,又目光躲闪了。她的母后走到她身旁窃窃私语,她便主动点,对贵族少爷格来热情了许多。

回程的路上,只有南卡和格来同船,其他男士均不允许登上公主的船。本司汀又错过了和南卡说话的机会。

宫女们说:"三天后就是公主的婚礼了,公主大婚时广场上要热闹七天七夜,全城的男孩们女孩们都会来参加,本司汀大人您真是有福气。上次这种仪式是国王娶皇后的时候,我都还没出生呢。"

"三天?我要带她尽快离开。"本司汀默默地许下心愿。

第四章 身份

20/

2016年9月11日上午，双湖县，羌塘无人区。我的车深陷泥淖，突现Déjà-vu（即视感），还是我突然有了神奇的智慧？本司汀的身份也暴露了。

"睡得好吗？"本司汀从我的客房门口经过，问候我早安。

"我又梦见了南卡公主，还有你。"这是我早晨见到本司汀的第一句话。说"还有你"的时候，声音轻得我自己都听不清。

"梦里的故事很美，是南卡和你如何相逢、相爱的事情。我真笨，之前以为南卡是自己，昨日的梦境异常清晰，南卡是你的妻子，不是我。"我说。

"哦？看来你是忘不了她了。"他并没有问我梦境的内容，径直下楼去端洗脸水。

"我们还玩故事接龙的梦境游戏吗？"我叫住他，问。

"玩。我们还没决胜负呢。要不，我回头给你讲我真实的故事吧。"他回头冲我微笑。

我望着他的背影，视线难以转移，我好像爱上他了。也许，我把自己当作了南卡，在梦中寄予我对他的情感。谁知道呢？我迷迷糊糊的，仿佛自己就是南卡，甚至想上前提醒他："天冷了，你要多穿件衣服。"

我同时爱上了两个男人，山姆和本司汀。也许吧！我心慌意乱起来，梦境是不真实的，但是也总能反映一个人的心境。日有所思，夜有所梦。我回望着屋里的山姆，他还在沉睡中，呼噜呼噜地打着鼾。

我狠狠地掐了自己的胳膊一下，有种背离山姆的负罪感，靠墙站着，墙很冰冷，而我感觉不到那种冷。

"我算是背叛了我的未婚夫吗？不，雨果，你不能这样愚蠢，山姆可以给你一切，而你对本司汀一无所知。你才认识他三天。何况，他那么爱他已故的妻子，那个背包里的女人是南卡，而你是张雨果。快点清醒，快点清醒！"我闭上眼睛，不断地自我暗示，平复心中的波澜，让这个早晨安静地度过吧。

天空晴朗，我很喜欢高原的蓝天，让我感觉离天空很近。我们三个人开始驾驶越野车追赶太阳。去往普诺岗日冰川的路并不好走，崎岖不平，泥泞不堪。

一群藏羚羊跑过，我们欢喜起来，跟着羊群一起奔驰，车子快要飞了起来。一只藏羚羊离我们的车越来越近，我和山姆担心越野车撞到它，急转方向盘，却不幸陷进了路旁的小河里，侧翻了进去。

谢天谢地，人无大碍，但是那只藏羚羊似乎被车子擦碰了一下，它趴在地上浑身抽搐，挣扎了几次站起来都失败了。

我们的越野车在下沉，本司汀急忙赶过来，徒手砸碎了越野车的玻璃，救出半昏迷的我和山姆。

我和山姆在恐惧中，来不及思考本司汀是如何用拳头就能击碎坚固的车窗玻璃的，我们也忘了问他手痛不痛。虽然河水较浅，但是我们的衣服已湿透，山姆的额头上擦破了点皮。我躺在草地上，迷迷糊糊看见本司汀在翻倒的车里找我们的登山包，包里有急救的擦伤药和绷带。

过了一会儿，我们清醒后也没心情管车，去查看咩咩叫的藏羚羊的伤势。本司汀抚摸着羊儿，与它对视，叽里呱啦地说着什么，我和山姆也听不懂。

他说，他在跟羊儿说话。羊儿的腿似乎折了。

本司汀又返回车里拿出一些药膏给羊儿敷上，拍拍羊儿的屁股，让它试着走走，藏羚羊缓缓走了几步，深情回望本司汀，像是表示谢意，然后蹬蹬腿去追赶它的羊群。

"行啊，你懂藏羚羊的语言？"山姆钦佩地问。或许是因为本司汀刚才英勇救了我和山姆的缘故，山姆对本司汀客气了许多。

"嗯。走，看看你们的车子怎么样。"本司汀神秘地笑笑，说。

两个男人在小河沟里试图把车从泥淖里推出来，尝试了几次，车子完全无动于衷。山姆在本司汀的红色悍马越野车上拴上绳索，让本司汀踩着油门，拉我们的越野车上岸，试了几次还是以失败告终。

我们的路虎越野车像一头笨重的倔驴，倒在河沟的泥淖里动弹不得。

"马是拉不动老虎的。"山姆嘲讽本司汀的悍马拉不动他的路虎。

本司汀装作没听懂的样子，着急地说："别管车了，它陷进淤泥里了，你们坐我的车吧。今天上午 11 点之前无论如何也要到达冰川，我要去寻找冰川古城，找到之后才能安心扎营。"

"急什么呢？"我说，"天色还早。"

"请你们理解我,明天早晨对我来讲很重要。很多年前,我在那个地方第一次遇见南卡。我想在日出之前许下心愿,悼念她,为她办个葬礼。"

我的心猛然一惊,身体颤了两下,似乎我在梦中见过他话里的场景,他和南卡相识在普诺岗日古国,对,就是这地方。

或许是我的"幻觉记忆"吧,那个梦境我在渐渐遗忘,又会突然从大脑的记忆深处蹦出来。

"雨果?愣着干什么呢?"山姆在我眼前打了个响指。

"没什么,只是有种似曾相识的感觉。"我揉了下疲惫的眼睛说,"你们有过吗?总觉得什么事情像曾经经历过一样。"

"几乎每个人都有过 Déjà-vu 体验:当人们身处一个全新的场景中时,会有几秒钟的时间,觉得完全了解或确切地经历过这些。"山姆抚摸着我的头说。

"Déjà-vu 体验?"我望着他,"什么意思?"

"就是即视现象,不属于灵异事件,只是大脑里曾经浮现过类似的场景罢了。比如,某种场景好像在何时经历过,某种感觉好像在何时有过,某个地方好像在何时去过。"山姆说。

"哦。"我赞同地点点头。

"没事,可能与疲劳或者压力有关。每个人都会有似曾相识的时刻,甚至很多事情提前在梦里发生了。"本司汀补充道。

"哦。"听本司汀这么说,我前几天那些奇奇怪怪的梦境也不再是稀罕事了。

"先把我们的车拉上来吧。"山姆提议,"这车载着我和雨果去过很多地方,不能说丢就丢了。本司汀,你帮我们把车弄出来,我们帮你去找你说的那个冰川古城。人多力量大,找起来也方便。"

"没有滑轮,没有绞盘,没有千斤顶,没有救援工具,靠我们三个人的蛮力是拉不起来这部车的。"本司汀摇了摇头,说。

山姆绕着我们的越野车仔细打量着,查看车陷状态,寻找解救它上岸的突破口。

"绞盘?我们的绞盘呢?绞盘被称作'4×4的第五驱动',是越野必不可少的救援装备之一。当你的车子在野外不幸陷入泥潭,一只电动绞盘就是脱困最有效的工具。

"车重量(kg)×1.5/0.8×2/0.9=需要的绞盘起步拉力磅数。这部车有2.3吨,所以……"我跟在山姆身后,听到本司汀提到"绞盘"两个字,夸夸其谈。

"雨果,你在胡说什么?"山姆被我的唠唠叨叨吓坏了。

今天好像我又突然通晓了一些物理知识。

"没有千斤顶,我们可以给车胎放气,降低胎压。降低胎压后的轮胎因为变得更加扁平,所以也就相应地增加了轮胎与地面的摩擦力。"我正儿八经地说。

"什么?"山姆诧异地望着我。

"假如只有一侧的轮胎在泥坑中出现打滑的情况,车主应轻拉手刹并加大油门。因为拉了手刹,一侧打滑的轮胎就会停止空转,而另一侧没有打滑的轮胎,因为加大了油门,从而增加了驱动力,就有可能驶出泥坑。或者,我们可以先将车轮前后的泥土铲去,将泥坑修成缓斜坡状。这样,汽车就很容易开出来了……"我继续喋喋不休。

"张雨果,你清醒点。你这个样子让我很害怕。你怎么突然懂物理了?你不是最讨厌数理化吗?你连驾照都没有,怎么会懂这些?"山姆的表情告诉我,我似乎变成了另外一个人。

"我说什么了?"我瞬间清醒,完全不记得刚才随口说了些什么。

"一堆听不懂的公式,还有什么驱动力、摩擦力。总之,你今天很奇怪……"山姆忧心忡忡地说,他继续蹲下身去查看底盘。我拍了下自己的脑袋,愣在原地,有些头晕,脑袋里像是有根针把我刺痛了一下。

本司汀冲我们喊道:"雨果,山姆,你们站远点,没时间磨蹭了。"他跺了跺脚,只见他的防风衣和金属战靴,奇特地变形成了一副轻便的智能盔甲。我瞠目结舌,拍打着正蹲在越野车前查看车底的山姆,结结巴巴,想说话却说不出来。

山姆搞不清楚状况,他站起身看见本司汀穿着银灰色的盔甲,轻而易举地在车尾抬起整部车子,飞离地面,将越野车拉上了岸,就像捧一根羽毛。

山姆被吓得掉进了河沟里,左摇右晃地站不起来,呛了几口河水。我想拔腿逃跑。太邪门了,这次是真的遇见超自然的事情了,本司汀是个危险的家伙。

我必须逃离:"老天爷啊,这是什么情况?找机会给菲利普警官打电话。一定要打电话!打电话!打电话!"

可是,山姆怎么办?

我失神得迈不开脚步,被几颗小石子绊倒在草地上,眼睁睁看着本司汀向我一步步走来。山姆慌忙从河沟里爬上岸,以百米冲刺的速度,抢先蹲在我身旁搂住了我,警告本司汀别再向我们靠近。

本司汀什么话也没有说，他礼貌地伸出手，想拉我们起身。山姆回绝了他，他看本司汀没有伤害我们的意思，顿时害怕转为对本司汀的愤怒、疑惑，问："你到底是谁？别告诉我们你是超人或者钢铁侠。他妈的，这些东西都是电影里的。你休想糊弄我们。"

"我是本司汀，你们的朋友本司汀，昨天一起喝酒吃羊肉的本司汀。"

"你，你的衣服怎么变成盔甲了？"

"雨果、山姆，这不是一件普通的风衣，这也不是普通的靴子。它们是智能的装备，科技是可以实现的。你们没见过，并不代表就没有。"

"你别忽悠我们不懂科技，现代科技根本没有这么高科技材质的衣服，要是研发出来，早被舆论轰炸得满天飞，亿万富翁们争相购买，中东的富豪们要开始炫富了，我们不可能不知道。而且，不可能有这么超薄的智能盔甲变形系统，更不可能让人飞起来。这只是电影里的设想。"山姆坚定地说。

"我没说这是你们地球人的科技，我说的是我……"本司汀欲言又止。

"什么？你们地球人？"山姆越发警惕地拉着我后退了两步，将我推到他身后保护起来，问本司汀，"你到底是谁？你不是地球人？"

"我本来昨天想告诉你们，怕你们不信，以为我在胡说八道。好吧，雨果，山姆，我不是地球人。我来自遥远的西里斯帝星，但我真把你们当朋友。我不会伤害你们，请相信我。你们问我什么，我都会和盘托出，但是请一定要相信我没有恶意，而且我也只会告诉你们两个人。"

"什么？他说什么？外星人？UFO？我们中彩票了吗？荒唐！我没做梦吧？"山姆握起我的手腕狠狠打了两下他自己的脸。

"你别过来，别靠近我们。我不相信你，你是怎么到地球来的？有同伙吗?"我躲在山姆身后,示意与本司汀保持距离。

"就我一个人坐飞船来的,你们很安全。记得这两天的新闻吗?你们的太空站发现了一些飞船的残骸,那是我的飞船爆炸后的碎片。"

"你有看到这条新闻吗?"我焦躁地问山姆。

"好像有。"山姆半信半疑地说。

"什么叫好像?山姆,这是生死攸关的时候。"我急得快哭了。

"他妈的,我不记得了。"山姆惊恐地提高了嗓门。

"我不会伤害你们的,我保证。"本司汀举起了双手说,"你们要是害怕,可以把我绑起来再听我说。"

"我们才不会上你的当,走过去把你绑起来,弄不好你把我们劫持,反绑了。"我说。

"哈哈,雨果,我的人品没有那么拙劣。"本司汀大笑起来。

"你还有心情笑?你拿什么保证?谁知道你会不会伤害我们?"山姆说。

"山姆,你看,你觉得我会伤害雨果吗?"本司汀的眼睛红润,他的手掌上方出现一幅空中电子屏幕画卷,那是他和南卡的相册。一张张幸福、浪漫的合影照出现在我们眼前。我们震惊了:我和南卡长得几乎一模一样!

他说,他第一次造访地球是公元1632年。

我问,那时的地球是什么样子的?

他说,星球内部的战争太可怕了。你们明朝在打仗,海洋上的船只里装着奴隶,澳大利亚群岛荒无人烟。那时的地球还没有牛顿,地球人习惯用神话解释未知的自然现象,但我却为那些神话而着迷。你们还不知道什么是引力、电磁力、弱核力和强核力，更谈不上量子、夸克、电子、中微子、W玻色子、Z玻色子，可三百多年过去了，地球人已经了解宇宙的构成，甚至向往到达平行宇宙。

我说，这说明什么？

他说，说明人类发展的速度非常快，潜在的人类危机也将来临，再过300年地球也许会和西里斯帝星一样，在进化中隐含着衰退，在曲折中走向高级文明。

世界上没有两片相同的叶子，却有相似度极高的叶子。很难想象，本司汀告诉我们，在宇宙的遥远边际有另一个和地球很相似，却又大不同的星球，它像是宇宙形成时地球的姊妹。

那是他的故乡——西里斯帝星。

星球本身没有自转，有一颗恒星常年照耀星球，形成人类生存的阳面，还有一面是阴面，常年没有阳光，只有黑夜与星空。阴面是人类生存的禁区。

当我们地球人正在讨论如何建造"太空天梯"进入宇宙，或担忧在几十亿年之后，太阳燃烧殆尽成为宇宙中的一颗白矮星时，西里斯帝星上的人类却正在讨论，如果其中的一颗恒星注定毁灭，他们将如何在它灰飞烟灭之前再造一个恒星，维持西里斯帝星的生命。

或者，如何利用纳米机器人带着人类文明的种子——星球卵，探测新的行星，在新的行星上建造大型克隆实验室，在实验室里将DNA序列注入细胞体中，开发再造有机生命体乃至全部种群。

这就是两个星球文明的差距。

他坐在草原上，等待我们恢复冷静，对我们说，宇宙大爆炸之后，在漫长的时间里，西里斯帝星和地球属于一个星系里的同一个碎块，拥有同一个大母体。在时间箭头的引领下，大母体裂变为无数个宇宙中的悬浮物碎片，它们散落到许多个宇宙中，在漫长的岁月里等待，却无法再次重逢。只能通过虫洞让它们再次链接，就像看望失散多年的兄弟姐妹。

所以，西里斯帝星和地球拥有同样的生命DNA不足为奇，他和我们地球人长得的确很像。

从原理上讲，化学元素构成的生命分子是一切生命活动的物质基础，生命表现出严谨的结构性和高度的有序性，通过新陈代谢所有生物体与外界不断地进行物质和能量交换，在代谢活动基础上生物体表现有生长特性。这是地球上所有生命的基础，也是西里斯帝星上所有生命的基础。

只是生物进化基本上是在所有遗传可能性空间中的随机漫游，而且速度非常缓慢，再加上所处的宇宙大环境不同，所以生物特征也会在漫长的进化过程中产生巨大差异。不可思议的是，在如此复杂的影响因素下，两个星球同时出现了人类。二者只是人种略有差异。比如，地球上的人种很丰富，有黑人、白人、黄种人。在西里斯帝星上的人优化了人种，只有浅黄的肤色。西里斯帝星多山，人类普遍比较健硕和高大，平均身高两米，本司汀一米八五属于矮个子。

近四百多年，西里斯帝星的生物科技取得了巨大突破，星球上出现了高智商的DNA优选人，甚至人造人。自然繁衍的人类陆续被社会淘汰。

我和山姆听得似懂非懂。

我们听不懂他所说的生物进化论、宇宙发展史。事实上，他讲述的过程中，我大部分时间是在梦游。我甚至不知道该如何去提问，怀疑自己身处梦境，而不是现实。但是，我们被他带着妻子尸骨环游世界的故事感动，决定继续前行，一起踏上冰川古国的寻觅之路，去帮他完成最后的夙愿：找到普诺岗日古国，埋葬他的爱妻南卡。

平凡的地球人在科学认知上，可能无法与西里斯帝星的"人造人"达成共识，但是不同星球的人类，在情感上最易找到共鸣。

21/
2016年9月11日上午，双湖县，羌塘无人区。小河边，人造人之吻。他赠送给我记忆和灵魂。

山姆在荒野里维修我们的越野车，我去湖边清洗我满是淤泥的外衣，主要是找机会给菲利普打电话，把今天发生的一些灵异事件告诉给他，让他快点赶来。我必须保证自身和山姆的安全。

我不知道为何突然间非常信任菲利普，他就像一个久违的好友一样，让我第一时间想到了他。甚至，他工作和生活中的模样都无比清晰地出现在我的大脑里，就像我亲临过FBI的办公室，还有他的家一样。

本司汀朝我走过来，蹲在湖边，扔着石子。我匆匆关掉了手机。

"你看着我干嘛？"

"你的样子很像我的南卡。她也喜欢在湖里洗衣服，而不是使用家用电器。这是地球人最古老的洗衣服的方式吧。"

我笑笑："她真的很幸福，我从来没见过一个男人这么爱一个女人。背着妻子的尸骨环球旅行，你是第一人。"

他说:"山姆也很爱你。"

"是,我很知足。他是个很有责任感的男人。"

"找到古国遗址后,我就不和你们回来了。"

"什么?"

"我要在那里陪着她。"

"开什么玩笑,那里是无人区,你会死在那里的。"

"我就是要死在那里,陪着南卡。那是我生命的终点。你会帮助我的,对吗?对了,雨果,我刚才把《道德经》放在你们的车子里,就当留给你的礼物吧。"

"不,别胡言乱语,如果你要死在那里,我无法帮你,希望你只是信口开河。但是,谢谢你刚才救了我和山姆的命,我们会信守承诺帮你找冰川古国的遗址,何况我和山姆很喜欢考古探险。"听到他说要去那里结束生命,我的心咯噔一下,非常难受。

"我不是信口开河,我是认真的,恐怕我想死都不容易。"

"别这么哀伤。人死不能复生,她在天堂一定希望你一切安好,不希望你为思念她而死。"我一边揉搓着外套上的淤泥,一边说。

"你怎么知道?"

"因为这是爱。我爱山姆,如果我死了,我希望山姆可以继续生活下去,我还希望他遇到一个比我更爱他的女人,继续相爱,慢慢到老。"

"山姆这个傻大个儿,很幸运。雨果,我有个问题想问你,你确定你爱山姆吗?"

"当然,我爱他。"我脱口而出。

"你在骗自己。"他的目光尖锐地看着我。

"你不是我,怎么断定我是在骗自己?"

"因为我是人造人，我有丰富的心理学知识，能看透你的心思。"

我沉默了。

"你在逃避。你选择嫁给山姆，只因为山姆是个不错的结婚对象。你对我有好感，对吗？而这种好感是你在山姆身上没遇到的。这几天你满脑子想的是我，而不是山姆。"

"你……你太自以为是了。我喜欢的是山姆这条小河。"我的心狂躁不安。

"你没有我想象中勇敢。南卡就是一个勇敢的姑娘。你喜欢小河，是因为你没有见过银河。"

"你倒是见过银河了，那你喜欢什么？"我没好气地说。

"我见过银河，但我只爱一颗小行星，她的名字叫南卡星，也叫地球。"他往河里扔了一块小石子，河面荡起涟漪，"宇宙浩瀚，总有一个时空容得下我和南卡。在那里，我们的爱情会开出星系里最晶莹剔透的花。"

"好吧，逃不过你的眼睛，我不爱山姆，也许只是习惯了有他的陪伴。我想，很多人在情感里都有我这样矛盾的心理。女人找一个爱自己的男人嫁了，没什么不好。"

"我希望你快乐，和一个你爱的人结婚，你这样太自私，对山姆也不公平。"

"我自私？关你什么事？"我的语气很强硬。

"因为你太像南卡，我不得不关注你。我真的希望你和山姆都能幸福。但是，两人幸福的前提是必须坦诚。"

"你？你想多了。我虽然不爱他，但是我不讨厌他，我对他是有情感、有依赖的。"

"雨果，不要为了结婚而结婚，不要活在别人的眼光里。不要因为山姆的条件优渥，而去利用他对你的爱。这样的婚姻关系里，你和他都不会幸福的。"

"你太自以为是了。"我的脸颊涨得通红，这个讨厌的本司汀拆穿了我的心事。

"我可以吻你吗？"

"你说什么？"

"吻你。"

"不，恐怕……"没等我说完，他已站起身，他的唇贴在我唇上，我没有拒绝，手里的外衣，自然地滑落进了蔚蓝色的湖里，我们热吻起来，清澈的湖里是我俩的倒影。我瞥见了他眼角的一滴泪。

他抚摸着我的头，莫名其妙地说："雨果，谢谢你这几天的陪伴。就在我们初识的那一晚，我在你的头脑里装了一根纤细的记忆芯针，它能满足你对我，你对地球，甚至对宇宙的好奇心，也是我送给你的礼物。不要忘记我。"

"什么？记忆芯针？"我露出惊恐的眼神。

"别害怕。就是一种细小的智能芯片，能将我的记忆与你的记忆相连。通过记忆芯针，我能彻底地了解到你这个人的过去，还有你的想法。"

"原来我这几天头疼，是记忆芯针的作用。"我摸了摸头，恍然大悟，"你为什么要进入我的记忆？"

"对不起，因为我要确定你是不是我的南卡，你是不是一个可靠的姑娘。"

"那你的结论呢？"我忐忑地问他。怪不得这个家伙一直知道我的想法。

"我要把我最宝贵的东西送给你，你值得信任。"他笑着说。

"最宝贵的东西是什么?"

"我的记忆。安装在你大脑里的记忆芯片有我的残存记忆,每当我查看你的记忆时,我们的记忆就相通了,我的记忆会或多或少残留在你的大脑里。"

"难怪我最近总是做奇奇怪怪的梦,而且都与你有关。那些梦都是真的对吗?"

"嗯,但是那还不是我的全部记忆。只是记忆芯针发挥作用时的副作用,残存的记忆。"

我似懂非懂。

"现在我把我的记忆全部送给你。别动!"他的手指触碰到我的脑袋上记忆芯片的位置,一束光闪过,那跳动的光从他的大脑神经到手指的神经,再通过记忆芯针的传导,输送到我的大脑神经。

"呀!"我感到一丝刺痛。

"放心,只会疼这么一下。它很安全,对你的身体没有任何坏处。只是,可能一两天内,你会有头晕目眩,甚至幻觉,但是等你适应了记忆芯针,你会爱上它的。"他整理我凌乱的头发,接着说,"记忆是我们西里斯帝星人最宝贵的东西。很多人千方百计想得到我的记忆,但是没有人可以成功地拿走它。现在,我把它送给你。你有了我的记忆,就等于拥有了我的智慧,甚至灵魂。"

"灵魂?这么贵重?那你把它拿出来,我还给你!"我慌张地说,从来没有听说过灵魂可以作为礼物赠送。

"没关系,答应我,永远不要把它拿出来。帮我守住我的记忆和灵魂,这样即便躯体不在了,我仍然活在宇宙之中。"

"嗯,为什么我有种生死离别的痛苦?"我不由心酸地问他。这是他在交代后事吗？

"对不起，让你难过了。来到地球，我认识了许多的神。我才知道你们地球人相信灵魂永驻，相信人会轮回转世。而在我的西里斯帝星，通过科技力量复制或者移植一个人所有的记忆，就等于转走了一个人的灵魂。所以，我把我最珍贵的记忆送给你。或许你是我转世的南卡，我才会对你有特殊的情感。"他微笑着，转身离去。

我想叫住他再说些什么，话到嘴边却难以启齿，跟跟跄跄地捡起湖里我的外衣，跟着他走上岸，心不在焉地朝着我们的越野车走去。

山姆在车的背面换着轮胎。看着山姆忙碌的身影，我内心莫名的负罪感油然而生，我宽慰自己说："雨果，你只是给了本司汀一个善良的吻，这没什么，你没有对不起山姆。"

"亲爱的，车修好了吗？"我问山姆。

"可以了，马上出发。"山姆没有抬头看我，继续拧着最后几颗螺丝。本司汀上了自己的红色悍马。

一路上，本司汀一如既往地在对讲机里说着他旅行中的所见所闻，山姆时不时附和着，不如之前那般热情。

我的脑海里满是本司汀在湖边的吻，还有他眼角的那一滴泪，没有留意到山姆的心神不宁。

"记忆和灵魂，这是多么珍贵的礼物！"

中午时分，车子停在冰川脚下。我们收拾登山工具准备出发。本司汀突然叫住了我和山姆："喂，你们两个不要亵渎了冰川的纯净之美，像我这样，给冰川行礼。"本司汀虔诚地跪下，额头和双手先触及冰面，再用嘴唇亲吻冰川,再站起。

"你跟谁学的?"我问。

"这里的古人礼仪。"

"这个古国真的存在?"

"当然,就像古格王朝一样存在。在冰川的深处有一个幽深的大峡谷,曾经宛如仙境,长满了雾凇。"

"雾凇?你是说哈尔滨的雾凇?"我好像在梦里也曾梦见过雾凇和南卡的古国,却一时又如同失忆一般,不记得了。

"差不多那个样子。"

"胡扯吧,有历史记载吗?"

"没有。"

"那你怎么知道的?"

"这不奇怪,我就是知道你们地球人不知道的东西。"

我和山姆按照他的指导给冰川行跪拜礼,然后跟随他踏上了冰川,开始了一天一夜的寻城之旅。

第五章 257号洞窟

22/

2016年9月11日上午，中国，敦煌壁画。菲利普找到了案件的重要线索——《九色鹿本生图》。

菲利普根据法国老先生的指引，在敦煌壁画的257号洞窟找到了《九色鹿本生图》，就在洞窟西壁的中部位置。

洞窟里很凉爽、很清静，与洞外形成鲜明的对比。画面和色彩精美绝伦，飞禽走兽栩栩如生，还有千佛环绕四周，身处洞窟，菲利普慌乱躁动的内心似乎也平静了下来。

如果有时间，他很想把所有的洞窟都看一遍，可是时间有限，还是先解码《九色鹿本生图》吧。

馆员小姐打开手电筒，指着壁画的位置，跟他介绍说，《九色鹿经图》描绘了故事的八个情节：救人、溺水者行礼、国王与王后、溺水者告密、捕鹿途中、休息的九色鹿、溺水者指鹿、九色鹿的陈述。

"很抱歉，我还是看不明白，能否具体解释下这幅画？"菲利普完全搞不清楚画里的元素。

"别灰心，大部分中国人没有向导都看不懂，不要说您是外国人。"馆员小姐捂着嘴巴笑着说，她是个外表小巧瘦弱的姑娘，"您看，以'九色鹿的陈述'为中心，画作的左面自左而右是救人、溺水者行礼、休息的九色鹿三个情节，右面则是国王与王后、溺水者告密、捕鹿途中和溺水者指鹿。这样画面是不是处理得极富感染力？"

"如果有个人给我传递一个信息，比如以字谜的形式，他留给我这幅敦煌壁画作为密码，你觉得说明什么？"菲利普按照馆员的指导，仔细端详着眼前的壁画。

"啊，这么有趣啊。这个人我喜欢，一定是个文化韵味深厚的人。纯粹从画的立意讲，这是一则忘恩负义的寓意故事。九色鹿或曰鹿王，是佛陀前世转生行善的仁禽义兽之一，也就是说鹿王是佛陀的化身和象征。《九色鹿本生》是一个规劝人们行善、慈悲并尊信佛陀的故事。"

"哦？忘恩负义……"菲利普揣摩着馆员小姐的话。

馆员兴致勃勃地解释说："古印度恒河边，有一只美丽的鹿。她身上的毛色由九种不同的颜色组成。一天，九色鹿在恒河里奋力救起一个失足溺水者，当溺水者要报答它时，九色鹿只是要求他不要透露自己的藏身地，溺水者满口答应，谢恩而去。后来，王后梦见了九色鹿，很想获得这只鹿。国王宠爱王后，就派人为她寻找这只鹿。溺水者回到城里，看到国王重金悬赏寻找九色鹿，就经不住诱惑，向国王透露了秘密，并带路去猎杀九色鹿。当九色鹿见到那个溺水者时，流下了悲愤的眼泪，它用人语向国王说明了一切，国王被感动了，下令不许任何人伤害、捕捉九色鹿，而溺水者因为自食其言，恩将仇报，顿时浑身长疮而死。"

"原来这是一个恩将仇报，咎由自取的故事？"菲利普好像意会到什么。是不是说，杀害哈赛姆的"凶手"自喻为那只九色鹿，他救了被

IS 追捕的科学家哈赛姆。不料，哈赛姆为了名利，反而加害于他。最后，他杀了哈赛姆。"凶手，那个金发的欧洲男子，也是哈赛姆的救命恩人。他是九色鹿，基因变异人，有神力的人？"菲利普大惊，如果是这样，一切疑虑迎刃而解了。

他开始大胆推测，"凶手"在沙漠里救了哈赛姆，哈赛姆一定发现了"凶手"是不同寻常、有神力的人。他打给副总统的电话说明了"凶手"的情况，一直以来白宫关切的不是哈赛姆的死，也不是美国和伊朗、叙利亚、俄罗斯的关系，而是……"天啦，他们知道凶手杀死哈赛姆后逃走了，他们要找的是凶手。他们早就知道凶手是不同寻常的人。这起案件与叙利亚和俄罗斯人无关。"

菲利普被自己的逻辑推理折服了。

那为什么凶手要冒着暴露自己身份的危险，恢复女神庙？叙利亚被毁的可不止一个齐诺比娅女神庙。

"答案只有一个，他与齐诺比娅女王之间有关系，但具体是什么关系呢？"菲利普又陷入另一个谜团里。哈赛姆的死亡事件算是找到了杀人动机，可能理清事件的来龙去脉。但是齐诺比娅女神庙复原事件还是一个谜。

"你到底是谁？你在哪里？"菲利普自言自语道。

他走出了洞窟，跟馆员致谢。洞窟门口的 257 号赫然在目。

"有个外国客户说这个数字的意思是'爱我妻'。他的中文特别流利，应该是下了很多功夫。"馆员小姐介绍说，这几天，她每接待一次客户，总是要讲讲 257 的故事。

"爱我妻？"菲利普不明所以。

"是的，数字念成汉语的谐音。他是个很浪漫的绅士呢，他说，他非常爱他的妻子。"馆员小姐轻声细语地说。

"哦，257，爱我妻，呵呵。"菲利普学着用蹩脚的汉语重复了一遍，他没有妻子，也不会柔情蜜语，体会不了这种文字上的浪漫。他准备与馆员小姐挥手告别，又转身试探性地问她："你有没有见过一个高个子、金发的欧洲男子？背着一个很大的棕色的双肩背包，很英俊。"

"先生，我们这里有很多英俊的金发游客，瞧，过往的人里就有好几个呢。"馆员小姐认真地回答说。

"这对我真的很重要，麻烦你好好想想，比如对257号洞窟特别感兴趣的。"菲利普也觉得自己的问题很傻，但还是不能放弃，哪怕希望渺茫。目前，只有考古的法国老先生和叙利亚小镇上茶水店的老板娘、村里的卡车司机清楚地记得"凶手"或者"嫌疑人"的样貌。虽然老先生、老板娘、卡车司机描述的完全不是一个人，但是他们都具有一个共同特征：铁皮靴子和大背包。

"之前'爱我妻'的那位先生就是啊。"馆员小姐想了想，脱口而出。

"什么？"菲利普又抬头看了一眼洞门口的257号，激动地说，"快告诉我，他的样子和身份。"他隐隐约约觉得，那个说"257就是爱我妻"的金发男子就是他要找的"凶手"。

"他上个月来过。我是他的向导。"

"他长什么样子？你能画下他吗？"

"恐怕不行，你们不认识吗？"

"多少钱？"菲利普掏出了100美元。

"我不能把客户的信息出卖给你。"馆员小姐连忙后退，拒绝说。

"我是警察，他是疑犯，麻烦配合。"菲利普掏出来FBI的证件，

"我怀疑他是一起谋杀案的主谋。"

"啊？什么？太可怕了！这……"

"亲爱的小姐，如果你知道什么，但是不说，那是触犯法律的。"菲利普故意吓唬馆员小姐道。

"那你跟我来，有什么事你还是找我们负责人吧。"馆员小姐被这个爆炸性消息震昏了头，"敦煌壁画是实名制买票，我们有他的护照信息，只要馆长允许，你可以查看他的身份信息。但是，他是一个那么温柔的先生，不像是坏人啊。警官，我不会是从犯吧？天啦，阿弥陀佛，菩萨保佑，我不会帮了一个罪犯吧？"馆员小姐一路都在碎碎念，这个小姑娘被吓坏了。

"不会，你不要紧张。我还要感谢你给我提供这么重要的信息。"菲利普安慰她说。

"假的。混蛋！"在馆员小姐的帮助下，菲利普查询了凶手的护照信息，才意识到那个聪明绝顶的"凶手"是不会轻易暴露自己的行踪的，假护照、易容术对他易如反掌。

"他到底有多少个身份，懂几国语言？"叙利亚人说他懂英语、阿拉伯语、伊朗语，法国人说他懂法语，现在中国人说他懂中文。

护照上，他是巴西人！菲利普从未遇到这么狡猾的对手。

"妈的，你的绰号是翻译通吗？"菲利普气愤地撕掉了资料。馆员小姐更是莫名其妙地悲伤起来。

菲利普无可奈何地苦笑着，烈日炎炎下，坐在敦煌的沙漠里喝着烈酒，突然他手机里收到一封无名邮件。他打开邮件，大惊！是一张女孩在草原上笑容灿烂的照片。留言是："找到她！保护她！就能找到我！"

"妈的！混蛋！"菲利普兴奋又气愤地一口气喝光了剩下的酒，然后骑上摩托车出了沙漠，搭乘一辆出租车向机场奔去。

现在只能被这个高智商的"凶手"牵着鼻子走，去找照片中的女孩——张雨果。

"该死，山姆一定知道什么。"他说。一年前，山姆就利用他找到了雨果。

如今，这个"凶手"又发给了他雨果的照片。

"看来，雨果是了解案情的关键人物。可是，那个缺心眼的姑娘，什么都不知道啊。"他越来越焦虑了。

他告诫自己，不能告诉任何人自己的推理和最新发现，包括露西和史密斯，他已经开始怀疑他的搭档，露西很可能是副总统安插在联邦调查局的人，"当务之急是找到雨果。"

正在此时，雨果打来电话，他立刻定位了雨果的位置。

正在菲利普焦急之时，我在无人区的小河边给他打了通电话，发了定位给他。

他浑身打了鸡血般，在电话那头大叫说："雨果，我爱你，我他妈的爱死你了。我爱你胜过爱我妈妈。你等我，我马上过来！不要担心，你应该没有危险，帮我拖住他。"

我被他无厘头的亢奋搞蒙了。

第六章 记忆芯针

23/

2016年9月11日下午，普诺岗日冰川。大脑与记忆芯针的博弈。

> 有一位从特里尼蒂来的年轻小伙子，
> 他取无穷大的平方根，
> 但位数之大，
> 使他害怕；
> 他丢下数学去从事神学。

本司汀，那个朗诵诗歌、穿着银灰色风衣、浑身发着光的男子，一个来自遥远星球的"人造人"。他背着一个特大号棕色登山包，走在冰川之上，包里有个沉重的特制盒子，盒子里装着他爱妻南卡的尸骨。

是什么样的人会背着妻子的尸骨旅行？

我发誓，我曾毛骨悚然，想过报警；我也曾自作聪明，怜悯他的疯癫。更多的时候，我是在天马行空的幻想空间中，放肆地游荡，和我的嫉妒心纠缠在一起。我无法控制我的幻境，如果山姆说的 Déjà Vu 幻觉记忆是存在的,那么,我想,自从在小旅馆认识本司汀的那一刻起,我就陷入了无止境的Déjà Vu幻觉记忆中不能自拔。

甚至我在问自己,我是谁?我怎么才能控制记忆芯针,不让它的副作用控制我的大脑?我需要多久才能和它愉快地相处?从小河边本司汀告知我他这次冰川之行的真实目的后,我的大脑都快要开裂了。

在此刻的幻境里,我挥动一双妒忌的翅膀,眼睛红亮,面色狰狞,皮囊褶皱,愤怒地煽动着冰河之下狂躁的火焰,怂恿它们吐出炽烈的岩浆,将这冷酷的冰川融化掉——就像冰河世纪的火山爆发一般,无情地毁掉这冰川。

这是个恶毒的想法。

但我真的很冷。

我没法使本司汀登山包里那具几百年前的尸骨复活,阻止本司汀走向自杀的生命终点。我荒谬地把妒忌的根源怪罪在冰川的严寒上。可是,这关冰川什么事?

周围的冷空气,在鄙视我的无知与狂妄,在嗤笑我的不自量力。

"将自己比拟为冰河世纪的火山,这是一个愚蠢的幻境。"我在嘲笑自己。

黑夜在我卑微的妒忌心的煽动下越发显得冰冷。

我妒忌他背包里的女人,尽管她死了,那背包里只是她的尸骨。我曾是一个正派和善良的女人,并认为一直会保持这一高尚的品德。但是,我高估了自己。正派和善良,在爱的诱惑面前,向邪念投降了。

以冰面为镜,我看到了扭曲和丑陋的自己,数十名穿着红衣的法僧站在我的身旁,他们念着咒语,试图驱赶我身上污秽的魂魄。我吓出了一身汗，惊慌失措，险些滑倒。

　　我没亲眼见过那尸骨的模样，前些天，山姆误以为本司汀的背包里是神秘的宝藏，曾偷窥过一眼，却被里面的尸骨吓昏了头。有谁会想到一个男人，会背着自己妻子的尸骨旅行呢？

　　我有股懊悔的怨气。那天，我应该亲自去探个究竟的。我想知道那具尸骨和其它尸骨有何不同。尸骨里透着三百多年前古国公主的灵智与高贵吗？尸骨的色泽宛如稀世罕见的白玉吗？尸骨的头颅里藏匿着绝世美人的微笑吗？

　　我和一个死去的女人较上了劲，这是一件难以启齿的事情。争不得，抢不得，祝福不得。我愿她活着，这样，至少能留住本司汀，送上我的祝福。现在，我能拿一具尸骨怎么办？

　　我跟随本司汀的脚印越过冰层，一步，两步，三四步，小脚踩在大脚上。我感觉整个世界在我们的身后冻结，咔嚓咔嚓地响。他在前面解冻，我在后面冰封，身旁的山姆在解冻和冰封之间灵魂摆渡。

　　一阵风吹散了我的围巾，冰的屑末在空中飞舞，涡旋状散向远方。
　　我重新系好它。
　　我的脑海里，突然出现冷风吹起的海浪，猛烈地击打着岸边的礁石，留下一排白色的泡沫。我孑然一身站在夜幕下的海浪里。我渴，我饿，我张开干裂的唇，想去喝一口海水，至少那是水，但它是咸咸的、苦涩的，难以入口，那味道刺激着我的鼻腔。
　　我又眩晕了片刻，该死的幻觉。
　　我晃了晃脑袋，深呼吸一口气，这是冰川里纯净冷酷的空气，我在冰面上，不是海上。那苦涩的味道，来自我眼角流下的几滴泪。我没有喝下海水，只是舌尖触碰到了泪水。

我开始痛恨我的懦弱，连说爱他的勇气都没有，只剩下"无可奈何"，还有污迹斑斑的嫉妒心。我的躯壳和魂魄都在试图抽离我，让我撕心裂肺。我感到我的心肺在撞击我的皮肉，皮肉鼓起一个大包，我害怕极了，赶紧用双手按住了心肺的部位，试图将它们按回去。它们再次撞击了，攻势越来越猛，那个鼓起的包越来越大。它们也要离开我吗？

我慌了神，停下脚步，又差点滑倒摔下陡峭的冰川。这是一个光滑的斜坡，山姆及时抓住了我。

我倚靠在一块石头上，脚下的登山鞋使劲抓牢地面，艰难地拉开外套的拉链，将手伸进冲锋衣里，忐忑不安地慢慢地、轻轻地触碰我的肌肤，噢，胸前并没有包，我的心肺还在。

身边的山姆捧着我的脸，关切地问："雨果，你怎么了？你的脸色怎么发白了？"

走在前面的本司汀也停下了脚步，回望了我一眼："没事吧，雨果？"

"哦，没事。"我拉上冲锋衣的拉链，紧握着登山杖，镇定地说："走吧。只是有点累而已。"

话罢，我打了个踉跄，身体突然失去平衡，脚一滑仰头摔在地上，拖着疲惫的山姆和毫无防备的本司汀在光滑的冰面上加速下滑，这是个接近于30度的冰面斜坡。我害怕极了，大声呼喊着："啊……救命！救我！救命，啊……"

命悬一线，我感觉我要落入无尽的山崖，山姆试图抓住沿途的冰柱、冰石，失败了，他又试图抓住我的手，也失败了。

本司汀启动了智能盔甲，救下了我们。我们在空中飞了起来。本司汀借着拴在我和山姆腰部的绳索，拉住我们，缓缓落地。我吓得半死，却也不敢吭声,更不敢正视本司汀的眼睛。

山姆身上的背包落入了山崖,无影无踪,那是我们所有的干粮。

本司汀没有呵斥我的"不小心"。他用盔甲上的仪器仔细检查我和山姆的伤口,无碍。

这是第几次我失神滑倒,拖累他们两人险些丧命,我已经不记得了。

"要不要休息下?"本司汀问。

"不用,我还可以坚持,只是脚底太滑了。"我说。

"嗯,你多加小心。有我在,你们别怕。"本司汀安抚我们说。

我们继续前行。

我继续丢魂似的幻想。不是我想失神,而是我没法控制我的大脑。这一天,我的大部分时间都在幻境里。

我的头部因为安装了记忆芯针,一直在发胀,使得我间歇性地眩晕。又是它在捣乱吧?自从有了它之后,我时常在虚实间徘徊,时而幻境,时而现实,分不清哪个是真实。

我努力静下心,拍打了两下脑袋,保持清醒。可幻想还在继续。也许不是记忆芯针的刺激,而是我自己心事太重。

我在想,我懦弱,但好像又是勇敢的,至少不顾生死,追随本司汀来到这蛮荒之地。我反感"你长得很像她"这句话,也讨厌他深情款款地,望着背包里的那具尸骨说"我已看过银河,但我只爱一颗小行星。它的名字叫南卡星,也叫地球"。换个场合听到这句话,我或许会觉得浪漫多情,但在这蛮荒之地,我只剩下锥心的痛,一阵一阵的。

见鬼的是,这句话像魔咒一样植入到了我的大脑神经,根深蒂固,驱赶不走。一想到这句魔咒,我的视线里就出现五彩缤纷的夏天,但是夏天里飘着鹅毛大雪,轻舞飞扬。

五彩的生灵变成数以万计斑斓的气球,有的"砰"的一声爆炸了,有的泄了气。它们沮丧地从空中坠落,纷纷跪倒在庄严的白色面前,由固体融化成了涂料似的液体,渗进了白色的世界里。

那个世界是圣地,也是孤独者的刑场。

我在那个世界里失去了重心,漂浮在空中,脚不能接触地面,手不能掌握方向,我的心发慌。我好像也变成了一只彩色的气球。

我挣扎着去看我的手和脚。我的身上穿着一件笨拙的宇航服,那是由一群Playtex的胸罩和塑身内衣设计师研发出来的服装,是美国宇航员登月时穿的太空服。

我在太空服里急促地呼吸,直到突然有了地心引力,我重重地摔在了地面上。

我清醒了。身上的太空服不见了。夏天也不见了。

我惊恐望着前方,回到现实。

他,走在我前面的本司汀,穿越几百年的时空,送他的妻回家。我和山姆为了寻宝,陪着他。

我爱上了这个背着妻子尸骨旅行的男人。宁愿死去,他背着的是我。

我的未婚夫山姆应该很愤怒,他的眉头紧锁,觉察到我的背叛,可他却依然选择与我继续同行在冰川上,就像上帝毫无保留地原谅他的信徒。他不是上帝,但他原谅了我,也许他自认为是我的保护神。

自从一年前,我们在午夜的电影院相遇,我习惯他的娇宠,习惯与他一起旅行,习惯飞扬跋扈地接受他的爱,却从未问过自己爱不爱他。也许,我这个女人很自私,是的,有哪个姑娘不想把山姆这样死心塌地的帅气男人拴在身边呢？他是绝世的痴情种，有着中东混血面孔的痴情种。罕见，稀罕，稀奇。

我爱山姆，不是真的爱，而是给自己做了爱他的催眠，久而久之，我就习惯了。这不是一件正派的事情。至少，对山姆不公平。

在没有遇见本司汀之前，我对正派和善良的理解过于肤浅。在周围的生命皆自私的世界里，我不害人、不做缺德事，就是正派。唯一做的错事，就是自私地骗了山姆的爱，没有对他袒露心扉。

我根本不知道怎么去爱一个人，也不关心这个世界发生的大喜大悲。在声色犬马中，我练就了随波逐流的混世本领，模仿身边的大部分女人，将自己伪装成女神，或者天使，把"I love you, I love life"挂在嘴边上。

身边擦肩而过的穆斯林、基督徒、佛教徒，西方油画里的天神，东方古典画里的天将，都不及酒吧里的一杯威士忌和一首摇滚乐给我的力量。非洲的难民离我太遥远，国家政治是男人们操心的事，叙利亚战争是电视新闻里的惊悚剧，甚至我连隔壁老王家的孩子叫什么名字都不知道，只会用"小王同学"代替。

我在乎什么呢？

只知道我要维持美丽的躯壳，有一份稳定的工作，早八点去公司打卡，晚十一点关灯睡觉，管好自己就是不枉费这一生。

我也有忧虑。我担心失业，担心下个月的房租，担心忘记了给阳台的栀子花浇水，花草又被我养死了，我会为此伤心好几天。更担心，山姆会离开我，留下我一个人，继续孤独地伪装天使，在水泥钢筋结构的建筑里，呼吸肮脏的空气，面对熙熙攘攘的世界。

他在，起码我不孤独。

如果，有人问我有什么乐趣？我想旅行和阅读历史书，或许算得上。

瞧，还记得和山姆的影院相遇吗？我就是靠丰富的历史知识，让山姆爱上了我，神魂颠倒。

他说，很少有漂亮的女生痴迷历史。

在这之前，我并不曾想过，懂历史和懂足球一样，会成为泡男神器，还是优质男人。

在山姆奢侈地包下游乐园的摩天轮，喝着香槟向我求婚的那晚，我在165米的高空中喜极而泣，大声呼喊。我没有感谢上帝，我在感谢我高中的历史老师！那个戴着黑框眼镜、胡子邋遢的历史老师，他是我的神。

我沾沾自喜，认为这是一件值得炫耀的事情，我即将要嫁给山姆，嫁给一个把我当甜心的美国精英阶级。他的父母都过世了，我连复杂的婆媳关系都不用考虑，我甚至没问过他父母的名字。他是伊朗裔美国人，从小在美国长大，爹妈给了他一张帅气的脸，还有可继承的殷实家产，他却特立独行，选择和我厮混在一起，听着摇滚，聊着历史，环游世界。

我会轻而易举地拿到一张美国绿卡，住在乡间别墅里度假，有一片森林和绿荷，牵着几只拉布拉多犬悠哉乐哉地过日子，被丈夫宠爱。这不正是大部分中国女人梦寐以求的吗？可是，本司汀的出现，把我最后的一件傲慢外衣撕碎了，我的无知，赤裸裸地展示在他面前。

我从百无聊赖的生活中惊醒，原来，我的生活浑浑噩噩的，糟糕透了。我在世俗的人群里人云亦云，苟且中寻欢作乐。

我是微不足道的凡人，过着千篇一律的生活。我的心是空的，即便黑夜里山姆搂着我入睡，我也是缺乏安全感的，因为我活得不真实，生怕世界发现我的丑陋，生怕山姆知道我的心机，把我列入"心机婊"的行列而离我而去。

我在等着一双有力的手来拯救我，让我不再迷失。

他，走在我前面的本司汀，唤醒了我去爱一个人和爱这个世界的能力。

24/
2016 年 9 月 11 日夜晚，普诺岗日冰川。旅途中的奇幻冰雕。

我抬头看本司汀，他在前面带路，他的身影在月光的映衬下些许伟岸、些许诡异。伟岸之处在于他健硕的身形，诡异之处在于他的衣服发着光，唯独留下他的头部在光的照射下若隐若现。

若他猛一回头，不免惹得我和山姆胆战心惊，联想到英俊但又害人性命的吸血鬼。这番景象，有点像大孩子们在黑夜里，拿着手电筒竖对着下巴，灯光由下而上照到脸上做恶作剧，小孩子们误以为是鬼，吓得哇哇叫。

好在他不是鬼，我们的旅程也不是恶作剧。他的风衣是黑夜里的明灯，照亮了寂静的冰川山谷，我笑他是"放大版的萤火虫"，他便启动飞行战靴，顽皮地在空中飞舞起来，围绕我和山姆展开臂膀，潇洒地转了一圈，脸上洋溢着童真。

他会举起一块大冰石，在空中利落地削碎它，削成细小的颗粒和各种花瓣的形状，让花瓣在冰川上惊艳地飘落。我们仿佛置身于白色的花海里。

有时，碰见一块外形奇怪的冰石，他会扭头问我，雨果，你觉得它像什么？

我说，一只鹰。

他便在石头上画出鹰的轮廓，用风衣盔甲的光切割冰面，刹那间，一只冰雕的鹰出现，活灵活现。

我捉弄他说，老鹰抓小鸡，缺了几只小鸡。

他说，你是个邪恶的姑娘。于是，他又选中一块冰，雕了几只小鸡。

我说，瞧，那个很像秦始皇的兵马俑。你知道兵马俑吗？

他便雕刻出了兵马俑，栩栩如生。

我惊讶地围着兵马俑转了一圈，说，哇，太逼真了，我从未见过冰雕的兵马俑。你是活神仙吗？一个不够。许多个才好。

于是，我们的周围出现了几百上千个冰雕的兵马俑构成的迷阵。兵马俑冰雕顺着冰墙整齐划一地站立着，气势磅礴，令人叹为观止。

"人的整个生命如同一座迷宫，只有通过艰难曲折的朝圣之路，才能告别罪恶的生活，到达迷宫的终点，找到人生的目的。"他感叹说。

"我们要怎么出去？"我摸着冰雕和冰块构成的高墙，走在最前面，欣喜片刻后，忐忑起来。我们在四处碰壁，好像迷路了。

"你真的很无聊。"山姆明显生气了，焦急地寻找出口。

"跟着我走就行。不会迷路。"本司汀自信地安慰我们说，"旅途中总要有点乐趣吧。"

我紧跟着他，在迷宫中快速移动了起来。

"雨果，你知道谁发明了迷阵吗？"他问我。

"谁？"

"在古希腊的神话里，迷宫是由代达罗斯设计出来囚禁弥诺陶洛斯的。"

"谁是代达罗斯?"

"一位伟大的艺术家,建筑师和雕刻家。"

"谁又是弥诺陶洛斯?"

"一个牛头人身的巨怪。"

"巨怪?可怜的巨怪,还是残忍的巨怪?"

"专吃童子童女的巨怪。"本司汀做出一个惊悚的表情。

"哦,天啦,你别吓我。"

"一个叫米诺斯的人在篡权成为新的克里特岛国王后,他向波塞冬拜祈神迹,以便证明自己的篡权是正当的,于是波塞冬赐给他一头巨大的白色公牛,要求他将其祭献给自己。但是这只公牛非常稀有和漂亮,贪婪的米诺斯最后宰了另外一只公牛来祭献,愤怒的波塞冬诅咒了米诺斯的妻子帕西菲,使其患上了嗜兽癖。为了遮丑,米诺斯请来建筑师代达罗斯为帕西菲制造了一只木制母牛,把她藏入其中。然后,你猜怎么着?"本司汀转过身,神秘地看着我。

"然后,木制母牛变成了牛头人身的米诺陶洛斯?坦率地说,我时常被希腊神话里的那些故事搞得晕头转向,就像这迷宫一样。"我猜故事的结果肯定是让我大跌眼镜的,在我的思维里,古希腊神话一向是不按规则、不按伦理进展的。

"不,结果由于做得过于逼真,白色公牛看上了这只母牛并与其交配,帕西菲因而怀孕,随后生下了一只牛头人身的怪物米诺陶洛斯,字面意思即为'米诺斯的牛'。"本司汀边带路边说,时不时拉着我的手,让我跟上。

"所以,米诺斯是为了把怪物藏起来避免家丑外扬,而修建了复杂的迷宫。"

"可以这么说。后来,雅典王子忒修斯带着宝剑进入迷宫杀了怪物米诺陶洛斯。迷宫揭示了人类精神中表现出来的双重特性:复杂与简单,神秘与可知,感性与理性。"他说。

我体味着他的话。他总是一副调皮又有哲思的样子。

"雨果,你们在哪?"山姆走在最后面,端详了一会儿兵马俑,里面迂回曲折,双脚不由自主地走到岔道上去,不见了踪影。

"等等,本司汀,山姆不见了。"我停下脚步,拉住了本司汀,发现山姆没有跟上我们,冲外围喊道,"山姆,我们在这里。你在哪?"

"我在这里。"山姆在回应。

"他好像就在附近,怎么跟丢了呢。"我焦急地说。

"你站着别动,我们来找你。"本司汀对山姆喊道。

"我就说了别这么无聊。"山姆在抱怨迷阵。

"本司汀,快,我们要找到山姆。"

"雨果,记住,回来的路上如果有不测,躲进冰雕迷阵里。知道吗?"

"嗯。不会有危险的。放心。"

"万一呢?我不跟你开玩笑。"他严肃起来。

"可我怕,我跑进来,也跑不出去啊。我在里面完全不知方向。你看这些兵马俑都一个样子。"我尴尬地说。我想这个地方荒郊野岭,连只蚊子苍蝇都没有,总不会有劫匪吧。本司汀多虑了。

"不会的。你有我的记忆芯针,它会唤起你对迷阵的认知。"他很认真地看着我,又重复了一遍,"记住,有危险,往迷阵里跑。"

"好。"我点点头。显然被他极其认真的样子吓住了。

我们找到山姆，顺利出了迷阵。

我得寸进尺地问他，你能为我雕刻出一个宫殿吗？

本司汀说，当然可以，如果你想，告诉我是什么样的宫殿。

山姆不耐烦地插话了，够了，雨果。你还没玩够吗？不是赶时间吗？

……

这是阴森的冰川山谷里唯一的乐趣，也是梦幻的乐趣。如同安徒生的童话，与魔法棒不同的是，本司汀的幻术，来自于遥远星球的智能科技。

山姆对本司汀幼稚的举动当然很不屑，但他知道，在这荒凉的冰川里生存，我们依仗这个"放大版的萤火虫"。尽管冰川的冰面透出微弱的光芒，但对于我们平凡的自然人来说，光感太差，举步维艰，我们需要他的风衣盔甲来照明。

站在威武的秦始皇兵马俑的冰雕迷阵外，本司汀仰起头，望着璀璨星空，突如其来地朗诵了前面那首不着调的诗，问道："雨果，山姆，你们听过这首打油诗吗？"

"没有。我还以为是你胡编乱造的。"他的问话，把我从天马行空的幻想世界里拉回现实。

"不，这是1904年出生的美籍俄罗斯天文学家乔治·伽莫夫的一首五行打油诗。他研究宇宙，发现了宇宙中产生最轻元素的核反应，他喜欢把它称为'史前的宇宙厨房'。他认为门捷列夫周期表中，包含的宇宙中的所有化学元素，都是在大爆炸的高温下烹饪出来的，从氢原子开始，然后不断向氢原子加入更多的粒子，产生其他的元素。这个人、这首诗是不是很有趣？"

"这个伽莫夫放弃了天文，去研究神学？"我的未婚夫山姆问。

"不，这个天文学家是我喜欢的，他追求真理，幽默风趣，爱好漫画，在面对巨大的天文数字和无数的星星时，他感到忧虑和力不从心，于是写下这首诗。"

"哦。"我们说。

本司汀说话的间隙叹了口气，眉宇间写满了忧伤："我现在感觉自己就是那个从特里尼蒂来的年轻小伙子。"

"哦。"我和山姆接不上本司汀的话，他的思维频道一直很奇怪，大部分的时间里，都和我们处在不同的波段上，鲜有交集。

25/
2016年9月11日深夜，普诺岗日冰川。他是人造人。

他是 DNA 改良、体细胞优选、基因重组后的"人造人"，算是迄今为止，西里斯帝星上人类基因工程的巅峰产物。在与他相处的五天里，我们见证了他的博览群书、通晓古今。他的大脑就是一台大型计算机，他的体能估计登上珠峰都不用喘气，他的五官样貌更是帅得精致。他做了许多我想都不敢想的事情。

古老而干燥的纳米布沙漠，拥有全世界最黑暗的夜空，于是他跑到纳米比亚，浮在半空里睡觉，欣赏从地球上能看到的最美的星辰和银河系。

科罗拉多大峡谷的两岸，层岩嶙峋，层峦叠嶂，凹陷的峡谷深不见底，于是，他飞到峡谷里去睡觉，告诉地球人他在那里发现了什么。虽然人们当他是神经病，不以为然。

维苏威火山是一座活火山，被誉为"欧洲最危险的火山"，它在公元79年的一次猛烈喷发，摧毁了当时拥有两万多人的庞贝古城。于是，他开着车去了意大利南部那不勒斯湾东海岸，在那里扎营，搜索庞贝古城的遗迹。这个遗迹与他要寻找的普诺岗日冰川古国有着相似的背景。

这个奇怪的人造人，他在黄土高坡上的羊群里睡觉，他在埃塞俄比亚的咖啡庄园里睡觉，他在东南亚的孤岛上睡觉。

现在，他要在冰川上睡觉。

无论在哪里睡觉，背包里的那具南卡的尸骨始终陪着他。

我和山姆是自然受孕、自然分娩的地球自然人，在严酷的自然环境下，我们每一秒都有暴毙的可能性。我们私下叫他疯子，似乎只有如此，才能从自卑的自然人心理上，找到一丝自欺欺人的自尊平衡。

我们怕冻死过去，不睡，宁可撑着继续前行。

但是，我的眼前却诡异地出现他睡觉的零散画面，就好像我也曾到过那些人迹罕见的地方。在世界每个危险的无人区，都有他的影子。

生命不在同一纬度的人，灵魂是没有交集的。没人懂我的纠结，我正在深陷不可触碰的情感雷区。我渴望与他平等，不是身份的平等，而是智力和思想的平等。

我期盼握住他的双手，去依偎他挺拔的臂膀，静静地听他心脏的旋律，和山谷里他心跳的回响。我天真地认为那心脏会说话，会偷偷告诉我一些什么，就像记忆芯针会告诉我他的一切。

他在险峻处睡觉的画面突然消失了。我的大脑又开始漫无边际地游离。

冰层里探出头来的幽灵着实吓了我一跳。

她先探出的是美丽的一双手，我差点尖叫，害怕她会拉我进入万米冰层，如同下地狱。马上，她婀娜的倩影出现了，细看，她的面容清晰了，身着一袭白衣，手握权杖，倾国倾城，手腕上是花环，许多彩蝶围绕着她。

她款款向我走来，温柔地对我说，"雨果，他不是权贵，你也不是灰姑娘，不要渴望一夜之间成为他的白天鹅。梦魇般的征服欲是可怕的。梦魇般的征服欲是可怕的。梦魇般的征服欲是可怕的……"这个美丽的幽灵女子在重复这句话。

"我没有想过去征服他。"我为自己辩解。城市里的优质男人是我的猎物，山姆也曾是我的猎物，但是，本司汀，不，我从没把他当作猎物。

"他不是逃跑的灰兔，你也不是追他的猎犬。猎犬会将灰兔捕杀，向主人献媚。你没有主人，你不用献媚。"

"那他是谁？"我问，"能否告诉我，他是谁？求求你告诉我，他是谁？"

"他是唯一让你有出轨欲望、诱惑你离开山姆的男人，甚至平凡的你无法从生命科学上判断，他算不算真正意义上的人。你靠的只是一个女人的直觉，记住，直觉，你认为他是人，他就是。"

然后，这个幽灵消失了。我想起来了，这个面孔是我的，不，准确点说是南卡的。一定是本司汀背包里的那具尸骨的灵魂。

南卡在暗示我什么吗？还是我在暗示自己什么？

本司汀又玩起了花瓣冰，不亦乐乎，浮动的花瓣轻轻落在我的手上、发梢上、衣服上。"我雕刻一个蜜蜂如何？"他问我们。

193

"蜜蜂？"

"是。我的教父阿多瓦喜欢蜜蜂，他的飞船造型是蜜蜂。有蜜蜂在，再有一些花瓣雨，我们的旅途就不会无聊了。"

"你不累吗？你的劲都使不完吗？"山姆冷嘲热讽地说，"冰天雪地的，也不怕把蜜蜂冻死。"

"咦，真被你说中了。教父的蜜蜂飞船还真的在这里被冻住过，就在三百多年前我初次到达普诺岗日的时候，差点被古国的人们发现。"他回答得很天真。

山姆无可奈何地摇了摇头。他们的思维果真不在一个频道上。

头上飘下了晶莹剔透的花瓣雨，在白色世界的夜幕里，我们遇见了极为短暂的春天。我身上暖和许多。

我对他越迷恋，恐惧就会越加剧。

我在清醒时意识到，这个危险的人造人，他对我的诱惑，是亚当给夏娃的诱惑，这个诱惑的代价是惨重的，可能会让我失去牢牢抓住的山姆。我或许将一无所有，甚至失去生命，可是我还是向欲望和诱惑妥协了。

他的出现，让我的世界里有了潺潺的泉水声，悠扬的笛箫声，远方的凤凰亭上凤凰鸣，玫瑰庄园里的花骨朵也在一夜间全部怒放。我欣喜若狂，生命有了重量，我的魂不再游荡，却也有不安。我不安的是，我不是庄严的圣母玛利亚，我的躯体散发不了荣光，我解救不了一心寻死的他。

我能为他做什么？或许，我会用我的气息、我掌心的温度，还有荒野里的温泉将他全部覆盖，让他感到一丝暖意，在绚烂多彩的朝霞里，留恋这个世界的温存，不再想去自杀。

我曾给过他一个吻，现在依然渴望获得他的吻。我想模仿4000年前的印度大摩理王，以香料涂在自己的双唇上，引诱他与我接吻，就像大摩理王诱惑他的妃子。"也许不应该涂香料，应该是喝杯葡萄酒，他的星球上没有香料，没有葡萄酒，总之，我的口中若有余香，他会记得我的吻。"

"天啦，我疯了吗？我都在胡思乱想些什么呢？拿我和山姆的幸福当赌注吗？"我掐了下自己的手指，以为自己还在梦境中，需要保持清醒。

可是，我是清醒的。我在清醒的时刻对他有了幻想。

我必须学会控制大脑里的记忆芯针，调整我的情绪。

本司汀的手在向我们挥舞，示意小心前方的路。

我记得他手掌的肉是刚硬的，他手背的静脉是绿色的，像森林里翠绿的藤蔓，那些青筋可以发生光合作用，供给他生存的能量。他牵过我的手，只有短短的几秒，就在险峻的峭壁处，他脱掉了破旧的皮手套，会善良、关切地拉我和山姆一把。即便那短短的几秒触碰，已足以让我的身体燃烧，火辣辣的。

也许是对性的原始欲望，也许是因为好奇"人造人"的身体结构与自然人有何差异，也许是怜惜他，想让他不再孤单，我是那么渴望拥抱他，想去感知他身体的温度。

我牵着身旁山姆的手迈进，心里想的却是前方的本司汀。

山姆说，他才是我的现实，他在等我清醒。

可是，如果我不愿意清醒呢？谁又能强求？

第七章 自然人和人造人的对话

26/
2016年9月12日,凌晨,普诺岗日冰川。人造人的思维模式。

在荒无人烟的冰川上,我和山姆根本没有方向,本司汀走一步,我们走一步。我们身上的绳索都拴在他的身上,以防滑落冰川。他是我们安全的保障。我冒着生命危险跟随他,他人造人的身份谜团吸引我奋不顾身。

平生第一次体味到爱一个人后胆量之大,我的谨小慎微去了哪里?竟然做出这等荒谬之事!以往连跑步500米都喘气的人,如今喝了神水一般,走在了海拔5000米的冰山上。我的过去是步步为营,理智的,小心的。我生活在自己规划的人生轨道上,莫非今时今日,我要为了这个萍水相逢的"人造人"断送自己的一生吗?

山姆又是怎么了?和我一样疯了吗?我在坚持,他也在坚持。

爱,为何让人变得愚蠢?

我一步步向本司汀靠近,他一步步向前去,这五米的距离注定了我和他的结局。我到底是爱他,还是爱上了他赋予我的"他的记忆和灵魂"?

我怎么会像记忆芯针里的南卡那样爱他?

又怎么会有这么多复杂的、细腻的心理活动?

我使出浑身力气,咬着牙艰难迈步,始终追不上他,只能忧心忡忡地看着他的背影和他背后硕大的登山包,看了一天一夜,两眼越发眩晕。

我不是没有想过退缩,劝自己"停止疯狂的冰川之行"吧。可是,他的背影似乎在呼唤我。每一次当我快倒下时,耳边总会出现一个女人温柔的声音,她说:"雨果,坚持,陪着他坚持下去。"

那是他的妻子南卡的声音吗?还是我自欺欺人的意志力?

"不,他是人造人。爱上他,是可怕的。张雨果,你对人造人一无所知。"我在清醒时暗示自己。

遇见本司汀之前,我和山姆的知识结构里只有"克隆"的概念,地球人可以克隆羊、克隆牛,但我们的伦理价值观反对克隆人。我们会质疑克隆人破坏了人类拥有独特基因型的权利,担心克隆人会被别有用心的人所利用,引发社会灾难。如果复制人就可以产生人,这样无性繁殖的人没有父母,那么男女之间基于性爱而获得后代的情感将不复存在。

本司汀无厘头地说:"也许无数个'自己'已经存在。你照镜子的时候有没有害怕过镜子里的另一个'你'?有没有猜想,或许镜子里的'你'也处在一个宇宙之中?"

我和山姆摇摇头。

他望了望远方,说:"那么,试想你身处一个四面都是镜子的芭蕾舞教室里,有好几个'你'同时出现,你会害怕吗?显然,你习惯了在练习舞蹈时出现好几个'你'的感觉。也许,镜子里的那个'你'同样认为自己真实地存在。"

我们静静听着。

他接着说:"放大视角,尽可能的放大,你能想多大就多大,想象时空就是一面魔幻的镜子,宇宙中存在另一个、两个、很多个平行时空,有一个'你'、两个'你'、甚至很多个'你'存在。你会跟他们见面吗?怎么见面?"

我和山姆又沉默了,我们用凡人的智商理解不了他。我们只是随口提到了克隆人,提到了世界上如果"自己"被无限复制,那该多可怕。他却滔滔不绝地给我们讲起了镜子里的多个"自己",话题牵扯到了平行时空。

我厌烦这样无所适从的沉默,更加拉远了我和他的距离。人与人之间,最怕的就是人在眼前,心的距离却很远。

我期待睡眠的到来,只要进入梦境,记忆芯针就会发挥神奇的力量,让我进一步了解他的世界。

"他和南卡的心很近吗?南卡也是地球上的自然人啊?"我迫切想知道这些问题的答案。

他找古国是为了妻子南卡的葬礼,我找古国是为了更好地了解他,山姆找古国是为了陪伴我。实际上,我们谁都没有寻宝的企图心。

我们连基本的寻宝考古工具都没有准备。

我们稍作休息,小心翼翼地坐在冰面上围成一圈,喝完了水壶里的最后几滴水。他向我们保证,我们不会被冻死。

他打开风衣盔甲,盔甲出现一束光,我们的四周瞬间暖和起来。他留意到我打了几个喷嚏:"说,我调整到 8 摄氏度,温差太大,我怕你们会感冒生病,我们坐坐就走。"

我和山姆,对他的魔力已经见怪不怪了。

他浑身上下的装备,赋予他各种各样的超能力。他的手掌、他的青筋、他的肋骨、他的脊椎都是武器。他擅长利用空气中、地面上、冰雪里的一切物质中的化学元素,做他想做的事情。

我和山姆搞不懂他怎么让周围的温度提升的,只当是暖气的原理吧。若我们问他,只会自讨苦吃,暴露自己的愚笨,被他ABCDXYZ的理论大山,压制得喘不过气来。

他可以就一个简单的问题跟我们聊一天,他有这个本事。或许是太久没人和他说话的缘故,旅途中碰见我们两个思想简单的自然人,他把过去一年没说的话全说完了。

我们相互依偎着,取暖、闲聊。

山姆问他,你说你是人造人,我并没觉得你的样貌有什么不同,什么是人造人呢?谁发明的?

他伸了个懒腰,放下登山包,平躺在冰面上,用胳膊当枕头,卖起了关子,说:"就是基因改良、优化后的人啊,具有动植物双重生命系统的人。要从一本绘本日记讲起……"

我抱歉地打断了他的话,打了个寒战,山姆搂紧了我,从口袋里掏出一包纸巾给我擦鼻涕,悠闲地躺在冰面上小憩的"人造人"本司汀是丝毫不觉得冷的。山姆的口袋里掉出一包香烟,他想抽一根,没有找到打火机。

本司汀问:"需要火吗?"

我环顾四周,说:"冰天雪地的,抽烟不太好吧。虽有些冰冷,但这地方是圣洁之地。"

山姆闻了闻那根香烟，犹豫了下，又把烟放进了烟盒里，还是有些舍不得，鼻子伸进烟盒里猛吸了一口，满意地呼出一口气。

本司汀明知故问："地球人烦闷的时候都喜欢抽烟吗？"

山姆冷冷地答道："不，我不烦闷。"

本司汀又问："你们中东人是不是都喜欢抽水烟？我总感觉抽水烟的样子，有点像中国的清朝人抽鸦片。"

山姆翻了个白眼，言简意赅地说："水烟和鸦片是两回事。我父亲喜欢水烟，我不抽。另外，我是美国人，不是中东人。"

本司汀说："那我下次说你是地球人，总不会错吧。我总是被你们地球上的不同国家、不同地区的名字搞晕，不像我们西里斯帝星，就一个星球政府。还有，你们的水烟味道太奇怪了。"

他也拿起山姆的烟盒，抽出一支烟闻了闻。

我和山姆耸耸肩，没有回应，也不知如何回应。

我知道山姆在撒谎，他烦闷的时候才会抽烟，此刻，他烦闷得想嘶吼。我紧握住他的手，愧疚地看着他。他也握紧我的手，好像在暗示我："雨果，我的未婚妻，给我时间，我会原谅你。"

本司汀又说："我一路见过很多吸毒客，瘦骨嶙峋。怎么会有地球人发明这玩意？你们美国人吸毒的挺多，还特别喜欢在自己的身体上纹图案，鸡鸭鱼、龙凤蛇，什么都往身上画。看起来不脏吗？失去了身体原始的美感，不是吗？"

我和山姆无言以对。山姆身上也有许多文身，他尴尬地咳嗽了两声，正襟危坐。

本司汀继续说："有一天我累了，睡在毒贩控制的马路上，有个美国人跟跟跄跄地走过来卖给我一些蓝色的晶状毒品,我试过,一点不好吃。我分析过它的化学属性和构成,那会毒死我。那个美国人太可恶了,想打劫我,他粗鲁地冲我吼,用刀对着我的胸口,就像这样,对着我的心。"

他模仿那个抢劫他的美国人的动作,说:"他抢了我口袋里的钱,还准备抢我的背包,我最不能容忍谁碰我的南卡。我夺了他的枪,杀了他。请原谅,我没打算伤害你们地球人的。"

"你杀过几个人?"山姆顺着他杀人的话题,突然问他。我屏住了呼吸,这可不是一个好问题。

"很多。"本司汀闭上了眼睛,眉头微微皱了一下,躺了下去。他显然对这个话题很敏感。

"那一定是十恶不赦的人。"我连忙解围说。我不相信帮助老人、解救藏羚羊的本司汀会滥杀无辜。

"有些是,有些不是。"他很坦白,仍然闭着眼睛。

"你知道齐诺比娅女神庙吗?"山姆问他。

"嗯。"

"人们说神庙的复原是有神力相助,甚至人们相信齐诺比娅女神显灵了。你怎么看?"

"哦。或许吧。"

"不,我怎么觉得这件事与你有关呢?齐诺比娅女神像很像南卡,很像雨果,不是吗?"山姆像是要打破砂锅问到底了。

我顿时惊愕了,我从来没想过自己和齐诺比娅女王扯上关系,更没想到女神庙复原的神力来自于本司汀。

"哇，本司汀，一定是你救了女神庙。"我幡然醒悟，难怪一年前菲利普会因为"女神庙复原事件"和"哈赛姆死亡事件"找到我。

"那哈赛姆死亡事件呢？你们知道是谁干的吗？"我又顺理成章地联想到哈赛姆的飞机失事，八卦似的问他们两人，这可是一年前沸沸扬扬的连锁新闻。

山姆沉默不语，盯着本司汀："你问本司汀，看他知不知道谁是凶手？"

本司汀睁开眼睛，说："杀人这个话题太沉重。真相终有一天会大白于天下的。"他转而问我："雨果，你想知道香烟的来历吗？"

我开玩笑说："你讲吧，很荣幸本司汀教授给我免费上课。"我知道他不是显摆他的学问，而是想转移话题。

他说："它最初流行于土耳其，在克里米亚战争中，英国士兵从鄂图曼帝国士兵那儿学会了吸食方法，然后将香烟带回了欧洲。说到烟草，起源就更早，原始时期的美洲居民已经在祭祀中吸烟。"

山姆靠在我肩上，闭上了眼睛。他好像对本司汀有了更深的敌意。

我问："你的星球上有香烟吗？"

本司汀说："很庆幸没有香烟，只有香草，灰色的香草，有点像你们中国檀香的味道。你们地球上很多生物、人造物，西里斯帝星上都没有。同样，西里斯帝星上也有地球没有的东西。"

我说："哦。"

虽然我想继续问他灰色的香草是什么样子，但还是打住了。我察觉到了山姆的不耐烦和困意。

他接着说："但我更喜欢地球。"

我抿嘴微笑："我也爱地球。不过，我没有去过其它星球，所以也不知道其它星球什么样子。没有可比性。"

他说:"相信我,地球最美。"

他终于闭上了眼睛,小眯了一会。

山姆打起了呼噜,他太累了,一路神经紧绷,要照料我,担心我滑倒。

27/
2016年9月12日,凌晨,普诺岗日冰川。他提出了骇人听闻的基因创世论——地球人类起源于高级人类制作的星球卵。

我想睡却怎么也睡不着,记忆芯针也没有发挥力量,我不得不叫醒本司汀,回到他身份之谜的话题,问道:"你刚才提到一本画本日记?"

他勉强睁开惺忪的眼睛,侧着身子面对我,一只手支起头,另一只手在冰面上比划着什么,打了个哈欠,说:"日记绘本是教父捡到的,封面上写着几个字符,教父破译了文字密码,意思是'写给未来的人类'。日记的大部分页面都是空白,教父在空白处继续画画,完成了那本人类发展日记。"

我古灵精怪地说:"捡到一本书、一个日记本很正常,没什么奇怪的。我前几天还在旅馆捡到你的《道德经》了呢。"

他又平躺了回去,一副严肃的模样,说:"那可不是普通的日记本,是个老古董,一万年前的日记本。经过一万年的时间,日记本在山洞里安然无恙。我们无法想象那是怎样的画笔和纸张技术,能让它不受腐蚀,将人类的文明信息保存一万年。"

我说:"换句话说,你的意思是日记本的原有者,是一个比你和你的教父更智慧的人吗？"

他说："嗯，他肯定是一个高级文明的使者，或许和我一样是一个人造人，或者无限复制的克隆人，或许更智能的生命形式，否则他根本无法在漫长的宇宙时空里生存许多年。"

我陷入高级文明的构想中，无边无际，用我有限的自然人的想象力。

他说，日记画本是某个未知的高级文明人类使者的遗留物。未知的高级文明才是我们人类的共同祖先。

我问："你是说我们这两个距离遥远的星球上的人类，来源于同样的祖先？我们是亲戚？"

他猛地坐起来，说："对，我就是这个意思。那本日记画本，虽然只有简单的十几幅画，但是详细透露出高级文明的使者们，在一万年前发掘宜居星球的过程。我亲眼看过日记本里的画面，现在还储存在我的脑海里。"

我不自量力，企图用浅薄的生物学知识去反驳他，说："不，达尔文的进化论详细论证了人类的起源。你不要颠覆我的科学价值观。地球上的人类是由其它物种演变来的，我们和类人猿的基因高度相似，在适者生存的竞争机制中，我们打败其它物种胜利了，成为高级生物得以繁衍。"

"我们地球人还发现早于两三百万年前的人类化石、石器，说明人类很早很早以前就存在于地球上。"我侃侃而谈，果决地说。

我宁愿相信我们是黑猩猩的亲戚，我们是类人猿的后代。数万年前，一个母猿生下了几个女儿，一个是黑猩猩的祖先，一个是我们人类的祖先。

他说："雨果，没人可以颠覆你的思想，你的思想完全来自于你的所见所闻所感。所有的真理都不一定正确，何况你的知识结构？真理只是某一个特定条件、特定时间里的真理，不要盲目相信。人类作为高级生物和类人猿有共同基因，没什么好奇怪的，宇宙中有共同基因的物种有很多。"

山姆睁开了眼睛，显然他一直在偷听我们的对话，说："胡扯！大约15万年以前，东非就已经有了智人，外貌特征和今天的人类几乎一模一样。大约7万年前，他们从东非扩张到阿拉伯半岛，然后是整个欧亚大陆。智人是我们地球人的先祖。我们是智人进化来的。"

两个男人，一个自然人和一个人造人，关于人类起源的辩论开始了。

本司汀说："正是因为地球上有猩猩、类人猿、智人生存的环境，自然常数与高级文明的人类生存环境吻合，高级文明才选择在地球上播下'星球卵'，让人类文明在地球上重生，而不至于灭亡。别忘了地球上的人类，脱离动物的文明发展史只有一万多年，而之前类人猿几百万年的进化过程，缓慢得甚至让人看不到文明的曙光，地球上的原始人类一直游走在生物界的边缘。"

他的手在空中画出一个弧度，臂膀上的护腕射出一束光，光变成了一个空中电子显示屏，我和山姆端正了疲惫的身体，目光聚焦在电子显示屏上。

我们看见了原始人种的生活画面，他们在狩猎，围攻一头鹿。他们在钻木取火，磨制棍棒和器具。几个女猿人在山洞里哺乳，吃着坚果。一个男猿人杀死了体弱多病的老人和小孩，旁边的大鸟蓄势待发，等着饱餐一顿，啄食老人和小孩的肉体。

火光充斥着整个画面，画面的更换频率越来越快，我的呼吸也越来越急促。

火光改变了生态环境。原始人类在迁徙中，刻意烧毁了澳大利亚难以跨越的茂密灌木丛和森林，地面变得开阔，原始人类更容易捕杀猎物。很多大型的动物在这个过程中倒下、烧死、灭绝了。

我们看见不同原始人种的头颅和身体结构，半直立的、直立的远古采集和狩猎者。我们看见他们在祭拜神灵。

山谷间飞流直下的瀑布、林间湍急的喷泉，啜饮着泉水的鼠类，山脚下参天的橡树，橡树下笨重的巨石，一切都是灵。友善的灵，邪恶的灵。原始人用言语、舞蹈、仪式，与虚的灵、实的灵沟通，获得灵的帮助。

我和山姆惊讶于本司汀对地球人类远古时期的了解，他将他的记忆库转化成可显示的画面，让我们直观地看到地球大约二百万年前至大约一万年前的变化。

他说："这些画面都来源于你们地球科学家们的研究成果。你们看这些人，大约二百万年前到大约一万年前，整个地球其实同时存在着多种不同的人种。欧洲的尼安德特人，东亚的直立人，东非的鲁道夫人，还有很多很多。这些人种在时间长河里要么混种繁殖、要么被替代，适者生存。但是，他们创造了璀璨文明吗？

"我不否认他们影响了地球发展史。但是，没有任何证据显示，地球原始人类在长达二百多万年的采集和狩猎生活后，于一万年前，他们突然变得聪明，开始快速创造文明。一定有什么魔力让这件事情顺理成章地发生。"

"我们是否可以大胆猜想，那些原始的人类，也许他们的后代，在一万年前，遇到了高级文明播下的星球卵里的人类，混种繁殖，或者被高级文明的人类基因替代后，才有了地球人类更先进的文明呢？"

这场辩论还没开始，山姆就投降了。

这个西里斯帝星来的家伙，即讨人喜爱，又惹人厌。山姆哼唧了一声，上帝啊，他怎么什么都懂？

本司汀的听力是出色的，说："山姆，你说到上帝，不得不提《圣经》。《圣经》里的创世纪也说明了人类的起源，科学界认为不靠谱，却不是空穴来风。我问你们，为什么地球的科技如此发达，你们人类依旧信仰神？"

我说，因为很多问题人类无解。

山姆说，因为神是心灵的寄托，赋予人类无形的力量。

他继续说，那就对了。在深不可测的宇宙中，人类只是很细微的存在。宇宙中确实存在造物主的迹象，我不否定你们地球人的神。我们西里斯帝星上的人类以前也崇拜神，西里斯神是我们星球人的宙斯、上帝、阿拉和佛祖。我们认为人类是西里斯神的后代，所以将星球命名为'西里斯'星球。

"你们抚摸下我们坐着的冰川，望一眼满天繁星，呼吸一口空气，这些元素构成了大自然。大自然的常数如此精准，像是被'谁'精细地设定，方才使得生物产生，使得人类生存、繁衍。这个'谁'可以理解为神，也可以理解为宇宙中未知的神奇力量。"

我想想头都大了，自然常数是一个庞大的数据库，不是简单的 $X+Y=Z$ 的问题。

他笑笑说，他敬畏宇宙中一切神秘的力量。

智慧生命只有在特定的环境常数下才能生存、繁衍生息。反之，如果一个星球上已经被设置的自然常数，经过论证后符合人类生存的条件，高级文明人类的使者便会在这个星球上，播下人类文明基因的种子。

这些需要设定的自然环境的常数，数据量之大，让人害怕，比"特里尼蒂来的小伙子取平方根"，更让人彷徨，包括大环境常数，以及地球自身数以万计的小环境常数。

举个简单的例子，首先是地球所处的大环境，如果宇宙中的所有星光都能到达地球，热度和亮度将比我们如今经受的高出数万倍，那么，地球上就根本不会有智慧生命的诞生。

本司汀站起来，取消了"暖气"。

不，他在降低我们周围的温度。我和山姆感到异常寒冷，哆哆嗦嗦的缩成一团。

我喊着："停止，请停止！本司汀，你在干什么。我们会冻死的！"

他又调高了温度。周围的气温迅速上升，我的体感到达35度的时候，我抓狂了，忍无可忍，冲他吼道："你到底在干什么？"

他说："瞧，最简单的自然环境，温度不适宜，人类不能生存。"

山姆说："还是有些扯淡，就凭你教父的一本日记，你就可以颠覆地球人的发展史？"

我估计是被他的"气温游戏"惹怒了，也生气地说："我们又没见过那本日记，耳听为虚，眼见为实。按照你的说法，人类的文明岂不是在倒退？从什么鬼扯的未知高级文明，倒退到现在的阶段？"

他说："这不是倒退，而是循环，延迟灭亡的时间。我们共同的祖先，也就是高级文明里的人类，在他们赖以生存的未知星球幻灭之前，出现了希望的星星之火。他们派到宇宙中的使者们，终于发现了几个新的宜居星球，播下人类文明基因的种子，等待时机繁衍。"

他挥动了一下手臂，我们的周围突然出现了四季的交替，这是本司汀的智能盔甲设置的 4D 模拟环境。

四季在循环，日夜在更替，草木在诞生、成长、开花、结果、再开花、再结果，但是终将死亡，成为宇宙中的尘埃，演变为我们看得见的看不见的物质。河马生出了小河马，长颈鹿生出了小长颈鹿，宇宙中的星星在诞生、发展、成熟、毁灭。太阳，它在燃烧，时间在加快，它在迅速燃烧殆尽，成为一颗白矮星。

我想起了地球上的科学家说过，我们的宇宙诞生于 137 亿年前的大爆炸，它也有可能会大冻结，塌缩死亡。

我恐慌起来。尽管那一天距离今天还很遥远。

本司汀在感慨，从无到有，再到无。

所有的事物会灭亡，这是必然规律。但是，在这个过程中也可以有循环、解救、延缓死亡时间的可能性。就像人类可以延长生命、延缓衰老一样。同样的道理，人类基因发展史，在某一个特定时空里，是一部循环、延缓灭亡时间的历史。

我的兴致高昂起来，他的观点是闻所未闻的。

我问："你刚才提到那个高级文明人类的毁灭，我想知道那是什么样的星球危机，导致高级文明人类的消失？"

他说："高级人类使者的基因日记上没有显示这样的信息。我的教父阿多瓦认为很有可能是一场不可控的人类灾难。"

我问:"哦?那是什么样的灾难会不可控?庞贝古城的火山爆发?"

他说:"不,维苏威火山爆发只有毁灭了几座城的威力。毁灭整个高级文明的威力是人类无法想象的。有点像你们地球科学家认为的,一个超新星释放的能量导致地球上6500万年前的恐龙灭绝。"

我问:"外星撞地球吗?或者外星爆炸?"

他点点头说:"假设有一颗超新星距离地球50光年,它一旦爆炸,释放的能量将会让整个地球毁灭。那个高级文明赖以生存的未知星球就这么毁灭了,没人知道它在哪里,过去发生了什么。也许它曾存在于另一个宇宙之中。也许现在发生的,就是那个世界的高级人类在毁灭之前曾经经历的。"

我问:"毁灭之前呢?人们怎么预防人类基因的毁灭?"

他说:"就是我前面提到的'星球卵'啊。地球人和西里斯人,在同一个高级文明'星球卵'的基础上繁衍生息,我们的文明发展史具有高度的一致性,延续人类的基因。"

我和山姆蒙了,问他:"星球卵?你反复提到星球卵,这到底是啥东西?"

他摇摇头,脸上有对我们两个自然人对牛弹琴的痛苦,说:"等会儿再跟你们细讲。我们出发吧,赶在天亮前找到古国的遗址。"

我安慰自己说,电视剧里的唐朝人穿越到现代,现代人与唐朝人交流不也很痛苦吗?这没什么,我们会跟上他的思维的,只要给我们时间去适应。

28/

2016年9月12日，凌晨，普诺岗日冰川。山姆的怒火。

我和山姆对本司汀讲述的地球科学家的研究成果一无所知，从一个外星人嘴里得知宇宙爆炸、恐龙灭绝、尼安德特人等等科学常识，这让我们两个汗颜。山姆的手紧紧握着我的手，我能感受到他的狂躁不安。

他扶我起身，背上我的登山包，检查我身上的绳索是否系好拉紧。

我的未婚夫山姆是一个不甘示弱的美国男人，何况他身上有伊朗人的基因，求胜欲极强，加上他知道了我对本司汀的私情，与本司汀的博弈在所难免。

他皱着眉头，琢磨着如何在这场关于"人类基因工程发展日记"的讨论中扳回一局。

山姆说："你刚才说人类文明发展史可以循环。这个问题就像鸡生蛋，还是蛋生鸡。最初的人类怎么来的？绝对不是循环来的。什么事都有个起点。"

本司汀说："你说的没错。万物有起点，也有终点。但是，在这个过程里人类可以再生，进入循环系统，将灭亡的时间点延后。我暂时还不清楚人类的起源到底来自哪里。"

山姆说："我们地球上的科学家已经证明，地球上的人类由猿人演变而来，从没有人得出结论说，人类是在某个高级文明的星球卵中直接移民过来的。难道他们都错了吗？"

本司汀说："我刚才说过，我们以为我们知晓的真理是常识，殊不知，它只是特定环境下的常识。

"高级文明的人类移民到地球后，或许在某次外星撞地球或者大洪水的危机中,移民到地球的高级人类文明意外毁灭了,所以,我们找不到铁一样的证据,去证明真实的情况。余下的少量人类,不得不从头再来,与地球上的原始人类融合,重建文明。这也不是没有可能。"

我说:"我有点迷糊。你的说法像一部科幻电影,脑洞大开,会引起社会舆论的轩然大波,疯狂的宗教主义者会让你上绞刑架的。不过,就算你说的不是真的,本司汀,我打赌,你也会是一个被好莱坞青睐的好编剧。"

"我的上帝,这个人疯了。他确实应该被判绞刑,千刀万剐都不为过。"山姆轻声用伊朗语说。

本司汀抿嘴笑了笑,说:"山姆,我的伊朗语不比你差。况且你的口音美国味太重。别让我揭穿一个事实,你从十三岁开始,就再也没去过教堂,也没去过清真寺。为什么你在我们面前,总是提上帝?"

我觉察到两个男人之间的导火索被引燃了,之前的暗自较量摆在了台面上,这实在让我不知所措。

在与山姆相识的日子里,我留意到伊朗人极其讲究礼节、爱面子,他们习惯性地相互恭维,不习惯被直接拒绝、公开指责或批评。我的未婚夫山姆虽然在美国出生、长大,但是他继承了一个精明的波斯商人的某些特质。

山姆愤怒地说,F**K YOU!他给了本司汀一拳,打在了本司汀的鼻子上,然后又上前揪住本司汀的衣领,狠狠地连揍了几拳。

我的心提到了嗓子眼,赶紧上前拉住山姆,真担心本司汀还手,把山姆踢到了千里云外。他那身智能盔甲的威力是不容小觑的。我没见过他当"铁血战士"时的模样,但我看过大量的电视剧、电影,估计他的身手跟超人、金刚狼、绿箭侠差不多吧。

我惊恐地拉了拉山姆的衣角,让他消消气,说:"咱能不能冷静点?这冰天雪地的,我们俩还依仗本司汀呢。"

本司汀是聪明的人造人,他把山姆当朋友,丝毫不介意山姆的那几拳头,反而说:"对不起,山姆,你真是个可爱的地球男人。"

我岔开了话题,尴尬地说:"我们刚才聊什么来着?高级文明人类发现地球?对,就是这个。没事,你说你的,我们虽然很笨,听不懂,但是也挺爱听故事的,呵呵。"

我笑得很不自然。

我又扭头对山姆说:"亲爱的山姆,咱们就当在听故事吧。这大晚上的,听听故事时间过得也快。只要找到古国,我们就可以回去了。"

山姆猛踢了一脚路边的冰山,冷静下来,说好。

本司汀像什么也没发生过一样,继续说,理论上主要的环境常数符合条件,"星球卵"可以释放能量,将原有人类文明在地球上激活,就像用鼠标复制、粘贴一样容易。但是,太多不可控因素存在,会影响到人类文明的复活。

我尝试进入他的思维路线,也尝试维护我们地球人的尊严。

他的创世论俨如一股绚烂的旋风,有些猛烈,让我无处躲闪。我隐约看见旷世黑漆的冰川之夜里,涌动着被旋风冲击后的热浪。

我说:"人类在新的星球上必须有一个适应、融合的过程。那么,高级文明的"星球卵"进入地球后,最开始无法适应,有些文明的因素死了,有些文明的因素活着,活着的在演变,与地球上原有环境融合。这样,人类文明从初级文明演变或者进化,就很有可能发生。这与我们地球人的研究成果也能衔接上吧。"

他说:"是的,雨果。瞧,《写给未来的人类》日记里的内容理解起来并不难。在高级文明的使者们心里,没有什么比保存人类的基因更重要的事情。使者们只要活着,就要探索新的星球,探索的数量越多胜算越大,人类文明才不至于从宇宙中彻底消失。所以,很有可能他们在西里斯帝星上、地球上,或许还有更多的星球上,也播下了人类文明基因的种子。"

我说:"我似乎听明白了,你的意思是'基因创世论'?"

山姆大叫起来:"上帝啊,太不可思议了。这是个疯狂的想法。饶了我的耳朵,我实在不想听下去了。"

本司汀说:"只是跟你们闲聊,你们可以有你们的观点。进化论也好,上帝造物也罢,我不否认这些观点在特定条件下的正确性。'基因创世论'是我坚信的。"

山姆虽然有些崩溃,但他的思维,在本司汀的指引下像脱缰的马奔腾了起来,说:"这是一个让人抓狂的无底洞,有可能那个高级文明,也被另一个高级文明播下'星球卵'循环了一次。"

本司汀说:"有道理。你们想想,地球人类文明的踪迹可以追溯到一万年以前,这个时间看似很长,但是在百亿年计数的宇宙时间里,完全可以忽略不计。"

谁也不知道,人类文明由初级到高级,再由高级到初级,总共循环了多少次。或许那个高级文明的人类也是从另一个高级文明的人类基因种子进化来的。

我说:"你说服我们了,尽管这些想法大胆而荒谬,但是让我的血脉沸腾了。"

本司汀知道,平凡的人类做不到这些,因为我们在宇宙中根本无法生存。这些使者一定是某种高级的生命形式，只要有食物维持，他们具有不死的生命，或许他们也可以像他一样，利用光合作用产生维持生命的物质。除非自杀或者他害，否则只要飞船能正常运行，他们就不会停止对宜居星球的探索。

29/
2016年9月12日，凌晨4点，普诺岗日冰川。关于神的对话。

"雨果，你们地球人不喜欢看宇宙学吗？宇宙学可是我所在星球人类的必修课，自然人也需要通过严格的宇宙学知识考核。"本司汀问道，他在试图打破黑夜里的静默，让气氛再次活跃起来。

"哦，兴趣不同吧，只是我们俩不太懂，有些地球人还是很热衷的。"我想，本司汀应该认为我和山姆是自然人里的笨蛋，连什么天文学家莫伽夫或伽莫夫都不知道。

我承认，与他的人造人身份相应，他的思维是鲨鱼，我们只是大海里的海绵宝宝。

他又问："雨果，你们地球人的神真多，你信仰哪个神？"他的问题总是让我无所适从，羞于找不到答案。

我支支吾吾地回答："我……我对大自然和神灵都有敬畏之心。"

他显现出强烈的追问心，继续问："你怎么和神对话？打电话吗？能把他们的联络方式给我吗？"

我对这个突如其来的问题感到恐慌，我的大脑在震荡，说："用心对话，恐怕我找不到神的电话号码，但……但是我一直在努力寻找。"

他说："你们地球人太不可思议了。没有神的电话号码，没有见过神的模样，没有听过神的声音，却能认识神，画下神的画像，清楚写下神的来龙去脉，遵守神的告诫。"

我沉默了。

尽管和他相处的日子里，我时常沉默，但这次似乎他偷走了我的灵魂，只剩下虚弱的躯壳在冰川上孤独地行走，连个倒影都没有。他的问题犀利吗？不！他的问题尖酸吗？不！他的问题高深吗？不！小孩子都可以想到，但老者、智者们都无法回答。

为什么往往越简单的问题越没有答案？我暗自问神，联络不到他。我问自己这是为什么呢为什么？脑子里另外一个自己回答：就是这样啊，没有为什么。

这不是扯淡吗？想一个没有答案的事情。

为什么爱他？这个问题也是扯淡吧，因为没有答案，意外到自己毫无防备。或许宇宙中真有一种无形的力量指引着我们去找到另一个人。

他就这样踩着光年的车轮来到了我的世界。

他又问，古埃及的木乃伊会诅咒吗？三百多年前，他盗了亚历山大大帝的墓，取走了木乃伊，亚历山大诅咒了他。

我不信这个疯子的话，虽然我和山姆也在追踪亚历山大大帝遗失的墓，结果是毫无头绪，可我至少得有点耐心去倾听一个垂死的人。

何况，他是个高智商的疯子。

何况，他还是个带着使命来到地球的外星人。

何况，他吻过我，吻我的时候我心动过，甚至苛求不要停止。

这五天,他怪异的举动偷走了我的心。我不能告诉任何人我对本司汀复杂的情感,里面夹杂着两性之间的情欲之乐,他就是我的星河。我的未婚夫山姆若听我说"我爱上了本司汀",他一定会失控地杀了他。

我从不怀疑山姆的善良,但是我也深知他的鲁莽。爱情看起来像棉花糖,甜滋滋的,可以宠坏一个人;也像冶炼铁器的炉灶,火辣辣的,可以烧死一个人。

本司汀又说:"亚历山大早已灰飞烟灭,进入浩瀚宇宙,分解为无数看得见的看不见的物质,他没有诅咒我,是我自己诅咒了自己。"

……

他的思想让我着迷,当我开始理解他的世界时,我的未婚夫山姆的眼角有一丝惆怅,他说:"雨果,你让我很担忧,只有疯子才懂疯子的世界,我担心你也离疯不远了。只怕是你疯了也不会懂,咱们和他不是一路人。"

我和山姆确实没法懂这个疯子,不仅是知识储备不够,更是因为人造人和自然人之间无法跨越的思维鸿沟。人造人翻阅一本书,五分钟就能记住两百页的内容,而我作为一个自然人背诵一个月也记不准确。

我和本司汀之间,不是一套房子、一部车的问题,而是我们生来不同!

我说:"我想听你说说你们西里斯帝星,它和地球很不一样吗?"

他指了指我的脑袋,暗示他为我装下的记忆芯针,说:"梦境里你会看到的,它比我讲得更清晰。"

山姆并不知道记忆芯针，以为本司汀在和我调侃，又问了一遍："很不一样吗？"

他说："一样又不一样。比如，我的星球上没有储蓄钱币的银行，我们用的是虚拟货币，但是有细胞银行。人们去银行不是存钱，而是储存、更换身体的细胞，延缓容颜衰老，维持生命的长寿。也许有一天，地球上也会出现'人造人'。但是……"

他支支吾吾地停顿了，面色凝重。

山姆追问："但是什么？"

他冷笑了一声，说："都很可怕，像你们说的克隆人一样，我们西里斯帝星曾经也很害怕DNA优选人和人造人。"

我说："造人就像造房子一样，想造什么人就造什么人，想活多久就活多久，怎么不让人担忧呢？社会不乱套了嘛。"

他说，造人比造房子麻烦，原理差不多。有一流的设计图，有原材料供应商，再组合。人造人具有超越自然人的高智商、优质体能、最佳基因组合，对外界事物的信息处理能力趋同于智能机器人，但是比机器人更加灵敏，具有独立思考问题的能力和情感体悟。

人造人的本质还是人，是在人类的意志下打造的完美的人。如果人类按照自然规律进化，恐怕数万年之后才有可能达到人造人的基因质量，但是，如果运用DNA改良技术，人造人就可以早日实现人类进化的美梦，加快社会进程。

可是，从来没人有问过人造人自己的心理感受。

我体会到本司汀的痛苦，他并不喜欢自己人造人的身份。我问他："试想每一个人都拥有爱因斯坦的智商、贝克汉姆的面孔、超人的体能，这个世界将会怎样？"

"美梦与噩梦并存,进化得快,毁灭得也快。"本司汀说。

我问:"那为什么要发明人造人?"

他说:"恐慌。"

我问:"恐慌什么?"

他说:"每个星球、每个宇宙都有寿命,人类恐慌星球毁灭,恐慌星球危机。如果在星球灭亡之前还没有找到其它宜居的星球,人类就此终结。复苏、繁衍、循环我们的文明就不再可能。发现宜居星球或者智慧生命,试图延长星球的寿命,都不是一件容易的事情,等待人类基因的自然发展是一个漫长的过程,人们需要加快基因发展。发明'人造人'的初衷,是为了帮助人类去发展新科技,解决人类危机。"

我和山姆陷入了沉思。冰川的山谷里,又是死一般的寂静。

第八章 自然人吃了人造人的血肉

30/

2016 年 9 月 12 日黎明，普诺岗日冰川。绝地前行。

三个人在漫无边际的冰川上艰难前行，宛如三只弱小的蚂蚁在雨后的操场上爬行，出行目的早已抛在脑后，不再重要，求生的欲望之火在心中燃烧。自然人走在崩溃边缘，人造人依然斗志昂扬。

我和山姆均匀地大口吐着气，僵硬的手臂吃力地杵着登山杖，脚下的登山鞋咔咔地响，摩擦着冷酷而坚厚的冰面，这是荒无人烟的冰雪之地里唯一的声响。每向前走一步都是对我意志力和体力的巨大考验，稍不留意就会滑倒。

借着人造人本司汀风衣的亮光，我看到周围那一束束冰柱像野兽的爪牙，向我们扑过来，锋利而刻薄。狭窄的冰山之路容不下三个人并行，他在前面带路，山姆扶着我紧随其后。

我们和他始终保持五米的前后距离，只有他身上的绳子将我们紧紧相连。

那绳索拉着我和山姆前行。有他在，我们滑落不了山崖，死不了。

北极有北极熊，南极有企鹅。这地方连一只雪豹都没有，冰冷苍凉得可怕。

"我有些想念老鼠，也想念蛇，这些让我胆战心惊的动物，至少它们让我认识到我还存在。"

"神啦，我不想这样冻死在这鬼地方。"

"连只野兽都没有，我们吃什么？"

"那些童话、神话全是骗人的，它们把冰雪之国刻画成美妙的充满生气的人间天堂，不知道作者、导演们有没有来过冰雪之境待上一天一夜，我保证来过后不会有人再说它的美妙。他们会说这种地方是世界末日，是噩梦。"

"爱斯基摩人是怎么在冰天雪地里存活的？我现在特别膜拜他们。"

"古国啊，古国，在哪里呢，在哪里？"

"本司汀的妻子南卡真的曾经生活在这种地方吗？"

……

我疯狂地默默絮叨着，好像不说话就证明我已经冻死在这里。

黎明前的那两个小时没人理睬我，本司汀和山姆在两小时前打了一架，开始了冷战，我们的旅途中不见了花瓣雨、蜜蜂、老鹰和兵马俑。那个飞在半空中玩雕刻的本司汀安静起来，让人生畏。

两小时前，山姆愤怒地说，前方的路越走越艰难，离草原越来越远，我们没有食物，没有水源，你会害死我们。

本司汀走在前面，不搭理山姆的质疑。他随手掰断一个路边的冰柱，捧在手里，瞬间那冰柱开始融化成水，紧接着，他手心里的水沸腾起来，冒着蒸气。

"喝吧,现在是 30 度的温水。暖暖身子。"本司汀将水捧到我面前。

山姆掀翻了他手里的热水,忍不住冲上前揍了他,说:"你会害死雨果的,真他妈见鬼,她需要的不只是热水。"

两个男人打成了一团,山姆殴打了本司汀好几拳。我尖叫起来,用虚弱的身体里能够发出的最大的声音恐吓他们,方才阻止了他们的殴斗,但是几个小时里两个人不再说话。

也许,打架能缓解这两个男人的压力。冰川上的行走,只会让人抑郁与失望,激起两个男人无助之中的愤怒。

我知道本司汀对付山姆只是跺跺脚的问题,可他没有,他跟几小时前被山姆揍了几拳时一样,没有防守,他很享受被山姆殴打的疼痛感。

我不知道他为什么要激怒山姆,享受被揍的过程。我怀疑他有受虐的倾向,因为太完美,无所不能,所以有独孤求败的受虐倾向。

也许,我想多了。他只是想打发这无聊的时间。谁又知道人造人的内心世界呢?记忆芯针何时才能让我明晰他的心思?

我们三个人埋头前行。又是一阵静默。

直到我恍恍惚惚地对他们说:"我听说,在弦理论的数学参数中允许存在无数个宇宙,我们宇宙注定要膨胀成为永恒的寒冷世界,最后一代的地球人能像高级文明的人类一样,找到一个温暖的宇宙吗?那个末日应该和今天一样寒冷吧。"

记忆芯针让我突然懂得了弦理论,思考无数个宇宙。"弦"和"理论",三天前,我甚至不认为这两组词可以组成一个词语,此刻却突然从我嘴里蹦出来了。

"亲爱的,你还真是杞人忧天。操心下我们能不能扛过今晚,喝上热水，吃点烤肉比较实际。只愿上帝保佑，我带你活着离开这个该死的地方。"男友山姆终于接了话，他再不吭声，我会认为他已冻成没有魂魄、只会前行的冰雕人。

山姆或许在埋怨我，为何会让疯子本司汀亲吻我，一路上他闷闷不乐，他是个不善于隐藏心思的美国人。

我起初并不知道，他在荒野上修车的时候，窥见了这荒谬的一幕：我正在湖边清洗我衣服上的淤泥，本司汀走过来闲聊了几句，触景生情便开始亲吻我。我和本司汀热吻的画面被山姆看见，他对此耿耿于怀。我想，换作任何一个男人，都不会容忍自己未婚妻的背叛，何况是大男子主义的山姆。

我承认本司汀的吻是温柔的，细腻的，香滑的。

我爱他的吻，有一种鬼使神差的痴迷和眷恋。这个吻，并不仅仅是因为我可怜他要去冰川终结他的生命而主动献上我无力回天的吻，也是我的荷尔蒙在促使我去接受、甚至期待他的热吻。

当一切就这么出乎意料又情有可原地发生了之后，我自然人的道德意识开始作祟了，我的内心是自责的。

面对未婚夫山姆，我的眼神躲闪，那是愧疚的映照。这种愧疚折磨着我，正在蚕食我的肉体，如同古中国的剐刑一样，将我的皮肉当作鱼鳞，一片片剥落。

耳边总有一些嘲讽我的声音在山谷里回荡，那是山上的妖女横行，那是冰上的鬼魂作祟，甚至夹杂着荡妇的嘲笑，她们在笑我没有荡妇的勇气，也不是贞洁的女子，爱一个人却没有能力爱他，不爱一个人却没有勇气离开他。

我只能带着刺辣的疼痛感拼命往前走，时不时惊恐地挽起袖子，检查自己的臂膀有没有鱼鳞状的斑驳血迹。那些该死的妖女模样的人儿，在我眼前卖弄性感的身躯，晃来晃去，她们呼唤我加入她们，毫无廉耻。

我像个苦行僧一样，用冰川上的艰难行走，去化解背叛情感后的伤疤。

也许我还没有准备好成为山姆的好妻子，我这么想。

早在我们整装待发，踏上冰川之前，山姆突然拉住我的胳膊，力气非常大，我怀疑我的胳膊上有他的手指印。

他问我，你是不是爱上了疯子？

我说，你怎么会这么问？

他说，最好是没有，我很担心你，他只是把你当作他妻子南卡的影子，况且他会离开，你们不会有结果，我不希望你受到伤害。

我说，你想多了，我还是你的未婚妻。

他说，我希望如此，雨果，我爱你，没有人比我更爱你。

我含着泪说，山姆，本司汀要去冰川结束他的生命，和他妻子南卡的尸骨一起跳崖，是他告诉我的，你有什么不放心的呢。

山姆板着脸，严肃地帮我整理好头上的帽子，拉上防风衣的拉链，确保我做好保暖措施。我想，山姆可能理解了本司汀的吻别，但是一个男人的尊严让他只想快点送疯子离开，让我们两人的生活回到从前的平静，不管本司汀是死掉，还是离开地球。

他之所以决定在冰川上与本司汀同行，完全是因为我的坚持。

"雨果，我很高兴你相信另一个宇宙或者多重宇宙的存在，不是每个地球人都会思考这么深远的问题。"本司汀的回答打断了我的万千思绪。

作为人造人,他完全清楚我在想什么,但是他不会戳穿我,一路都在伪装。

他也在尝试缓解我们三个人之间的矛盾,说:"我相信在一万亿年之后,遥远将来的高级文明,会引领所有的智能生命,到达另一个更温暖的宇宙,人类只需要用'星球卵'储备下文明的种子,等待重新点燃,重新诞生和繁衍。循坏再循环。"

"谢天谢地,你们两个像活死人一样,后半夜你们都不怎么说话。跟我说说话吧,我不需要你们带我离开宇宙,我只需要你们快点找到古国,然后马上带我离开这里,到达更温暖的地方。我们三个人坐在暖炉旁,再吃一顿烤全羊。"我苦笑了下。

他们终于说话了。谈不上和好如初、摒弃前嫌,至少算是握手言和吧。

18个小时的攀岩,让我精疲力竭,乏而倦,冷而饿。我终于撑不住,在黎明的曙光里跪倒在圣洁的冰川上,摘下脖子上的围巾泄气地扔在地上,对他们说:"我不行了。快,快给我氧气!"

男友山姆心疼地坐在冰面上搂住我,担心我滑下冰川,他将氧气瓶送到我面前。这一晚,我们俩不知滑倒了多少次,他扶着我,我扶着他,我的身上、他的身上估计满是青肿的瘀伤。

他抚摸着我冻红的脸颊,揉搓着我暗紫色的双手,对本司汀说:"喂,倔强的驴,我们回去吧,这里没有你说的冰川古国。我受够了。"

我屏住了呼吸,知道山姆憋了一晚上的话,犹如一把出鞘的利剑,刺进了本司汀的心脏,摧毁了他坚不可摧的信念之门,这是他活在世上的最后一道心理防线。

本司汀是不愿、不敢、不会面对这个事实的。

"至少可以找到雪豹，找到雪豹，我可以问它古国在哪里。你们看，你们快看，这些冰川下的岩石，这些化石分明告诉我们，这里曾经有生命的迹象。"本司汀丝毫没有放弃的意思，喋喋不休地重复这句话。这句话曾是我和山姆在冰川前行了18个小时的动力。但是屡屡失望后，这点动力彻底无效了。

他说的雪豹，是一种纯白色的凶猛的豹子。若它潜伏在冰雪里一动不动，人的肉眼几乎无法识别它，天然的保护色将它们隐藏得非常好。它若看见我们人类侵犯领地，一定会跳出来吃了我们。

何况，本司汀身上释放出一种浓厚的血腥味。他拿自己的身体充当诱饵，企图引诱雪豹现身，但一晚上都徒劳无功。

这股味道，倒是恶心了我和山姆一晚上。

"天快亮了，你能不能把你身上的怪味道去掉？"山姆说。

本司汀用忧郁的眼神看了我和山姆一眼，按下了手臂上的按钮，身上的气味彻底消失。

"谢天谢地！你终于关了。"山姆松了口气。

据本司汀所说，雪豹是唯一见证过古国存在的动物。一千多年前雪豹们曾经翻越冰川进入古国。古国的王公贵族视雪豹为荣耀的坐骑。战胜雪豹，如同古罗马人与猛兽决斗，胜出者即为勇士。

这回是本司汀第二次对冰川的全方位扫荡，有我和山姆陪伴同行。我深知他不会放过任何一个角落。第一次搜索冰川是一年前，他独自一人，走到中途突然放弃。他改变想法，计划先带着妻子南卡的尸骨环游地球，让妻子看看她出生的星球是什么模样，然后再回来埋葬妻子的尸骨。

他设计了长达一年的环球旅行，从这里出发，旅途的终点也是这里。

普诺岗日冰川古国是他妻子南卡的故乡，也是他们初次相识的地方。

这回我们探索得异常细致，几乎没有漏掉任何一个冰洞和可疑的谷底，但一无所获。

我们不得不下一个结论，事实往往很残酷。普诺岗日冰川古国只是仅有本司汀知晓的传说。它并不曾出现在地球上，甚至根本没有雪豹的踪迹，连个残骸都找不到。也许有化石，但我们要见到活的雪豹，能发声的雪豹。即便有雪豹存活，它们也不会知道古国的方向，除非它们存活了几百年——雪豹没有文字，不会像人类一样传承历史。这样，本司汀才能与它们对话，问它们古国遗址在哪里。

我们自然人都明白的常识，人造人不会不懂。本司汀在自欺欺人。

但是，我却在不停地自我暗示，本司汀或许是对的，只是我们这些平凡的自然人，看不见他能看见的景象，听不见他能听见的声音。比如，他会跟藏羚羊说话，他懂动物的语言，他戴着高山上的花环，亲吻过老虎的脸颊。

在高原的荒野里，我和山姆亲眼所见，他与藏羚羊对话。他不是凡人里的疯子，他是"人造人"高等人类。

我矛盾，我彷徨，是我头脑里的记忆芯针让我神志不清、精神错乱了吗？我的头从未这般绞痛。

本司汀再次固执地说："雨果、山姆，冰川古国、雪豹真的存在过，就像草原上的藏羚羊、牦牛一样真实。冰川古国本该属于你们地球人，是我让它从这里消失了，都是我的错。"

我连连点头，怕他绝望后做出傻事来："好，有，有，有！你说有，就是真的有。我们继续找。"

"你们还是不相信我。"他冷笑了一声,和自然人一起旅行让他觉得滑稽。

"天亮了,你把风衣的灯源关了吧。"我试着说服他,自认为幽默地补充了两个字,"省电!"

话音刚落,他的风衣光芒不见了。我却惨叫了一声,因为他的头也随之不见了。我是说,我看见他的风衣、他的登山包、他的裤子、他的鞋在我们前面走动,链接我们之间的绳索也是笔直的,但是我却看不见他的头。

"本司汀,你搞什么鬼?"山姆本能后退了一步,拉了下连接我们的绳索,冲他嚷嚷,一晚上的倦意、困意全无。

"又怎么了?你们两个大叫什么呢?"他的风衣和战靴停住了,有个人影似乎在回望我们,问道。

"我们看不见你了,你……你好像隐形了。"我战战兢兢地说。

他又现身了,我的自然人智商只能认为,他可以轻易地进入第三空间维度、第四空间维度、甚至第五空间维度,让自己隐形。抑或,是他的身体对光有折射和反射特性,让光芒照不到他的肌肉上。虽然,我并不知道第三、第四,乃至第 N 个空间维度是啥玩意。

我气得举起登山杖,追着打他:"世上本没有鬼,遇到你这个活鬼,也会吓死人的。"

他说:"谁说没有鬼?你抬头看天空里的星星,鬼魂无处不在。那些闪亮的星星很多死了成千上万年,甚至几亿年,因为离地球太远,光亮到达地球时其实它们已经死了。"

"我不想跟你讲话,那样会显得我和山姆像个白痴。"我冒了身冷汗,生气地说。

山姆扶着我慢慢走，在我耳边说："雨果，因为你坚持，我才坚持。你就不能告诉他实情吗？这里根本没有古国和雪豹。你说话比我管用。我们必须回去，在这里绕来绕去简直愚蠢至极，没有任何意义。"

"他知道。你以为他不知道吗？我们自然人都明白的事情他怎么可能不知道？他只是不愿意承认。"

"所以，需要有人告诉他。你必须直白地告诉他。或许他找不到古国，就不会自杀了。我们反而救了他一命。"

"你不懂，对我们而言，此行是完成婚礼前的旅行计划，寻找古国只是遇见他之后的意外。但他是一心到这里寻死啊，和他的南卡一起。找到古国埋葬南卡的尸骨，完成南卡的遗愿，他才能心安。否则，他会死不瞑目。"

"可我们也不能陪着他在这里消耗生命，眼睁睁看着他死。"

"你不是讨厌他吗？"

"他吻你的时候，我看见了。我确实恨不得杀了他。没错，他在草原上救了我们一命，我们欠他的情。可是，我们陪他走了这么远，已经还清了。"山姆终于坦诚地说出了他的想法。

我的压力少了许多。至少他依旧坦诚。

31/

2016 年 9 月 11 日，黎明，普诺岗日冰川。人造人的血肉。

"本司汀，我们上哪里弄点吃的吧，实在是太饿了，我怕是撑不住了。"我的腿像灌了铅一样迈不开步伐，我的胃也在向我示威，饥肠辘辘太久，它们似乎在呐喊，要脱离我的肉体，寻得解放。

是时候阻止他前行了。

我们在这里绕了一圈又一圈，回到原地。

我和山姆何尝不知道，只要本司汀自己愿意，他的超能力电磁波可以在几秒之内快速覆盖整个冰川，探测古国的具体位置，可是他没有这样做。

只有一个原因可以解释他为何没有使用超能力，就是他在一年前的冰川之访中，已经得出结论：曾经的古国消失了，无影无踪，也许根本不曾出现在地球上，他不知如何埋葬妻子南卡的尸骨。

那些往事、那些追忆、那些对南卡的承诺变成了泡沫。他千方百计再次来到地球，却埋不掉南卡的尸骨，他慌了，他乱了，他畏惧了。不能让南卡如愿，他自责了，他惊悚了，他困顿了。

那他此时此刻在干嘛？这一年背着南卡的尸骨在干嘛？是周游世界吗？不，他在迷乱中寻找地球人的神，寻找无解的答案。最终，仍然无果。所以，他又回来了。带着对大自然的敬畏之心，用自然人的思维寻找，他一步一个脚印地踩在冰川上继续寻找，渴望奇迹诞生，出现不一样的结局。

本司汀停下脚步，示意我们坐下稍作休息。他丢掉登山杖，卸下登山包，开始脱裤子，裤子耷拉在膝盖上，露出了满是肌肉的大腿，"你们吃点东西原路先回去吧，很抱歉让你们陪着我找这么久。我只是想让你们见到那个美丽的王国。那应该比你们去寻找亚历山大大帝的墓穴更有价值。"

"你要干嘛？干嘛脱裤子？这鬼地方你还有心情拉屎？"山姆埋怨他，海拔6000米的冰原地带可不是耍流氓或者上厕所的好地方。

"不是拉屎。我是饿了，吃点东西。你们不要紧张。"他利索地从登山包里取出一把锋利的尖刀，熟练地快速割下大腿上的一块肉丢在冰川上，表情轻松，就像撕掉衣服的一个衣角，那肉不是他身体上似的。

肉里的血来不及侵蚀冰川，已被冰雪冻住，仿佛他的肉是没有一点温度的，融化不了冰雪。

那肉是鲜红鲜红的，与我们地球人的肉有些不同，不像地球人的偏红褐色，而像绽放的玫瑰花色。细细看，那肌肉组织也更加紧实，看上去硬邦邦的。

他像丢一块不值钱的垃圾，将割下的大腿肉随意丢在我们眼前。接着，他又不慌不忙地从上衣口袋里取出一包白粉，均匀地撒在血肉模糊的大腿上，用手臂上的盔甲护腕发出的一丝光，像扫描仪似的扫描了一下大腿，然后从容地穿上裤子。鲜血通过裤子渗透出来，染红了一小块，像天边黎明的彩霞。

他说，那白粉是"皮肉再生粉"，很快不出半小时他的细胞会再生。

我们屏住呼吸，隐约听见微弱的滴滴答答声，那是顺着裤脚滴下的他大腿上的鲜血。滴在光滑冰面的鲜血，汇聚在一个十厘米见方的小凹槽里。本司汀单膝跪地，用手腕上护甲的激光沿着凹槽的边缘画出一条线来，他在切割冰面。

他小心翼翼地取出冰面上的小凹槽，凹槽里盛满了他的鲜血，鲜血已凝固成为冰冻。"喝掉这碗血，你们的体能会迅速恢复。相信我。"他将小凹槽真诚地举到我们面前。

见状，山姆目瞪口呆，而我彻底晕了过去。不是饿晕的，也不是累晕的，是他的所作所为突破了我的心理承受能力的极限。

山姆让本司汀把凝固的鲜血倒进我的保温壶里，说热一点，等会儿再喝。

我醒来时，他正在专心致志地用风衣盔甲散发的一束特殊的光烤他的肉，那模样像是在雕塑一件艺术品。

肉已经成红黑色，散发出阵阵诱鼻的香味。冰面上是他切下的肉皮，我尖叫了一声，将身子缩进山姆的怀里，恨不能将山姆的胸口打开，躲进他的肚子里将自己关闭起来才安全。

那白花花的肉皮上，还有几根毛发依稀可见。我转过身去，央求他把肉皮扔远一点，我的胃里七上八下翻滚得不是滋味。

他似笑非笑，将烤好的大腿肉切了三块，给我和山姆示范如何把他的肉吃下去。

我惊悚地问他："好……好吃吗？"

他噘了噘嘴巴，冲我眨巴了下海蓝色的眼睛，似乎有些嫌弃，说："味道还行，我撒了点盐，没有巴西烤肉好吃。凑合着吃吧。吃了我的肉，你们的体能会大增。"

我咽了下口水。

"你们尝尝？"

我摇了摇头："我不吃人肉。何况还是你的肉。"

山姆在胸口画了个十字，仰天说："上帝原谅他吧！"

"谢谢你们把我当人看，可是拜托，你们快饿死了。上帝没有食物给你们。我有。"他若无其事地将肉递给我们，一点没觉得吃自己的肉有什么过错。

那神情像街上的黑社会痞子。

不，黑社会痞子没有他这种割自己肉吃的胆量。

"你太可怕了，怎么能吃自己的肉？你不怕上帝惩罚你吗？"山姆义正辞严地问他。

"上帝？上帝在哪里？我去梵蒂冈找过他，去耶路撒冷找过他，去保加利亚的索菲亚大教堂找过他，我只看到了教皇和上帝的画像，他本人不在那里。神父们说他们会帮我转达我的心意给上帝的。当我转过身去，我听见神父们在议论我是个疯子，他们在商量如何把我送进疯人院，让神经科医生拯救我。可我没病啊，我只是要找上帝说说话，解除我的痛苦，回答我的问题。"

"这……"我和山姆不知如何接他的话。

"我本身就不是人，我的肉比原汁原味的羊肉、牛肉都不如。你们吃过人造的猪肉、鸡肉吗？如果吃过，瞧，吃我的肉就像吃地球上的人造鸡肉一样，虽然你们地球人的做法相当拙劣，味道也不怎么逼真。"他一口气说完了这番话，香喷喷地又吃了两口他的大腿肉。

"请你不要自暴自弃，看到你这样我们会很难过，南卡会很难过。你是有生命的。"我抹着眼泪说。我也不知道为什么哭，只是越哭越觉得悲怆与凄凉，越哭越觉得饿。

"我们能给你一个拥抱吗？"我推了一下山姆，尽管山姆不情愿，但看在本司汀放血给我们喝、割肉给我们吃的分上，还是给了本司汀一个友人的拥抱。

"谢谢你们陪着我，请你们不要用地球人的思维去想这件事情。你们不喝我的血、不吃我的肉，我才会难过。你们以为割自己的肉不疼吗？

但是,我的肉会再长的,就跟花儿谢了会再开是一个道理。你摘玫瑰花的时候想过枝干会疼吗?有些花儿今年摘了,明年会再长。瞧,最多还有十几分钟,皮肉会长齐全,跟没割前一模一样,不留疤痕。"他宽慰我们说,"要不,你们再等十几分钟,等我腿上的伤疤愈合,你们心里踏实了再吃?"

我们还是摇摇头。

他挽起袖子,又劝导我们说:"别忘了我的教父给了我两套生存系统,你们看我皮肉里这些粗壮的青筋,像不像植物的茎?如果没有食物,我只要变换新陈代谢的系统,由动物转为植物,在高效的光合作用下将二氧化碳和水融合生产为有机物,就可以储备一个多月的能量,得以生存。所以,别担心我。快吃吧。我的肉真的可以再长。"

"你,你,你……你教父发明你的时候,你就是这样吗?"我结结巴巴的,忍不住摸了摸他胳膊上的青筋。山姆也靠近了仔细观察。

"不,最开始我的生命与自然人没有什么不同,只是基因更加优良一些,身上的肉可以再长,我也要靠氧气、水、食物存活。后来,在铁血战士的训练中,教父为我做的基因改造和升级,让我有了两套生存系统,在极为恶劣的环境下,我也能生存、自养。你们见过南极的湖藻、冰雪藻吗?"他说。

"湖藻?冰雪藻?是湖里的海藻?没有。"我和山姆摇摇头,"我们没有去过南极。"

"在维多利亚地区的一个淡水湖里,有一种植物叫作'湖藻'。这种奇特的植物能忍受四个月的极夜,在极夜来临前,它能充分利用白昼的阳光,高效率地进行光合作用,合成大量的有机物,这些有机物除供它生长发育外,还将剩余部分排到体外,贮存在它生活的水环境中。在极夜期间，它就停止光合作用，并吸收它之前释放出来的有机物，维持最低限度的代谢，就能发育生长。从某种意义上，我也是'湖藻'。"

"所以，你在宇宙中，可以不吃不喝，靠自养吗？"

"是的，我的教父是不是很聪明？但我也只能自养一个月左右，必须快速找到光、二氧化碳和水源，生产更多的有机物。其实，你们地球上有很多类似于湖藻的生命体。南极还有一种名叫轮虫的生物，它也可以不吃不喝地休眠四个月，度过漫长的极夜恶劣环境。冰雪藻是非常漂亮的植物，有阳光时，它变成绿色，黑暗时变成蓝绿色，依靠这种变换，吸收不同波长的光进行光合作用而生存下去。"他侃侃而谈，缓解我们吃他肉的心理压力。

32/
2016年9月12日，日出时刻，普诺岗日冰川。人造人的悲怆。

我的肚子咕噜咕噜叫着，山姆坚持等了十几分钟，直到本司汀向我们展示他完全复原的大腿，说："雨果，吃吧。他的话有道理，上帝会原谅我们。这里荒无人烟，走出去还要大半天，等找到我们的越野车再吃上东西，估计也小命难保了。"

"你完全可以启动你的飞行战靴送我们出冰川的，我们车里有食物。"我哽咽着，想骂本司汀傻。

"不，雨果，我没准备回去。我要虔诚地寻找南卡的古国，没有回头路，就像古老的地球人寻找圣城和圣河。"

"你……"

我和山姆无可奈何，小心翼翼地尝了一小口他的血和肉，相视点点头，鼓励对方勇敢地吃下去。

那血的口感与果冻相似，润喉，尽管腥味刺鼻，饥渴求生之下的自然人，也顾不上细品那触犯人类道德底线的味道了；那肉的味道，与牛筋相似，有嚼劲，难咬了一点，但并不影响口感。

我们开始狼吞虎咽，三两下把肉吃完了，这是我们维持生命的希望。

我喝了人血，吃了人肉。准确点说，我喝了人造的血，吃了人造的肉。这样想，我和山姆心里好受些。

吃完，山姆在胸口画了个十字，做出祷告的姿势，求上帝原谅我们，正儿八经地念念有词。

他这个美国人，我认识一年了，从没像今天这样虔诚地把上帝挂在嘴边上。

"你常吃自己的肉吗？"我擦了下油腻的嘴巴问本司汀。

"不常吃，最近一次是三百多年前，我和南卡逃到多摩星球的一个山洞里，躲避父亲罗恩的追杀。那里满是光秃秃的黑山，附近没有任何食物和生命迹象，我要照顾病重的南卡，不能走远去狩猎。于是，我割了自己的肉，偷偷烧了给南卡吃。"他回忆说，脸上是幸福，"南卡当时并不知道是我的大腿肉。后来，我讲笑话似的告诉她，她感动得痛哭流涕，我们更相爱了。"

"谢谢你的血与肉。"说这话的时候，我禁不住想去握他的手，他却敏感地将手移到了其它位置，站了起来。他在故意躲着我。

这一细微的动作表达了他的拒绝。

"你们是我的朋友，让你们吃我的肉，我很快乐。何况你们都不要命了，在帮我和南卡找她的故乡。不是谁想吃我的肉就能吃的。"他摆出一个酷炫的手势,他的笑容灿烂,缓解我们的心理负担。

"那你第一次吃自己的肉是什么感觉?这实在太可怕了!"山姆严肃地问他。

"吓坏了,甚至想过自杀。"他停顿了下说,"我们家有个地下实验室,父亲说那里是我的禁地,除了他之外,包括我在内的任何人不能去地下室。15岁那年,好奇心促使我偷了父亲的钥匙去了地下实验室一探究竟。实验室里有很多玻璃罐装的再生肉,上面写着本司汀1岁时的肉质描述,2岁时的肉质描述,3岁时的肉质描述……直到15岁。天哪,我才发现那是我自己大腿上的肉!我的父亲在吃自己儿子的肉!"

"什么?实验室?你父亲吃你的肉?"我和山姆一脸惶恐,两个人紧紧搂在一起。

"是的,我自己也不敢相信。每年生日前后,我总会莫名其妙地昏迷一天,醒来时安然无恙,父亲说我体弱多病又晕倒了。直到那天看见自己的肉被当作收藏品存在罐子里,我才猜测父亲将我弄昏迷,趁机割了我大腿上的肉,保存在地下实验室里。"

"天灵灵,地灵灵,菩萨保佑,不,上帝也要保佑,真主也要保佑,罪过,罪过,他一定很痛苦。"我的眼睛红润,默默祈祷。

他停顿了下,继续说,"看到实验室里的那一切,我害怕极了,慌慌张张地弄翻了几个瓶子引来了机器人保安。父亲赶来发现了我,开始用谎言祈求我的原谅,但是我不再信他,觉得他太恐怖了,他太变态了。我发誓,他是当时宇宙中我见过的最有野心、最恐怖的人。"

"你肯定很恨他。换成我,也会恨他。不会原谅他。"我怜悯地说,"然后呢?"

"然后,我告诉他,我要报警,我要离开家,他便非常愤怒,用鞭子抽打我，伤痕累累，将我关闭在房间里，让两个侍卫日夜看守。那是他第一次打我。我的意思是，他曾经非常爱我，就像天下所有的父亲爱他们的儿子一样，给我他能给我的一切，直到我发现他吃人肉的秘密，直到我要报警去控告他，他的脾气就突然暴戾起来。后来，他可能有些懊悔对我的鞭打，扔给我一瓶皮肉再生粉，让我涂抹在伤口上，说我的皮肉细胞会再生，很快就会恢复。到了夜晚，趁着看守睡着了，我拿着这瓶皮肉再生粉，逃跑到了一个小旅馆里。我将皮肉再生粉涂抹在伤口上便累得睡着了，早晨醒来后身上的伤口都不见了，也不再有任何疼痛感。"

本司汀的声音有丝哽咽，那一天距今已经400年了，依然历历在目："我想我疯了，我非常非常想知道父亲吃我的肉，是不是因为肉质味道很独特。我回忆起在实验室里看到的指示图，我割下自己大腿上的肉，很痛很痛，鲜血染红了整个床单，然后我撒上了皮肉再生粉，死死地盯着那个伤口，一动不动。像这样，死死地盯着。果不其然，半小时后，我的大腿复原了，安然无恙。我含泪去厨房煮了自己的肉，当作早餐一口一口吃下了它，我不得不去承认自己是个怪物。直到我的教父阿多瓦追踪到我的地点，接走了我。从此，我与教父阿多瓦住在一起，与父亲断绝了关系。那个时候我还不知道自己是人造人，只是很害怕有一个吃自己儿子肉的父亲。我想报警，但是教父阿多瓦阻止了我。"

本司汀讲述他那可怕的少年记忆。

我和山姆坐在冰面上，久久不再说话，心里的温度瞬间降到冰点。我们能对本司汀说什么呢？这就是人造人的命运吗？

本司汀站起来，背上登山包，踢了一脚他的肉皮，好像肉皮挡了他的路。他继续前行，庄重地，悲怆地，开始吟唱一首隔世般遥远、空灵的歌谣，那应该是他的星球语言。他的身影像坚守在阵营的最后一位战士，毫无畏惧地等着强敌来袭。

没过一会儿，晨曦撒在晶莹剔透的冰面上。他又卸下登山包，温柔地将它抱在胸前，在东升的旭日下亲吻它。他转过头对我们说，他要迈向冰川之巅，去作一个了断，结束他"人造人"的生命。

我们看着他，他孤身一人，却如一支曾无数次浴血疆场的国王的仪仗队般威严，刹那间万丈光芒照射于这无人之境。

圣洁的冰川，孤独了数万年，像是等他来，送他去，甘愿成为他的守卫。

几十里地外的枯藤老树、荒草蛮野也被他的情殇触动，等不及挣脱干硬的土壤，探出嫩芽的头，送来微弱的清香，抚慰他的痛与伤。

草原的花骨朵们喊话了，恨不能冲破漫长的冰雪之季，快点长大，成为他手中献给妻子南卡的格桑花。

突然，本司汀倒下了，不是滑倒，而是他终于屈于眼前的现实。

他不想再听、再看，不再管他人他物的生死离别。这个世界，似乎与他没了任何干系。他在旅行中与之对话的那些文明人、野蛮人、走兽、飞禽、鱼类、昆虫、植物，统统与他没了关系。

他有人类的身躯，又不是人，也不是机器，他大吼了一声："我是谁？"几百年过去了，他依然浑浑噩噩搞不清他是谁。寂静的冰川峡谷里是他孤独的呐喊和没有答案的回声。

我看到了一个人造人的悲怆。

他拥有宇宙生命体的高智商和高情商，就像机器的程序设定，堪称完美的智能生命，但是他的血肉之躯告诉我们，他不是机器人，也不是金属人，他是人造人。

在他的星球，生物工程系统比电子系统的研发更受人重视。那里的人类增加了自己的DNA复杂性，加快了物种进化速度。与之相比，地球人在最近的一万年中，DNA并没有发生显著改变，我们一直遵从生物进化的缓慢步骤，我们的道德与法律不允许我们去触碰人类遗传工程的雷区。

本司汀的星球人比我们地球人野心勃勃，他们大胆而疯狂地改良了一批人种，将人类、动物、植物优质的基因片段重新组合、设计，甚自从人造精子、人造卵子中取出优质样本，通过反复实验，结合成DNA极为优良的"人造人"。本司汀就是最成功的例子，也是最叛逆的例子。

我们无权评论这种生物科技的好与坏，因为我们对他的星球一无所知。本司汀他自己是憎恨的，恼怒的，仇视的。

他懂自然界所有语言，他懂《道德经》、懂《莎士比亚》、懂北极熊、懂河马、懂万物生灵。他的大脑神经系统堪比电脑，通过智能神经的植入，他拥有超强的记忆能力，例如一种语言，他在几分钟内就能学会。

他感谢他的教父阿多瓦，一个比爱因斯坦更有智慧、伟大的宇宙学家和生物学家。教父给了他身躯、脑干、心脏甚至发丝。同时，他也憎恨他的教父，发明了他，却没法给他最崇高的灵魂。

所以，他要死了。

因为他懂死亡的要义，所以他不再倔强，不再奢望。

他问，宇宙只是漫长时间里的一个存在而已，有起源有死亡。为何他一个人造人，却不能自然地终结生命？

长生不老对于他是一种折磨。谁要,谁拿去吧。

33/
2016年9月12日,日出时刻,普诺岗日冰川。南卡的葬礼。

他倒下后没有站起来,揉了揉复原的大腿,静坐在原地,嘴巴里嘟囔了几声,像是在跟登山包里妻子南卡的尸骨说话。

我怕他是真疯了,想去搀扶他,山姆却拉住了我的手臂,示意我不要去打扰,让他骄傲地完成他最后的使命——死亡。

他仰天凝视着他的故乡的方向,茫然如埃及的木乃伊,呆滞如一尊雕塑。他寻不见古国的遗址,他问山、问地、问草、问牛羊,它们却都笑他的痴与癫。

它们在远方回答他,这里从不曾有这样的古国。

他绝望的眼睛里落下了不甘心的刚毅之泪。原来穿着金属战靴、被我誉为钢铁侠的他,是有泪的。

的确,地球上没有普诺岗日古国的任何痕迹,南卡的尸骨在他的背包里沉睡了数百年,静静的,默默的,陪着他飞过一个又一个星际。

南卡,是他的爱妻,他活着的唯一支撑。南卡的后半生都在探索时空变形的方法,就是我们地球人称之为虫洞的东西,她要回地球,从哪里来到哪里去,做一个平凡的人类。

这是一个矛盾的无解现象。地球人千百年来向往长寿不死,那个星球上的人们却因长寿不死而痛不欲生。

我试图通过记忆芯针,去搞懂那个未知的世界。

一只雄鹰划过蔚蓝的天空，划破了冰川的死寂。它在鸣叫还是哀嚎，我无法会意。

他终于张开了干裂的唇，却又合拢，又张开，回望我和山姆。"我……我，你们可知道，我跨越了数亿光年来到这里，却忘了曾经的曾经，为了救南卡和她的古国，这里已毁灭。这……这里是被我毁灭的。"他怀抱南卡的尸骨箱子浑身在发抖，那是对自己的愤怒。

他说，他是人类战争的产物，天生就背负着罪恶感，"西里斯"神还是惩罚了他和南卡。

他说着晦涩的话，深奥到我和山姆完全不知所云。

战争？是什么战争催生了他？我在努力挣脱毛毛虫一般的思维，去理解一个"人造人"。我的肝肺脾肾胃、我的四肢、我的头发和脚趾都在思考。在谜底没有揭晓前，我固执地认为他是一个痴情种，恋人走了，他要随她而去。

我怜悯地问他，可怜的人儿，跟我们再讲讲你的故事吧。我企图拖延他自杀的时间。除了拖延，我无能为力。

他苦笑，一言不发。沉默了一刻，又哀求我和山姆，听他述说隐藏心底 400 年的秘密。

这些是他的秘密，也是他的遗言。他决定告诉我们。

他支支吾吾地开始讲述一个遥远的故事。让我表情怪异，张大嘴巴，紧锁眉头，一万头草泥马在头脑里奔驰。

Shit！我连地球上的疯子都理解不了,如何去与外星来的疯子对话？我悲愤地告诉山姆，我也快疯了。我悲愤的是我自己的无能为力，拯救不了心爱之人。

他说，他是违反了宇宙法则的人。他从来不知道他从哪里来，为什么来到这个世界上，余下的卑微生命，其意义只为爱妻南卡的葬礼。

那个遥远星球的人类因为自私、贪婪、恐惧战争中的自我牺牲而发明了人造人。起初，他只是战争的工具。他活着，多了一个战争的傀儡；他战死，没有人会心疼他。他的生与死，对于那个星球的人类而言，没有任何意义，直到他成为万人瞩目的无坚不摧的"铁血战士"。

他没有父母，不是生下来没有，而是出生之前就没有。

本以为死最可怕。他说，不能自然结束的生命才可怕。

本以为再崇高的爱也无非是男女之间荷尔蒙的本能反应。

他说，爱也可以没有荷尔蒙。他的教父之所以死，是因为爱人已逝。而那个人活着时，他从未以爱人称呼他，反之，视为仇敌。打败对方便是欢畅。

那是棋逢对手的"平等之爱"，也可以是亚历山大大帝对赫菲斯提昂的同性之爱。

一粒尘埃尚有来世今生，但他的生命连尘埃都谈不上。他反复这样说。

他没有父母，却也不是孤儿。

他的父亲是孤儿，他的教父也是孤儿。他的父亲有父母，他的教父也有父母，唯独他没有父母。他们三个人曾经生活在一起，一个是自然人、一个是DNA优选人，一个是人造人，三个人惺惺相惜，却又彼此怨恨。

他说，他是"父亲罗恩"的玩偶和实现权利的工具，他违逆"父亲罗恩"的意愿时，"父亲罗恩"曾凶煞地说，信不信我把你的肉割下来下酒，你和这些人工智能做的鸡、鸭、牛、羊没有什么区别。

这句话成为他一生的噩梦。

他出生的世界没有宗教，没有释迦牟尼、耶稣基督和安拉一样的神，信仰的只有生物科技。人们在乎如何改变人类基因的复杂性，加快进化，好像世界末日明天就要来了。DNA优选人、人造人，这些"人上人"才是那个世界的主宰，他们致力于在星球大爆炸之前解决人类担忧的问题，实现诸多人类的美好愿望。

他说，人造人不是万能的，也有烦恼和忧愁。生命越高级，烦恼越多。一只老虎的烦恼是领地、食物、配偶、繁衍后代。自然人的烦恼是老虎烦恼加上七情六欲。DNA优选人的烦恼是老虎烦恼，加上七情六欲，再加上长生不老。人造人呢？把前面所有的烦恼加起来，再加一个为什么活着、怎么死去的疑问。

所以，他在地球上寻找"神"，希望"神"能回答他，救赎他。

他说，儿时他在图书馆里偷窥的古老史书上记载着宇宙之神"西里斯"，他的父亲、教父、老师从未提及过"西里斯"。应该是他的星球人民遗忘了神，将它陈列在星球历史博物馆里，永久封存，鲜有人问津。

如今，"西里斯"神、上帝、安拉、释迦牟尼等诸多的神惩罚了他的星球，也惩罚了他。

他不怕山崩地裂，也不怕星球毁灭，来到地球之后，他开始怕"宇宙之神"！神对万物公允，这个万物是自然的万物，但是不会帮非自然出身的人造人。

神不会赐予一个人造人自然死亡，正如不会赐予他自然新生，也始终不让他如南卡之愿将她葬于她的古国，更不能让他在来世再见他的挚爱南卡。

我安慰他说，也许神没有听到你的声音，我们需要他的电话号码。如果他听到，一定会帮助你。你比任何人都富有人性。

世上无鬼，无妖，但有物，有人，还有人造物，有人造人。

他本是人造，她是人。何以相恋于今世与来生？

他说，怕是神也没有答案。

他讲完他的故事，抱着南卡的尸骨箱子，没有启动他的飞行战靴，纵身一跳。他坠落冰川悬崖的瞬间，我彻底崩溃，嚎啕大哭。

我不知道他是死了，还是活着。他生于人类的战争、活于人类的权欲，死于自杀是他的宿命。他在宇宙中遨游数百年，寻觅生死的要义，与人类的权欲搏斗，挣脱人类贪婪的枷锁，为挚爱活着。

这一天是三百多年前他在地球上初识南卡的纪念日。

我知道，他至死也不能如愿南卡，此为大苦。

他走了。

但是，他给我们留下一大串的疑问，关于高级生命和未知的世界，等待我们去破解。

34/

2016 年 9 月 12 日，上午，秦始皇兵马俑冰雕处。山姆的阴谋。

山崖深不见底。

本司汀去了一个安详的地方，没有人会再去打扰他和他的南卡。这是他的解脱。

看着眼前这个搀扶着我起身、同甘共苦的男人，我感激万分，犹豫着要不要告诉山姆，本司汀曾送给了我一份厚礼。夫妻之间不应该有秘密吧。

"山姆，我……"本司汀说的对，我要对山姆坦诚。那么，我应该告诉山姆记忆芯针的事。总有一天，他会发现我的变化。

"不要太悲伤了。有花开，就会有花谢。每个人终会离开这个世界的。我们活着的人，生活还要继续。"他替我擦去眼角的泪痕。

"有件重要的事情，我想告诉你，本司汀，他……"我不知该如何启齿。

"他怎么了？"山姆的脸严肃起来，目光犀利。

"你别误会，他只是将他的记忆给了我。"我咬了咬嘴唇，说。

山姆疑惑地看着我："什么意思？"

"他在我的大脑里安装了一根记忆芯针，那里面储存了他的记忆。芯针在我大脑里运转，会将他的记忆输送给我。这就是为什么我突然有了神奇的力量，时常陷入幻境的原因。"我坦诚地说，"我想我会变得像他一样聪明。"

"你为什么不早点告诉我？"他将我拥入怀中，抚摸着我的头，关切地问，"在大脑的哪个位置？疼不疼呢？会不会有生命危险？"

"我也不知道具体在哪里。前几天会有点针刺的感觉，整个头都会痛。现在我完全适应了记忆芯针，一点感觉都没有了。"我以为他担心我，笑着说，"不用担心我。"

"没事就行。"他亲吻了下我的额头，"脑袋里多出一个东西总是很危险的，我们还是回去找医生检查下比较好。"

"不，本司汀说没有危险。这件事情不能公开，更不能去医院做检查。山姆，这是我们之间的秘密。被心怀不轨的人盯上，后果不堪设想。他们会敲开我的头颅的。"我连忙说，惊慌的眼神好像事情已经发生了一样。

"好吧！除了我，不会有人知道的。放心。"山姆搂着我继续前行，"也不知道我们能不能活着走出这该死的冰川。"

"会的，一定可以的。昨天，我在进入冰川之前悄悄给菲利普警官打过电话，我担心我们会有意外，让他过来救我们。"

"菲利普？美国联邦调查局的菲利普？"山姆惊讶地快要跳起来。

"是的。"我得意地说，"我想得周到吧？本司汀如果在，肯定会笑话我以为他会杀了我们。可是，我当时真的被他的神力吓坏了。我也不知道为什么，当时我情不自禁地拨通了菲利普的电话。我竟然没有拨打110报警电话。"

"哦，天啦。"山姆焦躁地转过身去，左右徘徊。

"怎么了，山姆？我做错什么了吗？"我诧异地问，"菲利普是我们的朋友，不是吗？我一直和他保持联系。"

"没有做错，你做得很对。"山姆微笑着安抚我，牵着我的手继续前行，冰川里一阵阵冷风拂过。他看起来忧心忡忡。

"他一直在找本司汀。所以，昨天本司汀展示神力的时候，我给他打了电话。"我继续解释道。

"他知道本司汀的存在？他知道多少？"

"不太清楚，我只知道他似乎对本司汀很了解。他当时还安慰我，不要害怕本司汀，他不会伤害我们的。"

"哦。"山姆皱起了眉头。

我们相互搀扶着，走向回去的路。也许是吃了本司汀的血肉的缘故，我们竟然没觉得疲惫和饥饿。

对山姆，除了羞愧和感谢，我还能说什么呢。他是爱我的。这份厚重的爱，是上帝对我的偏爱吧。阳光照射在他的脸上，我觉得自己是个无比幸福的姑娘。在这荒凉之地，幸好他依然陪伴在我身旁。

很快我们就回到了秦始皇兵马俑冰雕，没有遇到菲利普，却意外遇见了六名陌生的来客，这着实让我慌张了起来。我的手拽住山姆的手，拽得紧紧的，躲在他身后。他们手持枪械包围了我们。

我想，我和山姆必死无疑了，这些人一定是冲着本司汀来的。不然，这冰天雪地的苍凉之地，怎么会有六个彪壮的大汉持枪出现呢？

突然，山姆转身对我说："对不起，雨果。"他停顿了下，对六个大汉说："把她抓起来。"

"你在干什么？"我完全不知所措，咆哮着挣扎，因他突然变脸的举动懵住了，"放开我！"

"绅士们，请对我的未婚妻温柔点。"他对大汉们说。"雨果，怪只怪你报了警。"

"你在胡说些什么？我只是给菲利普打了电话。我是为了救我们。"

"救我们？真天真！我根本就不需要他救，他就是一颗绊脚石。实际上，我根本没想过抓你，本想等本司汀死了，带你一起离开这鬼地方，我们重新开始，可谁让你有了记忆芯针？看来本司汀对你真是大方。"他的眼神里充满对本司汀的恨意。我从未见过他这样愤怒的表情，像只凶神恶煞的野兽，要把我吃掉一样。

"你快放开我。"

"挣扎没有用，本司汀死了，我暂时没法到零下60度的悬崖下面去找他的尸骨，但有你和记忆芯针，也一样。"他走到我面前说，"我本来在札达县城发现他的时候，就打算找人杀了他，一直没有找到机会，我独自一人也不是他的对手。后来你告诉我，他要去自杀，那不如就成全他，也免得我大动干戈。"

"你到底在说什么？"我不敢相信我被自己的未婚夫山姆绑架了。他变成了另外一个我完全不认识的人。我甚至误以为我是在幻境中。我猛掐我的手，希望这不是真的。在经历本司汀的自杀式行动之后，我无法面对未婚夫山姆的倒戈。

"一年前，就是他杀了我父亲。我父亲是哈赛姆，举世震惊的'哈赛姆死亡事件'的凶手就是本司汀。这是他要付出的代价。政府不在乎我父亲的死活，只关心找到外星人，可我在乎。我父亲未完成的心愿，我来帮他完成。研究外星人，打造未来地球人，你知道这背后有多大的经济价值和社会意义吗？你们女人不会懂。我将成为地球上的主宰者。"山姆狂妄地说。

"你？你？你？疯了吧你？你了解他的性格。他肯定不会肆意妄为、随便杀人的。他不是杀人犯！"我觉得自己的未婚夫不可理喻，宛如机关算尽的阴谋家。

"我没疯。从五天前，我在札达县城的包子铺见到他，我就知道老天开眼，终于让我遇见了他。还得感谢你，我亲爱的雨果。本来，我对利用你发现他和他的秘密是有些抱歉，但是，当我发现你背叛我们的感情的时候，我对你有了恨意。"山姆说得咬牙切齿，"他杀了我父亲，还夺走了我的妻子，我没将他碎尸万段，让他跳崖已经是便宜他了。"

"你？我不会让你得逞的。"我气得浑身发抖。五分钟前，我还默默发誓要善待眼前这个爱我的男人，要珍惜他一辈子，现在，上帝是在跟我开玩笑吗？荒唐至极！

"你还是乖乖听话吧，这里冰天雪地，荒无人烟，没人可以救你。直升机马上到，我们就可以离开这鬼地方。我已经受够这一切了。"

"你混蛋！"我咆哮着。这一幕如同晴天霹雳，我还不如随本司汀跳崖了安心。

"你最好安静点，我不打女人。但是，并不代表他们不打。"他示意大汉们将我捆绑起来，堵住我的嘴，看紧我，防止我自杀。

他又看了看手表说："直升机还有多久能到？"

"二十分钟。"一个大汉说。

两声枪响，扶着我的两个大汉中枪了。正在我绝望的时候，菲利普警官赶到了，他通过定位我的手机找到了我。"雨果，快跑！"他冲我喊道。

我很想脱口而出："菲利普，躲到兵马俑冰雕迷阵里面去。"但是，除了拔腿就跑，我什么也做不了。我的手被绳子紧紧地勒在身后，嘴巴被一块破布塞着，一个字都喊不出来，急得我浑身冒汗。

"什么？"菲利普被我畸形的表情语言搞得不知所措，躲在一块岩石后面与山姆的保镖们枪战。

我条件反射般冲进了兵马俑的冰雕群，两个负伤的大汉也跟了进来。

我们在迷阵里周旋。

感谢平日教我瑜伽的老师。瑜伽在关键时刻救了我的小命。我一屁股坐在地上，使劲低下头，用双脚扯出了塞在我嘴巴里的破布。

"菲利普，快！躲进冰雕里！"我向外围的菲利普喊道。我的身后是几声砰砰的枪响。

"妈的,没子弹了。对,冰雕!"菲利普的子弹打光了,他从一块冰石后面冲了进来。

山姆预料到大事不好,他讨厌见到兵马俑冰雕迷阵,但是不得不紧跟了进来,吼道:"抓住他们,干掉那个警察,雨果要抓活的。"

菲利普替我解开了绳子,我们在兵马俑的冰雕迷阵里乱窜。多亏了本司汀做的这些高大的兵马俑冰雕,帮我们拖住了山姆。菲利普和我不出一声,缓慢地移动着身体,在迷阵里寻找出路。他走在前面探路,我紧拽着他的胳膊,背对着他,留意后方。

"怎么这些兵马俑都一个样?我们怎么出去?"菲利普扭过头小声对我说,"按照我玩游戏的经验,迷宫第一定律:只要在出发点单手摸住一面墙出发,手始终不离开墙面,总可以找到迷宫的出口。"

"第一定律的缺陷一:不保证可以走捷径。缺陷二:不适用有些路径走了会死人的迷宫……"我冷静地说,给他泼了盆冷水。

"那你说怎么走?"菲利普着急地问。

"嘘!等我想想。"

"你都想了半天了。你到底知不知道怎么出去?"菲利普用手指戳了我两下。

"小心!"他看见一个大汉在一个兵马俑后面,又赶紧拉住我缩回了身子。

"你别吵。我需要安静。"

"还不如在外面和他们火拼,现在困在里面,出也出不去了。"菲利普小心翼翼移动着。

"闭嘴,别吵,你还有子弹吗?出去,死路一条!"我反问他。

他耸耸肩。"我也没想到你可爱的未婚夫会这么快就把你绑架了。我提醒过你,不要轻易和穿杰尼亚衬衣的男人上床。"

"你能闭嘴吗?"我现在乞求本司汀的记忆芯针能帮助我们,"你帮我守着,我需要睡两分钟。"

菲利普瞪大了眼睛:"你还有心情睡觉?"

"嘘!"我需要沉静两分钟,在本司汀的记忆库里寻找一份记忆。他设计的冰雕迷阵,一定有办法破解。

我的大脑高速运转,回忆着本司汀的话:"在古希腊的神话里,迷宫是由代达罗斯设计出来囚禁弥诺陶洛斯的……"

"他仿造的是意大利皮萨尔别墅花园迷宫。"我睁开眼,果断地说。

"那是什么迷宫?"菲利普问。

"它创建于18世纪初,被誉为最复杂的迷宫世界。它坐落在威尼斯郊外的皮萨尔别墅,据传说,1807年拿破仑一世曾经迷失在这里。"

"最复杂的迷宫?完了,完了。听我说,我们会困死在这里的。我们可不像拿破仑走不出去还有救兵。"

我没理会他:"能不能相信我?"

迷宫象征着自由意志与现实命运之间永恒的哲学矛盾,我必须面对现实,用本司汀赋予我的意志打破这个现实困境。我像是突然有了神力一般,牵着菲利普的手,径直向迷阵的出口跑去。

身后是山姆和他几个保镖的枪声、怒骂声。

"没有我带路,他们会困在里面一段时间。我们要在直升机赶到之前跑出去。否则,他们上了直升机在高空中很容易发现我们。"我从未像此刻这样冷静和从容。

"这都是谁干的？这兵马俑迷阵太壮观了。我们是在逛冰雕展吗？"菲利普抬头回望了一眼那高大宏伟的冰雕迷阵，掏出了手机自拍了一张照片，"等我拍一张照片留影，刚才太慌张，都忘了欣赏了。"

"你还有心情欣赏冰雕？"我回头看他，真是个不务正业的警官。

"你刚才还有空睡觉呢？"菲利普取笑我说，"快告诉我，这是本司汀干的，对不对？他人呢？我的天神呢？"他快变成本司汀的超级粉丝了。

"跳崖了，我等会儿告诉你详情。还是快逃命吧。"后方的不远处是此起彼伏的枪响和飞机的嗡嗡声。

"什么？跳崖了？哦，对，还是逃命要紧，逃出这里再说。"菲利普被我拉着一路狂奔。

山姆发疯似的对着冰雕狂扫机枪。也许，这是他们破解冰雕迷阵的最好方式。

我突然不仅有了方向感，而且脚下的步伐越来越快，甚至我的脑海里出现了整个冰川的地图。我找了条捷径，跨过岩石，走过峭壁，在夜幕降临前，带着菲利普跑出了冰川。

我们赶到越野车的停靠处，我打开车门，找到了本司汀留给我的《道德经》。菲利普也匆匆上车，准备踩油门逃走。我说："下车！"

"什么？"

"下车。"

"为什么？有车不开吗？"

"怎么有这么笨的联邦警察，山姆肯定会来找车的。这是他的车，他会很容易追踪到我们。"

"哦,上帝啊,怎么不早说。那你还带着我往这里跑?"他警惕地下车检查四周,没有危险。山姆他们估计还在和兵马俑迷阵斗智斗勇。

"为了这本书。"

"这是什么书?"

"本司汀给我留下的礼物,不能丢给山姆。"

"好,那我们现在是不是该走了?我好像听见直升机的声音了。"菲利普准备跑向他的车。

"不,不能开车。快跑!到冰洞里躲起来。"我好像也听见飞机嗡嗡的声音了。

菲利普这个受过特种训练的美国联邦调查局警官,已经累得气喘吁吁,倒在了一个冰洞里,冰洞里有个沟壑,可以作为掩护。

我们远远地看见山姆和另外几个大汉下了飞机,他们像是在做什么取样的工作,在红色悍马车里细致检查,估计是在寻找本司汀的头发、皮屑等基因样本,但似乎什么也没找到。本司汀是个谨慎的外星人,他不会给地球人留下他的基因信息。

看上去山姆有些失望,嘴巴里谩骂了几句。他又从口袋里取出一块肉皮装进了大汉递给他的保鲜袋里。"啊,那是本司汀的肉皮。"我惊叹道,"一定是!"

"什么?"菲利普以为自己听错了。

"今天早晨,本司汀割了块肉给我和山姆吃,留下一块皮,我记得他扔在地上,肯定是趁我不注意的时候,山姆偷偷把那块皮捡起来了。"

"他捡块皮做什么?"

"还有鲜血。"

"嗯？"

"你看，他手里的保温杯。那里面装着本司汀的鲜血，本司汀割肉时留下的鲜血。"那是我的保温杯，当时本司汀的鲜血结成了冰，山姆将鲜血装进保温杯里融化。

"我知道了，他要研究本司汀的基因。我们不能让他得逞。"菲利普说。

接着，山姆上了直升飞机，在空中盘旋了几圈，似乎不甘心没找到我和菲利普的身影。大汉们开走了路虎车和本司汀的红色悍马。而菲利普的车则被直升机发射的炮弹炸毁了。

"妈的，我的车。我交了押金的。"菲利普骂道，"他们是要让我们死在这无人之境。"

我坐在地上，回忆这几天的经过，不放过细枝末节。

"你怎么一点都不累？"他依旧大口喘着气。

"本司汀给了我记忆芯针，我还吃了他的血肉，补充了能量。他的记忆赋予我他的知识、意志、能力，甚至灵魂。"我指了指自己的大脑。

"嗯？"菲利普一跃而起，惴惴然。

"他在告诉我，相信你。记忆芯针让我相信你。"我说。首先必须让菲利普安心。

"哦，谢谢！"

"路上，我慢慢讲给你听。"我说，"我知道你有十万个为什么。"

夕阳下，我们在无垠的草原上步行，和野生的藏羚羊、野牦牛为伴，继续亡命天涯，逃避山姆的追捕。

"知道吗？雨果，即使昨天你不给我电话，我也会来找你。"菲利普抬了两下眉毛，神秘地说。

"为什么？"

"本司汀给我留下这个，你的照片。让我找到你，保护你，一切答案就在你的照片里。"他从手机里翻出一张我在草原上的照片。

"他真是个有预见性的人。"我笑了笑，"他与我们同在。"

菲利普断定说："他还帮我发现了露西。"

"露西？你的搭档吗？"

"那娘们，哎！"

"怎么能这么称呼她？"

"她是安插在联邦调查局的卧底，她是副总统的人。"

"美国联邦调查局不都是白宫的人吗？有区别吗？"

"当然有。怎么能说我们都是白宫的人呢？我们确保的是美国人民的安全，而不仅仅是白宫的安全。我不是总统、副总统的私人保镖。"他正义凛然地说，"如果他们犯了错，也同样要遭受制裁。"

"好吧，不跟你争了。相信你。"

"不过，据可靠消息，白宫也在找本司汀。我听说副总统是下一任总统候选人，他有很强的生物学背景。哈赛姆死前打出的匿名电话是打给副总统的，他告诉副总统，他发现了超能力的外星人。白宫震惊的不是一个科学家在叙利亚死亡，而是外星人本司汀在哪里？如何才能再找到他。"

"你怎么知道的？记忆芯针告诉我，本司汀以为你不知道。他还给你留下了证据，一段总统与副总统的对话录音，就放在你家里的床底下。"

"哦，天哪，我都一个多月没回家睡过觉了，更不会往床底下钻啦。"

菲利普拍了拍脑袋说。

"快告诉我，你是怎么知道的？"

"两个月前，我收到了一封匿名信件。开始我还以为是银行的账单，后来才发现是有人提醒我，匿名电话是打给副总统的。他们发现了基因变异人，棺材里的基因变异人杀了哈赛姆。"

"那个寄给你信件的人是谁？"

"我本以为是副总统的竞争对手，也可能是凶手，不，我的意思是本司汀。如果按照你的说法，他还没有告诉我，那么，就可能是总统的人干的。"

"总统的人？……有这个可能。"我捉摸着。

"收到信后，我很恐惧。给我信件的人，一定想让我找出证据，制衡副总统。"菲利普揉搓着冰冷的手说，"那么，很有可能是总统发现了线索，所以匿名提供给我，让我去寻找更多的证据。"

"是的，总统偷走了黑匣子，破解了它的部分信息，发现了副总统和哈赛姆的基因计划。"

"难怪！哦，这些政治家真让人气愤……但是，不久前总统又亲自下令，让我们停止对哈赛姆死亡事件的调查，我的老大史密斯也让我休假了。"菲利普疑惑地说。

"那是因为总统收到消息，科学家在太空中发现了外星飞碟的残骸。他和副总统谈话后，断定哈赛姆发现的基因变异人就是外星人，而且是高级文明的外星人。这已经不是一起谋杀案，也不是国家与国家之间的纷争，而是关系到地球人类的生存与未来。所以，越少人知道越好。他不希望你再去调查副总统。"

"难怪，最近的新闻里有对太空飞行器残骸的报道，但是，新闻上明明说，那些残骸是卫星……"他停顿了下说，"哦，天啦，我真笨，怎么能相信政府的通稿？如果爆出真相，外星人来袭，地球上的人类将惶恐不安了。"

我也裹紧了外套，说："很遗憾，菲利普，你的同事和你的总统、副总统都不可信，但是他们身负国家利益和政治野心，也情有可原。我也失去了未婚夫山姆。"

"不是你失去了他，而是他失去了你。这个混蛋，他在一年前就有了你的画像，利用我找到你，目的肯定是接近本司汀。我本应该早点告诉你一切，但是见到你们那么甜蜜，我放松了对他的怀疑。况且他潜伏得太深了，那么疼爱你，完全看不出来他是在利用你。"

"他怎么会有我的画像，又怎么知道本司汀会出现在我的生活里？"我疑惑不解。

"我猜是他父亲哈赛姆出事前给他的电话。他父亲一定利用脑信息镜像控制仪扫描过本司汀的记忆。你的样貌反复出现在镜像里，信号是最强烈的，所以哈赛姆在上飞机之前非常短的时间里，将脑部信息数据传输给了山姆，让他分析。最终，山姆得出了你的画像。这画像便成为山姆寻找本司汀的线索。这只是我的猜测，具体怎么回事，我们还是要问他。"

"那不是我的画像，那是本司汀妻子南卡的画像。"我纠正道。

"哦，那问题就迎刃而解了。你无缘无故成为事件的核心，对不起，是我的错，如果我没有找到你，山姆也不会利用你、伤害你。"

"没关系，菲利普，都过去了。其实，如果不是你发现了我，我和山姆不会成为恋人，也不会到这里来旅行，更不会遇见本司汀。所以，这是我们的命运。"我说。

"或许吧。"

"相信我,我能感受到他的内心世界。他很高兴认识你。我好像已经有了他的灵魂。"

"雨果,我想他高兴的是和我玩'猫捉老鼠,却总抓不到老鼠'的游戏。总的来说,我的案子破了。只是,没人在意我的汇报了。我发现了白宫的秘密,也会被白宫追捕。"菲利普撇了撇嘴说。

在黑夜降临的草原上,我们终于看见了星星之火,遇见了一个游牧的牧民。在他的小帐篷外,我们烧着牛粪取暖。我和菲利普凑了些钱给藏民,买了他的一只羊和半壶青稞酒,否则我和菲利普难以度过寒冷而饥渴的黑夜。藏民大哥在一旁生火宰羊、烤羊,我和菲利普聊起了他的案件。

"还有一个你关心的问题,是本司汀复原了齐诺比娅女神庙。"我说。

"我猜到了,但是他为什么要复原女神庙?"

"不为别的,为了爱,你信吗?"

"别胡扯,说正经的。"

"真是为了爱,为了一个可以付出生命的誓言。本司汀之前去齐诺比娅女神庙参观,发现女王的雕塑和妻子南卡有几分神似,不禁触景生情。后来,在新闻里看见古老的女神庙被IS极端组织炸毁,他非常愤怒。加之,他前一天受阿拉伯大毒枭纵火事件的刺激,毒枭害惨了他朋友的家庭,他一气之下暗杀了毒枭,并将毒枭的钱和金子撒给了穷人。到达帕米比亚古城之后,正在气头上的他又破例暴露了自己的踪迹,恢复了神庙,还杀了那些破坏神庙、滥杀无辜的IS恐怖分子。他觉得人类要有敬畏之心。他想通过神力威慑人类的恶行,就像上帝一样审判逍遥法外、罪大恶极的人类。"

"原来是这样。"菲利普茅塞顿开，喝了一口酒，又递到我嘴边，"来，喝口酒，暖暖胃。"

"他根本就不想搅和进地球人的战争，但是他一年前才到达地球，还没有适应地球人的行为方式，所以采取了'神迹'的处理方式。他爱地球，爱他遇到的善良的人们，当然，也太爱他的妻子南卡了。"我闭上眼睛，在记忆芯针里找到了本司汀对这件事的记忆。

"他是怎么办到的？我是说复原女神庙，又是怎么独自杀了大毒枭？又是怎么从失事飞机中逃脱的？"

"你这个问题，就像你问我的他是怎么设置兵马俑冰雕迷阵一样复杂。我说他会在宇宙中飞翔，你信吗？"

"哦，对不起，说了我也不懂。神力，哈哈，就当神力。"菲利普一脸窘态。"哈赛姆死亡事件也是他干的。但是，我猜他一定发现了哈赛姆什么不可告人的秘密。"

"他也不想杀掉山姆的父亲哈赛姆。他从IS手中救了哈赛姆，但是哈赛姆忘恩负义，要把他带到美国做研究。还在飞机上碰了他的背包，那里面是他已故妻子南卡的尸骨，他最不能容忍的是别人碰他妻子的尸骨。而且，哈赛姆十分贪婪，他采集了本司汀的基因，和副总统有联络，计划解剖他，打造地球上的基因改造人。"我解释道。

"发现外星人，还是超级人类，这对美国白宫来说，意义重大。可以让基因改造人潜伏进入伊朗和叙利亚，控制中东地区乃至更多的国家，甚至进入星系。"菲利普说，"太可怕了！"

"只是有件事本司汀判断错了。"

"哪件事？"

"本司汀一定知道山姆是哈赛姆的儿子，他对哈赛姆的死还是很自责的。为了赎罪，他将他的秘密有意讲给我和山姆听。"

"他故意讲的？"

"对，甚至在路上他还故意让山姆打了他几拳。"

"他都讲了些什么？"菲利普很想知道。谁不好奇呢？

"关于人类基因的发展、人类的起源，他讲的那些思想，对山姆的生物制药公司来说，是一个重大的发现，一定有助于山姆的事业。他认为山姆非常爱我，能够保护我，而且不同于他的父亲哈赛姆，没有政治目的。"想到山姆，我就十分懊恼，低下了头，忍不住落下泪。

"但是，他还是留了一手，担心你的安危，给我发了邮件。"菲利普补充道。

"是的，因为他通过记忆芯针的输导，了解到我和山姆的日常对话。另外，山姆知道了我对本司汀的私情，对本司汀产生了敌意，对我的态度也冷淡了许多。本司汀很担心我的安全，他在怀疑山姆当初爱上我的动机不纯，也许哈赛姆死前跟山姆提起过他，毕竟他们是父子。总之，他有了不好的预感。"

"山姆居心叵测，隐藏得很深。他才是最大的阴谋策划者。"菲利普说，"天啦，我们要阻止山姆。你有带烟吗？"

"没有。"

"我烦闷的时候需要酒和烟保持镇定。那我去找藏民大哥借一下。"他心神不宁地说。藏民给了他一根，他借着烤肉的火点燃了香烟。"这下舒服多了。"

"又是一个烟鬼！"

"还有谁是烟鬼？本司汀？"

"不，是山姆。本司汀不抽烟。"我不敢相信，昨天晚上，我和山姆、本司汀还聚在一起望着满天星辰，聊着香烟的话题，今天已经物是人非了。

"菲利普，我怕他们找到我，把我的记忆芯针拔出来，拆解它、研究它，本司汀也便彻底从我的生活里消失了。"我说出了自己的担忧。

"嗯，放心，有我在。该死的阴谋和政客！见鬼去吧！"菲利普吐出一口烟雾。

"我知道为什么本司汀让你来找我了。"

"为什么？"

"你是个正直的人，值得我和他信赖的人。"

"是你还是本司汀在夸我呢？亲爱的雨果，你还是调动记忆芯针，开动脑筋想想怎么利用易容术吧？"

"易容术？"我不知道菲利普怎么突然想到了易容术。

"本司汀那家伙很精通易容术，通晓各国语言，把我耍得团团转。或许，我们靠易容术可以活下去。要知道，得罪白宫，再加上被山姆盯上，我们凶多吉少啊，与世界为敌咯。"菲利普展望悲观的前途时开起了乐观的玩笑。

哈哈哈哈。他掐灭了烟头，扔进了篝火里。

"雨果，你知道本司汀来自哪里吗？他究竟是谁？"吃完羊肉晚餐，菲利普打了个饱嗝，一股酒味。

"西里斯。他是人造人。"

"什么？"

"他是人造人，来自遥远的西里斯帝星。"

"快告诉我关于本司汀的一切。"

"快睡觉吧,跑了一天,好累,明天再讲。"

"你快讲,别睡。"

"嘘,真的很累了。别吵着藏民大哥。"

……

篝火映照着我疲倦的脸。藏民大哥和菲利普此起彼伏的鼾声,打破了这宁静之夜的孤独。从跳跃的火光里,我看到了自己前所未有的恐惧,也看到了自己前所未有的果敢。

本司汀赐予我的奇幻梦境还在继续,这些梦境从最开始支离破碎的片段和毫无头绪的幻境,转变为清晰连贯的生活场景。只要我睡着,梦境就会来找我。

我适应了记忆芯针,记忆芯针也适应了我。我彻底理解了本司汀的言与行,还有他和西里斯帝星的故事。

我总感觉本司汀并没有死,有一天他会通过记忆芯针追踪到我,带上我再次踏上奇幻之旅。至少我这么希望。

如果他不来找我,那么,等我逃过山姆的追捕,我会带着菲利普去悬崖下找他。我知道,他肯定没有死。

只是在那里,他终于可以和南卡安静地独处了。

记忆芯针,请赋予我更多的智慧和能量,让我知道通往悬崖谷底和西里斯帝星的路。

35/

揭秘哈赛姆死亡事件的真相：2015年9月9日上午，叙利亚境内，一万米高空，哈赛姆的专机失事。

周围漆黑一片，耳边轰隆隆的，时而颠簸，时而平缓。他从昏迷中醒来。

"这是哪里？我是死了吗？不，我还活着，怎么会睡在这里？"

他的头有点晕，还有点恶心，身体疲软，皮肉在胀痛。手和脚好像不是自己的，抬起来都挺困难。睡梦中他和妻子南卡驾驶着"蜜蜂飞船"，穿越了银河系，在太空里欣赏绚烂的马头星云。南卡的样貌占满了他的整个大脑，她黑色透亮的眼睛、婀娜的身段，甚至脸上的每个毛孔都依稀可见。他每时每刻都在怀念她，即便是在昏迷之中。

他摸了摸眩晕的头，哼叽了两声，用尽力气勉强支撑身体，准备起身，却似乎撞到了铜墙铁壁上，"咣"的一声，痛得他哇哇叫。本来昏昏沉沉的大脑也立马清醒了。

他又躺了回去，努力抬起胳膊，脱下一只皮手套，伸出手摸摸了四周，硬邦邦的。他便打开了智能盔甲上的光源。"怎么回事？这是一个坚硬的大型金属箱，更像一个奢侈的棺材。"

"是谁把我放进了这口棺材里？我在墓地？"奇怪的是，身上的智能盔甲显示他在一万米的高空，还在叙利亚境内。他判断自己在一架飞机上。

"我怎么会在飞机里？"他嘟囔着，在冰冷的棺材里寻找出口，突然慌乱起来，"我的背包呢？谁动了我的包？"他搜寻棺材的角角落落，不见背包的影子。他什么都可以容忍，但绝对不能容忍别人碰他的背包。

背包丢了，他陷入了极度恐慌，身上静脉曲张，青筋暴露，可是他却动弹不了。

"该死，莫非被美国老头暗算了吧？"他突然想起了一个人。

两个小时前，他在帕尔米拉古城的沙漠里休息冥想时听到枪声，二十多个IS极端分子正在追捕一个仓皇而逃的老头。他一跃而起，迅速找了一个沙丘隐藏起来，趴在坡上静静观察。他本想等待时机，避开这些人悄无声息地离开——他不想被卷入与己无关的是非之中。这么多年，他惹过的麻烦事已经够多了，多一件都是负累。他不是神，主宰不了旁人的命运。何况他刚做了两件冒险的事，杀了阿拉伯大毒枭，复原了齐诺比娅女神庙。

可是，当他扫描被追捕的老头的脸部信息，确认老头的来历时，他的心跳加快了，情不自禁地想起了一个人——他已逝的教父阿多瓦。教父的样子浮现在他眼前，模糊又清晰，清晰又模糊，毕竟教父已经去世许多年，他也许久没有缅怀教父了。他想过忘记教父，但是，他根本做不到，那是他少数的亲人之一啊。本以为漫长的时间可以抚平伤痛，事实是，他无法抹去教父给他的生命带来的巨大影响。

他突然冒出冲出去救下老头的想法。那个老头的学术背景与教父阿多瓦如此相似，他们都是痴迷于基因学研究的生物学家。

他敏感的神经绞痛了，心里在挣扎。

救，还是不救？这是个难题。

不救，那个老头可能会死。他知道战争的危害和IS极端分子的手段。

救，意味着他将在二十几个IS极端分子面前暴露身份，这不是个明智之举。如此一来，他只能杀人灭口，以迅雷之势杀掉这些危险的人，同时，他必须敲晕老头，不让任何人知晓事情的经过。

"现场不能留下任何痕迹。"他提醒自己。问题是，这些人该杀吗？不杀他们，老头怎么办？善与恶，好人与坏人，该如何衡量与识别？他的眼球又开始快速扫描这些 IS 极端分子的信息，为救下老头寻找充分的理由——也许他们每个人手上都有许多命案，那是不可饶恕的罪行，法律管不了他们，就当自己是上帝的使者来实行裁判权吧，可他明明不认识上帝，也不是上帝的使者。

他还要寻思一个万全之策。

"我得救他。"他自言自语，"看在教父的分上，我得救他。"他听见极端分子们在喊：抓活的，这个老头能卖一个好价钱，抵得上一座金矿。美国人一定拿重金赎他……

老头的生命危在旦夕，该死！老头被抓住了！那帮家伙脱了老头的衣服在羞辱、踢打他。他们仿佛在踢打他的教父阿多瓦。

他实在看不下去了，怎么能眼睁睁看着一帮丧心病狂的家伙折磨一个年迈的生物学家？

紧急关头，他多管闲事，救了那个老头。老头叫哈赛姆，是著名的美国科学家，在遗传基因领域颇有威望。

他从短暂的回忆中回到现实，又摸了摸棺材的金属壁。"不，那个老头衣着绅士，温文尔雅，不像是忘恩负义的人。我救了他，他怎么会暗算我？"

他的头有点晕，应该是迷幻药的后遗症。他需要点时间恢复体力。他回想起，在沙漠里救下老头哈赛姆后，他扛起昏迷的哈赛姆，准备护送他安全到达叙利亚军队的管辖区域，然后独自离开。没想到，哈赛姆醒来后，盛情邀请他去镇里小坐，等助理来接应。

他欲委婉谢绝，可是哈赛姆那么慈祥和脆弱，就像他的教父一样需要他的保护。哈赛姆说，在经历IS极端分子的追捕后，心有余悸，害怕再遇到不测。即便到了叙利亚军队的管辖区域，一个人去往小镇也凶多吉少。哈赛姆希望他能陪伴他到达小镇。

"再然后呢？"他晃了晃脑袋，努力回想过去两个小时的经历，眼前恍惚的重影逐渐消失了。

再然后，他在镇上的一家小餐厅，喝过老头递过来的茶水就昏迷了。

"茶水里一定放了无色无味的迷药。"他努力保持镇定，梳理清楚整个事情的来龙去脉，是那个老头干的，一定是。

可恶的家伙！

他太掉以轻心了。

"怎么能轻易相信一个生物学家？"他犯了三百多年前同样的错误，这是致命的错误。他再次陷入了生物科学家的圈套。

"我要离生物科学家远一点。太危险了。"他懊恼起来。

有人进来了。

他谨慎地关掉智能盔甲的电源，以防光线顺着棺材上针孔般大小的缝隙透出去，打草惊蛇。他屏住呼吸，贴着棺材壁，他的声纳系统一旦打开，如大蜡螟一般敏锐，拥有人类最强大的听觉能力，是普通人的150倍。

这是一个浑厚的男低音，正是美国老头的声音。他确认无误，怒火在燃烧，心肺里的血液在急速流淌，手里的拳头开始攥紧了。

"华盛顿有人接应吗？不要惊动任何人，副总统自会部署。"那美国老头说。

"是的，先生。请放心，我们都安排妥当了。"听起来这是一个年轻下属的回话。

"务必让他们接机的时候，把实验室里的设备抬进车里给我带到机场，我们一下飞机就实验，刻不容缓，我已经迫不及待了。"美国老头嘱咐说。

"好的，明白。"年轻人毕恭毕敬地回答。

"这简直是天大的宝藏。伙计们，我们将改变这个世界。"美国老头的语调高昂。他此时应该神采奕奕吧，与两小时前在沙漠里的失魂落魄判若两人。

"哈哈，导师，您一定是受到了神的眷顾，大难不死，却意外发现了'基因变异人'，您的影响力将远远超过达尔文。我们是不是该提前庆祝下呢。"这是一男一女的欢笑声。

"基因变异人？"他在棺材里静静听着，有了更加不好的猜测，莫非那个生物学家哈赛姆已经发现了他的秘密？在小镇上昏迷后，哈赛姆和赶来救护的助理们一定对他进行了初步的基因检测。"这可不是一件好事情。"他慌张起来。

他暗示自己要保持耐心，至少要搞清楚这些人到底对他了解多少。

有人开锁了。

"你去多配一些药水，确保他持续昏迷。"老头指示说，他掏出钥匙在一个金属锁里旋转着。

"好的。"一个年轻的女人回答道，转身打开柜子，取出瓶瓶罐罐开始调试药品。

"在叙利亚，政府军对我们有求必应，实际上我们的一举一动都被叙利亚官方跟踪。刚才上飞机之前，开棺检查的警官对我们已经起了疑心。"年轻的男人说。

"你也是笨，棺材上套上铁链和铁锁，有悖常理，当然让人觉得多此一举，不遭怀疑才怪。"年轻的女人责备说。

"哦，这个……是我太大意了。如果不是事先买通的官员帮忙，我们很难带着这个基因变异人离开叙利亚的国土。"年轻的男人说，他口音清脆，语速很快。这是个多话的男人，他继续说："我刚才心跳都到嗓子眼了，如果叙利亚人和俄罗斯人发现棺材里的人没死，一定会扣下他，盘问我们。"

"是的，导师，很抱歉，我们临时能找到的检查仪器有限，关于他的血液样本信息，我暂时还没有分析出结果。但是……"年轻女人扭头回应。

"但是什么？"美国老头问道。

"但是，很可能来自外星球。如果是，您将是第一个抓到外星人的地球人。"年轻女人激动地说，好像光荣已经降临，"我敢说，也许齐诺比娅女神庙的神奇复原就是外星人干的。"

哈哈，美国老头傲慢地笑了。

天哪，这些人并不简单。他的手心在冒汗。如果把他与外星人扯上关系，是福还是祸？棺材里的他开始狂躁不安。

铁链哗啦哗啦地溜下了棺木，发出刺耳的声音。他关闭了声纳系统。一束光亮进来，沉重的棺木打开了，他的右臂露了出来。

美国老头摸了摸他的手臂,就像抚摸一只宠物。他要假装昏迷,窃听他们更多的对话,尽管感觉并不好受,可是他一时没有更好的选择。

谁也没料到他会提前醒来。许久之后,人们会发现,他的身体对大部分药物都有抗体。

此时,他有点像大脑清醒的植物人,手指活动一下尚且困难。

他需要更多的时间化解体内的迷药,身体里的每个细胞都在加速活动,将迷药当作病毒一样清理。

"好了,就把棺材盖开到这里吧,能注射药剂就行。"老头气喘吁吁地说,可见这个金属棺材相当沉重。

"先生,我们要解剖他吗?真想看看他的身体和我们有什么不同。"年轻男人摸着金属棺材转了一圈,那样子就像里面躺着的是几千年前的法老。

"会的。他的身体构造很奇特,这是一件完美的人体艺术品,价值连城。从人体透视仪的结果来看,他的胸腔内部构造极其复杂,疑似有两个'心脏',存在两套生命系统,一个是人的心脏,一个更像植物的心脏。"美国老头哈赛姆摸着下巴,神色凝重,俯身从缝隙里望了他一眼。

"植物的心脏?"助理们很疑惑,这是人类可望而不可即的基因改造工程。女助理说:"半植半兽的生物?光合作用不是起源于植物和海藻,而是最先发生在细菌中。正是因为细菌的有氧光合作用演化造成地球大气层中氧气含量的增加,从而导致复杂生命的繁衍达十亿年之久。"

美国老头点点头,说:"正是如此。我猜测,这个基因改造人带有半植半兽的生命特征。他的植物心脏能利用光合作用将无机物转换为有机物,再把有机物储存在这个心脏里,以备需要时再使用。"

两个助理期待他的进一步解释。

他接着说:"这就像沙漠里的骆驼,胃内附生有水俘,作储水用,所以能耐渴。骆驼可以在没有水的条件下生存三周,没有食物可生存一个月之久。那么,眼前这个基因改造人,他靠两套生命系统,能活多久?"

"您是说,他不吃不喝,也可以生存很长一段时间?"女助理问道。

"是的。人类生存需要食物、水和空气,机器人生存需要电能,他既可以靠食物、水和空气,也可以靠光能、水和空气。这是我们想都不敢想的人类生存系统。"美国老头说,语气里丝毫不掩饰他的兴奋,"太美妙了!而且他的皮肤表面有一层薄膜,这种薄膜具有很强的抗辐射能力,使得他能暴露在真空、低温、高辐射的外太空中。让我想起我们地球上的一种生物……"

"您是说水熊?"女助理大叫道,她不敢相信有科学家可以在人的基因里成功加入类似水熊的基因,增强人的抗辐射能力。

"嗯。"美国老头继续说,"水熊,又称水熊虫,是对缓步动物门生物的俗称。他们的体型大多数在2毫米以下,是我们地球上生命力最强的生物,从赤道到两级,它们无处不在,能够承受真空直至上千个的大气压的压力环境。它们在太空中没有保护的情况下,也能生存一段时间。"

女助理补充道:"我看过有关于水熊的研究报告。它特有的蛋白质与它们强韧的环境承受力有关,它们身上有一种特殊的DNA伴生蛋白,如果运用到人体,意味着我们只要修改一个基因,就可显著提高人类细胞的辐射耐受性。Dsup蛋白可以将X-射线引起的DNA损害降低大约40%。"

"哇,能改造出这个超人的科学家太了不起了。"男助理当着哈赛姆的面,情不自禁地赞美起另一个科学家。哈赛姆的脸立马阴沉了下去。

"先生们，也不排除，这是个外星人。外星人类本身就拥有两套生命系统。"女助理见状，立刻替男助理解围。导师哈赛姆是个很要面子的人，她担心导师发怒。

"如果是，那这个外星人要比我们的人种优化数倍，这真是件可怕又让人振奋的事情。马上再给他注射一剂药，确保他持续昏睡，顺利到达华盛顿。你们没见过他的战斗力，我亲眼看见他在沙漠里轻而易举地杀掉了二十多个IS恐怖分子，30秒之内！"哈赛姆用郑重的口吻，强调了"30秒之内"这个词。

"好的，先生，我们会看管好这个超人。"年轻的男人自信满满。

"你说跟这个超人上床是什么感觉？生下的孩子会拥有什么样的基因？"老男人搂着年轻的女助理，意味深长地亲吻了一下她，猥亵地说。

"去你的。这个实验我不做。"女助理娇嗲地回应，伸手到棺材里脱下他的手套，拿着针管，准备给他注射。

"来吧，十几个小时的飞行里，我们来慢慢欣赏下这件艺术品。"美国老头站在一旁，发号施令。

"可恶！"棺材里的他再也无法抑制自己的愤怒。

智能盔甲的战斗模式迅速启动，机舱里"砰"的一声巨响。

刹那间，坚固的金属棺材四分五裂。飞机的一扇窗户被震碎，机舱失压，氧气面罩纷纷掉落。机内气流不稳，飞机失去了平衡，摇晃起来。

"我的背包呢？你这个忘恩负义的家伙。你是个贪婪的小人！"他咆哮着，揪住了美国老头的衣领，质问他。他快要丧失理智了，真想掐死这个老男人。他脸上的血液涨红了脸颊，出现藤蔓似的青筋。那青筋清晰可见，像植物输送养分的管道，血液在青筋里急速循环，向着大脑的方向聚集，又转而直线往下，通过颈脖子上的青筋管道流向心脏的方向。

美国老头浑身哆哆嗦嗦的，被突如其来的一幕吓坏了。他的大腿被棺材碎裂的金属片刮伤，鲜血直流。出于求生的本能，他在慌乱中抓起最近的一个氧气面罩吸了几口气。

男助理也被炸裂的棺材震到了角落里，满脸血迹，他指了指身旁的柜子说："在……在这个里面。"

他扔下美国老头，去柜子里取他的背包。

美国老头给女助理使了个眼色，女助理拿着注射器敏捷地扑了过来，狠狠地扎到了他的肩膀上，他一抬胳膊，女助理被反弹了回去，重重摔落在地，倒在了血泊里。

"钥匙呢？柜子的钥匙呢？"他瞪着老头问。

"给……给你。"美国老头慌忙从口袋里掏出钥匙扔给他。他打开柜子，看见背包里的东西散落在柜子里，显然有人动过他的背包。他小心翼翼地将东西装进背包里，站起身，愤怒地看着眼前的三个人，语声低沉，吐出一股杀气："没人可以动我的背包，你们越界了，犯了不可饶恕的错误。"

"求你，放过我。我没想伤害你。我……我还有一个得了癌症的妻子，她在病床上，等着我回去照顾她。"美国老头战战兢兢的，企图唤起转移眼前这个基因奇特的"超人"的同情心。他一瘸一拐、跟跟跄跄地缓慢后退，准备去拿震落在沙发上的枪支。

"啊！"一声惨叫，美国老头的胳膊被"超人"拧断了。

"一派胡言。你的妻子早跟你离婚了，而且几年前她已经因肺癌死亡。"他怒视着眼前这个丑陋的男人。

他注意到沙发上放着"基因样本采集盒",便用手臂锤开坚硬的盒子,瓶瓶罐罐里装着他的头发、皮屑、血液、唾液等基因样本。"太迟了!"他点燃一把火烧了采集盒,果断地打开舱门,启动飞行靴,飞出了机舱,转身朝着飞机开了一炮。

这一天注定是血腥的一天,但他没有选择。

稳妥起见,他不能留下任何痕迹。

飞机在高空中直线坠落。

"别动我的包!"他冷冷地留下一句话。

下篇　梦回西里斯帝星

第一章　危机／寻石者与守石者

1/

本司汀和南卡的相识，源于三百多年前一个代号叫"希望之石"的任务。

他们一个是寻石者，一个是守石者，命中注定将在宇宙的某个时空里相逢。

本司汀的教父阿多瓦告诉他，很久很久以前，西里斯人的祖先——某个高级文明的人类，出于某种不为人知的特殊目的，将宇宙诞生时释放的一种超能量源存放在地球上，永久封存。

阿多瓦将超能量源命名为"希望之石"。

地球公元17世纪初期以前，中国西藏的羌塘无人区有一个富裕的奴隶制小国，名叫普诺岗日。小国四周环山，与世隔绝，鸟语花香，堪称世外桃源，藏身在如今普诺岗日冰川之下的一个硕大峡谷内。普罗岗日有个古老的传说，这个巨大峡谷的形成与一块球状的奇石有关，是被奇石砸出来的。这块奇石就是阿多瓦要寻找的"希望之石"。

普诺岗日人并不知晓奇石的真实来历和隐藏的巨大能量。千百年来，

"希望之石"被普诺岗日人供奉，被认为是神造之物、冰川之魂，是他们的祖先世代相传的圣物，赋予国王至高无上的王权和冰川守护者的殊荣。

在公主南卡成年后，族人将"希望之石"佩戴在南卡身上。

巫师预言，王国的灾难即将来临，守护石将在公主南卡身上发出耀眼的恩泽之光。

每到傍晚时分，南卡的父亲国王扎伊便会站在三层楼高的城堡里俯瞰整个城邦。

在城堡前的广场上，人们吹着古老的木制乐器，披着兽皮，尽情跳着欢快的舞蹈。但国王神情忧郁。这繁荣、安宁的时刻会不会某天被灾难终结？

南卡真的能发挥守护石的力量，拯救普诺岗日古国吗？

国王扎伊心知肚明，那用金汁书写的文史记录里，守护石只是王权的象征，从未照亮这个城邦。

而在另一个遥远的星球西里斯，阿多瓦博士则十分清楚这块奇石是高级文明的人类在地球上封存的宝藏，它是暗物质在数亿年的宇宙游历中，演变成的黑色水晶球体，拥有产生虫洞的超强能量场。

它能使时空弯曲和变形，使时间和空间变成动力量，生成连接时间与空间的不同区域的时空管道，解决困扰人类的速度极限问题，让时空旅行成为可能。

他早已计划委派本司汀前往地球寻找"希望之石"。只有"人造人"才可以在浩瀚无垠的宇宙中长久生存，完成任务，解救西里斯帝星的危机。

本司汀的到来，惊扰了文明尚且落后的地球人。

这是灾难，还是福音？

许多地球人称呼他为天神。在他的价值观里，一个高级文明的人类控制了愚昧的人类，于是高级文明成为低级文明的天神。

他不仅带走了南卡，也带走了几座帝王墓，甚至带走了几座城。究其用意，只有他的教父阿多瓦最清楚。

他始终觉得，他亏欠了地球人。

三百多年后的今天，他偿还给了地球人，献出了他最宝贵的记忆和灵魂。

地球公元 1632 年，普诺岗日古国的灾难降临，如巫师预言，它神秘地从地球上消失了。

"希望之石"将"寻石者"本司汀与"守石者"南卡的命运相连，也将地球与西里斯帝星的命运关联，地球上的人类直到现在也无从知晓普诺岗日古国的秘密。

人们甚至认为，它并不曾存在于地球上。

西里斯人究竟对普诺岗日古国做了什么，会让这座古城一夜之间彻底从地球上消失？

其实，外星人在地球的活动，从来就不只是传说。

2/

阿多瓦博士哼着歌，坐着他古怪的"蜜蜂"私人飞船从多摩星球返航，在宇宙中缓慢前行，准备采集一些宇宙空间站的数据，再回到西里斯帝星。

机器人杰克端端正正坐在他身旁，驾驶飞船，一声不吭。平日里，杰克是个活泼的保镖。

飞船稳健地行驶在太空轨道上。杰克被主人阿多瓦博士下达了"闭嘴"命令，人工智能心脏正在高频次地忽闪忽闪，表示他闷得发慌，难受得很。阿多瓦视若不见，伏案工作。这个时候，他不喜欢被人打扰，多话的杰克是个麻烦。

阿多瓦的"蜜蜂"飞船是宇宙中独一无二的设计，时常被宇宙盗贼跟踪，不过，他一点也不担心自己的飞船被打劫，因为它具有西里斯帝星最先进的防护系统，何况他的好友是军队最高指挥官罗恩将军。

他若出事，罗恩会立马派遣最近的星际警察来支援他。

有人问过他，为什么要把飞船设计成蜜蜂的模样，这与他睿智、博学的科学家形象不相符，显得滑稽可笑。他的情人奥库拉公主也从来不坐这辆飞船出行，她嗤之以鼻地说："这多么幼稚！"

他平静地哼哼两声："个人喜好啊。"人们永远猜不透这个科学家在想什么，包括跟随他多年的机器人保镖杰克。

他不是一个袒露心扉的人，做事小心谨慎。他的故事只讲给好友罗恩以及后来的教子本司汀听过。

阿多瓦是自然人。小时候的阿多瓦没有朋友，常被同学欺负。有一次，一群DNA优选人孩子又无厘头地戏弄他，把他倒吊在树枝上，测试他这个自然人可以坚持多久。孩子们不小心碰到蜂窝，蜂王带着一群蜜蜂追着孩子们乱蜇，吓得孩子们魂飞魄散，落荒而逃，唯独不蜇阿多瓦，倒是救了他一命。阿多瓦感激万分，从此，他和蜜蜂交上了朋友。

大学时期，虽然他的学习成绩名列前茅，但是也时常遭到诸多DNA优选人孩子的排挤，甚至没有女生愿意和他交往。直到博士毕业，他还是处男。

他解剖过很多男人女人的尸体，也整天待在实验室里观察精子和卵子的活动，但是从未和一个女人上过床。

青年时的阿多瓦发誓，他要征服星球上最成功的DNA优选人女性，他要成为她的丈夫。此言一出，同学们对他拳打脚踢，不是男同学，而是女同学。她们在厕所里将他打得鼻青脸肿。

但是，他现在做到了。他的情人是西里斯帝星上最有权势的女人——公主奥库拉。

飞船里传来视频连线，是他的助理。机器人杰克拍了拍阿多瓦的肩膀，提醒他接收助理发来的信号。"谢谢你，杰克。"阿多瓦说。多话的机器人杰克不能说话，在钢铁脸上努力挤出一个大大的微笑，意思是，不用谢。他实在憋得慌，但是作为机器人，他必须绝对的服从命令。

被封闭式训练的铁血战士——"人造人"本司汀即将重见天日。阿多瓦博士的助理需要他回去查检本司汀的体能状态，做最后阶段的测试。

阿多瓦说，马上回。

助理说："博士，陪练人员告急，我们需要更多的囚犯。"

阿多瓦皱着眉头问："需要多少？"

助理说："还需要50个，最好的搭配是40个囚犯，10个精良的机器人士兵。炼狱星球可以提供40个死刑犯，需要您的申请。"

阿多瓦不耐烦地说："知道了。你去办吧。"

助理又汇报："我们在考虑，是否可以安排本司汀去多摩星球的多山区侦察，考验他的侦察能力，以及与野生动物的搏斗能力？"

阿多瓦深思片刻说："可以。在未开垦的无人区实验，设置隔离带，做好本司汀的大脑控制，以防失控。他杀死的动物一律烧掉，不留痕迹。如有危险，迅速撤回。"

助理说，好的，博士，我们马上做准备。

他低下头在船舱里查阅星球地图，审视他所生活的西里斯帝星。他的深山实验室在星球的地图上是没有任何官方显示的，那是他的秘密基地，过去的二十年，本司汀就是在那里接受训练。

他用手指在地图上一处森林的位置轻轻触碰，飞船便开始调整航向，飞向他的深山实验室。他在机舱里来回踱步，最近发生了一些棘手的事，使他心烦意乱，萌生出一个大胆的想法：找到地球和希望之石。

"杰克，你可以说话了。"

"收到。"杰克又在钢铁脸上挤出一个大大的微笑。"终于可以回家了。"杰克兴奋地拍了拍手，发出砰砰的撞击声，忽然意识到自己拍手的声音太刺耳，赶紧将手扶在操纵台上，偷瞄了一眼阿多瓦博士，等着阿多瓦博士训斥他。

没料到，阿多瓦问："回家？"

"对啊，我们到多摩星球好多天了。我很想念实验室里的小伙伴们。我要把多摩星球上遇见的新鲜事都讲给他们听。你看，我还给他们带了礼物。"他是个话痨。

"噢？什么礼物？"阿多瓦惊讶的是，机器人杰克也有"家"和"爱"的概念。他从未和杰克聊过这些话题。因为他自己从小就没有家，是个孤儿。

"矿区里捡到的几颗漂亮的小石头,我扫描了下,西里斯帝星没有这种石头,也许是宝藏。"杰克从包里拿出几颗小石头给阿多瓦看,爱不释手。

"嗯,确实很漂亮。"阿多瓦笑了笑。闲下来时他喜欢和机器人聊天。他们单纯、善良、忠诚,只按他设定的程序工作。

"博士,这些石头我想送给西蒙的女儿,我们在多摩星球工作的时候,西蒙的女儿出生了。"

"西蒙是谁?"这个名字对阿多瓦来说,似乎在哪里听过。

"就是27楼的医生西蒙啊。他和他的护士老婆秋莎的孩子啊。"杰克兴奋地说。

阿多瓦方才想起,他的实验室里有二百多个研究员、工程师、医生、护士等员工,长年累月驻扎在深山实验室,与世隔绝。

他们完成任务,走出实验室时,都要接受记忆审查,做部分记忆清除,才能恢复自由身。这些研究员实在不容易,他们都有家吧。他却记不清他们的名字。

"替我送份礼物给西蒙的孩子。就送栋房子给他们夫妻吧。"

"好的。"杰克惊讶地瞪大了眼睛,"但是,不如……"杰克支支吾吾起来。

"怎么了?"

"我听说西蒙的孩子是自然人。他们违法了星球法律,因为是在我们深山实验室出生的,所以政府没有追查到。多可怜的孩子啊。她以后该怎么生活呢?西蒙正为这事愁着呢。"杰克八卦地告诉阿多瓦。

阿多瓦来回踱了几步,说,"见鬼的法律。让孩子在实验室长大吧。或者你问下西蒙,如果他愿意,我随时可以送他们一家人去多摩星球的研究室工作。多摩星球上生活的都是自然人，有利于孩子的成长。"

"太好了。谢谢博士！"杰克又情不自禁拍起手来，发出砰砰的响声，阿多瓦博士也好久没这么开心笑过了。

杰克和阿多瓦提到的话题，实际是自然人和 DNA 优选人之间无可调和的矛盾。早在公元 1520 年左右，西里斯帝星的科学家们引导了遗传基因第一次革命：采用非自然的生育方式，优化人类基因。每一对准备生育的夫妻，都要经过医院严格的身体检查，然后按照家庭生育要求，筛选优质的精子和卵子组合，进入母体孕育，生产 DNA 优选人。

这种非自然的生育方式迅速加快了人类进化，高智商、高体能已经不再是新闻。自然生育，或者由于贫困无法支付高昂的优选基因医疗费用的家庭，孩子们的健康、学习、就业等问题就会接踵而至，易遭社会歧视。

普通的自然人逐渐被打入低等人类、穷困人口、罪犯的行列，在西里斯帝星的生存岌岌可危。直到科学家发现了多摩星球，一批又一批的自然人移民到附属的多摩星球，去开发外星球资源，寻求新的生存空间。

DNA 优选人逐渐成为西里斯帝星的精英阶层，他们取代自然人，统治了西里斯帝星。

阿多瓦背着手走到窗口，开始审视他的家——西里斯帝星。杰克依然喋喋不休地讲着他捡石头的经过，也不管阿多瓦博士有没有听他说话。

西里斯帝星是宇宙里生命体最古老、进化最高级的星球之一，球体面积相当于地球的二分之一。这颗星球被一颗遥远的恒星照耀，没有自传，只有公转，轨道也是椭圆的，人们靠星球公转时距离恒星的远近来判断时令，也就是相当于地球的四季。

球面的一侧常年被阳光照射，处于恒昼状态，平均温度在25℃左右，拥有丰富的植被和大面积的山峦。球面的另一侧为阴面，长期处于黑暗之中，是真正意义上的无人区，至今为止，还没有人成功涉足过阴面进行科考。进去的人，有去无回。

"博士，你又在看黑暗世界吗？谁会生活在里面呢？"杰克问。每次他陪阿多瓦博士出行，阿多瓦总是会注目黑暗世界，长吁短叹。

"传说在那个无尽的黑暗世界里，生活着彩色的大鸟。进去的人都被大鸟啄死了。大鸟怕光，所以进入不了阳面，否则不知要啄死多少人类。"

"机器人可以进去帮你调查吗？"杰克想帮帮主人。他从主人的表情分析，主人很想了解黑暗世界的秘密，尽管他不知道为何主人为何对黑暗世界的开发这么热衷。

"机器人在里面也会完全失联。所以，那里被星球政府修建了防护网，列为禁区。人类与大鸟划分领地，和平共处。"阿多瓦说。

因为黑暗的稀有，生活在恒昼世界的西里斯人迷恋黑色与黑暗。早年他们生活在山洞、树洞里，以躲避猛兽的袭击，却无意间发现了黑暗的价值。黑暗或者偏暗的环境使他们感到舒适，产生睡眠，甚至奇幻的梦境。于是，这个星球上的人们发明了遮蔽阳光的方法，房子、暗室诞生了。

阿多瓦博士也迷恋黑暗，曾想过到星球阴面的无人区修建深山实验室，却被帝王政府和罗恩将军驳回，让他不要做"没必要的冒险"。

"蜜蜂"飞船到了西里斯帝星的高空中，他看着这个一半是阳，一半是阴的星球。"或许有一天，本司汀可以帮我完成这个心愿。"他自言自语。

在经过"铁血战士"的基因改造后，本司汀会拥有动物和植物两套生存系统，在极为恶劣的环境下，他也能生存、自养，即便是在极夜世界。

"怎么又想到极夜世界了呢？自然人怎么能搬到极夜世界去生存呢？"此时此刻，还是把极夜世界放在一边，专注对宇宙中其它星球的探索吧。他拍了拍自己的脑袋，暗示自己专心点。

"至少，多摩星球是自然人生存的一条出路。"他在望远镜里看了一眼多摩星球，又看了一眼繁荣的中转站"新娘市场"，对自己的杰作很满意。

他继续工作，采集了一些西里斯帝星的卫星图片。

他爱这个星球，尤其爱星球上的绿色植被。他的童年是在山村里度过的，与植物和动物为伴。西里斯帝星的绿色植被非常丰富，但是颜色偏浅，与地球大不相同，甚至他们的香草是浅灰色的。西里斯人很喜欢把浅灰色的香草放在家里做装饰，净化家里的气味。

他也恨这个星球，大量的自然人生活在社会的底层。他立志要拯救更多被束缚的自然人，带着他们离开这个被 DNA 优选人控制的星球。

地球是另一个他觊觎的地方。

此时，"人造人"本司汀还没有接到指令要去地球收集情报，人们对地球知之甚少。阿多瓦并不了解地球上的人类文明程度。

如果他知道，地球比多摩星球、炼狱星球更适合人类居住，他一定会千方百计说服帝王政府探测地球，攻占地球。

另一个放缓探索地球计划的原因是，西里斯帝星的两个附属星球——多摩星球和炼狱星球，还有太空中转站的管理与运营，已经让星球管理者们焦头烂额，精疲力竭。附属星球几乎掏空了整个星球的军事预算，他们没有物力和财力去探索更加遥远的地球。

多摩星球，是西里斯最重要的附属星球，让西里斯所有的人类，特别是阿多瓦博士痴迷。这个星球与长寿基因有关。

西里斯帝星的人们在科技革命没有爆发之前，信仰宇宙之神"西里斯"，这是星球名称的来源。后来，随着宇宙学的发展，他们普遍接受宇宙学，相信人类和世间万物一样，归根结底都来自宇宙的星尘，也将归于星尘。

但是，宇宙里的智慧人类生性是贪婪的，他们中的有些人要见证宇宙的终极时刻，甚至期望改变人类终将灭亡的命运。

西里斯人在千方百计寻找人类长寿的基因。阿多瓦的诞生，似乎是为了人类的这一终极目的而来。

占领多摩星球的西里斯人兴奋地发现，多摩星球上生活的生物全部为单性，具有长寿和超能基因，那里的生物少则也是数百年的寿命，多则上万年。显然，单性生物在多摩星球上比双性生物具有进化的优越性，它们在时间长河里战胜了双性生物，获得发展壮大的优先权。

阿多瓦对于单性生物的繁殖系统并不稀奇，西里斯帝星上也生活着几种已知的纯雄性或纯雌性生物。大多数的人们好奇的是多摩星球上的生物具有超强的生命力，以及长寿的秘密。

多摩星球是块宝地。

西里斯帝星的帝王潘特森在多摩星球上成立了"矿产集团"、"长寿生物基因研究所"两大公司开发多摩星球的资源。

作为星球上最伟大的生物科学家、宇宙学家，阿多瓦博士被予以重用，协助两个集团公司的研发工作。而他的好友罗恩将军担任起了维持多摩星球秩序的任务。

匪夷所思的是，罗恩心里盘算着一个新的社会组织形式，那是他的终极梦想——模仿多摩星球的单性生物特征，在西里斯帝星上建立"单性人类社会"。这是一个反人类的秘密组织。

阿多瓦对此事颇为反感。

他与好友罗恩之间的较量并不局限在社会形态上，他们的分歧也远不止"社会组织形式"这一件事情。两人之间的矛盾日益凸显。

阿多瓦又从望远镜里仔细回望了一眼多摩星球，依依不舍与之告别。

在生机勃勃的多摩星球上，浓烟滚滚。一批来自西里斯帝星的自然人，在机器人士兵的保护下，熟练地操作机器，开采矿产资源进行初加工。这些原材料要输送到太空的新娘市场（中转站）深加工后，再送往西里斯帝星。这些资源主要用于制造各类器械和太空轨道。

从西里斯帝星到多摩星球的太空轨道是个浩大的工程。若没有轨道，太空飞船时常在太空中迷失方向，或者遇到太空盗贼的拦截。

太空中，一辆又一辆大型宇宙货运船从阿多瓦的飞船旁经过。它们要从多摩星球飞往中转站，再从中转站飞向西里斯帝星，输送已加工好的半成品。

这些飞船的船长们几乎都认识阿多瓦博士的"蜜蜂"飞船，他们会远远地发出信号跟博士致敬："你好，博士！"

有些飞船的船长还会选择远远地避开，担心撞到阿多瓦的飞船，引起不必要的麻烦。

在这些船只里，有一批精选的资源会直接由专人运到阿多瓦的深山实验室。有的被制作成"铁血战士"本司汀的陪练机器人，有的被制作成与生物科技或者宇宙探索有关的精密仪器。

还有一些飞船搭乘着一批 DNA 优选人组成的科研团队，在机器人和军队的保护下，他们要去抓捕多摩星球的生物进行研究。这些生物并不是庞然大物，它们偏矮小精干，独眼、独耳、一张脸，反应灵敏，并不好抓。也有一些高大威猛的，种类并不多。

阿多瓦博士虽然不支持暴政，但是他佩服好友罗恩将军的军事管理和治国能力，这些年来，他们曾经是相互欣赏的黄金搭档。

罗恩采用"自然人管理自然人"的统治方式，在移民多摩星球的自然人内部，选拔对西里斯帝星效忠的青年，加入多摩星球军队，维持多摩星球的日常秩序。

阿多瓦不满意的是，残暴的自然人可可斐成为罗恩挑选的得力干将。他被罗恩授予权力，管理多摩星球。

阿多瓦从不和可可斐说话。他瞧不起这个自然人中的败类。

可可斐的飞船从他的"蜜蜂"飞船旁飞驰而过，也厚着脸皮向阿多瓦发来了问候信号："博士，您好，您在采集空间数据呢？"但是阿多瓦置之不理。机器人杰克直接把可可斐的信号屏蔽了。

可可斐无奈地又发了条信息："博士，打扰了，您忙！"

发完，他便在船舱里生着闷气："老子是哪里得罪你了吗？真是窝火！！"

其实，他哪里敢冒犯阿多瓦博士？这不仅是罗恩将军的好友，还是帝王政府的红人，而且在自然人和 DNA 优选人中都颇具威望。

"这个怪老头怎么会这么嚣张？不就是会搞发明吗？老大，要不要给他点颜色看看？"可可斐的手下说。

"你懂什么？你可以得罪神，也不要得罪阿多瓦。"可可斐呵斥他的下属。

在阿多瓦博士的努力下，西里斯人已经成功提取多摩星球的长寿基因密码，致力于人类长寿基因的定向诱变，成果显著。整个星球都在膜拜他。可可斐也是阿多瓦研究成果的受益人。想想这个，可可斐也不跟阿多瓦计较了。他要加快飞船的速度赶到西里斯帝星和罗恩将军共进午餐。

罗恩找他有急事，十万火急！

3/

军队的厨房里热火朝天，一卡车、一卡车的人造肉被输送到这里。士兵们临时当起了搬运工。为确保军方和附属星球的食品供应，罗恩下令通过"人造肉"来满足供给需求。西里斯帝星上的"人造肉"技术非常成熟，满大街卖的都是人造肉，环保人士、素食主义者、动物保护协会，纷纷支持阿多瓦的"人造肉"技术。政府将动物宰杀列为违法。

"快点，别磨磨蹭蹭的！"一个军官在训斥搬货的机器人士兵。

"报告，长官，我没有被设置搬运功能。这是搬运工人的工作。"一个机器人士兵说。其他机器人听见，都停了下来。

"咦，你怎么回事？小心我把你拆了。搬运工人够用的话，我用得着派你来吗？"军官说。

"那是你的管理问题。"机器人士兵说：他扫描了眼前军官的身份，"经鉴定，你不是我的上司，你是厨房长，后勤部的上司。"

军官急得像热锅上的蚂蚁，视频联系工程师，说，"你在派这些机器人士兵来之前，能不能把他们的工作指令设置好？这里都快要造反了。请你马上来解决这个问题。"

军官正在和工程师抱怨的间隙，可可斐来了。

"啊哈，是可可斐长官。"厨房长敬礼，毕恭毕敬地说。

"这是特意给罗恩将军准备的。新鲜货。"可可斐嘱咐厨房长。两人窃窃私语了一番。可可斐给厨房长塞了些宝石，厨房长给了可可斐一箱东西，让人搬到了可可斐的飞船上，谁也不知道是什么宝贝。

"注意，注意，他是自然人，他是自然人。经扫描，他是军官，不是自然人独立运动的激进分子，排除危险。"机器人士兵又说。

可可斐瞥了机器人士兵一眼，不满意地问厨房长："哪个部队的机器人？不认识我？"

"刚打听到，罗恩将军直属的。今天部队演习，都很忙，搬物资缺人，工程部直接把将军的机器人士兵调遣过来了，反正他们平时很闲。"

可可斐听到是将军直属的士兵，赶紧给机器人士兵一个敬礼。机器人不明所以，只能回礼！

罗恩在自己的办公室里，听着优美的音乐，准备用餐，秘书正在摆放餐具，见多摩星球的军方负责人可可斐匆匆赶到："对不起，将军，打扰您用餐了。"

"可可斐，来，一起用餐！"

"不，我等会再来。"听到用餐两个字，可可斐心里七上八下，除了紧张,胃里更是翻滚得不是滋味。陪将军吃饭,可不是一个好差事!

"没事,没事,快来。我们一边吃,一边听你汇报工作。"罗恩招呼可可斐坐下陪他吃饭。罗恩吃饭的时间从来都是不固定的,谁也搞不清楚他什么时候吃饭,可可斐时常撞在枪口上。

他们两人盘中的肉可不是人造的,而是多摩星球的野生动物肉。这些动物肉的来路是不合法的。

可可斐每天会派人秘密输送一批新鲜的动物肉到罗恩的餐桌上,这个捉摸不定的将军对多摩星球上单性生物的肉质情有独钟。而且,他只吃动物脑部和颈部的肉。

好友阿多瓦曾经劝过他:"你这是滥杀无辜。"

他不以为然,继续享用单性动物的大脑肉,理由是:"很可惜,这个味道你造不出来啊。造出来再说吧!"

阿多瓦颇为生气,说:"谁会去造大脑肉和颈部的肉?卖给谁?有几个人会像你一样有这种怪癖?"

其实,这肉也只有罗恩会吃,他的忠实部下可可斐自己平日也是不吃的,他觉得那些单性动物丑陋、恶心,浑身滑溜溜的,大部分动物都是独眼、独耳、一张脸。

不过,自己的老板喜欢,他也硬着头皮陪着老板咽下那些肉,还要装作很享受的样子:"这肉真香,尤其这个地方很嫩。"

罗恩高兴地夸奖说:"懂吃!别人来了我还不给。你再给我多搞几头新鲜的物种尝尝。这些我都吃腻了。"

可可斐听完犯怵,走出罗恩的办公室就开始骂自己犯贱、多嘴。

管理多摩星球的一千万自然人,虽然不是轻松的活,但是他享受权力赋予他的成就感。与罗恩将军的私人会餐,才是他最痛苦的时刻。

每次吃完,他总要回到飞船里呕吐不止,把所有吃下的肉都吐出来,清洗肠胃。又胆小地怕被人发现,向罗恩告密。

瞧,他又回到自己的飞船里吐了。

"老头子,他妈的,你到底是什么人?"他在洗手间里口无遮拦地骂罗恩,刚出口又赶紧捂住了自己的嘴巴。

他惧怕神秘的罗恩将军。

罗恩将军,除了这些怪癖,还不允许自己的脸上有任何胡须,也基本不允许别人触碰他的头发,他非常在意自己的外表,他家里的理发师为他理发二十多年了,仍然常常心惊胆战,因为家人的命掌握在罗恩手里。

罗恩总是担心理发师会割破他的头皮和喉咙,置他于死地。他有敌人妄想症,似乎满世界都是要害死他的人。这一点,有点像我们的地球人曹操,曹操就是担心神医华佗会谋害他,砍了他的脑袋。

除了理发师,他的儿子本司汀和好友阿多瓦应该是少数可以碰他头发的人,小时候的本司汀就常抓他的头发,阿多瓦也为他戴过军帽,整理过仪表,他们曾经亲密无间。

他的办公室硕大无比,却只有一张桌子、一把椅子是显性的,其它用品都是隐性的,若他需要,隐形的物品就会现身。他喜欢在空旷的环境里思考问题,并在工作之余舞蹈,所以他的秘书,也是他的情人,必须会舞蹈。

他并不喜欢女人,但他招女秘书,每个女秘书的聘用期都非常短暂,偶尔他会故意传出与她们的绯闻,在属下面前与秘书做出亲昵之举,完全是为了掩人耳目。

293

他是个同性恋，而同性恋在西里斯帝星是非法的。

西里斯帝星的智能通信科技已经相当发达。一个电话进来，罗恩需要与各部门的某负责人对接工作，他只需要轻轻一按桌上的按钮接入，秘书就会把首脑们的视频连线输送到他空旷的办公室里，这些人就像在他面前会谈。

用餐之后，他沉着冷静地穿好军装，在秘书的陪同下乘坐专机出发去"细胞银行"总部，那里疑似有爆炸物出现，"自然人独立运动"的五名武装人员在那里绑架了三十多名DNA优选人，并称安装了炸弹，要求星球政府释放被关押在炼狱星球的"自然人独立运动"的首领"魁姆"。

这已经不是简单的城市犯罪问题，这是重大的政治问题、军事问题。城市警察汇报给了罗恩。

罗恩是绝对不会释放魁姆，向"自然人独立运动"组织妥协的。

他让可可斐到他办公室的目的，就是要加强对多摩星球上自然人的管理，他要找到这五个武装人员在西里斯帝星和多摩星球的家人，以此为要挟、谈判的筹码。对于这类恐怖事件的处理，他游刃有余。

说到"细胞银行"。也许你对"细胞银行"很感兴趣，我也是。它是西里斯帝星上每座城市的地标性建筑。每个地球人都期盼长生不老，青春永驻。

在西里斯帝星上，人类的细胞功能一旦衰退，就可以到"细胞银行"取出所储存的年轻时的健康细胞，再去对口的医院，请细胞移植医生注射到人体内，保持健康的生命体征，获得青春长寿。

因每个人身上的生命体征不同，所以每个人的细胞都有严密的数据库和保存环境。如果细胞存量不够，还可以应用生物科技无限复制。

"西里斯帝星"帝王政府统一规定，满三十岁的人可以到细胞银行开户。每五年到银行更换一次自身体内的老细胞，延缓衰老。

阿多瓦博士说："经过多次反复试验论证，太频繁的更换会导致基因突变，五年是最恰当的新老细胞磨合期。"他还推测，按时去细胞银行更换细胞的人寿命可以延长至300岁。

"细胞银行"是星球上仅次于帝王宫殿的辉煌建筑。全部是一对一专属化服务。人们到了细胞银行，就像进入地球人的五星级大饭店一样受到礼遇。

当然，穷人依旧是被拒之门外的。

为了抵抗衰老和癌症，富人们纷纷到"细胞银行"开设账户，高昂的储存费用让许多穷人望而却步，只有富人阶层才能支付得起。这个星球的富人们没有对疾病、癌症的恐惧感，身患癌症的人只需要做细胞换植手术，植入健康的新细胞，让新细胞自动清查、分解和消融癌细胞，时隔几日，病人就可以完全康复。

因此，当这项发明刚公布于世时，阿多瓦博士被西里斯帝星的帝王潘特森誉为"最伟大的发明家"。他是全星球最知名的人，所到之处均是花团锦簇。同时，他也因开设"细胞银行"成为西里斯帝星的超级富豪。

鲜有人知，细胞银行的幕后第一大股东其实是罗恩将军。

这个命运多舛、天才级别的阿多瓦博士，是本司汀的教父，而权倾天下的罗恩将军是本司汀的父亲。

大约40年前，即公元1590年，"人造人"本司汀在阿多瓦博士经历一万多次试验失败后，在罗恩将军家里的地下实验室首次成人形，人造生命诞生。"本司汀"在西里斯帝星语言里的意思是：天意，宇宙之意。阿多瓦博士以此纪念他和罗恩心灰意冷后的希望。

本司汀诞生的那一天，标志着富有的人类阶级开始向长生不老迈开决定性的一步。

本司汀爱他的教父阿多瓦，胜过爱他自己。但是，他对罗恩有诸多的不满。父子关系名存实亡，他们的感情有无法弥补的裂痕。

本司汀15岁那年，因发现父亲罗恩储存了自己的大腿肉在实验室，怀疑父亲吃他的肉，不肯原谅他的父亲。离家出走后，他被教父阿多瓦博士接回家，此后一直与教父生活。

他不知道的是，这也正遂了教父阿多瓦的心意。那个地下实验室并不是他父亲罗恩建立的，而是为了方便阿多瓦观察不同时期的"人造人"本司汀基因变化而专门设立的。罗恩等于背了黑锅。不过，罗恩出于好奇心吃过本司汀的肉是事实。

严格意义上，本司汀应该是阿多瓦的儿子，是阿多瓦发明了他。阿多瓦自己的童年并不如意，他希望"人造人"本司汀能像一个正常的孩子一样长大。他把本司汀寄养在富裕、安保严密的罗恩家里。

是的，没错，按地球人的思维，本司汀是西里斯帝星不折不扣的富二代，仅次于帝王潘特森的儿子措灵王子。

第二章 少年本司汀

4/

本司汀从小接受一对一王子般的家庭教育，15岁之前从来没有去过学校，民间没人知道他长什么样子，外界只知道罗恩将军有个聪明的宝贝儿子。

每当本司汀央求父亲罗恩允许他出去结交朋友，将军总是语重心长地劝慰他放弃这个想法。"外面的犯罪分子恨透了罗恩家族，他们都想置我们于死地。你是绑架者的头号猎物。要听话。"

将军的家很大，占地一千亩，有农场，有花园，有河流，还有两部私人宇宙飞船。年幼的本司汀没有朋友，吵着要去游乐园和动物园，罗恩就在自己的庄园里修了一个动物园和一个游乐园。

本司汀想去太空看星星，罗恩便在庄园里安装了巨大的人造天穹，由阿多瓦博士操持设计，庄园里有十二个小时的自然日出和日落的智能装置，还会出现匹配的自然景观。

"拥有黑夜和璀璨的星空"——这是只有白昼的西里斯帝星超级富豪和权贵们追求的生活方式。

本司汀想去太空的这个愿望，倒是让他的父亲罗恩和教父阿多瓦博士在一段时间内成为潮流的引导者，催生了西里斯帝星上富豪们攀比炫富的一个新潮流。一些权贵开始在自己的庄园里修建"智能化的人造天穹"，设计自己想要的黑夜景观。

罗思庄园的中间有条十米宽的小河将庄园一分为二，河上有座桥，连接东西两岸，桥两边的出入口处日夜都有机器人保镖守卫，庄园里的人们需要脸部识别，获得"通过"允许，才能上下桥。

本司汀和罗恩将军住在东岸，西岸是罗恩会客、交际、消遣的地方，也是禁止本司汀通行的地方。家里的后花园、游乐场、动物园、宇宙飞船都在东岸，尽管如此，本司汀对西岸的世界仍然充满好奇。

在夜晚，他时常坐在东岸的河边，好奇地看着西岸的灯光闪烁和歌舞升平。河边就是一个迷宫花园，客人们经常在迷宫花园里嬉闹追赶。随着年龄的增长，他越来越憧憬河对岸的世界。他悄悄地打听迷宫的样子，破解迷宫的走法。每当侍者们发现他远眺河对岸的时候，总是会慌张地抱他离开。

本司汀生活在一个与外界隔离的美丽庄园里，平时他出门逛星球博物馆也只能选择在闭馆日或者闭馆时间，博物馆只为他一人服务，而且往往有十几个保镖护卫跟随。

这个庄园里生活着严肃的"DNA优选人"父亲、调皮的"人造人"儿子、数不清的自然人侍者、一百多名机器人，还有三十几种动物。本司汀记得他们每一个人的名字、外貌和性格。

本司汀小时候很笨，时常在家里迷路。多亏了家里无处不在的智能电话和定位系统，侍者总是能找到他。

中学时，他的家庭教师有九名，几乎都是学术界的领衔人物，但是他更换教师的速度比更换新衣服还快。因为他具有超强的学习能力和记忆力，年龄越大，他的这种特质越发明显。他的老师们感到为他讲授课程很吃力，本司汀提出的问题常常让他们犯难。

然而，这样一个聪明的少年，几乎没有一岁、两岁时的照片，唯一的两张照片是他在监护室里睡觉。父亲罗恩将军解释说，那时候他的生命体征很不稳定，随时有生命危险。他是在家庭医院里成长的。在氧气瓶和药物的维持下，他酣睡了两年。

5岁时，他还不会走路，也不会说话，被认定为"智障小孩"，只有教父阿多瓦博士坚持教授他、陪伴他。10岁之后，本司汀开始像个正常的孩子，可以玩耍、登山，在丛林里玩转树藤，他的体能越来越好，他对知识的兴趣也越来越浓厚。

12岁生日那天，罗恩将军破天荒地地在家里为本司汀开了一个小型的生日派对，邀请了王子措灵、教父阿多瓦，还有他年迈的祖父维奇将军。这是他第一次走进庄园河对岸的世界。

他认识了王子措灵，这是父亲允许他结交的第一个朋友，也是他唯一的朋友。他也如愿见到了他父亲罗恩提都不想提的年迈的祖父——维奇将军。

本司汀认识曾祖父维奇将军，是因为家里他的画像无处不在。年少的他不得其解：他父亲罗恩明明敬重这个年迈的老头，把这个老头当作超越的偶像，但是他们从来不来往。

曾祖父维奇将军咳嗽得厉害，老态龙钟，没有画像里伟岸。他看见罗恩牵着本司汀的手走进客厅，开心地从椅子上站起来，艰难地拄着拐杖，迈着碎步走向本司汀，慈祥地呼喊着："本司汀，这就是我的重孙子啊。过来，快到我这里来。看我给你带来什么生日礼物？"

父亲罗恩推了推本司汀，示意他跑过去。

本司汀喜欢这个老头，也喜欢揩灵。他搞不懂父亲罗恩为什么不喜欢这个老头，对这个老头非常冷淡。

他偷偷问教父阿多瓦："为什么父亲大人不喜欢曾祖父？他是个可爱的老头啊。"

教父阿多瓦回答他："你的爷爷奶奶去世得比较早，你父亲罗恩是你曾祖父养大的，但是他们关系一直不好。可能是你曾祖父家教太严厉。我就知道这么多。"

有一天，星球帝王潘特森和罗恩将军相约打猎，说是揩灵王子吵着要和本司汀去森林里玩。对于帝王的邀请，罗恩将军不敢推辞，何况拉近与揩灵的关系正合他意。

本司汀和揩灵王子在丛林里玩攀爬树藤的比赛，像猴子似的从一棵树上荡着树藤跳到另一棵树。突然，前方的一棵树上传来一只受伤的小鸟叽叽喳喳的叫声，两个孩子为了避开它猛地定住身形，揩灵险些从树上掉下来，本司汀也冒着摔下来的危险，借着树藤拉住了揩灵。

帝王潘特森说，这两个孩子同样拥有善良的高贵品质。他夸赞本司汀的勇敢，谢谢他救了他的儿子揩灵，允许本司汀随意出入王宫找揩灵玩耍。

揩灵贵为王子，在皇宫的封闭式环境中长大，与本司汀的成长环境相似，他们很容易成为无话不谈的朋友。

况且两个孩子的父亲也希望他们交好。

自从 12 岁生日踏进河对岸之后，本司汀对河对岸生活的憧憬越发强烈。他偷偷地甩掉贴身的侍者，脱下衣服，跳进河里游到了对岸。他想知道父亲在河对岸到底干什么。

他浑身湿淋淋的，跑过迷宫花园，像只放出鸟笼的飞鸟一样自由。走出迷宫花园并不像侍女们说的那样艰难，他踏过宽大的草坪，在草坪上愉快地翻了几个大跟头，绕过执勤的机器人保镖，躲过走廊上聊天的侍者，听见二楼的一个房间里传来人们欢愉的歌声和乐器声。

他兴奋地顺着建筑体爬上二楼，隐蔽到那个房间的窗下，敏捷得像只猴子。他平日在树林里玩转树藤、爬树的本事在这里有了用武之地。

他开始为自己轻而易举进入西岸世界沾沾自喜。他甚至有些后悔自己过去太胆小，进入西岸并没有想象中那么难。

"玩一会儿就回去，不会被任何人发现。"少年本司汀对自己说。

他透过半掩的窗帘往里屋窥探。首先进入视野的是五个装扮华丽的跳舞的男演员，他们在地毯上摆动自己的身体，时而阳刚，时而柔美，他们眼神魅惑，撩人魂魄，本司汀看得入迷。突然有一个男演员开始脱掉自己的衣服，用自己的生殖器敲击乐器。这应该是少年本司汀终生难忘的一幕，他涨红了脸，情不自禁抚摸了一下自己的下体，心脏扑通扑通跳着："这就是父亲的乐子？这就是大人们的世界？"

他大胆了些，想窥探更多屋里的情景。他听见屋里传来父亲放纵的笑声。他从来没听过严肃的父亲如此开心地笑过。他想知道父亲为何如此开心，他改变了蹲曲的姿势，灵敏的跳窜到窗户的另一边，从窗帘的缝隙里往屋里看。

室内的奢华家具依稀可见，珍贵的是这个房间的主色调。"怪不得父亲每天都在西岸来会客，原来这里这么漂亮。"

他的目光落在了一张巨大的床上，那是星球上昂贵的黑色丝绒床单。床上面躺着父亲和两个漂亮的男人，还有一个衣着严谨、包裹严实、戴着面具只露出两只眼睛的女人。

父亲罗恩披着一头蓬乱的假发，赤裸着身体，端起一杯颜色粉红的水，一饮而尽，然后随手将空杯子扔到了地板上，哐当哐当地响了几声。他怀里抱着一个年轻俊美的男人，他们开始热吻对方，抚摸对方的身体。另一个年轻俊美的男人像只哈巴狗似的趴在床上亲吻父亲的大腿。

一轮热吻之后，父亲罗恩迅速转身跳到那个漂亮女人的身上，像野兽似的撕扯掉那个女人的裙子，搬起她白嫩嫩的大腿。那个女人淫荡地呻吟起来，跟着父亲罗恩的身躯一起摇摆晃动身体。她嘴里的声音由小变大，整个黑色丝绒的床都在震动。

时间一秒一秒地过去，那个女人几乎快要窒息，她的声音由满足转为不满，由娇嗲的呻吟转为哭喊，动作也由配合转为挣扎。她在喊停止，然后是救命，她的嗓音开始嘶哑，她想蹬开罗恩逃离下床，罗恩却强行按住了她，继续蹂躏她。

显然，那个弱小的女人在体能上绝对不是罗恩将军的对手。屋里的男人们都在张狂地笑，音乐的轰鸣声渐渐掩盖了那女人的尖叫声。

一片淫乱的场面。

本司汀闭上了眼睛，不敢继续看下去，他迅速背对着墙壁，小心脏几乎跳到了嗓子眼，努力调整呼吸。他原本体弱多病，心脏不能负荷再多的刺激。突然，他脚下一滑，从二楼摔了下来，幸好建筑体外是松软的草坪，他只是扭伤了脚踝，站不起来。

整个房子的人们都被惊动了。本司汀的父亲罗恩也披上睡衣跑下了楼，问侍者们怎么回事。他们说是本司汀从楼上摔了下来。

没过多久，教父阿多瓦也闻讯赶来。

躺在病床上，被教父阿多瓦检查身体的本司汀，听见屋外父亲罗恩咆哮的声音，他在责骂、质问那些失职的侍者们，自然人侍者们一声不吭地低着头，机器人侍者们则自动解体，以死谢罪，它们冒着火星，坍塌在屋外的空地上。

新的一批机器人保镖将替换它们的岗位。

教父阿多瓦叫罗恩进来，他说："孩子没事，只是受到了一点惊吓。以后要更加注意保护他。跟那些侍者没有什么关系。"

"我不需要保护。"本司汀倔强地说。

"我还没问你，你没事跑到河对岸干嘛？你真是胆子越来越大。"父亲罗恩生气地说。

"对一个孩子发什么脾气？你把他天天关在这里，孩子大了，对外面的世界好奇很正常。"教父阿多瓦偏袒地说。

"不关在这里行吗？要是能放心地让他出去，我何苦把他关在家里？外面多危险你比我还清楚，别信口开河。"罗恩吼道。

"有事我们单独商量，不要在孩子面前发脾气。"教父阿多瓦说。

父亲罗恩走后，少年本司汀对教父阿多瓦说："谢谢你教父。你对我最好。曾祖父维奇将军对我也好，可是父亲都不允许我再见他，只能偶尔视频联系。"

"孩子，告诉我，你看见什么了？怎么不小心从二楼摔下来了？"

"教父，我什么都瞒不过你。我……我好怕父亲。我看见他和几个男人在亲吻。还和一个女人在……"本司汀难以启齿。

"你父亲是同性恋。你长大了就明白了。不是所有的男人都喜欢女人,有些男人喜欢男人。他不是坏人,不要害怕。他只是违反星球政府的规定,喜欢男人而已。睡觉吧,孩子。"

5/

为了打破父子两人的僵局,罗恩特许本司汀走出庄园,去王宫里找措灵王子,培养两个孩子之间的私人感情。

本司汀自然欢喜,也暂时淡忘了父亲纵欲的那一幕。但是,他越来越觉得父亲对措灵的喜爱超过自己。罗恩之前严厉禁止他踏出庄园,现在却允许他频繁地去王宫找措灵王子。措灵王子十二岁生日时,罗恩特意打造了一架私人宇宙飞船送给措灵,但是却没有送给本司汀。对此,本司汀有些生气。

罗恩宽慰他:"你和措灵王子不一样。他是未来的王,我送他飞船,他便会对你更好。你是我唯一的儿子,我怎么会对你不好?等你长大了,会开飞船了,我所有的飞船都是你的。"

渐渐地,本司汀开始明白父亲的行为或许是出于对帝王潘特森的恭维,这有利于巩固罗恩家族与帝王潘特森的私人关系,以及罗恩家族在星球的权利地位。只是没有人知道,罗恩将军对措灵王子的关爱,可不是仅仅出于一个臣子对帝王的忠心。

措灵才是罗恩的儿子。罗恩认为是。

措灵的母亲,也就是去世的皇后,年轻时曾是罗恩的女友。措灵的母亲爱慕虚荣,借助罗恩认识了不少权贵,与帝王潘特森偷情,抛弃了罗恩。后来，她声称自己怀孕，潘特森被她迷惑，与原来的王妃离婚，娶了她。生下措灵后，措灵的母亲成了名正言顺的新王妃。

罗恩的后半生被这个狡诈的女人玩弄了。措灵的母亲之前离开罗恩的直接原因是发现罗恩是同性恋，当年罗恩只是为了逃避道德压力，才与她在一起。分手后很多年，他们不再联系对方，没有任何交集。

但是，当罗恩在部队里成为万人瞩目的大将军后，措灵的母亲突然找到罗恩，告诉他，她背叛了帝王潘特森，贪污了不少钱财为权贵们铺路，被帝王的前妻抓到了把柄，恐怕她活不了多久，希望罗恩能辅佐她的儿子措灵顺利继承王位。

措灵最大的威胁就是他的姐姐奥库拉。奥库拉是帝王潘特森和前妻生下的公主。奥库拉虽然是公主，但是足智多谋，博学多才，比措灵更有帝王相，而且手段毒辣。潘特森帝王很宠爱这个公主。

罗恩对此不屑，说："无论谁当帝王，辅助帝王都是我的职责。你不应该这么不小心留下证据，帝王潘特森最痛恨的就是贵族子弟伪造身份，逃避义务从军制。我们很需要士兵，贵族不带头从军，平民更不会支持帝王潘特森。"

措灵的母亲哭着哀求他说："不，我承认我错了。但是，你不能不帮措灵。我死了措灵怎么办？措灵是你的儿子！你帮他，等于是在帮你自己。我死了，他根本对付不了他的姐姐和前皇后。"

罗恩听到这句话像是被雷击中，无法镇定。他怎么也没想到自己会有个儿子，还是措灵王子，一场巨大的阴谋在他脑海里开始成形了。

一向谨慎的他派人去宫殿取得了措灵王子的 DNA，检验结果显示措灵正是他的儿子。原来，是王后神通广大，她并没有重金收买罗恩派去的人，而是在措灵王子的身体里注入了一种特制的 DNA 药剂，在短暂的几天里，这种药剂会更改身体的 DNA 数据。

不久，措灵王子的母亲真的从城堡里跳楼自杀了，留下一封遗书，希望罗恩在未来的必要时刻给措灵，还有一封未公开的悔恨书给帝王。帝王潘特森看完那封悔恨书只说了句："厚葬皇后。"

那一年，措灵王子才 9 岁。谁也不知道信件的具体内容。

在皇后的葬礼上，看着幼小的哭成泪人的措灵王子，无论是出于旧情，还是为自己的儿子着想，罗恩将军决定搏一回。

他在努力营造他和措灵共处的环境，他让本司汀与措灵往来，初衷并不是满足本司汀结交朋友的愿望，而是想了解自己的儿子措灵。

他渴望措灵是他的儿子，因为他不会再与任何一个女人生下孩子。

第三章　阴谋

6/

阿多瓦的飞船刚落地，助理就跑来向他汇报："博士，罗恩将军通知您去一下空军总部。"

"什么事？"阿多瓦一边看着助理递给他的视频文件，一边问。

"抓住了一个多摩星球的犯罪分子。今天细胞银行又发生了爆炸案，有二十几个 DNA 优选人受伤了……"

"稍等，你刚才说什么。抓住了谁？"阿多瓦停下了匆忙的脚步。

"自然人独立运动组织的人，听说还是个小头目。具体是谁，不清楚。他们口风很紧。"

"快！调动飞行器，马上出发去空军总部。"阿多瓦惊出一身汗来，两腿发软，险些摔倒。他不知道为什么罗恩会让他前去，莫非罗恩发现了什么秘密？

"是！博士。"助理扶着他向飞行器跑去。机器人杰克紧跟其后，他要随时保护阿多瓦博士的安危。

阿多瓦的飞行器在空军总部大楼顶上降落，罗恩的秘书正在楼顶上等他，顺着直达电梯，他们到了罗恩的办公室。

"发生了什么事？急急忙忙地把我叫过来。"阿多瓦埋怨说，他要掩饰住自己的真实心理。他和罗恩相识多年，互为挚友，又相互博弈，罗恩是一个难对付的人。

"你们都出去。"罗恩命令他的秘书和官员，当然，也包括阿多瓦的助理和机器人保镖杰克。罗恩的美女秘书拉了下杰克，让他离开。杰克像没听见似的，扫描了一眼美女助理的脸部和三围数据，纹丝不动站在阿多瓦身旁。

见状，罗恩说："阿多瓦，你能让杰克先出去一下吗？"

"杰克，你先出去。"听到主人阿多瓦博士的命令，杰克才跟着罗恩的女秘书离开了办公室。

"到底是什么事？"阿多瓦问，他有一种不好的预感。

"刚抓到一个自然人独立组织的小头目，刑讯后招供了，说是最近打算劫狱营救魁姆。你要加紧防范。"

阿多瓦松了口气："炼狱星球的防护网最近刚升级了一次，一只鸟都飞不进去。"

"不，我想露点破绽，让鸟飞进去，但是出不来。一网打尽，多抓几个。"罗恩说。阿多瓦本能地愣了两下。

罗恩又说："你只需要帮我在防护网的程序设置上犯点小错误，然后我让人透露给那帮造反的人。"

阿多瓦没有选择，只能说："好！"

"你到多摩星球考察得怎么样？"罗恩慢悠悠地给阿多瓦播放了一首他们熟悉的音乐。

阿多瓦正要开口。

"你听,这是我们以前常听的音乐,小本司汀听到这首歌就乱蹦乱跳。"罗恩随着音乐沉醉地转了几圈。

"多摩星球上的生物,对矿区管理集团的破坏性非常强,工人们反映,它们经常干扰他们作业,时常有自然人在熟睡中被偷袭而死,致使自然人联合起来抗议星球政府,要求政府提高自然人工作的安全性。"阿多瓦没心情听歌,说到多摩星球上的事情,这让他寝食难安。

"嗯,防范系统得加强。我让他们给死去的自然人多些补偿。"罗恩轻描淡写地说。

"可可斐和自然人独立运动的激进分子们在多摩星球上长期打游击战,工人们的情绪波动很大。"

"我知道,这家伙做事太鲁莽。"罗恩说。

"你们要抓激进分子我不管,但是可可斐在多摩星球的管理太过强硬,工会跟我反馈他的高压政策让工人们怨声载道。我们还是要用和平的安抚政策管理多摩星球上的自然人,毕竟他们肩负着开发多摩星球的任务。"阿多瓦有些激动,语气里带着对可可斐的强烈不满。

"嗯,你接着说。自从自然人独立运动的首领魁姆被抓后,这帮激进分子越来越张狂了。"

"现在,前有狼,后有虎,多摩的动物凶猛,半夜入侵矿区的事件频发,可可斐又管理手段残暴。工人们怎么能安心工作?"阿多瓦喝了口水,说,"前几天,我们在那里派驻的研究人员就死了一个,被野兽咬死的。太可怕了。这样下去,谁还愿意到多摩星球去做研发?我们不能什么都指望机器人吧?"

"这个可可斐,成事不足败事有余。"罗恩装出愤怒的样子,当着阿多瓦的面叫秘书进来,命令说,"你让可可斐明天再来趟空军总部,我找他有要事。"

阿多瓦心里清楚，罗恩只是做样子给他看的。可可斐在多摩星球的一切行为都受罗恩的指示。

什么时候，他们两个挚友之间的关系变得如此微妙？

什么时候，他们两人开始互相怀疑？

什么时候，他们两人开始算计对方？

阿多瓦和罗恩坐着，对面的人熟悉又陌生。一切都跟他们的儿子本司汀有关吧。

20年前，由于自然人和DNA优选人之间的矛盾加深，多摩星球和炼狱星球的暴乱事件时常发生。罗恩实行高压政策，镇压自然人独立运动，并向帝王潘特森谏言，打造"铁血战士"以保护帝王的安全，由阿多瓦博士负责研发。

谁也没想到，20岁的空军战士本司汀会一腔热血地报名"铁血战士"计划，自傲的阿多瓦在屡次试验失败后，为了挽回尊严，竟然赌上了他们的宝贝儿子本司汀，意外同意本司汀的加入。

他应该比谁都清楚，本司汀是"人造人"。而这只是他和罗恩两个人的秘密。把本司汀放进"铁血战士"的计划里，是极大的冒险。他和罗恩为了培养本司汀，付出了相当多的心血。罗恩一直把本司汀视若珍宝般呵护，让他在封闭式环境里长大。他不敢有半点疏忽，否则"人造人"实验背后的巨大利益布局都将功亏一篑。

"铁血战士计划进展如何？我快20年没有见到本司汀了。"罗恩说，他的手指随着音乐敲打着桌面，噼里啪啦的响。

"比较顺利。"

"听帝王说，你最近汇报，铁血战士快要成功了？"罗恩试探性地问道。

"嗯，还要做最后一个阶段的试验，少则一两年，多则四五年。这孩子受了不少苦。"阿多瓦说。

"其实，阿多瓦，我们的关系不应该是这样的。本司汀恨我吃了他的肉，你也远离我，怪我阻止了你和公主奥库拉的交往。我还是要奉劝你，她不是一个真心的姑娘。"罗恩坐在椅子上，手指快速敲打着桌面。

"不要把奥库拉扯进来，她和我们的事没关系。我知道你怪我把本司汀放进了铁血战士计划里，可是我没有选择。"

"你有。你完全可以如实向帝王汇报，铁血战士计划失败。"

"失败？我从来没有失败过。你知道我——一个普通的自然人孩子，得到帝王勋章，付出了多少代价？不能因为一个铁血战士计划，就将我的人生打回原形。怪只怪你当初就不应该向帝王提什么铁血战士计划。"

"你？"罗恩烦闷地晃着头，手指敲桌子的频率越来越快。他的发型乱了。

"算了，我们不讨论这些，没有意义了。我希望本司汀从实验室里出来后，我们三个人能重归于好。"他冷静下来，抚平了自己乱掉的几缕头发。

"铁血战士"计划的成功，离不开"人造人"技术。阿多瓦非常清楚这一点。

罗恩早年支持阿多瓦研究"人造人"的初衷原本很单纯：找到可行性方法，改变人类基因，打造"人造人"，解决战争中士兵短缺和死亡的问题，探寻人类繁殖和长生不老之谜。

如果"人造人"计划能成功，罗恩就有把握控制一支听话的"人造人"军队，它不怕死亡，不怕战乱，勇往直前。他可以控制整个星球的物种发展进程，进而掌控整个星系。

这是一个大计划。

帝王潘特森对罗恩和阿多瓦的"人造人"一事毫不知情，他把关注点放在了罗恩谏言的"铁血战士"计划上，他怎么也不会想到"铁血战士"和"人造人"之间的关系。

这个西里斯帝星上，帝王、罗恩、阿多瓦，每个人心怀鬼胎！

西里斯帝星的"铁血战士"计划，即人机合体计划。

地球纪年的公元1562年，由空军中将罗恩向政府提议。铁血战士是人与机器人的结合，除了具有人的独立思考、随机应变、主观能动意识，他还具有机器人的战斗力、耐力和生命持久性。他可以在极昼、极夜、宇宙未知世界等多种环境下生存。即便是缺少食物供应的条件下，只要有光、水、二氧化碳，他就可以在光合作用下产生维持生命的有机物，并储存备用。总的来说，铁血战士，他是人、植物、机器人的三者结合。

罗恩将军说，机器人战士的优点是容易受人摆布，被人控制，但实际作战缺乏灵活性和判断力，且造价和维系成本非常高。而人类战士肉体凡身，易受伤害，死亡率又很高。如能将两者优点融合，打造出超能力的"铁血战士"，就能飞速提升西里斯帝星的军事实力。这项计划可以从打造帝王潘特森的私人保镖入手。如果"不死保镖"打造成功，那么就可以无限复制这项技术，批量制造"铁血战士"，解决星球军事扩张的需要。

多摩星球的生物长寿基因和超能基因，西里斯帝星上细胞银行的繁荣，为研发"铁血战士"提供了基因支持。

关于罗恩和阿多瓦的相识有段小故事。

许多年前，罗恩在媒体上无意中看到年轻的阿多瓦博士的"细胞重生"理论，这给罗恩的军国主义美梦带来了希望。

比技术更有吸引力的，是阿多瓦瘦弱的样貌和他自然人孤儿的身份。罗恩看完部下提交的"阿多瓦博士调查报告"，对这个瘦弱的自然人博士有种莫名的好感和怜悯之心。虽然他是DNA优选人，但他也是孤儿。

罗恩安排部下找到阿多瓦博士，盛情邀请他到空军司令部，让他详细讲解这项技术发明的要义，当下决定支持阿多瓦博士的研究。

阿多瓦博士果然不负众望，利用"细胞再生"技术成功治愈了空军的一名癌症晚期的军官，从此他的技术大受军方追捧。在罗恩的举荐下，初出茅庐的阿多瓦博士一举成名。

紧接着，阿多瓦博士听从了罗恩的建议开设"细胞银行"。细胞银行建立后，罗恩受益颇多，阿多瓦也成为举世瞩目的科学家。

许多年后，谨慎的罗恩发现阿多瓦与王室的交往日益频繁，这个书呆子喜欢上了年轻的奥库拉公主，并瞒着他有了私情。

他们之间的矛盾升级了。

帝王潘特森在深山的一处军事重地里，为阿多瓦博士修建了大型的秘密实验室，以方便他带领团队着力研发"铁血战士"项目。该项目直接向帝王潘特森汇报。

罗恩按照帝王要求，全力配合阿多瓦博士的计划，每一年都会从空军中精挑细选10名体能优良、服从性强的忠诚战士进入深山实验室，进行秘密的人体细胞实验。实验屡屡失败，直到空军上尉本司汀的加入。

公元1610年，不到20岁的本司汀已成为空军部队的一名优秀军官，他受过专业军事训练，体格健硕，军事技能全优，且足智多谋，参加过多次宇宙反恐战争，拥有良好的军事基因。经测试，他的智商远远超过常人。他深受军方器重，他的父亲罗恩将军也多次在公开场合表彰他。

罗恩跟战士们说，这项绝密的"铁血战士"计划将是人类空军史上的伟大飞跃，他们会成为最骄傲的军人，直接受命于帝王潘特森，有意向者都可以报名参与评选和训练。

战士们听信了罗恩的介绍，拥有一种舍生取义、视死如归的自豪感。本司汀也不例外，他热血沸腾地报名参选。

在部队里，没有人知道本司汀是罗恩将军的儿子，因为他15岁时就与父亲罗恩断绝了父子关系，也从来没有公开露过脸。

青少年时的本司汀，对父亲罗恩和教父阿多瓦的阴谋一无所知，他只是再也不愿称呼罗恩为父亲，把教父阿多瓦当作父亲。除了15岁那年，他发现罗恩吃他大腿肉的惊人秘密外，另一个原因是，罗恩从来不告诉他妈妈在哪里。罗恩是一个狂热的同性恋，他们家里好几个年轻的男孩都是罗恩的恋人和男宠。同性恋在西里斯帝星是违法的。在阿多瓦的误导下，本司汀觉得是罗恩伤害了他的母亲。

小时候，每次当本司汀问他，妈妈在哪里，罗恩总是敷衍他：死了。

那她的墓牌呢？

罗恩说，没有墓牌。

本司汀又问，为什么妈妈没有墓牌？

罗恩总是回避，直到厌烦至极，说她在新娘市场，在太空中的公共墓地。

从此，本司汀立下志愿，他要去中转站——新娘市场上找妈妈。想去新娘市场必须要有政府的通行证。本司汀不是自然人，也不是矿产集团和长寿基因研究所的职员，无法拿到通行证混进通往新娘市场的宇宙飞船。他试过几次，躲进船舱，被机器人发现了。罗恩生气地关了他禁闭。

15岁那年，本司汀决定长大了要当一名空军战士。这样，他才能有机会名正言顺地去新娘市场寻找母亲的下落。他觉得他的母亲并没有死，就在那里。他只是个想寻找母亲下落的单纯孩子。他把这个小秘密告诉给了他的好朋友措灵王子。

措灵说："等我以后当了王，我要把你妈妈的墓牌接回来。听说那里白天很短，都是漫长的黑夜。"

"我听说那个可怕的地方……犯罪的女人被流放到炼狱星球，她们回来找不到合适的工作，只能留在新娘市场，归根结底还是你父王的政策逼迫了她们。"本司汀有点埋怨帝王一家。

"我以后就不那样做。我不喜欢战争，不喜欢打架，也不喜欢武器。"措灵忧伤地说，"本司汀，我很怕成为王，我父王说我没有帝王相，不如我的姐姐，我也不想成为王，可是你父亲罗恩将军说，如果我姐姐奥库拉当了王，她会杀了我的。因为她恨我，恨我母亲。本司汀，我好害怕，你会帮我的，对吗？"

"我会，放心吧。"本司汀回答。

或许是父亲罗恩将军的刻意安排，即便本司汀20岁时成为空军战士中的核心成员,每次去新娘市场执行命令的部队里,依然没有本司汀的名字。

一个偶然,也是必然,军方要挑选"铁血战士"为帝王潘特森服务,直接听命于帝王。入选者的一项特殊权利,就是自由出入被西里斯帝星控制的所有星球,执行训练和任务,甚至勘探其它未知的星球。

这对本司汀来说是一种致命的诱惑。

他迫切地想去找妈妈的下落,也想去广阔的宇宙看看,他厌烦了西里斯帝星上枯燥散漫的生活。

7/

从罗恩的办公室回来,阿多瓦匆匆给帝王潘特森写了一封信,委托公主奥库拉带给他。西里斯帝星的电子设备存在安全隐患,即便是帝王的通信也极有可能被人监听。原始的书信反而是安全的方式。

尊敬的帝王:

我荣幸地告诉您一件振奋人心的消息,"铁血战士"试验成功了。只要您下达命令,即可亮相于世界。

在长达20年的实验阶段,本司汀和其他战士一直被单独隔离在封闭的白色房间里,他们绝大多数时间属于昏迷状态。我和我的助理们负责每天按时记录他们的生命体征数据。这些战士要顺利通过两关实验,第一关是适应体内优质细胞重生、繁殖,第二关是人机合体训练。

这些战士们与外界完全失去联系，我非常敬佩他们的勇气。他们比普通的战士们更值得我们尊敬。参加试验的战士们要受尽极端温度冷暖折磨，历经基因变异、精神异常、皮肤和内脏腐烂等严酷的症状摧残。整个实验室里每天充斥着撕心裂肺的叫声。

为了防止战士们痛不欲生而自杀，这些年，实验室增加诸多人手看管，加强监控系统的布控，战士们的活动还受到严格控制。尽管管理严密，但仍然还是有82名战士自杀身亡，另有56人基因变异、全身腐烂，被隔离烧死。最后，仅剩下4名战士参加人机合体实验的终极版测试。

参与陪练试验的2000名炼狱星球的被判终身监禁的罪犯，有1918人在与"铁血战士"训练搏斗中死亡，剩下的已秘密处决。

在"铁血战士"的终极测试中只有本司汀上尉一人活了下来。他有动物和植物两套生存系统，在极为恶劣的环境下，他也能生存、自养，除了为您做贴身护卫外，非常适合探索外太空的星球。

目前，他各项生命体征完全正常，人体宛如机器。他不仅具有强大的鲜活细胞，20岁的不老容颜，最关键的是他还适应了高强度的人机合体训练。他是星球上第一个成功地人机合体的"铁血战士"，时刻准备为您效力。

"铁血战士"配有两样装备，一样是飞行战靴，一样是战甲。

本司汀上尉每天要穿上我们用特殊材料制成的飞行战靴，进行魔鬼式训练。飞行战靴为本司汀上尉量身打造，可以带着他在宇宙中飞行。它极为考验人的承受力，一般的空军战士无法驾驭，需要注入超能力细胞。

为铁血战士打造的另一个秘密武器是一件看似普通的风衣盔

甲，盔甲材料很薄，但柔韧性强，拥有机器人的战斗能力，无坚不摧，与本司汀的身体完美融合。整个盔甲布满了微型芯片，活像一部大型计算机，具有信息采集、查询、处理、生产等功能。

穿上盔甲的本司汀能游刃有余地飞向宇宙，抵抗普通的枪林弹雨。另外，这个盔甲具有吸收外界力量的功能，它对武器、钢铁极为敏感，具有强大的吸引力，在手无寸铁的情况下能将对方的武器吸收过来为己所用，一次能吸收100吨的钢铁，像一块巨型吸铁石。它甚至可以自由组织空气中的化学元素，在极短时间内按照程序设定制造出具有超强杀伤力的轻武器。

每天本司汀上尉都要历经8小时以上的高强度飞行，1小时以上的360度极速旋转和炮火实弹训练，以便能熟练地穿着盔甲、飞行战靴在太空中作战。训练已于今日结束，本司汀可以获准单独出行活动。

为了不影响战士今后的生活，所有有关训练的记忆已从本司汀脑海中清除，他只记得如何熟练使用飞行战靴和战甲。参与这次秘密研发的50名科研人员记忆已清除，可以批准回家。

如您所知，我视本司汀为自己的儿子，他是个善良的孩子，我为拥有这个儿子而骄傲。唯一恳请之事是销毁铁血战士20年训练期间的所有文件，倘若本司汀看到近2000名罪犯死于他的武力，我担心这个孩子会失控。同时，这也是预防这些重要研发数据泄露到恐怖分子手中，酿成大错。仅留有一份文件储存在帝王收藏室，委托奥库拉公主递送给您。

期待与您的单独见面！

阿多瓦 敬上

信中，阿多瓦博士并没有向帝王潘特森提及本司汀是"人造人"。他要赢得帝王潘特森和公主奥库拉的信任。如果他们知道"铁血战士"来自"人造人"，而"人造人"目前批量复制几乎不可能，那么阿多瓦就会跌下"科学教父"的神坛，公主奥库拉恐怕也会离他而去。

蒙在鼓里的本司汀并不知道，他能在"铁血战士"计划中存活下来，就是因为他是"人造人"，拥有不同于一般人的基因特征。他单纯地认为，是飞行战靴和战甲赋予他超能量。

他从手术台上清醒过来，什么也不记得了。在科研人员的鲜花和掌声中，他站起身，接受了教父阿多瓦给他的拥抱。"孩子，你是我的骄傲，你真的太棒了。"阿多瓦落下激动的泪。

此时的他也并不知道，他与地球上的普诺岗日冰川古国会有干系，他的一生将与一个叫南卡的女子紧密联系在一起。40岁的他现在唯一关心的是，他终于快自由了，可以走出地下500米的实验室去宇宙翱翔，去新娘市场找他母亲的下落了。

他的记忆维持在20年前。

他走出实验室，措灵王子迎接了他。许多年不见，他们疯狂地玩了一天一夜，措灵王子告诉他这20年星球上发生了什么，讲得最多的是他对罗恩将军的尊敬与畏惧。

本司汀告诉措灵，用不了多久他就可以自由了。他还向措灵王子展示了他的飞行战靴和超能力。

8/

　　如阿多瓦博士所愿，帝王潘特森收到信后马上单独约见了他。

　　即便阿多瓦不写信给帝王潘特森，帝王也在寻找合适时机约见阿多瓦，只是帝王担心阿多瓦博士与罗恩曾经过于亲密的私人关系，他要在罗恩和阿多瓦之间挑拨离间。

　　他多次在庄严的场合表彰阿多瓦，甚至在宫廷晚宴上将阿多瓦安排在自己旁边就坐，罗恩将军从来没有赢得这个资格。帝王潘特森还不惜让自己的女儿奥库拉主动勾引阿多瓦，拉拢阿多瓦到王室阵营。

　　帝王潘特森对罗恩家族逐渐不满，源于罗恩在星球的权力地位超过以往的任何一个将军和贵族，这让帝王潘特森不得不防。他依仗罗恩将军的部队管理附属星球，但是他也要想办法制衡罗恩的势力扩充。

　　在帝王决定和阿多瓦会谈前，公主奥库拉向帝王汇报她对阿多瓦的判断："父王，细胞银行刚设立的时候，阿多瓦博士是罗恩军国主义扩张的摇钱树，就连他自己也不知道自己被罗恩利用了。"

　　"或者说，他是科学天才，天才们往往都没有时间考虑自己有没有被利用，他们的所有时间都放在了研发上。"帝王潘特森揣摩说。

　　"父王，这个人对利益没有概念，对研究成果和荣誉更看重。这与他自然人和孤儿的身份有关。他自视孤傲，其实很自卑。我们只要给予他崇高的荣誉和地位，就可以从罗恩身边拉拢他。"奥库拉胸有成竹，她是个野心勃勃的女政客。

　　"女儿，你说的没错，罗恩是给不了他贵族身份和地位的。"平庸的帝王潘特森依仗他的大女儿献计献策。

　　"起初，阿多瓦博士只是想解决癌症问题，并不想让他的这项发明用于普世大众,但是罗恩不断游说他开办细胞银行,声称长生不老每个人梦寐以求,阿多瓦的发明是伟大的救世良药,他会成为这个宇宙最伟大的发明家。"

"所以说,年轻的阿多瓦博士经不起罗恩的诱惑,他被伟大的救世主梦想冲昏了头脑?"

"是的,据他说在细胞重生技术成熟后,罗恩执意要求他开设细胞银行,罗恩是细胞银行公司的幕后第一大股东,他是二股东。"

"一个孤傲的科学家,一直认为自己是全宇宙最聪明的人类。他最愤怒的是什么?"帝王问。

"自己被人低估、被人利用。"奥库拉说。

"没错。"

"而且,他开始怀疑罗恩有极端独裁倾向,有统治宇宙的预谋,已掌握了西里斯帝星的经济命脉和军事部队,接下来要发生什么他不敢想象,他也没有可靠证据去控告罗恩,有点力不从心。"

"那我们就顺水推舟,帮帮他。"帝王做出了指示。

阿多瓦的实验室门口,有帝王派来的使者在等他。他们并没有直接送阿多瓦去帝王宫殿,而是在路上与罗恩的探子周旋,换了好几种交通工具,才护送阿多瓦到了一处不起眼的山谷里。山谷里,只有帝王潘特森一个人在等他。

阿多瓦战战兢兢的,很不自信。他深呼吸一口气,向帝王潘特森走去。机器人警卫扫描了阿多瓦的服装,再次检查他有没有携带危险物品。

他害怕的不是自然人的身份,虽然他骨子里对自己的身份是介意的。他害怕的是他另一个身份的走漏——他在偷偷向多摩星球的优秀青年们输送细胞重生技术和最新科研成果,甚至秘密扶持多摩星球上主张独立的激进运动领导人魁姆。

他才是"自然人独立运动"幕后最大的资金赞助者。

无论是罗恩还是帝王潘特森知道这件事,他都必死无疑。

所以,此刻他坐在帝王潘特森面前,是忐忑不安的。如果说罗恩的阴谋是西里斯帝星的阳面,路人皆知;阿多瓦的阴谋则是西里斯帝星的阴面,无人知晓。

他在刻意掩饰自己的慌张,手却在哆嗦。

"你看起来很紧张。"帝王抬头看他,说。

"是的,帝王。"他低下了头。

"哈哈,阿多瓦,你是个了不起的科学家,你应该自信一点。"帝王说,"我们平时宴会上见面不是很放松吗?"

"不是自信的问题,第一次与您在这种场合下见面,我难免会紧张。何况,我担心……"

"担心什么?"

"担心,您不同意我和公主奥库拉的交往。"

"为什么不同意?"

"这个……"

"我同意。这下,你可以放松地讲话了。"

"真的吗?我没听错吧?"

"你爱我的女儿,你们相互吸引。虽然你是自然人,但是你对星球的贡献超过了绝大部分DNA优选人,我特许你和我的女儿交往,给予我的祝福。"说罢,帝王潘特森示意随从赠送给阿多瓦一个批文。那是帝王的特许令,阿多瓦和公主奥库拉可以订婚,上面有帝王潘特森的签名。

阿多瓦喜出望外，感激不尽。这应该是他在发明本司汀之后，人生中最快乐的时刻。

"从此，我们是一家人。欢迎你加入我的大家庭，只是现在还不能公布，婚礼可以缓一缓。我担心罗恩会对你和我的女儿不利。表面上，你不能和他完全敌对，否则我们不知道他的下一步计划。"帝王说。

阿多瓦博士被突如其来的幸福冲昏了头脑，捧着帝王给他的特许令，连连点头说："是，是，您说的对。不急，不急。"

躲在不远处的公主奥库拉密切关注着山谷里发生的一切。她傲慢地笑了，她知道阿多瓦从此听命于王室了。她和这个科学家断断续续保持了20年的地下情人关系，这应该是她最久的情人。

但是，她仍然不想与他举行婚礼。

她是一个有谋略的女人。为了确保阿多瓦能一心一意为王室服务，她不惜献出自己的肉体，让阿多瓦神魂颠倒。但是，这个女人打心眼里又瞧不起阿多瓦的自然人平民身份，阿多瓦再有钱、再有能力，也改变不了"自然人"的卑贱身份。

对于阿多瓦而言，他虽然对奥库拉有怀疑，但是他迷恋公主，对她几乎是言听计从。

他渴望拥有改变自然人命运的权力。

他幻想自然人重新控制西里斯帝星。

所有的DNA优选人都是他的仇敌。

帝王在试探阿多瓦，他说："相比自然人独立运动组织，罗恩才是王室最大的危险。过去的若干年里，罗恩俨然是细胞重生技术的最大受益者，不仅个人财富翻倍递增，他还借外敌入侵的名义大肆扩张空军规模。目前，人口总数不到 10 亿的西里斯帝星共拥有的空军数量突破 200 万，其中空军机器人 8 万，而陆海部队的总人数不超过 10 万。"

阿多瓦博士见帝王潘特森如此痛恨罗恩，便说罗恩深受军队爱戴，也让恐怖分子闻风丧胆，直接夺他的权或者暗杀他都不可能，有一种办法可以扭转局势。

帝王潘特森急切地询问："是什么办法？只要有办法，不惜一切代价去尝试。"

阿多瓦说："希望之石！"

阿多瓦博士深知改变这一切唯一的方法，就是寻找宇宙诞生时所释放的一颗奇石，被称为"希望之石"，这是可以改变时间和空间的能量之石。一旦帝王潘特森担心的罗恩将军夺权现象发生，他可以运用奇石的超能量，将时空扭转到罗恩没有得势之前，将他杀死。除此之外，只能顺势而为。

如果放任现在的局势不管，西里斯帝星内部的战争就会爆发。

帝王与罗恩的战争，最终结果只会两败俱伤，生灵涂炭，民不聊生。阿多瓦博士浑身颤抖起来。他知道，帝王潘特森还算一个仁和的君主，没有理由推翻他的统治，只是这个人没主见，有些软弱，不然罗恩不会得势。

公主奥库拉整天给他吹枕边风："罗恩从开始举荐你，就是居心叵测、别有用心的。你的发明要是没有价值，他不会支持你的科研。"

阿多瓦博士早已坐立不安，他不能、也不甘心当罗恩的一颗棋子，他要反击。

他严肃地告诉帝王潘特森，人类可以依靠"希望之石"的能量，将西里斯帝星的时光倒流到一个月、十年、五十年，甚至更久远以前，找到机会扭转局面。控制时空的人，才是宇宙的主宰者，几百个罗恩都不是对手。

阿多瓦心知肚明，寻找能量源"希望之石"的最佳人选，非本司汀莫属。

"掌控时空的人，才是宇宙的主宰者！"帝王潘特森被阿多瓦的这句话惊醒。

9/

宇宙浩瀚，星球不计其数，帝王潘特森派出数千名宇宙飞行员，大动干戈到各星球去寻找宝藏。阿多瓦没有告诉任何人，"希望之石"就在地球。他做事越发谨慎，自有打算。

与帝王潘特森结为同盟后的阿多瓦，不再信赖他多年的支持者和好朋友——罗恩上将，换句话说，他骨子里一直想脱离罗恩的阴影，证明自己的实力。

罗恩急匆匆地闯进实验室问他："军力吃紧，帝王为什么突然派出数千名宇宙飞行员去找宝藏呢？听说和你的谏言有关系？"

阿多瓦知道此事是瞒不下去的，宇宙飞行员里的大部分人都来自罗恩的军队。他不能把"希望之石"的全部秘密告诉给罗恩，但是也不能什么都不说。

他回答："如果找到'希望之石'，我们将能找到速度的极限，它就是虫洞的能量源，使得我们到达另一个星球的时间大大缩短。"

罗恩回到自己的办公大楼，回味阿多瓦的话。"帝王潘特森大动干戈，调遣数千名宇航员寻找一块宝石，这事没这么简单。"

他叫进来下属军官："你们怎么看这件事情？"

"阿多瓦或许也在隐瞒什么。"军官甲说，"帝王很清楚我们现在的兵力不足，而派出去那么多军队，也许是另有计划。"

"很显然，帝王派兵的事阿多瓦是知道的，不管他们找什么，我们也要派出一支军队去太空中盯着他们。"军官乙说。

"还要派两队人盯着帝王和公主奥库拉，再派一队人盯着阿多瓦。"罗恩补充了命令，他念叨着，"阴谋，一定背着我有什么阴谋。"

在深山实验室地下500米的会议室里，阿多瓦博士与本司汀促膝长谈，他说："本司汀，教父求你办一件事情。但千万不要告诉你的父亲罗恩。"

"您说，一定是大事。是不是和最近的恐怖活动有关？措灵王子和他的父王也快要疯了。"

"你可以不信，但我们的星球正在面临前所未有的危机，这已不是我和你能主宰的。一场人类的毁灭之战即将来临。"

本司汀吃惊于教父阿多瓦的定论，"什么？您今天太严肃了！"他慌忙起身，警惕地关上了房门，"是要打仗了吗？谁和谁打？"

"帝王政府有危险。"

"怎么回事？"

阿多瓦博士的眼神里透露出迷茫，说："这是一场拯救西里斯帝星的特殊行动，我们要帮助帝王找到希望之石。"

本司汀低下头，默默担心好友措灵王子和帝王的安全。"希望之石是做什么用的？"

"一种能量源。一旦发生内战，你要利用希望之石将时空转换到20年前，那个时候的局面还没有失控。你必须在我的那次细胞银行的演讲中找到安保漏洞，干掉罗恩，炸毁我的实验室！"

"干掉罗恩？"本司汀的表情都僵硬了，他虽然恨罗恩吃他的肉，但是并不想杀他。

阿多瓦面带焦虑，说道："请认真听我说，不要相信罗恩，他是极端独裁主义者，我会证明给你看。"

"等等，你是说我的父亲，罗恩将军？对吗？"本司汀在实验室里待了许多年，他不知道外面的世界发生了什么。

"是的，就是他。我发现他已经疯了，先是利用我研究细胞重生技术延长人类寿命，然后又鼓动我开设细胞银行，后来，你知道的，启动'铁血战士'计划。"

"这跟独裁主义有什么关系？这些都是帝王政府授权给他做的啊。"本司汀实事求是地说，他不想为罗恩求情，但也不想扭曲事实。

"没错，但他不是为了造福人类，而是有更大的预谋，而我却被荣誉和成就冲昏头脑，忽视了他更大的阴谋。"

"什么阴谋？"

"我太愚蠢了，以前只是一门心思地研发，接受罗恩给我的一个又一个科学挑战，这几年我发现形势不对了。"

"教父，到底是什么阴谋？你先不要自责。"本司汀紧张地望着阿多瓦。他对"阴谋"两个字产生了恐惧感。

"'铁血战士'计划成功后，很有可能这个技术会像细胞银行一样应用于民间,人类DNA会被重新设计,街上、剧院里、商场里到处都是人造人,太可怕了。这是反人类的。"

"人造人?"本司汀第一次从教父阿多瓦嘴里听到"人造人"这个词。

"是的,帝王潘特森只是担心罗恩会夺权,引发内战,他并不知道'人造人'。在我看来更恐怖的不是内战,而是人类基因的人为改变。罗恩要当整个星系的王,甚至宇宙的王,而不仅仅是西里斯帝星的王。帝王潘特森太小看'铁血战士计划'了,凡人根本无法通过铁血战士的考验。细胞银行也只能延缓人的衰老,延长人的寿命到300岁左右,但是真正的长生不老要靠'人造人'技术才能实现。"

"您在说什么?这到底怎么回事?"本司汀一头雾水,事情似乎越来越复杂了。

"本司汀,教父不得不告诉你,你就是'人造人'。宇宙里的第一个'人造人'。你不是普通人,你没有母亲,也没有父亲,是我通过若干个优质的基因段链接把你造出来的。"

"怎么可能?你在开玩笑吧?教父,这个玩笑可不好玩。"本司汀的头像是被重物猛击了一下,耳边轰隆隆的。

"当年,罗恩提出义务兵役制,遭到人们的反对。他的压力很大,这个星球的DNA优选人没有几个愿意去从军,外星球的恐怖分子越来越猖獗,手段也越发残忍,管理难度日益加大。"

"所以,你们就开始研发人造人,这样就可以解决军队士兵紧缺的问题?我是在这种情况下产生的?"

"嗯,机器人再智能,终究还是机器人,谈不上智商与情商,况且他们需要人来操纵。人造人才是完美的智能生命,能加快推进社会的进程。这是罗恩的野心。"

"教父,你快把我弄疯了。"

"你知道他是同性恋,他曾经跟我说,如果人造人技术成熟,那么同性恋就可以普及,像多摩星球上的物种一样,只允许单性人类的存在,人们照样可以拥有他们想要的后代,不用担心精子和卵子结合的问题。我当时一心想接受他的任务挑战,证明自己的科研实力,全然不知他的这个想法多么荒谬。"

"教父,请告诉我这不是真的。他要利用人造人打仗?见鬼了!利用人造人探索宇宙?利用人造人建立同性恋社会?你们是疯子,都是疯子。"

"我知道告诉你实情,你会很难过。但这是事实,我向你忏悔,我的孩子。"阿多瓦痛苦地跪下双膝。

"我不需要你忏悔,你们实在太可怕了,不可理喻。"本司汀急躁地在屋里走来走去。泪水在眼睛里打转。

"孩子,罗恩不是你的父亲,严格意义上,你是我发明、培育、造出来的人。我只是把你寄养在他家里,让你像一个普通的孩子一样长大,不要像我一样成为穷困的孤儿。"

"够了!"本司汀捂住了他的耳朵。

阿多瓦继续说:"我把你从一个初级的细胞培育成人形,整整花了十年时间。再把你养大成人,拥有智能的生命,又是几十年。在我心里,你就是我的儿子。请救赎我吧,也救赎这个星球上所有的物种。"

"不,不,教父,请告诉我这一切不是真的。这应该是我听到的最荒唐的事情。"本司汀一个劲地摇头,他不愿意相信教父的话。

"你想想,为什么你两岁以前的照片都是在睡觉?因为你很虚弱,生命靠药物支撑,还在培育期。为什么我们从来不送你去学校,不是因为你家里富有，而是你不能有任何闪失，你是我和罗恩的命。哪怕你流一滴血都会跟其他人不同，你的细胞更活跃，我们不能让任何人知道你的存在。你的 DNA 构造与凡人完全不同。你运动得越多，肌肉越健硕。思考得越多，就会越聪明，越趋同于智能计算机……"

"够了！"本司汀嘶吼道，阿多瓦的话对本司汀是一个晴天霹雳，他浑身胀痛，克制自己的脾气不要爆发。

"你不用去细胞银行就可以保持你不老的容颜，不是活到 150 岁、200 岁，而是长生不老，明白吗？你的身体里有两套生存系统，看你胳膊、腿上鼓起的青筋，它们的构件并不普通，非常智能，它们直通你的心脏，即便缺少食物，你也不会死。在光合作用下，你能获得足够的能量继续存活，甚至储存能量，维持一个月的生命。"阿多瓦的表情里有一丝得意迅速闪过，他分不清本司汀是他的教子，还是他的科学实验品。

"天哪，您和罗恩都做了什么？您让我如何接受？"本司汀再也无法克制自己狂躁的心情，他砸乱了房间里所有的物件，他的内心是崩溃的。而阿多瓦博士站在原地一动不动。

"孩子，我的孩子，你是个善良的孩子，救救这个星球上你爱的人们吧。我不求你原谅我，但拯救这个星球也许就是你的使命。"

"太可笑了，我是人造人，我是战争的武器，我死不足惜吗？我是同性恋者繁衍后代的希望，会长生不老？我不信！这是西里斯帝星，不是多摩星球。"

"我的孩子，没人知道你是人造人，除了我和你父亲罗恩。但是，我必须告诉你这个事实，我担心罗恩一旦知道你成为合格的铁血战士后，会变本加厉地利用你。他会让我制造出更多的人造人，批量生产和训练，把你们当战争机器一样的去利用。我不希望你被邪恶的势力所利用。你是这个世界上我最珍视的,我的孩子。"

本司汀不想再听,他启动飞行战靴,飞向了天际。他要去"新娘市场"去找他的妈妈,哪怕这是最后一线证明他身份的希望。

10/

三天后,本司汀颓废地回来了。

显然,"新娘市场"上没有他妈妈的任何踪迹,那里只是多摩星球的男人寻找未来妻子的场所,也是自然人女子移民到多摩星球的唯一途径。他在那里荒废了三天,除了寻欢作乐什么也没干。阿多瓦博士联系他并不难,他的飞行战靴和盔甲上的每个零部件都可以被追踪,但是他没有打扰本司汀,他知道本司汀需要一个人去梳理清楚这些事情。

"他有什么阴谋?我该怎么做?把一切都告诉我。"本司汀冷静地问阿多瓦。

阿多瓦是一个老辣的谈判高手,他舍生成仁的话语说服了本司汀。

"如果他没有篡权呢?如果他没有想控制整个宇宙,发动侵略战争呢?"本司汀对罗恩仍然怀有一丝希望。

"那就再好不过了。不管怎样,找到'希望之石'以备后患,才能控制局势的恶化。"

本司汀紧锁着眉头,用低沉的声音说:"不,教父,我无法杀害你们两个亲人。即便我恨你们,即便我是人造人,我也下不了手。"

"你杀了罗恩,毁掉我的实验室,还有星球政府的数据库,等于救了星系里的全人类。自然人和DNA优选人的战争就不会爆发。我没让你现在杀了我们,我是说万一罗恩得逞了,明白吗?如果他篡权当了帝王,措灵都会被杀的。"

"措灵?"

"对啊,他怎么会留下措灵和他姐姐奥库拉这两个威胁?据说,现在措灵身边都是罗恩的人。"

"这个我知道,措灵跟我讲过,他几乎没有自由,什么都听罗恩和他父王的。但是,教父,一定有别的办法挽救这场危机。一定有的。"

"你先去找到希望之石吧,这是最好的办法。谁掌握了时空,谁就能控制宇宙。"

"好,我去找。如果你说的一切都是真的,哪里可以找到希望之石?"

"地球。罗恩和帝王潘特森已经部署一万名空军乘太空船去找希望之石,明天出发。他们并不知道希望之石的具体下落,所以要一个个星球去排查,即使找回来罗恩也不会给政府,他会私藏它,就像他私藏多摩星球的宝藏一样。"

"可是,我一个人怎么去宇宙中找希望之石呢?有去往那个星球的路径吗?否则不是大海捞针吗?"

阿多瓦知道充满正义感的本司汀,一定会答应去找"希望之石",因为他的 DNA 基因里排在首位的是爱、正义、善良、诚实等高贵的道德品质,其次才是高智商、高体能和永久生命。这也是阿多瓦自己对人类物种进化的向往。DNA 优选人的基因里有太多人类私欲,他们无法脱离"人"生来自私的本质。

他不慌不忙地从一个手提包里拿出几样东西放在桌子上,对本司汀说:"你别急,我已监测去往地球的路径。"他没有傻到把这个信息也告诉罗恩和帝王潘特森。

"记住，帝王和想当帝王的人都是野心勃勃的唯利主义者。希望之石只是他们实现权欲的工具。我们要把它控制在自己手里，确保这个宇宙的和平。这块奇石储存在寒冷的冰川地带，极有可能在地球的冰川。"

"冰川？地球？"本司汀知道地球是西里斯人从未踏足过的地方。

"对，它应该在宇宙的另一端。我不太确定具体的位置，有大致的方向和路径，你要自己去找。"

"所以，真的是大海捞针。"

"凶多吉少，如果你找不到，没人可以找到。"

"为什么？"

"因为……因为你是人造人，具有长生不老的生命和在太空长期生存的能力，何况你还有飞行战靴和战甲，可以在天空中飞行。"

"这段旅途要很长时间？"

"也许一年、十年、二十年，或者更久。我只是说地球是最有可能的，凡事都没有绝对，我不敢百分百确定希望之石就在地球上。你若乘坐我最新研发的'蜜蜂'飞船，到达地球也需要两年光阴。如果地球上没有希望之石，你看，我标注的这些星系里的星球一个也不要放过，都要排查一遍。"阿多瓦拿出电子地图标识给本司汀看地球的位置，继续说，"穿上这件飞行盔甲，它就像一个小的宇宙飞船，一旦你的飞船发生事故，它可以帮助你在宇宙中遨游，并且组织宇宙中的物质，形成你需要的零件，帮你维修你的飞船。这个感应器戒指，如果找到希望之石，它会形成磁场闪耀，离希望之石越近，它就闪得越厉害。"

本司汀在食指上戴上感应器戒指，大小正合适。

"飞船里，我为你储备了二十年的能量液，靠注射它，你不吃不喝可以存活二十年。还有，这是一个手表样式的智能电脑，你戴在手上可以随时跟我联络，只有你回来我才能取回它，你可以认为这是一个跟踪器，钥匙在我手里。"

本司汀穿戴好教父递给他的装备。

"我的保镖机器人杰克、蜜蜂飞船已停靠在私人停机场，只要你答应，现在就可以出发。记住，一定要在罗恩找到希望之石之前找到它，并把它安全带回星球。"

本司汀相信教父阿多瓦所说的一切都是真的，阿多瓦没有必要如此紧张，拿罗恩和他自己的性命开玩笑。

11/

本司汀梳洗干净，穿上他的"铁血战士"飞行战靴，跟教父阿多瓦告别，由机器人保镖杰克带路，他们从地下秘道离开，偷偷溜到停机坪，乘着阿多瓦博士的豪华宇宙飞船出发了。原来，地下500米的房间有一面墙是可以移动的，按钮就在房间的顶灯里，左右拧灯各三下，墙体自动打开，出现一条秘道。这条秘道直通到山脚下的停机坪。

"教父，如果罗恩问起我呢？"

"我会回答他，你还在测试，训练中。"

"可是，揩灵知道我训练结束了。"

"他应该不会跟你父亲多嘴的。"

本司汀驾驶着"蜜蜂"飞船起飞了，他对阿多瓦的飞船有些生疏，操作技术不是很熟练，机器人杰克嘲笑他说："还是我来吧。"

"好吧,你教教我。"

"主人,你多少岁了?"

"我也忘了,40岁了吧。"

"哦,我的天,你比我足足老了30岁。"机器人夸张地捂住了自己的嘴巴。

"从来没人说我老。"

"你看起来确实很年轻,你结婚了吗?有孩子吗?"

"结婚?没有。"17岁之前,他在罗恩和阿多瓦安排的完全封闭式的空间里长大。17岁到20岁,他在空军部队服役,梦想是去新娘集市找妈妈。20岁之后在教父的实验室里训练了将近20年,直到成为一名合格的"铁血战士"。本司汀突然发现自己不知道什么是爱情。12岁那年,在帝王宫殿里遇见的自然人侍女是他喜欢的,后来因他和措灵的无知冒犯,那个侍女被处死了,他伤心了许久。但是,那也不是爱情。那个侍女的死让他对女人产生恐慌感倒是真的。

"那你有喜欢的姑娘吗?"

"没有。"

"你从来没喜欢过一个漂亮姑娘吗?"

"嗯?没有。"

"你真是一个无趣的人。那你活着有什么意义?"

"这些是教父阿多瓦教你的吗?你一个机器人还懂男女之情?"

"当然啦。我最喜欢看美女。阿多瓦博士只知道工作,80岁了还不结婚,奥库拉公主也不嫁给他。但是,他喜欢去中转站的新娘集市哦,不知道公主知道了会不会生气。我就是在新娘集市上看见好多好多美女的。"

"哦？真的假的？他是去中转站的基因公司工作吧。别瞎说。"

"嘘，他是个可爱的老头。"

"他才80岁，年轻着呢，请不要叫他老头。他会生气拆了你。"

"咦，怎么会？你们确实比我老很多呀。"

猜测一个人年龄的大小是西里斯帝星上最平常的话题，如同地球人问，明天是晴天还是阴天？你吃饭了吗？

机器人杰克一边驾驶着天空船，一边教授本司汀如何操作，嘴巴说个不停。而本司汀像个学生一样认真地听着。

"你来试试？"机器人杰克把方向盘给了本司汀。本司汀一不小心差点撞到太空垃圾。

机器人杰克哈哈大笑说："出了路况就会多个心眼。没有哪个好驾驶员不出事故的。"有杰克的陪伴，他的旅途轻松很多，一个机器人如此乐观，抱着拯救星球的使命感，他没有理由再去埋怨、憎恨什么。

"你知道你是机器人，与人类不同，你会难过吗？"本司汀问杰克。

"难过？为什么要难过呢？我没觉得和你们在一起不开心啊。机器人有机器人的生活，人类有人类的生活，本身就是不同的物种，但是又融合在一起，相处融洽，成为朋友。我们很快乐，不是吗？"杰克指了指他和本司汀，说。

杰克的话，让本司汀自惭形秽起来。机器人不会责怪人类，他们没有私心，但是自然人、优选人和人造人之间呢？

一路上，机器人杰克唠唠叨叨，他跟本司汀讲起了这些年西里斯帝星、炼狱星球和多摩星球的变化。

本司汀想关闭机器人杰克的说话系统,说:"老兄,你的话真多,教父是不是嫌你烦才把你配备给我?你说的那些我都知道,教父已经告诉我了,他把这些信息一次性存储在我的记忆里。"

机器人杰克张大嘴巴,又赶紧闭上了,可怜地坐在椅子上一声不吭。

本司汀看了看他,有些于心不忍,说:"好吧,杰克,我们来商量下具体的分工与计划。还有这个手表,教父叫它什么?管它呢,就叫手表吧。还有这些重型武器怎么使用,你要教教我。"

机器人杰克开心地往上蹦了一下,他两米多的个头,用力过猛撞到飞船驾驶舱的顶部,撞歪了他自己的头。本司汀吓了一跳。

杰克调皮地说:"不用担心,主人,我会自动修复。"话音刚落,杰克变形的头就复原了。机舱里响起两人愉快的笑声。

笑声里掩饰不了本司汀的惆怅,他需要时间去接受他是"人造人"的事实和西里斯帝星近20年的变化。父亲罗恩真的有那么大的阴谋吗?

第四章　谁盗了帝王墓

12/

公元 1632 年，经过两年三个月的漫长飞行，飞船终于抵达地球。映入本司汀眼帘的是蔚蓝色的海洋和被海洋分割的几大块陆地。这是一个不可思议的星球，五彩斑斓，自然风光也是千奇百怪，有他们从未见过的月食、北极光。

本司汀和杰克从地球上空拍摄了数以万计的高清晰照片，收集了大量的地球信息。他们用两天时间去记忆关键性的信息，慢慢消化。

本司汀和杰克商议先排查地球的南极，然后由南至北，排查喜马拉雅山附近，最后是北极。机器人杰克调侃说："主人，我们可以去南极看看冰川上的动物，这是西里斯帝星上没有的景观。"

本司汀勉强同意，说："好吧，不过我们可不是来逛动物园的。"

南极是地球的无人区，本司汀和杰克围绕南极近距离飞行了好几圈，只看见无数只黑白色，长相和西里斯帝星上的鸭嘴兽相似的动物，在冰雪上晃来晃去。但他手上的感应器没有亮灯，他们有些失望，于是开始掉头飞向喜马拉雅山脉。一路上，他们将采集到的地球表面的照片，储存到了飞船的硬盘里,并实时发送给了阿多瓦博士。

阿多瓦博士也被地球的壮丽景观和文明震撼住了,他似乎暂时忘记了帝王和罗恩之间一触即发的战争,迫切地想获取所有地球人的信息。这个世界没有卫星、没有电、没有电脑、没有机器人,与西里斯帝星的八百多年前的样子很像。

"想办法扫描所有文字符号。"阿多瓦给予本司汀指示。

"如何扫描?"

"你看那些金碧辉煌的建筑,一定是他们帝王的宫殿。找一个无人区停下你的飞船,用你的飞行战靴和盔甲飞行,潜伏到宫殿里,扫描所有书籍、图案。这段时间先完成这项工作。"

"整个地球?"

"对。越多越好。小心点,不要被发现。"

"希望之石还找吗?"

"找,当然要找。但是他们的文明我们要了解。这太让人热血沸腾了。地球上真的存在人类。这是巨大发现。"

接下来的三个月,本司汀游历在世界各地,寻找各类书籍,以及带有文字、符号的石材、木材、手工艺品。他开始喜欢上地球上多姿多彩的生活。他就像一个隐蔽的观察者,窥探着地球的每一个角落。

不同的人种和面孔,千奇百怪的生活方式和语言,还有黑夜与白昼,数量繁多的动物和植物,每一样都与西里斯帝星截然不同。

机器人杰克留守在飞船里,给他发来了信号:"主人,你可以回来了。阿多瓦博士有重要指示,他要视频连线你。"

阿多瓦在翻译了大量的地球文献后,他发现了地球人类惊人的文明成果，果断做了个决定。"本司汀，去找几个帝王墓，把这几个地球人的尸骨带回来给我。地球人的DNA很有研究价值。"

"为什么要尸骨？尸骨不是卑贱的人留下的吗？帝王也会留下尸骨吗？"

"不，地球人有丰富的葬礼文化，他们处理尸骨的方式很特别。"

"抓活人岂不是更好吗？"

"暂时我们不要惊动地球人。死人的基因同样有研究价值，特别是帝王的基因。你看古典文籍里记载的每个区域的葬礼仪式太匪夷所思了。"

"我倒觉得他们愚昧。我们星球的人类死亡后是火化，撒进雨林或者大海，也可以在新娘市场的'太空公共墓地'举行太空葬礼，将骨灰撒进太空中。而这些地球人则是将整个死人埋葬，还有大量的陪葬品，甚至用活人陪葬。"本司汀对地球人的葬礼文化持鄙夷的态度。

"因为他们相信灵魂永在，可以轮回转世，就像宇宙会灭亡、再生一样。"

本司汀嗤之以鼻："灵魂会随着记忆的死亡而死亡。如果记忆变了，灵魂也变了。如果记忆死了，人就死了。"这是西里斯人的灵魂观点。

"但是，这些尸骨可以为我们研究地球人类基因提供样本。"阿多瓦说，"记住，孩子，我们不是侵略者，不要惊扰到地球人。或许在若干年之后，西里斯帝星不再适合人类居住时，我们可以考虑向地球移民。"

"教父，从您传输给我的信息来看，地球如果不是被外星撞击，导致几轮文明的陨落，这些地球人的智商和进化速度会大大超过我们。从地球发展的大周期来看，他们在一千年甚至两千年以前的文明程度是在西里斯帝星之上的，太让人不安了。"本司汀认真查阅了教父发给他的地球资料。那些资料汇聚成一部地球史，他用了半个小时的时间快速记忆了关键信息。

"是的，所以我们要小心。地球人是个巨大的威胁。"

"您确定要带回这几个地球人的尸骨吗？"本司汀又收到了阿多瓦传送给他的几具地球人的尸骨资料，问道。

"通过你发给我的信息，我看到这几个地球人的惊人天赋。你看古希腊的亚历山大大帝，还有古中国的秦始皇，如果他们的军事智慧和魄力被我们的帝王和王子所用，那么罗恩就不会有可乘之机。西里斯帝星统一星系，恢复和平指日可待。"阿多瓦没有对本司汀说出他想用"地球人管理地球人"的方式控制地球人，他突然冒出一个天衣无缝的大计划——复活秦始皇和亚历山大大帝。控制这两个帝王，就能统治地球。

阿多瓦盘算着，地球是西里斯帝星的自然人移民的最好选择。自然人移民到地球后，远离DNA优选人的控制，会找到幸福感。部分自然人现在生活的多摩星球，远不及地球适宜人类生存。何况，那里在罗恩的掌控之下。帝王和罗恩，两个DNA优选人之间的战争不是他考虑的，他们谁当帝王都不会解决自然人的问题，他必须靠自己。

"好，我去找找，但是，希望之石还需要寻找吗？"本司汀对教父阿多瓦是言听计从的。

"当然，寻找希望之石是最重要的事情。对了，我再强调一遍，把这几个人的尸骨一定要带回来。除了秦始皇和亚历山大大帝的尸骨，你还要找到埃及艳后克里奥帕特拉、古中国名医华佗和美女西施的墓。一个都不能少。亚历山大大帝死得太早，如果身边有个名医，他就不会死。华佗也有重要作用。"

13/

本司汀虽有些莫名其妙，但是也不便多问教父阿多瓦。教父要做什么自然有他的理由，他服从便是。

他从来没盗过墓，西里斯帝星上的人类没有墓穴，死后火化归于尘土，落入山峦或海洋，只有一个墓牌摆在公共墓区里供后人瞻仰。墓牌只有一本书的大小，里面储存着这个人生平的主要信息。他倒是见过尸骨，还有人类化石。在他的社会文明知识里，只有孤独无依，或者生活于深山老林的穷苦人，死后才会有尸骨。即便新娘集市上的女人们死去，星球政府也会为她们举办仪式，让她们的尸体成为尘埃。那是生命最后的庄重仪式。没有仪式的人，是对宇宙不敬畏的人。

盗挖地球人墓的时候，他没认为有什么不妥，倒是觉得这些灵魂有些肮脏，为什么死后还要占据宇宙的空间？还要陪葬如此多的金银珠宝、美酒佳肴？他认为这些墓穴的主人贪婪、疯狂，没有人性。他没有时间去深入了解地球人对生命的认知，他等着教父阿多瓦博士研究透彻后告诉他。

在埃及的亚历山大港，本司汀找到了亚历山大大帝的墓，他的棺椁是非常沉重的，纯金打造，镶嵌了硕大的珠宝，本司汀费了点力气，将亚历山大大帝的整个棺木抬上了飞船。那重量等同于一架重型武器。

杰克惊讶地问："你打算连棺木一起带走吗？多摩星球上最不缺的就是金子。它只会占据我们飞船的空间。"

本司汀想想，杰克的话有几分道理。他提取棺木的环境数据，取出亚历山大大帝的木乃伊，设置存储空间的温度、湿度等模拟环境数据，将木乃伊封存在飞船的一个房间里。至于棺木，他不知如何处理，问杰克："你有什么好意见？"

杰克说："还回去吧？我们也用不着。"

本司汀说："还回去？杰克，你试试就知道它有多重。地球人真是荒谬，死了还搞这么隆重。这些金子可以造多少机械？"

杰克说："我有个主意，我们不如把它熔化了造武器，或者缩成最小的体积。反正，你的盔甲能造武器。"

"我有一个更好的主意！"本司汀灵光一闪，打开盔甲，设置火力程序，融化了亚历山大大帝的金棺，它瞬间化成一摊液体，又转而迅速凝固，成为一件衣服。本司汀将它穿在杰克的身上。

杰克换了新衣，他有些生气："你为什么不经过我同意，就擅自改了我的外形？"

"你照下镜子，金色的你比灰色的你帅！"本司汀说。

可爱的杰克对镜子里的自己颇为满意，摆着各种各样的造型。本司汀将余下的金属液体压缩成最小的体积，切成小块，存放在机舱里。路过贫穷的村庄，他便撒了下去。

地球人第一次经历了"天上掉金子"的稀罕事，更加信奉"上天显灵"了。

秦始皇陵墓的壮观，让本司汀足足愣了两分钟。杰克在机舱里催促他传回陵墓的视频文件，他没应声。杰克担心他的安全，便下了飞船，到阴森的墓穴里来寻他，差点被入口的暗器伤了。

"你怎么不应声？我还担心你出事了。"杰克看见本司汀站在那里一动不动。他的风衣盔甲发出的光芒，照亮了整个帝王的陵墓。

"嘘，我的天，你看，这里比我们帝王潘特森的宫殿还大。"本司汀说，"不可思议的地球人。他们的脑子里在想什么？"

他扭头看了一眼站在身边的杰克，忍俊不禁地说："我刚给你做的衣服，怎么成了这副德行？"

杰克窘迫地说："哦，别提这事儿了好吗？这墓穴里有防御性武器，我是机器人，没你那么灵活，躲不过那些嗖嗖过来的暗箭。"

"咱们分头去找秦始皇的棺椁。"

"好的。"杰克点点头，左摇右晃地撕扯着身上的金子外衣。

"你在干嘛？"

"把这衣服撕掉，我有密集恐惧症，受不了密密麻麻的箭孔。"杰克焦躁地说，仿佛他身上有千百个虱子似的。

"我来帮你。"本司汀打开杰克的胸腔，输入一个指令，杰克的"病"瞬间好了。

"谢谢主人！"杰克吐了口气，说，"刚才难受死我了。"

"教父，这么大的陵墓，我们从哪里开始呢？"本司汀扫描了整个墓穴的立体图，连线阿多瓦，问他。

"最中心的位置。"阿多瓦说。

"他怎么不是木乃伊，没有布包裹？"本司汀小心翼翼地打开秦始皇的棺木，这个地位显赫的帝王盔甲下只剩下光秃秃的尸骨和毛发。他颇为不解，亚历山大大帝和克里奥帕特拉的尸骨都被白布包裹严实，他能透视到里面皮骨完整。

"咦，怎么换了个人，死法完全不同了？地球人的葬礼果真是千变万化的。"杰克一边帮本司汀把秦始皇的尸骨抬出来，一边嘟囔着。

"而且还有这么多的国家和帝王，太混乱了。"本司汀抱怨说。他被几百个国家、地区的名字搞晕了。

盗墓的时候，本司汀是快乐的，顺带盗了些金银财宝，撒给了一路遇到的衣不遮体的穷人。他莫名其妙地喜欢上被地球人膜拜的感觉。

他的飞船里不需要这些宝藏，需要的只是存放这几个人尸骨的空间和环境。人们拾着从天空的不明飞行物里掉下的宝藏，磕头谢天谢地，议论纷纷。他不再嘲笑地球人的原始和愚昧，反而开始审视这个没有DNA优选人、由自然人掌控的世界。这里的人依然有贫穷和富有，依然有三六九等。

这是为什么呢？

"人性啊。"他长叹了一口气，"人在进化，人的基因工程增强了人类的生命力。可是，为什么人性没有改变？那原始丛林里生活的人们，有善有恶；那城市喧嚣处的人们，有善有恶；那西里斯帝星上的DNA优选人，有善有恶；那未来的高级文明人类，也有善有恶吗？人类的三六九等会一直存在吗？"

本司汀被自己设计的问题难住了。

他坐在飞船的驾驶位上，陷入了沉思。飞船匀速开往东南，那是古中国的吴越之地。他要去寻找美人西施的墓。阿多瓦说，西施是最美的自然人女性。

西里斯帝星上没有黄种人，东方美人西施在阿多瓦眼里是惊艳之美。更吸引阿多瓦的是西施的故事，她嫁给了年迈的范蠡，并深爱这位老先生，为他的理想奋不顾身，铤而走险使出美人计。

阿多瓦欣赏这个美人。他幻想奥库拉如果是西施，那该多好。

本司汀对美人提不起兴趣。自从12岁那年，他和措灵的无知导致单纯的自然人侍女被赐死，他就再不敢碰女人了。在空军部队时，有个叫萨罗月的女战士喜欢他。那个女孩笑起来特别甜美,整天围在他身边转,腼腆的本司汀一直躲着她。萨罗月后来成为"自然人独立运动"领导者魁姆的妻子。

本司汀和杰克在吴越之地挖了 15 个墓之后,仍然一无所获。

埃及艳后克里奥帕特拉的墓有醒目的标志,目标明确,他能上山下海去找。华佗的墓也有大致的方位。美人西施的墓让本司汀伤透了脑筋。教父阿多瓦给的信息并不具体,他在古中国的吴越土地上扫遍了地下 20 英尺,才在一个潮湿的洼地发现了西施墓的痕迹,那墓已经不是墓,完全失去墓的样子,棺木损坏严重,还好尸骨完整。

相比埃及艳后,这个美人死后的遭遇让本司汀心生怜悯。

"蜜蜂"飞船再次起飞了,本司汀打了个盹,飞船便到了澳大利亚大陆的上空,这是片荒凉原始的陆地,草原上可以看见蹦蹦跳跳成群的袋鼠,还有打猎的野人。

他慌忙返航,驶向古中国的方向。他要去喜马拉雅山。

他的飞船飞得很低,他想尽可能把地面上的事物看清楚。他向陆地上的人类挥手,向人们呐喊。住着茅草屋的原住民们纷纷走出了房子,跟着神奇的"大蜜蜂"奔跑。

地球人给他最多的印象,就是膜拜神灵。

这里的交通工具没有出现任何电力系统的痕迹,人们还在使用煤油灯和蜡烛,甚至有些地方根本没有灯。机器人杰克也随声附和说:"这里的人们没有衣服穿吗?你看他们都打着赤膊,像动物一样。"

本司汀愣了一下,对杰克说:"老兄,你可以闭嘴了。你跟裸体也没什么区别。"

杰克有些沮丧，无聊地坐在副驾驶的位置上。"跟你在一起工作太无聊了，真想去新娘市场看那里的脱衣舞美女，找点乐子。那里有机器人舞女哦。"

本司汀走过去，关闭了杰克胸前的说话系统，说："没想到你一个机器人，还挺色。"

不料，杰克竟然自动解锁了说话功能，说："那里真的有女机器人脱衣舞表演。"

本司汀一个拳头打过去，打歪了杰克的嘴，说："杰克，你到底怎么样才能闭嘴？虽然我喜欢跟你说话，但你整天说个没完没了，我也受不了。"

杰克自动修复了自己变形的嘴巴，嬉皮地说："主人，你要说，我命令你闭嘴，我收到指令才会闭嘴。"

本司汀低声说："杰克，你真的好烦！我命令你现在、马上、一秒内闭嘴！我想静一静，看看这个星球。"他是真的快被机器人杰克的唠叨逼疯了，杰克是从来不睡觉的。他只需要充电，补充能源。

杰克在一旁扯着他破烂的金子外衣，他要找点事情做，脱下它。

14/

飞船驶进了印度洋，海洋上繁忙的船只吸引了本司汀的目光，货轮上像是运输着大批的奴隶。本司汀说："杰克，你看，地球上还有这么多奴隶？"

杰克嘴唇紧闭，没搭理本司汀。

本司汀看了一眼杰克说："杰克，对不起，你可以说话了。拜托，别跟你的金色衣服过不去了。"

杰克接到指令，立马换了表情，兴致勃勃地讲起了星球发展史："主人，你看到的只是地球的局部现象，地球的北半球的人类文明程度要发达一些。但是，从星球发展史来看，地球比西里斯帝星确实落后了至少四百多年。地球起源于……"

"我知道，教父发给我的信息库，我都存在脑海里了。"本司汀指了指自己的脑袋。

本司汀和杰克一路聊着天，差点撞上地球的最高峰珠穆朗玛峰。在距离珠峰2000米时，飞船的警报器突然响起，提醒本司汀迅速摆动了方向盘。

虚惊一场。

杰克夸张地做出一个祈祷的姿势，说："主人，你的技术真的太烂了。阿多瓦博士的太空船很贵的。要是碰坏了蜜蜂飞船，阿多瓦博士生气会拆了我。我们还是小心为妙。"

本司汀斜了杰克一眼："我们只要找到希望之石，教父不会在意一艘船的。"

"是不是找到希望之石，我们就可以回家了？"杰克兴奋地说。

"回家？"

"是啊，回我们西里斯帝星啊，我好想家啊，好想阿多瓦博士啊，好怀念新娘市场里的姑娘们啊……"

"行了，行了，我知道了。"

本司汀被杰克的话打动了，人造人也好，机器人也罢，他们与人类共同拥有西里斯帝星，那里是他的家。他要为他的家做点什么。

"找到希望之石，阻止自然人和DNA优选人之间的战争。"他默念道。

翻过白雪皑皑的喜马拉雅山，他看到象泉河畔有一个土山，依山建有无数个土黄色的古堡、洞窟和寺庙，最高处的建筑最宏伟，本司汀猜测那应该是帝王的宫殿。这些土建筑组成的一个宏伟的古老城市，虽然远不及西里斯帝星上那些高大的钢筋水泥建筑，但是如此特别的建筑形式也让本司汀耳目一新。

他跟机器人杰克说："地球人算幸运！幸亏地球离我们西里斯帝星比较远，星球政府无力承担探索和开发地球的巨额费用，不然被罗恩改造后的地球，失去这些本真后，肯定会面目全非。我们绝对不能让罗恩和帝王潘特森找到这里。这里也是地球人的家。"

他开始对眼前这个星球担忧起来。拧开操作台上的红色按钮，他的面前出现了一块虚拟的三维电子屏幕，他点击屏幕上的查询，饶有兴致地查阅他所经过的每寸土地。那是阿多瓦翻译的地球人类典籍里的记载。

电子屏幕告诉他，飞船正下方的这块土地是繁荣了几百年的古格王朝。

古格王国是在地球公元十世纪前后，由吐蕃王朝末代赞普朗达玛的重孙吉德尼玛衮在王朝崩溃后，率领亲随逃往阿里建立。地球纪年的十世纪中叶至十七世纪初，古格王国雄踞西藏西部，弘扬佛教，抵御外侮，在西藏吐蕃王朝以后的历史舞台上扮演了重要的角色。

本司汀不懂什么是佛教，翻过了冗长的那一页。

他拿起望远镜看地面，几个蓝眼睛黄头发的传教士在路上行走，北半球西方的商人们在这里经商，古城的街道一片繁荣的景象。

太空船驶过古格王朝的上空，飞过一个个巨大的土林和寺庙。每一座土林都有它独特的体形，有的似那持枪而立的哨兵，有的形如腾飞的骏马，有的如同雄伟挺拔的古城堡。

15/

后来，本司汀的飞船落在了普诺岗日冰川古国，搜索到了希望之石的信号，却意外遇见了古国的公主南卡，被南卡和她的士兵带回城堡审问。

他哄骗国王和南卡，他只是一名西方的传教士，飞进古国是为了来传教，实则他是要留在古国打探希望之石的下落。国王第一次听到"飞机"这个词，喜出望外，请他造飞机带着普诺岗日人离开古国，飞出无垠的冰川，寻找新的生存之地。因为巫师预言，这里即将被火灾毁灭，这是普诺岗日人的灭顶之灾。"外来人"本司汀的到来，给普诺岗日人带来了生命延续的希望。

原来，我遇到本司汀之后的那几天，梦境中的奇怪画面就是本司汀和南卡在普诺岗日冰川古国如何相逢的故事。在记忆芯针的指引下，一些疑团似乎逐渐化解了。

他深夜潜入南卡的房间，发现希望之石就戴在南卡的脖子里，但是这颗小石头具有神奇的能量，似乎只有"守石者"南卡才能游刃有余地掌控，其他人一旦触碰，它便散发出灼热的光，足以把人烧死。即便他具有人造人的体格和铁血战士的本事，也对希望之石望而却步。

"为了得到希望之石，必须带走南卡。"他不得已按照教父阿多瓦的命令，带着南卡进了他的飞船，离开了地球。在太空中，他决定告诉南卡真相，以及他对南卡的复杂情感。他已做好了被南卡拒绝的准备，没想到善良的南卡做了艰难的抉择，答应和他同去拯救西里斯星球。前提是，他承诺南卡，帮助普诺岗日人逃离灾难。

这两个可爱的人儿，一个是奴隶制古国的公主，一个是未来新人类；一个是不懂数理化的单纯姑娘，一个是有着百科全书般智慧的铁血战士，他们在漫长的太空旅行中，私定终身。在雪豹库尔和机器人杰克的见证下，举行了简单的太空婚礼。

耳机里突然传来阿多瓦博士的声音，打断了本司汀与南卡在太空中的约会。阿多瓦称有紧急情况，本司汀牵着南卡回到了飞船的驾驶舱。

阿多瓦博士视频连线说："罗恩已经集结太空中距离地球最近的飞船向地球进发，预计一个月时间就到达地球。有可能会半路碰见你们，你们路上要当心，请杰克启动飞船的隐形模式。"

"飞船有隐形模式？教父，开什么玩笑，你怎么不早说？我们来的时候被几个毛贼跟踪了。"本司汀显然有些郁闷。

"你们也没问我呀。虽是隐形，但一定距离内军方还是可以通过信号，监测到飞船迹象。"

"还有什么没说的，赶紧告诉我们。"本司汀说。

"后舱装备室里有个暗舱，里面装有一批重型武器，这是军队明令禁止使用的，威力很大，是我的私藏品，可以作为你们的武器补给。你们先把火箭炮架起来以防不测。罗恩的军队若发现我的飞船,联合起来摧毁你们是易如反掌。想办法绕过军队,再开辟一条道路回来,你虽然是铁血战士,但单枪匹马撞上军队,就是以卵击石,不自量力,抵抗不了多久。"

机器人杰克收到指令,开始调整机舱设备,进入战斗状态。

绑匪们听到外面噼里啪啦的声音,敲门大声问杰克:"外面怎么了?"

杰克回应说:"要打仗了,小心你们的头。"

一个小偷对"无耳贼"希罗说:"老大,是罗恩的部队打来了吗?哎呀,我的天,我们还不如待在地球等死呢。

还有一个小偷冲门外喊:"杰克,能半路找个安全的地方让我们下船吗?"

无耳贼愤怒地说道:"一帮没骨气的家伙,他们好心救了我们,危难之际只想逃,老子平时怎么教你们的?义气,要讲义气,不为别的,为了那南卡公主的救命之恩,我们也不能逃。何况,罗恩与我有不共戴天之仇,迟早要找他报。"

趁南卡熟睡时,本司汀问阿多瓦:"教父,如果利用希望之石让时间倒退到十年前,我跟南卡还能不能再相遇?"

阿多瓦说:"你们本是不同星球、不同年代的人。我不得不告诉你,普诺刚日古国被火山毁灭是自然规律,你不能违反自然的法则。但是,你可以在古国被火山毁灭前,利用希望之石将时空转换,将整个古国移到西里斯帝星。风险是西里斯帝星上没有适合古国存在的自然环境,它的冰雪文化会瞬间消失,暴露在世人面前。你需要重新认识南卡。我不确定,她那时是否会爱上你。"

本司汀问:"没有其它解救普诺岗日的办法了吗?"

阿多瓦博士："你指造飞机吗？"

本司汀说："教父，你不要取笑我造飞机的托词了，你知道的，我当时也只是随口说说，你一定有办法。"

阿多瓦说："我的孩子，我刚才说的是最好的办法，如果你要见到南卡，你们想在一起，必须确保同样的时空，只能这么做。"

阿多瓦、本司汀和南卡并不知道，当他们的飞船离开地球三天后，普诺刚日冰川的火山爆发了，整个古国被灭亡，大部分人都死了。

罗恩上将接到那几个毛贼的谍报：本司汀的飞船正停在遥远的未知星球（地球），这里冰天雪地，到处是原始生命。他诏令最接近地球的飞船，接到消息后，快速向普诺岗日大峡谷进发。但他们抵达时这里已被火山淹没，整个城堡被火山石烧毁，无人生还。罗恩的士兵翻遍整个城邦，都没有发现"希望之石"和本司汀的影子。

罗恩正要下令搜查盗贼们反馈的本司汀去过的其他地方，突然接到"炼狱星球"的危机连线："自然人独立运动"的领袖魁姆的妻子萨罗月，带领十艘飞船袭击了炼狱星球，救走了魁姆和一百多名自然人重刑犯。另外，有一部分恐怖分子正在袭击三家细胞银行和政府官邸，西里斯帝星一小时内已爆发六起爆炸案。恐怖分子扬言要在一周内砸毁罗恩的空军指挥所，所有跟罗恩勾结的官员、星球都是圣战的对象。

罗恩正在气头上，他怀疑是设置炼狱星球防护网系统的阿多瓦在捣鬼。一定是他协助萨罗月救走了"自然人独立运动首领"魁姆，否则萨罗月的飞船不会这么容易通过防护网，关押魁姆的地牢之门不可能失效。

阿多瓦是聪明人，只有魁姆的出逃，才会转移罗恩对本司汀地球之行的注意。

罗恩派人严密监视阿多瓦，对这位以往的挚友，他恼羞成怒。他还不愿意相信阿多瓦会背叛他。在他心里，阿多瓦曾是他在宇宙中唯一的朋友。

他忍无可忍，诏令所有飞船撤回，全宇宙通缉本司汀，并抓走古格王朝的数千民众，用五十多辆军用飞碟运到"炼狱星球"去审问。剩下的人集体屠杀。

一夜之间繁荣的古格王国变成了一座空城。城邦里到处是民众的尸体。他不清楚为什么本司汀会到这个落后的古国，帝王潘特森给了他什么指令？是不是与"希望之石"有关？

他告诫自己不能马虎。

对古格王朝俘虏的审问，结果是一无所获。有个卖货郎告诉罗恩，本司汀和黑发女子只是给了他一个黄金王冠，买了一袋灵芝和一对耳环，没有人看见过一颗黑色的石头。

为了不留后患，罗恩下令射杀了所有老人、女人和孩子，只留下一些壮丁在"炼狱星球"为奴，修建工厂和交通枢纽，建造机器人。反抗者格杀勿论。

罗恩瞧不起这些来自地球的人类，称他们为"未开化的野蛮的低等人"。西里斯人短期内放松了对地球的警惕，将地球占领计划延缓，他们要先解决迫在眉睫的两个附属星球的内部问题。

关于炼狱星球

"炼狱星球"是西里斯帝星的科学家在一百多年前发现的一个破败星球，距离西里斯帝星只有五个小时的飞船航程。它跟西里斯帝星类似，但环境恶劣，早晚温差非常大，大部分时间处于黑夜。

星球面积只有西里斯帝星的十分之一，地球的二十分之一。

如今"炼狱星球"已变成西里斯帝星的"监狱大本营"，具有全宇宙最严密的监狱系统。狱警由5000名人类空军、160名医护人员和5000多个机器人构成，平均每个人类狱警操控1个机器人狱警，他们共同看守星球上十万余名罪犯。

为了缓解西里斯帝星的生存压力，罗恩提议政府将所有监狱的重罪犯人关押到"炼狱星球"，被关押的还有多摩星球和新娘市场的罪犯，以及流浪在太空的盗贼，等等。

罪犯们每天的工作就是改造"炼狱星球"，在大量机器人狱警的实弹控制下，种植庄稼，修建工厂、房屋、建筑、交通枢纽、公共设施等，以备西里斯帝星未来移民。

罪犯们在那里过着炼狱般的生活。每天都有罪犯试图从监狱逃跑，可是大部分罪犯逃过了机器人的监视，也逃不出炼狱星球，即便偷到了狱警的太空飞船，驾驶太空船冲破巨型防护网也是极其危险的。

在罗恩管理年代，阿多瓦博士按照罗恩的要求设计了一个天衣无缝的监狱系统，这也是阿多瓦博士的得意之作。

整个星球上空设有蜘蛛网状的防护系统，铜墙铁壁般坚不可摧。这个防护系统又是一个巨型的监控系统，由无数个监控探头组成，与西里斯帝星的空军总部关联，实时传输"炼狱星球"的罪犯动态、环境信息、基础设施开发进度。

每周五下午五点是狱警交班时间，防护网会有一个虚拟的门开放，其余时间处于全封闭状态。

太空船输送老狱警、有损坏的机器人、刑满释放的罪犯出去，新狱警会进来。每批狱警只在"炼狱星球"看守一星期，完成任务就会回到西里斯帝星。同时，军队还会从新娘市场输送供罪犯使用的药品、食物进来。

每个人员进出都会经过严格的机器人搜身检查。

"炼狱星球"是罗恩的练兵场。每一个空军战士都必须到这里轮流工作一周，这被空军部队列为士兵必修课。

如果没有罗恩授权，周五下午5点到6点之外的其它任何时间，没有人有权取消防护网。就连星球狱警的太空船，如果没有得到罗恩的批准，也根本无法靠近防护网，因为只要有物体靠近防护网，它就会像雷达一样发出警示信号，1秒之内地面的监狱就会预警，2分钟后监狱里的机器人组成的狱警部队就会出动，20分钟内西里斯帝星的太空巡视部队就会到达"炼狱星球"进行支援，反应非常迅速。

"炼狱星球"还为5000名人类狱警修建了休闲设施，以备狱警们娱乐之用。

"自然人独立运动领袖"魁姆和妻子萨罗月的身世

"炼狱星球"监狱里曾经关押"自然人独立运动"的头目魁姆。魁姆不用劳作，不能跟任何人讲话，每天只能吃其他罪犯剩下的饭菜，喝肮脏的井水。他被单独关押在不见天日的地牢——"狱中之狱"：在监狱中心地带，通过井道与外界相连的地下监狱，由五名机器人严格看守，每天只有一个小时的地面"放风"时间。

罗恩说，直到他供出所有"自然人独立运动"的核心成员名单，才能将他放回到地面监狱。

这个名单里包括他的妻子萨罗月，代号"蝎子"。魁姆被抓后，萨罗月成了"自然人独立运动"的领导人。

魁姆的父亲是早期"自然人独立运动"的发起人，自从他在多摩星球的家被罗恩支持的可可斐炸毁后，魁姆变得疯狂起来，开始了自然人的复仇。他在新娘市场的旅馆里遇见半边脸毁容的萨罗月，两人一见如故，相恋了。他在第二天就娶了萨罗月为妻，送给萨罗月一艘豪华飞船，俗称"蝎子号"。所以，外界都称萨罗月为"蝎子"，除了魁姆，没人知道她从哪里来。

萨罗月是DNA优选人，年轻时非常漂亮，但性格有些高傲和古怪，曾是空军部队的一名优秀女兵，幽默随和的本司汀上尉是她唯一的朋友。她在部队时一直暗恋本司汀上尉，但不幸在一场飞行任务中太空船出现故障，萨罗月左脸意外毁容，身体大面积烧伤，更换皮肤需要大量的金钱，政府的补贴挽回不了她的容颜。她受尽周围人怪异的眼光，不得不逃到新娘市场生存。

本司汀上尉那段时间也突然消失，传言本司汀是被罗恩秘密送到某地执行"铁血战士"任务身亡。因为巨大的精神压力和自卑心理，她申请退伍，开始仇视害她毁容、害本司汀死亡的罗恩。

萨罗月在旅馆里登记入住，身旁经过两个男人，他们阴阳怪气地嘲笑她的丑陋，被她当场撂倒。她敏捷的身手和漂亮的右脸引起了魁姆的注意。随后，魁姆将萨罗月纳入麾下，并予以重用。

萨罗月的机智、勇敢、博闻强识让魁姆非常欣赏。魁姆花重金帮他的妻子萨罗月恢复了容貌，并买通西里斯帝星的一名空军高层，他们混进阿多瓦博士的实验室，让阿多瓦博士秘密定期为他们夫妻两人更换新细胞。

阿多瓦的财富一大半提供给了魁姆,作为"自然人独立运动"的运作支持。

罗恩的部下曾经怀疑过,阿多瓦参与了"自然人独立运动"。但是,这个猜测被罗恩坚决否定掉了。

他说,"你们可以怀疑任何自然人,但是阿多瓦不可能。他是对星球发展贡献最大的人之一,也是受帝王礼遇的人。他还是我的挚友。"

从此,也没有哪个军官敢举报阿多瓦。

为什么袒护阿多瓦?实际情况只有罗恩最清楚。

16/

本司汀和南卡沉浸在爱河里,他们对地球上发生的事并不知情。在太空里遨游一个月后,他们回到西里斯帝星。中途本司汀没有忘记在多摩星球停船,释放了"无耳贼"和他的同伙。

飞船抵达西里斯帝星地面,本司汀带着南卡进了阿多瓦博士深山实验室的地下密室。那里正在播放全城戒备的新闻,炼狱星球的罪犯们逃狱多时了,罗恩上将亲自带领部队捉拿逃犯,仍然无果。军方甚为恼怒。

阿多瓦博士故意说,魁姆这个恐怖分子这次算是做了件好事,他和他的妻子萨罗月正在跟罗恩激战。

本司汀听到萨罗月的名字,问阿多瓦,"是不是以前曾任职于空军的一名女子。"

阿多瓦隐瞒说:"这是个传奇女子,没人见过她的真面目,外号蝎子,据说她的脸上有个伤疤。她总是穿着盔甲，戴着面具，但我听军方高层说，她原来就是一个DNA优选人女兵。"

本司汀兴奋地在房间里踱步，思考着计谋："萨罗月，肯定是她。真是太好了，我们有救了。这是我在空军部队时最好的朋友，她的军事技能非常出色。我参加铁血战士计划后，就一直没见过她，没想到她嫁给了魁姆。她原本是个非常善良的女子。"

南卡见本司汀赞美一个恐怖分子的妻子，说："你跟她？她已经结婚了。"

阿多瓦博士和机器人杰克在一旁偷笑，本司汀说："亲爱的南卡，萨罗月只是我的好战友。我想跟她通个电话，让她帮我们拖住罗恩，至少一天的时间。"

阿多瓦博士说："这办法可行，你确定她会帮我们吗？你们二十多年没有联系了。"

阿多瓦此刻的内心异常矛盾，他装作完全不认识魁姆和萨罗月的样子。他并不准备告诉本司汀，他和魁姆、萨罗月是老相识，他也是"自然人独立运动"的赞助者，他挑起了自然人用武力对抗DNA优选人，从而获得新生的方式。

也就是说，星球上发生的每一起恐怖袭击都与阿多瓦有关联。只是，没有人怀疑他会要求魁姆炸毁细胞银行，毕竟，他是细胞银行的二股东。谁会炸自己的银行呢？这不符合逻辑。

偏偏阿多瓦就是个偏执的疯子科学家，他不缺钱。

本司汀更加不会怀疑自己的教父会鼓动战争。在阿多瓦的引导下，他对罗恩的敌视与日俱增。教父阿多瓦告诫他防备罗恩，好友措灵王子也害怕罗恩，自己最尊敬和亲近的人都将罗恩视为敌人的时候，自然本司汀也站在了仇视罗恩的阵营。

本司汀冷静地说:"萨罗月的丈夫魁姆跟我一样,我们都是罗恩重金寻找的犯人,应该可以达成战略同盟。我会劝她不伤平民。"

"那好,这个难不倒我,我立即帮你联系。"阿多瓦博士搜索到萨罗月飞船的信号,黑进飞船的主屏幕,本司汀的头像出现在萨罗月飞船的屏幕上,开始了视频通话。

"你好,萨罗月,我是本司汀。"

萨罗月不敢相信自己的眼睛:"本司汀?……你真的没死,这么多年你都去了哪里?"

"时间紧迫,如能相聚,我再详述。我想请你和魁姆帮我一个忙。"

"你说,只要我和魁姆能够做到。本司汀,我希望你知道我和魁姆不是恐怖分子。"

"萨罗月,虽然我不了解魁姆,但是我了解你。我最近一直在反思罗恩的铁血战士计划,那就是一个反人类的错误,只会引起自然人的恐慌,挑起自然人和优选人的矛盾。我今天有一件非常重要的事情要做,请你们务必帮我拖住罗恩,我要结束这一切。"

萨罗月对魁姆说:"本司汀曾是空军部队里我最好的朋友。魁姆,不管本司汀干过什么,肯定是惹怒了罗恩,所以我们一定要帮本司汀。我们去罗恩返回西里斯帝星的路上袭击他。"

此时,罗恩并不知道本司汀已经回来了。这为本司汀和阿多瓦的时空实验赢得了一些时间。

"孩子,你准备好了吗?恐怕在刺杀罗恩这个计划实施前,你要先做一件事情，回到两年前，拯救普诺岗日古国和古格王朝。"

"好主意，教父，我就是想告诉你，一定要救救南卡和她的子民，那里随时有火山爆发的危险。可是，你刚才说拯救古格王朝是什么意思？"

"我也是刚听说的，炼狱星球上前几日多了数千名外星来的罪犯，据说是罗恩的太空部队带回来的地球人，陆续被杀了。那几支到地球上追查你的太空部队，是在你之前回来的。"

"什么？为什么要杀他们？"

"因为，因为……因为你去过那里。他找不到你，所以就杀了那些人。"阿多瓦吞吞吐吐地说。

"罗恩他疯了吗？帝王潘特森不管吗？"

"帝王潘特森半年前已过世，外界称是恐怖分子谋杀，公主奥库拉告诉我，帝王是被罗恩毒杀的，现在执政的是措灵王子。措灵一向善良，他对公主很好，不准罗恩靠近公主。奇怪的是罗恩辅佐措灵，毕恭毕敬，他也并没有夺权。"

"这是怎么回事？你怎么都不告诉我？罗恩杀了潘特森，辅助了措灵。难道措灵和罗恩是一伙的？这不可能，措灵一向不喜欢罗恩。"

"有这个可能，局势扑朔迷离，谁也搞不清楚。就连公主奥库拉也迷糊了，她刚从悲痛的阴影中走出来。"

"您刚才说有人带回了古格王朝的人，那我的子民呢？"一旁的南卡焦急地打断了他们的话。

"你的子民……南卡，很抱歉，据说那里在罗恩的部队到达之前火山已经爆发了，大概是在你们离开地球一周内发生的事情。"

"不！不！那我的父王和母后呢？"南卡咆哮起来。

"城里的人全死了，宫殿里一片火海，恐怕活下来的人很少。"

"不，不，本司汀，你答应过我要救普诺岗日的，求求你，求求你救救我们。你让我做什么我都愿意。对，就是这块石头，给你，给你们。你不是说这块石头能救我的子民吗？求求你，救他们吧……"南卡失去了理智。

本司汀不知该如何是好："南卡，你冷静，我求你冷静，我知道你的痛苦，但是一定有办法的。教父阿多瓦会有办法的。"

"现在，你们听说我，哀伤不能解决问题。南卡，你愿意为你的子民、你的城邦、你的父母付出生命吗？"阿多瓦说话了。

"什么意思？教父，你让她付出生命？"

"我愿意。"南卡斩钉截铁地说。

"教父，你要讲清楚。不行，我不同意。"

"你们两个能不能冷静下来听我说？"阿多瓦提高了嗓门，然后又问南卡，"孩子，你愿意付出生命是吗？我的意思是，如果要利用希望之石改变时空，那么就要暂时牺牲你，你会在这个过程里死去。只要本司汀回到两年前，将你的古国顺利转换到西里斯帝星，你就会没事，你的星球才有可能获救。明白吗？孩子，因为你和这块奇石是融为一体的，没有人能够碰它。它在运作时的能量足以把你烧为灰烬。"

"不，教父……"本司汀不愿意拿南卡的生命冒险。

阿多瓦做了个手势示意本司汀不要激动，继续说："听我说，我的孩子，我要提醒你，当古国的环境变化时，生命必须离开、适应或者死亡，也就是说古国的文明通过维度入口，注入西里斯帝星后，它也有可能无法适应新环境而死亡。我们要有这个心理准备。"

"不，教父，这太冒险了。我是说不能拿南卡的性命做赌注。"本司汀拒绝这个计划。

"冒险也要做，本司汀，求你，不要再争执了。如果你爱我，请帮我拯救我的古国。我一个人活着没有任何意义，我宁愿和我的子民、我的父母一同死去。"南卡央求本司汀接受教父的提议。

雪豹库尔哀嚎了两声。似乎说："主人，我要同你一起。"

"我只是把潜在的危险告诉你们，一旦你从虫洞走出，南卡就会在两年前的西里斯帝星上复活。"阿多瓦补充道。

本司汀知道他只能成功不能失败，深思熟虑后，问道："教父，这个过程需要多久？"

"一天足够。"

"需要我做什么？"

"将南卡放进这个特制容器里，她脖子上奇石的能量源能迅速形成虫洞，将你从这里送往地球。你拿着这个容器，一旦到达南卡的古国，记住一刻都不容耽误，将那个时空的南卡放进这个容器里，利用新的虫洞迁移整个古国到我们西里斯帝星，明白吗？容器的程序我已设定，按下这个按钮你要迁移的所有范围。一定不能错。"阿多瓦说，他强调，"记住，辐射到你要迁移的所有范围。"

南卡做好了视死如归的准备，躺在了容器里，胸前的希望之石开始闪烁明亮的七彩光辉："一切交给你了。"

瞬间，南卡化为了灰烬，一道拱形门出现在本司汀面前。

本司汀说："放心，南卡，等我，我不会让你死。"他穿着盔甲，拿着容器，从容坚定地走向拱门……

第五章 拱门之外

17/

拱门之外是他认识的普诺岗日古国,他出现在古国一棵挂满雾凇的树下,稍稍镇定后,直奔南卡的宫殿。

侍卫挡住了他的路,他来不及解释,启动了飞行战靴,飞到阁楼之上,直奔南卡的房间。整个城堡吹响了号角,南卡正在和雪豹库尔谈论她和贵族格来的婚事。她漫不经心地用刚采集的雪地花装扮着她的房间,见到一个陌生的男子闯了进来,她快速拿起了一把剑:"你是谁?"

本司汀说:"我……即便我和你解释,你也不明白,你只要记住,我在救你。"他边说,边急冲冲地打开窗户。

雪豹库尔也迅速站立起来,露出凶狠的牙齿,向陌生的本司汀猛扑过去。本司汀一闪而过,说:"库尔,我不想伤害你,我们在另一个世界可是朋友。"

库尔怒吼一声,继续向他攻击。侍卫们的脚步声越来越近,似乎整个城市的士兵都在向城堡涌来。

"没时间了。"本司汀快闪到南卡面前,敲晕了她,抱着她飞出了窗外，在他们曾经歇息的小溪边停下。他打开了特制容器，将南卡放进了容器里，一束光织成一张巨大的网覆盖了古国的天空，他选择好辐射空间，按下了按钮，整个古城随他迁移到了西里斯帝星。当然他也没有忘记迁移古格王朝，解救那里的人们。

一切回到两年前。本司汀的飞船停在冰川的峡谷内，飞船内只有地球上挖掘到的五具尸骨。机器人罗杰催他下去探听希望之石的下落。

他的教父阿多瓦像往常一样，跟他聊着西里斯帝星上的新闻："有人发现了与世隔绝的深山里的两个原始城邦，一个叫普诺岗日，一个叫古格王朝。"

"什么？普诺岗日？"本司汀知道，他已经成功地将普诺岗日从地球迁移到了西里斯帝星。

"那个叫普诺岗日的城邦被白色的小颗粒覆盖，就是你给我看的地球上的冰川和雪，没想到我们西里斯也有，太让我兴奋了，这是我们科研的盲区。"阿多瓦兴奋地说。

本司汀在窃笑，教父显然不记得利用希望之石转移时空的事情。

"但是，冰川融化得很快，仅仅一天时间，就全部化成水淹没了整个城堡和峡谷，把另一个城邦也淹没了。那个叫古格王朝的城邦实在稀罕，建筑全部是用土制成的，我以前从来没见过这样的古城，可惜古城里的人全被洪水淹死了。奇怪，总觉得在哪里见到过……"阿多瓦在视频连线里，绘声绘色地讲着过去封闭、不被人所知的普诺岗日小城邦，"他们穿着兽皮，还生活在原始的狩猎时代，他们就像看外星人一样看着我们。他们有自己的文字，墨渍是金色的，政府正在翻译他们的语言……我们向部落的人们表示友好，帝王潘特森要求政府保护这个地方的古老文化,全力解救那里的人,但是我们要将救出的人先隔离起来,以防疾病传染……本司汀,你说,怎么我们以前就没发现大山深处还有这么两个封闭的小城邦呢?我们几乎开发了整个西里斯帝星的阳面,怎么唯独漏掉了这两个小城邦呢?"

经过时空之旅的急速穿梭,本司汀的大脑缺氧,耳边嗡嗡的,他还没有完全清醒过来。教父的话时断时续,从阿多瓦转给他看的古城画面,本司汀断定,那正是他要去找的南卡的古国。

只有他一个人经历了时空穿梭,所以他清楚是怎么回事。至于教父阿多瓦,他也回到了两年前,完全不记得时空穿越的事情。

"南卡的记忆里恐怕也没有我的名字。"本司汀暗自想,"这又有什么关系,我记得她就好。"

"主人,快看窗外,这是怎么了?"机器人杰克大叫一声。

本司汀从时空之旅的恍惚中镇定下来,像是突然意识到什么,跑出了飞船。船外不是无耳贼那几个盗匪,而是迅速融化的冰川在倒塌,发出轰隆隆的巨响。

他头昏目眩起来,大脑疼得不行,他努力克服疼痛,调整自己的状态。天哪,他不是在地球,他是在自己的故乡西里斯帝星。他和古国一起被转移到了这里。

但是,古国并没有获救,依然在消亡。

他和南卡散步的峡谷,被冰雪融化的水流淹没成河,河里漂着无数动物和人类的死尸,城邦里的温泉河也被洪水淹没,整个城邦就是一片汪洋大海。

几十架直升机在他头顶上盘旋,战士们纷纷降落,赶到城里解救有生命迹象的人。一个士兵拍了拍他的肩膀："你站在这里干什么？还不快救人。"

他才缓过神来，"南卡，南卡，你在哪里？你在哪里？"他发疯似的往河里跑，耳边几个士兵的声音在冲他喊："你疯啦？河里有病毒，快穿上防护衣。"几个人拦住他，把他拽上了岸，套上严密的防护衣，他的耳边再次嗡嗡的，站也站不稳，像个玩偶任凭士兵们摆布。

机器人杰克跺着脚，左右徘徊，在本司汀面前不停地嘟囔着："我怎么回来了？本司汀，我们怎么在西里斯帝星上，我们前几分钟不是在地球上吗？我明明是把飞船开到了地球上啊。疯了，疯了，这是怎么了？这是怎么了？"

本司汀看着杰克，无数个杰克在眼前晃悠，这是时空穿梭后的副作用。本司汀闭上眼睛，捂住耳朵，暗示自己平复心情，保持镇定。

迷糊的本司汀被一个急匆匆的士兵撞倒，他重重地摔了一跤，等恢复了理智，迅速启动了战甲和飞行战靴，向城邦里面飞去。洪水里的战士们仰起头在惊叹："莫非，这就是传说中帝王的护卫'铁血战士'来了？"

南卡的古堡已被洪水完全覆盖，本司汀潜下水底深处，寻找南卡的影子。他游到了南卡的房间，在浑浊的水底，一片死寂。古堡的走廊、大厅、厨房里到处是死尸。他看到了城堡广场上南卡的父亲、母亲惊悚的脸庞，还有那些熟悉的侍卫、侍女，甚至几个贵族们，他们根本跑不过来势汹汹的雪山崩塌和大洪水，死相一个比一个凄惨。

本司汀心如刀绞。他没有完成对南卡的承诺。

"南卡，南卡，南卡在哪里？"

他找不到南卡，也没找到雪豹库尔。他浮出水面，飞到了高一点的山峦上，俯视整个慌乱的古城。他想起了另一个时空里，他与南卡采草药的山崖，那里虽然隐蔽，却是一个没有冰雪覆盖的制高点，或许聪明的南卡正在狩猎，会带着附近村庄的族人在那里躲避滔天的洪水。

他猜得没错。

悬崖上方他看见了南卡和一百多人的踪迹，还有雪豹库尔。他向山下搜救的战士们发出信号："去山顶上救人。"

"南卡，谢天谢地，你还活着。"本司汀的战靴落在南卡面前。这些人衣衫褴褛，精疲力竭，已经一天一夜没吃饭，显得非常虚弱，东倒西歪的昏迷不醒。贵族格来为了帮助南卡拯救民众上山，已经死去，他的身上是被巨石砸烂的伤口，鲜血染红了衣服，躺在南卡身边。

南卡勉强睁开眼睛，问了句："你是谁？快，快，救他们。"

说罢，她便晕倒在了本司汀的怀里。

本司汀将南卡和雪豹库尔带上他的宇宙飞船，连线了阿多瓦。

"怎么回事？你怎么在普诺岗日古国的现场？"面对视频里的本司汀，阿多瓦从椅子上跳了起来，他没想到一天前还在地球的本司汀，今天莫名其妙出现在西里斯帝星。

"主人，我们也不知道怎么回事，由于搜索不到答案，我的机器人程序已经崩溃了，急需您的修复。"机器人杰克说，他的机器人系统已经错乱了，主机里发出吱吱的火星声。

"教父，我知道原因。我跟你一时半会儿解释不清楚，听着，这与时空变形有关。我是说，我本来在地球上找到了希望之石后返回西里斯帝星，但是，你让我运用它产生虫洞又回到了地球……总之，我现在马上去你的实验室见你，回航的路上我跟你解释，你帮我救救这个姑娘。"

"哦……她是谁？"阿多瓦试着去相信本司汀说的话，他清楚希望之石的威力。

"她在另一个时空里是我的妻子。"本司汀说。

"妻子?"阿多瓦急于想弄清楚发生了什么,他完全不记得时空转移前发生的事情。

"另外,告诉罗恩我在西里斯帝星,让他把派往地球的士兵都撤回来。去往地球的路径并不难找,有盗贼发现了我们飞船的踪迹,给罗恩打了报告,并跟踪我们到达了地球。地球非常危险。"本司汀叮嘱说,他担心罗恩的士兵在地球滥杀无辜。

"你不用担心,罗恩和帝王都没有财力、人力,也没有足够的飞船占领地球,这是笔巨大的开支。何况,现在'自然人独立运动'的武装部队,正在太空与罗恩的部队作战。"

"不,你不知道的是,在另一个时空里,罗恩的部下确实杀了很多地球人。总之,你告诉他我回来了,随时可以去见他,他的士兵就会返航,不会扰乱地球。"

"好,好,别急,你慢慢讲。看来你确实发现了希望之石的踪迹。你先回答我,你是不是使用了一次希望之石,你穿越了多少年?"

"只有两年,教父。简单点说,两年后帝王潘特森将被毒死,措灵王子继位。罗恩知道我秘密去了地球找希望之石,杀了很多地球人询问我的下落。我暂时搞不清楚,措灵和罗恩之间有什么关系,为什么罗恩没有自己夺权,反而扶持措灵。这对他没有半点好处,与我们事先的预计不相符。"

"你提供的信息有点混乱,我需要时间梳理明白。那你在回来的路上当心,我先连线罗恩,跟他主动讲下你的动向和帝王的用意,让他知道我们只是去寻找地球人的DNA。我有办法说服他。"阿多瓦对本司汀的话半信半疑。

18/

他联通了罗恩。

"罗恩,我是阿多瓦。"

"老兄,好久不见,我以为你再也不会主动跟我联系了。听说你和奥库拉公主要结婚了,帝王潘特森也约见了你很多次。"

"这是我的私事。"阿多瓦不耐烦地说。

"阿多瓦,我不喜欢说谎的人。我们以前是很好的朋友,没有人比我更了解你,你不善于说谎。最近几年你变了,这让我很担忧,你被奥库拉迷惑了。"

"我和你之间的事情,与奥库拉公主无关,请不要把她牵扯进来。是你太贪婪了,权力蒙蔽了你的眼睛。"阿多瓦在罗恩面前是缺乏自信和底气的,外界舆论有传言,他背叛了罗恩的情谊,加入了王室阵营。从小孤僻、性格敏感的阿多瓦很在意自己的名声。他是嫉妒罗恩的,他的这位挚友从小家庭条件优渥,成长路上几乎一帆风顺,不到30岁就做了将军。"你怎么会懂穷人的苦?我是靠自己奋斗过来的,我只是你利用的工具。"他暗自想。

"如果你坚持这么认为也没办法,我们还是说正经事吧。你跟我联系不会只是来对我评头论足。"罗恩的双眼迷离又失望。

"这只是帝王潘特森私下交办的事情,原本不适合告知任何人。但是因为与本司汀有关,我必须私下与你商议。你和我一样,都不希望本司汀现在死。他是我们的儿子。"

"不，他早就不是我儿子了。我想，他也并不认为我是他父亲。你不会天真地把一个'人造人'当儿子吧？"罗恩慢条斯理的，对着镜子梳理了一下自己的发型，确保完美。

"罗恩，就算你不把本司汀当儿子，但是他的价值请你不要忘记，我们花了40年的时间将本司汀打造成今天的样子，你应该和我一样视他为无价之宝。"

"哦？他不应该忘恩负义，这么多年过去了，见了我还是跟见了仇敌一样。都是你的错，是你让他认为我在吃他的肉。"

"我们能否先把这些陈年旧事抛在一边，谈眼前的事情？总之，我认为我们两个都是不允许任何人伤害本司汀的，你同意吗？"

罗恩没有吭声，也没有回避。他知道，如果非要有一个人毁了本司汀，只能是他或者阿多瓦。

"帝王要探寻长生不老的生命术，他并不满足于多摩星球的长寿基因让他延缓衰老。200岁、300岁的寿命对他来讲太短，他需要我在最短时间内研发出永生细胞。我提议去其它星系寻找长寿生命体，如果能找到地球，知道地球人类DNA和寿命的关系，或许对我们的研究有帮助。这不是反恐任务，所以事先没有必要向你报备，就当作对本司汀'铁血战士'的一次实战测试。这会让他学会在太空中生存。"

"可是20年了，他训练结束，走出实验室，有时间去见措灵王子，却不肯来见我。你别忘了，他也是一名空军战士。"罗恩生气地握紧了拳头打击着桌面。

阿多瓦心一颤，措灵王子果真把见到本司汀的事情告诉了罗恩，可见正如本司汀所说，罗恩和措灵的关系非同一般。"听我说，罗恩，我承认你和本司汀之间的隔阂与我有关，很抱歉。但是，我们能否先说地球之行的事情？"

"结果呢？"罗恩克制住愤怒。

"结果有些失望，地球人的寿命周期很短，能活到100岁算是奇迹，我们收集了一些地球上的历史文明信息，比我们原始上千年。所以，我们只带回了几具尸体做研究。"

"我暂时相信你说的话。如果研究出什么，麻烦第一时间告诉我，希望我和你的友谊永在。阿多瓦，我还是要提醒你，小心你身边的女人，奥库拉是一个有野心的公主，作为老朋友，我非常担心你被她利用。"此时的罗恩提到奥库拉的名字就咬牙切齿，这个女人表面对帝王温顺，却一心要除掉揩灵王子，若不是他在揩灵身旁安排了重兵守护，恐怕揩灵王子早已遇害。他在合计是时候告诉揩灵王子，他是他的儿子。

"谢谢，我再跟你说一遍，这是我的私事，我自己会处理。请你不要打扰我的生活，我也不会把你家里豢养了十几个同性恋情人的丑事暴露出去。"

"混蛋！你在威胁我？"罗恩的拳头打在了桌面上，面目狰狞。

"这叫和平相处，互不侵犯。"阿多瓦说。

"你让我觉得非常陌生。"罗恩说。

阿多瓦逃避了罗恩审视他的尖锐的目光。

"那么，请告诉我本司汀的方位，我会亲自迎接他归来。"罗恩放低了嗓音，说道。

"他就在西里斯帝星上的洪灾现场解救难民。"

"胡说，我的人跟我汇报在地球发现了他。昨天还在地球上跟踪他。"

"你相信那几个卑鄙的盗匪，还是相信我？我根本没有必要欺骗你。

据我所知,他们几个盗匪现在应该在西里斯帝星的洪灾现场不远处,而不是地球。"

罗恩听完阿多瓦的话,让他的部下马上连接盗匪"无耳贼",信号显示"无耳贼"的飞船确实在西里斯帝星上,离洪水泛滥的冰川古国不远。"无耳贼"吓得哆哆嗦嗦,百口难辩,他也搞不清楚怎么会自投罗网,将飞船开到西里斯帝星上来,被星球警察抓了个正着。

狡猾的罗恩总觉得事有蹊跷,但也一时半会找不到攻击阿多瓦的理由。在阿多瓦的安排下,他接通了本司汀。

本司汀的飞船大屏幕上,出现那个曾经被他称为"父亲"的男人。二十多年没见,在"细胞重生"技术的保护下,罗恩的面孔没有多大改变,唯有眼神犀利了很多。

"我的孩子,很高兴你顺利通过了考试,成为一名合格的铁血战士,能够辅助帝王。"

"请别这样叫我,我不是你的孩子。"

"你永远都是我的孩子。至少我这么认为。"罗恩的笑容有狡诈,有真诚,"能从地球平安回来就好。"

"没有哪个父亲会吃自己孩子的肉,你为什么总是一副虚情假意的面孔?不觉得生厌吗?"本司汀想起在另一个时空里,罗恩残忍地抓了成千上万的地球人到炼狱星球,只是为了搞清楚帝王潘特森派他到地球的用意。他顿时火冒三丈。

"你对我有偏见。不管怎样,我都是你父亲。我相信有一天这些偏见都会消除。我希望得到你的支持。"罗恩说。

"恐怕我帮不了你,铁血战士只效力于帝王潘特森。"本司汀说。

罗恩的心里忐忑不安,视频里的本司汀已经不是那个弱小的不能走路的孩子,他的强大,会对自己产生威胁吗?如果会,他该如何对付这个自称只效忠于帝王的铁血战士?也许,措灵王子可以帮他们修复关系。

他在反省。

那一年,他犯了大错,不应该听信阿多瓦"人造人实验尚未成功"的结论,让阿多瓦把本司汀从他身边接走,继续试验。他应该当时就杀了这个孩子,让"人造人"的数据库永远留在他的地下实验室里,免受阿多瓦的牵制。

罗恩暗自骂自己粗心大意,忽视了本司汀的能量和铁血战士的威力。他没料到本司汀会加入铁血战士。阿多瓦屡次实验失败,不但没有打消研发的积极性,反而让他破釜沉舟,舍得赌上精心培育几十年的"人造人"本司汀,加入"铁血战士计划"。

罗恩告诫自己,如果连措灵王子都不能拉拢本司汀,那么就必须摧毁他,他在帝王和阿多瓦的阵营里效力,对自己的势力扩充是一个巨大威胁。

19/

公主奥库拉悄悄离开王宫去往阿多瓦的深山实验室,阿多瓦见到魂牵梦绕的奥库拉,欲火焚身,恶狼似的扑过去,撕碎了她的衣服。他们在实验室的秘密档案室里缠绵了一晚上,地上到处是他们交欢时撞破的玻璃器皿。

实验室的秘密档案室只有阿多瓦有密码,他曾经不允许任何人进入,包括本司汀。现在，奥库拉来了，秘密档案室成了他们幽会的好地方。这个秘密档案室足足有一个足球场那么大，四面用特殊材质打造而成，档案柜里存放着全球"细胞银行"客户的资料。

奥库拉穿上阿多瓦的外套，说："细胞重生技术真是神奇，你八十多岁了吧，还如此强悍，我以为细胞银行只能保持容颜，性功能没法保鲜，没想到你比我那四十几岁的前夫勇猛多了。"

阿多瓦听到"前夫"这个词，虽有些生气，但还是抚摸着公主奥库拉光洁的皮肤，轻柔地说："亲爱的，很多夫妻都是因为不能满足彼此性欲的需求而离婚，你也别伤感了。生物上讲，没有性的爱情是不成立的。失去两性之爱，两性之欢，人的属性就变了。"

"你是爱我，还是爱我的身体？"奥库拉傲慢地问他，她对自己丰满、性感的身体很满意。

"我的公主，你拥有完美的身体，但是我每天都处理无数具身体，我对身体是麻木的，我甚至可以造出一个和你一模一样的身体。"

"哦？"

"奥库拉，我爱你，我恨不得把整个宇宙都给你和我们的儿子。"阿多瓦说。

"我现在不想要整个宇宙，我想要罗恩的细胞数据库。"奥库拉起身走向电子档案柜。

"不可能，他很谨慎，他的细胞数据不在这个档案室里。我能给你的细胞银行的数据库都给你了。现在，你手里的砝码和罗恩是均等的。你们同样拥有整个细胞银行会员的数据库，可以控制他们的生死。"阿多瓦有些失望，果然奥库拉还是带着目的来找他的。

他多么希望奥库拉的性格像地球的美人西施。

他在本司汀传送给他的地球文史书籍的数据里，查找到西施这个地球美女，虽然她是个村姑，但是性格温顺，面容姣好，有闭月羞花之美。更重要的是她爱上了一个叫范蠡的老头，范蠡让西施做什么，西施都愿意。这就是为什么他命令本司汀要务必要带回西施的尸骨。

他有个疯狂的想法，倘若奥库拉换上西施的细胞，那该多美妙。他幻想着将地球人西施的美貌和性格复制到奥库拉。他根本就不爱奥库拉的性格，或许他这样从小身份卑微的自然人，爱的是公主奥库拉背后的权势，他们只是各取所需罢了。他要不择手段成为奥库拉的丈夫。奥库拉要千方百计得到阿多瓦的支持。

"可那些人都是无足轻重的，你一定有办法，罗恩的第一次细胞更换是你负责的，如果我们能有罗恩的细胞数据，那么就会对他构成威胁。"奥库拉坚持索要罗恩的细胞数据。

"什么威胁？扰乱他的细胞组织，或者注入病毒？再买通他的家庭医生？"阿多瓦摇了摇头说，"奥库拉，这不是我打败他的手段。况且，一旦被他发现，他马上会跟你父亲开战，凭我们的兵力根本没有胜算。他是个非常小心谨慎的人，你们偷袭他的几个杀手都被他处决了，知道吗？抛到星球阴面喂大鸟了，连葬礼的权利都没有！我劝你别再做傻事了。每次细胞更换，他都要在仪器上详细查看他的细胞真伪，确认无误再注射。你不要忘记，他也是半个生物学专家。"阿多瓦劝她放弃这个愚蠢冲动的想法。

"可是，一天不除掉他，我和父王一天都睡不着觉。难道，你就能忍受被他利用这么多年吗？没有你的支持，他能有今天的威望？我的阿多瓦，你才是幕后的功臣。"奥库拉又开始煽动阿多瓦对罗恩的敌视。

"那你有没有利用我？你是爱我，真心想嫁给我，还是在利用我？"

阿多瓦一本正经地问公主。

"你在说什么呢？我可是私底下为你生了一个儿子。在我们的道德法律体系里，我是DNA优选人，你是自然人，我是公主，你是平民。我爱你，才不顾舆论，为你生了一个儿子。"奥库拉颇为恼怒。

五年前她和前夫离婚，因为她和某男侍卫在浴室偷情的事情被前夫知道了。那天，她在浴室里沐浴，父王的侍卫来传呼她去晋见，她穿着浴衣让侍卫进了她的房间。那侍卫见她性感的装扮慌了神，转身想走，奥库拉从身后一把抱住了他，说，你不想抱抱我么？于是两个人从房间到浴室，关上门私通了一回，此后两人又多次发生了性关系。

奥库拉本想通过父王身边最贴身的侍卫去了解父王的行程和想法。不料，私通的事被她丈夫发现，两人离婚。当然，事后为了自己的名誉，奥库拉把男侍卫也杀了。

奥库拉有诸多情人，阿多瓦只是时间最长的一个，也是唯一的自然人。

后来，为了笼络阿多瓦，奥库拉故伎重演，颇有心计地怀了阿多瓦的孩子。阿多瓦不止一次地向帝王潘特森进言要娶奥库拉，但奥库拉葫芦里不知卖了什么药，还没有嫁给他的意思，搅得阿多瓦心神不定。

三个月前他们的孩子秘密出生，与奥库拉一起生活在王宫里。

傲慢高贵的公主奥库拉，除非万不得已，她是绝对不会下嫁给一个出身卑微的自然人的，尽管阿多瓦博士是星球上最权威的生物学家、天文学家，也无法改变他的自然人身份。

"为什么我们还不操办婚礼呢？"阿多瓦问。

"混蛋！我现在就杀了你。为你生了个儿子还不够吗？"奥库拉拿起办公桌上的剪刀向阿多瓦刺杀过去。

"你来真的?你疯了吗?好了,对不起。"阿多瓦慌乱地用椅子挡住了刀,剪刀锋利地划破了椅子上的皮,奥库拉拔也拔不出来。"我们已经很久没见面了,不要这么消耗时光。"

他放下椅子,上前搂住了生气的奥库拉,疯狂地亲吻她的身体,脱掉了她身上的外套,在凌乱的桌上翻云覆雨,他在寻找征服一个公主的成就感。奥库拉想极力挣脱,似乎又很享受被他蹂躏、强暴的快感。他知道她的高潮在哪里,故意不让她得逞,她便又开始骂他,粘着他,折腾了许久,才算满意地笑了。

这两个人的苟合,一个疯狂的天才科学家要寻找成就感,一个傲慢的公主要寻找快感,他们在性欲上找到了最佳拍档。

"你快点穿好衣服回去,本司汀的飞船快到了。对了,措灵和罗恩的私下往来频繁吗?"完事之后,阿多瓦边穿衣服,边问。

"你什么意思?"奥库拉是个敏感的女政客。

"只是留意下措灵和罗恩。"阿多瓦没有告诉奥库拉在另一个时空里,他父王被毒杀后,她的弟弟措灵被罗恩拥护为帝王的事情。他知道奥库拉恨透了措灵,担心奥库拉把王室的危机抛到脑后,先对付措灵,导致王室内乱,或许正好遂了罗恩的心意:姐姐和弟弟残杀,罗恩借机将两个都除掉。阿多瓦现在还不确定措灵和罗恩的关系。

"奥库拉,我已向你父王多次提亲,我希望我们的婚礼尽快举行。我想与你,还有我们的儿子生活在一起。"阿多瓦迫切地想娶奥库拉,更想见到他的儿子,巩固他的地位,让他成为正式的贵族。

"会的,你着急什么?我更关心罗恩这颗巨星什么时候陨落。"

阿多瓦带着奥库拉去了另一个房间，打开电脑，给她介绍一个大计划。大屏幕上出现几个地球人的尸骨图片："这是本司汀在地球上找的，正在运往实验室的途中，估计还有半小时就可以到，是送给你和帝王的礼物。"

"你精神失常了吗？送丑陋的尸骨给我们？"奥库拉尖叫着。

"不要小瞧这几具尸骨，其中两个你会很感兴趣。一个是亚历山大大帝，一个是秦始皇。"

"他们是谁？有什么用？"

"两个帝王。据我研究，地球人好战，战争从来没有停止过，他们有很多的国家、不同的信仰，不同的帝王。而我们西里斯帝星人有史以来战争非常少，发展很稳定，只有唯一的帝王。"

"这能说明什么？"奥库拉追问道。

"地球人和我们拥有几乎完全一样的DNA，但是由于他们的好斗特点和外星撞击等不可抗力因素，导致这个星球的文明程度不如我们高。如果我们成功提取这几个地球人的DNA，不但可以让我们更了解地球人的物种进化，而且最重要的是亚历山大和秦始皇在地球上曾经统领一方，有我们西里斯帝星人类没有的战斗力、军事才能和霸气……"

"你是说，你要提取他们的DNA？"

"我有信心提取这两个帝王的基因，复活这两个死去的帝王成为人造人，并让他们听命于我。未来的某一天，我们可以用'自然人管理自然人'的方式统治地球。如果把他们的DNA融入帝王的身体里，我有信心帝王会战胜罗恩，甚至统一星系，控制地球人和更多的未知人类。奥库拉，你不觉得这让人兴奋吗？"

"如果你说的都是真的，那就太好了，如果你能提取出这几个地球人的 DNA，让父王变得强大，我们马上结婚。另外几个地球人是谁？"

"给你看下虚拟画像。"

两个美丽的女子映入眼帘。奥库拉被她们的外貌深深吸引了，她从来没见过黑头发、黑眼睛的女子。黑色在西里斯帝星是极其珍贵的颜色。西里斯帝星人类几乎都是金黄的头发，海蓝色，或者浅蓝色，或者浅绿色的眼睛。

阿多瓦说："一个是地球上最美丽的女子之一，东方美人西施；一个是最智慧的女子，埃及女王克里奥帕特拉。"

"给我留着，这两个女人我要了。"奥库拉想到了一个好主意，如果她能成为女王，克里奥帕特拉的基因可能会帮到她。

她是矛盾的。作为一个女人，她需要细胞重生技术保持她的不老容颜，增加她的寿命；但是作为王室继承人之一，她内心排斥阿多瓦的细胞重生技术：如果他的父亲活到 300 岁，那就意味着她若当女王，就要等 200 多年。她受不了这么漫长的时间煎熬。至于她的弟弟措灵呢？她从来没把柔弱的措灵放在眼里，他不是当君主的料。

自从帝王潘特森和她母后离婚，娶了措灵的母亲后，那些年公主奥库拉有种寄人篱下的愤懑，她恨措灵和措灵的母后夺走了本该属于她的一切。她小心翼翼地在王宫里生存，生怕继母毒害了她。她还要千方百计赢得父王潘特森的欢心，这样帝王潘特森才有可能将王位传给她。

措灵的母亲死后，奥库拉才松了一口气，终于可以平等地与措灵对话。虽然措灵从小到大，单纯善良，视她如亲姐姐，但是奥库拉的仇恨心，让她看不见措灵对她的情谊。何况父王潘特森只有措灵一个儿子，平日里非常娇宠措灵。这让奥库拉的嫉妒心越来越重。

20/

到达深山实验室,不等机器人杰克停稳飞船,本司汀抱起南卡就急切地飞了出去,实验室的大门打开,本司汀匆忙按下电梯的地下500米,阿多瓦在那里等他。机器人杰克将几具地球人的尸体陆续搬下飞船,在飞船旁等候的机器人保镖们迈着整齐划一的脚步,陆续将尸体送往实验室的疾病监控室。

"教父,救她,教父,救南卡。"本司汀一边飞跑,一边冲研究员们喊着,"快去,去把教父叫过来。"

病重的雪豹库尔也跟着本司汀一起奔跑,一路撞翻了实验室里的许多设备。

本司汀在研究员们的指引下,把南卡放在事先安排好的病床上。

"这个女孩怎么样?"阿多瓦走进房间问道。这时,刚和阿多瓦亲热过后的奥库拉,蹑手蹑脚避开本司汀和人群,躲躲藏藏经过疾病监控室的门,偷偷地离开了。

"身上都是脓包,恐怕也活不了多久。"阿多瓦的助理甲说。

"太可怕了,那个土制的古城里的人全部死了,冰川古国里的人还有几百个活着。我们现在只能把他们活着的人休眠、冷藏,找到根治这种病的办法,同时防止传染。这是从未有过的罕见病情。"助理乙说。

"这个突然出现在视野里的古城让人们害怕。帝王潘特森和罗恩的人一边忙着对付恐怖分子偷袭,一边忙着处理这两个古国的事,听说焦头烂额的。"助理丙说。

"好了,我知道了,给她做心肺复苏,快速复制储存她的大脑记忆。"

阿多瓦仔细检查了南卡的身体，严肃地说，"病毒侵蚀了她的整个身体，除非换掉她的血、她的五脏六腑，换掉她的身体。"

"全换掉，那还是她吗？细胞重生也不行吗？"本司汀惊慌地问。

"细胞重生是建立在已经储备了她的优质细胞前提下，她现在满脸脓疮，体细胞组织严重破坏，细胞根本不健康。"

"救活她的概率有多大？"

阿多瓦把本司汀拉到一旁，小声说："想让她活着不难，需要时间，但是我不敢保证她会在短期内清醒。需要用你的血，你的血很珍贵，免疫力很强，能帮助她杀死体内的一些病毒，对她的恢复有帮助。能不能醒过来看她的命了。"

"教父，无论如何都要救她。来，你们抽我多少血都可以。"本司汀挽起了袖子。他胳膊上的青筋清晰可见，刚劲有力。尽管在场的这些人都是阿多瓦的亲信，但他依然担心本司汀的"人造人"身份暴露，说，"等会我亲自抽你的血。"

"你在古国找到希望之石了？"阿多瓦把本司汀叫到了他的私人办公室，问道。

"我在地球上确实找到了，它就挂在南卡的脖子里，但是为了救那个时空里会被火灾吞噬的古国，您让我利用希望之石穿越了时空，将古国移动到了西里斯帝星。等我醒来时，我发现古国就在我们星球上。虽然免于火灾，但因为瘟疫和洪水，古国还是灭亡了。南卡脖子上的希望之石也不见了。"

"不见了？怎么回事？是有人先你一步把它取走了？"

"不会，不可能，谁也取不走它。它释放的能量之大不是凡人能触碰的，只有南卡可以。我们可以等她醒来后问她。"

"或者，我们可以分析她大脑的记忆库。"阿多瓦打开仪器，连接南卡的大脑和他的大脑，将南卡的记忆在他的大脑里播放，他闭上了眼睛，进入了记忆场境，他在南卡的十八年记忆里查询关于希望之石的片段，结果让他大吃一惊。他猛然睁开眼，大脑几乎要撕裂。

"教父，怎么样？下次寻找记忆的事情还是我来吧，这个太损耗身体。"

"不可能，太奇怪了，不可能，她从来没有见过希望之石，更没有戴过它。"阿多瓦慌张地说。

"怎么会？那是他们古国人的守护石，世代相传，只有国王或王位继承人才能佩戴。我亲眼见过的。"

"这太奇怪了，你确定你看见了南卡身上戴过希望之石？这不是幻觉吗？"

"这是真的！教父，你也可以进入我的记忆库去查询。我没有必要骗你。"

"不，我的孩子，我相信你的话。我只是觉得奇怪。这是一个糟糕的消息，时空转换后，一切都变了。希望之石有可能还在地球上，也有可能去了其它地方。"阿多瓦内心闪过一丝恐惧，说。

"那我再去地球一趟吧，找回希望之石。"

"问题是，我在怀疑，时空改变后，去往地球的路径还一样吗？希望之石还在地球上吗？完了，完了。"阿多瓦突然对一件事恍然大悟，那是隐藏在他心底不能说的秘密。

他小时候捡到了一本高级文明遗留在西里斯帝星的《写给未来的人类》日记，日记里显示高级文明将希望之石埋葬在地球的冰川地带，永久封存。他一直在想，为什么高级文明没有运用希望之石的能量转换时空，让他们的文明继续留存、繁荣，而是选择了寻找新的宜居星球，播种"星球卵"的方式。

如今，他终于明白了。

因为一旦希望之石的能量释放，一切都会变得不可控，但是该死的还是会死，该生的还是会生，没有任何力量可以改变这一规律。

所以，南卡的古国即便在希望之石的作用下，转移到西里斯帝星，注定还是会灭亡。

"那我们怎么办？"本司汀问。

"暂时不要去找希望之石了，我们还有其它办法阻止罗恩。"阿多瓦说，双眼充满血丝，他即将实施一次更大的冒险计划。

机器人们将本司汀带回来的几具地球人的尸骨放进了实验室。

接下来的两个月，阿多瓦几乎没有出过实验室的大门，他连奥库拉也没有见。科学实验的魅力对于他而言，超越了一切。他要完成对自己的又一个挑战，成功提取亚历山大大帝和秦始皇的基因，让细胞再生，他就会制造出一个新的"人造人"亚历山大、"人造人"秦始皇出来，让亚历山大和秦始皇受他的控制，统治地球，这样他才能带着西里斯帝星上的所有自然人移民到地球，成为地球上最优秀的族群。

他受够了西里斯帝星上 DNA 优选人对自然人的歧视。

同时，如果克里奥帕特拉、西施的细胞健康，那么可以为地球人南卡造血、造出全新的器官，救活南卡。

帝王潘特森可没有这么好的耐心。

当他听女儿奥库拉汇报阿多瓦的最新试验时，他命令奥库拉，转告阿多瓦尽快制造出有战斗力的细胞，他要变成亚历山大大帝，让他的儿子揩灵变成秦始皇。揩灵太柔弱了，缺乏阳刚之气和统治星系的野心。

听到安插在阿多瓦实验室里内线的汇报，罗恩渐渐起了疑心，恐怕阿多瓦并不是研究地球人DNA那么简单。本司汀每天去看望一个叫南卡的古国女子，这对罗恩来讲也是个谜。

阿多瓦心花怒放的那天，是地球人细胞提取成功的那天。尽管阿多瓦没有和任何助理讲过他在干什么，但是不该发生的事情还是发生了。

罗恩带着一百多名精干的士兵和几个生物学家，出其不意地冲进了阿多瓦的深山实验室，夺取了阿多瓦的实验成果。

他对阿多瓦说："你总是自以为是，觉得自己最聪明，这是天才最大的弱点。你以为我不知道你研究这几个地球人的DNA干什么吗？瞧，你身边的助理研究员，你随便问一个，他们都知道，只是他们做不到。很好，你做到了。可惜的是，你再次为我做了。"

罗恩命令阿多瓦的一个助理研究员，帮他注射了亚历山大大帝的细胞能量，然后当众杀了那个研究员，说："我最讨厌叛徒。你怎么能背叛阿多瓦？"众人吓得直哆嗦。

他转身对阿多瓦说："我在教你怎么管人，不要相信你身边的任何人，我只是给了他一点甜头，他就背叛了你。"

走时，他丢给阿多瓦一句话："你等着我变成亚历山大大帝吧，你向奥库拉公主靠拢的那天就注定了背叛我，与我为敌。我从来没想过要把你怎么样。但是，你太让我失望了。"罗恩的眼神里有泪光。这让阿多瓦无所适从。

罗恩还对身边的生物学家们说："把秦始皇的细胞液带走，给揩灵王子安排手术。还有华佗的细胞液，'人造人'华佗要尽快研发出来。

听说亚历山大得了疾病早死,我可不想因病而死。你们这些废物,加起来都不如一个阿多瓦,我养你们有何用?"

阿多瓦丢了魂似的,回到自己的休息室,瞬间气得七窍流血。此时,另一个房间里的南卡醒了,兴奋的本司汀飞快地跑去找阿多瓦,迎面撞见了罗恩一行人。

"你来干嘛?"

"来看你和你的教父,我的儿子。"罗恩轻蔑地说。

本司汀没有理睬罗恩,调侃他说:"你漂亮的头发乱了,赶紧梳梳头吧。"然后,他径直向阿多瓦的休息室跑去。身后,听见罗恩对他喊:"揩灵王子问你回来这么久,怎么也没去找他,你抽空去见见揩灵王子吧。"

幸好本司汀来得及时,救了晕倒在地的阿多瓦。他嘴里不停地嘟囔着:"完了,本司汀,完了!"

"什么完了?"

"罗恩,抢走了亚历山大、秦始皇,还有华佗的细胞液。"

"抢了就抢了,您再研发就行了,我扶您起来。"

"你不懂,怪我瞒着你。那细胞液非同一般,你了解亚历山大和秦始皇的历史,他已经注射了亚历山大大帝的细胞,不出一天,亚历山大的基因会渗透到他骨子里,让他变得更加强壮、智慧、野心勃勃。我们就更难对付他了。"

"我先扶您起来。"

"他为什么注射亚历山大大帝的细胞液,而不是秦始皇的?因为亚历山大大帝是个同性恋,这也符合罗恩的喜好。他很聪明,在我身边安插了奸细,早知道我要干什么。他抢走了这些细胞原液,可以制造出人造人亚历山大、人造人华佗、人造人秦始皇。华佗的医术是我们星球人类弄不明白的,他能救亚历山大大帝的命。罗恩非常了解亚历山大大帝的命运,他什么都知道,我什么都瞒不过他。"阿多瓦的瞳孔放大,捶胸顿足起来,懊悔不已。

"您为什么不早说?"本司汀突然想到了什么,"那克里奥帕特拉和西施的细胞液呢?是不是可以再生人造器官给南卡?"

"嗯。"

"她们也被罗恩抢走了?"

"没有,还在这里。"

"快,教父,快给南卡培育新的器官吧。她刚才醒了,看了我一眼,又昏迷了。"

"你现在只想到南卡,能不能想想我们西里斯帝星就要完蛋了?"阿多瓦猛烈地咳嗽起来,吐了一摊血。本司汀方才意识到事态的严重性。

现场一片死寂。

本司汀站起身来收拾混乱的房间,阿多瓦一时生气砸碎了许多物件。

本司汀给教父倒了杯水,扶他在椅子上休息,不敢再去打扰他。他从没见教父这样愤怒过。

"你去帝王那里报到吧,他需要你的保护。我怕罗恩会对他不利。作为铁血战士,回来两个月了,也没有履行你的职责,帝王不责备已是大恩了。至于南卡,我会照顾她的。"阿多瓦面容颓丧,好像一样子老了很多。他冷静下来,说:"顺便你去见公主殿下,让她马上来一趟实验室,就说我有重要事情找她。"

21/

奥库拉火急火燎地赶到深山实验室。阿多瓦凝重和沧桑的表情,像一个垂死的自然人老头。她知道大事不好了,身体都在发抖。

阿多瓦让她躺在手术台上,说:"你准备好变成克里奥帕特拉了吗?"奥库拉见阿多瓦语气平和,却不敢多问,木讷地点点头。她并不知道罗恩已经注射了亚历山大大帝的细胞,抢走了其它细胞液。

奸细事件让阿多瓦尤为谨慎起来,他甚至不打算让奥库拉知道克里奥帕特拉的原液细胞存放点,也不打算让奥库拉知道如何使用细胞原液。

他给奥库拉注射了一剂麻药和安眠药,让她进入睡眠状态,再做手术。手术后,睡梦中的奥库拉隐约听见一些婴儿的哭声。她醒来,起床闻声推门而出,问阿多瓦:"你的实验室怎么有小孩的哭声?"

阿多瓦的口吻很高傲:"你没听错,这是我的秘密武器。你跟我来。"

阿多瓦带奥库拉去了楼下,入口写着"只有机器人可以进入"。他们通过一层层的金属门进入一个长廊,长廊的两侧有100个房间,每个房间里有三个婴儿和一个机器人保姆,阿多瓦说:"奥库拉,欢迎来到我的武器库。"

"什么?武器?你从哪里弄来这么多孩子?"

"他们不是普通的孩子,他们是第二代'人造人',每个孩子都拥有整个星系最优质的DNA,超过DNA优选人,这将是星球未来的希望,未来真正的人类精英,是我创造了他们。"

"人造人?我听说多年前,父王和政府不是明令禁止这项研发吗?"

"当人类自主选择自己优质的精子和卵子结合产生DNA优选人的

时候，怎么没认识到这是反自然、反人类的？"阿多瓦说。

"这一样吗？"

"这有什么区别？"

"可是，我不明白，这些孩子有什么用？"

"用处太大了。他们的脑力、智力、体力都非我们所能及。他们会成为铁血战士，成为我们最有战斗力的军队。为了和罗恩抗衡，我们需要不怕死、勇往直前、以一当十的军队。'人造人军队'本是四十几年前罗恩的计划，他以为我不敢大规模制作'人造人'，我也没有那么多财力，但是有帝王的支持就不一样了。"

"你是说，我父亲也知道这件事？"

"是的，我的公主。"

"我不希望你以后有事瞒着我，我现在是你的未婚妻，我需要你对我坦诚。"

"对不起，奥库拉，我必须遵守对你父王的承诺，实验没成功之前我不能对任何人讲，以免被罗恩关注，打草惊蛇。"

"你看，这里的每一个孩子都让我煞费苦心，这是生物学家的艺术品。他们每一个人拥有 400 万亿个细胞（皮肤、肌肉、神经等）。你知道这里面的遗传学实验多么复杂吗？这将是一项改变世界的发明。"阿多瓦恢复了一副雄心壮志的面孔。

他要迅速调整思路，重新找到制衡罗恩的方法。他和奥库拉的对话也是安慰自己、自欺欺人的方式吧。

他不能承认他败给了罗恩。

眼前第二批"人造人"还要漫长的时间去培育，现在只能依仗"人造人"本司汀和注射了克里奥帕特拉的基因的奥库拉。

本司汀赶到了王宫，向帝王潘特森报到。晚餐时，他被潘特森盛情邀请，一起与皇室成员共进晚餐。奥库拉和本司汀寒暄了几句。措灵王子见到本司汀，高兴坏了。他向父王担保本司汀是个忠于职守、尽职尽责的好保镖。他最好的朋友给父王做保镖，他再高兴不过了。

奥库拉可不这么想。平时就不怎么和措灵言笑的奥库拉，晚宴上几乎没怎么说话。她不喜欢和措灵交往紧密的人，尽管本司汀是阿多瓦的教子，也让奥库拉浑身不舒服。

晚宴上，帝王潘特森正式宣布本司汀为他的贴身侍卫，要求形影不离。

罗恩安插在帝王身边的侍卫马上向罗恩汇报了这个消息。

罗恩暴跳如雷，他没料到本司汀会放弃照顾失魂落魄的阿多瓦和病重的南卡，这么快就去宫廷报到了。

他不能容忍本司汀和阿多瓦都效力于帝王潘特森。潘特森不死，他的儿子措灵就不可能当上帝王。本司汀待在潘特森旁边，无疑给他暗杀潘特森造成了障碍。

晚宴还没结束，措灵王子的随从在他耳边说，罗恩将军有急事找他。措灵早早结束晚宴回了自己的寝宫。在那里，罗恩正等着给他注射秦始皇的细胞液，并将告诉他，他们是父子这一事实。他已准备好辅佐措灵登上王位。

奥库拉见措灵走了，也起身告退，说："父王，我不放心我的孩子，我得早点回去照顾他了。"

帝王夸赞她说："奥库拉，自从你当了妈妈，比以前更加温柔、细致了。你也要多支持和照顾你弟弟。"

奥库拉表面欢笑，实际暗藏杀机。

帝王见措灵和奥库拉都走了，对本司汀说："他们姐弟俩，貌合神离。措灵心地善良，奥库拉心事太重，也怪我对不起她妈妈，导致这孩子戒备心太强。你要劝措灵多担待一些，不要和他姐姐闹矛盾。"

古城里存活的几百人依然在冷藏中，等待医治病毒的办法。

罗恩对这个突然出现的古国产生极大的兴趣，他要搞清楚本司汀为什么对一个古国的女子这么上心。他计划控制这个女子，作为对本司汀的威胁。

他趁本司汀去帝王宫殿执勤的时候，安排留守在阿多瓦深山实验室外的士兵，闯进实验室，接走了南卡。雪豹库尔顽强抵抗了两分钟，挣扎着保护它的主人，被士兵们枪杀了。机器人杰克也被士兵们击中头部，支离破碎。

这一切发生得太快了，阿多瓦还没来得及修改深山实验室的防护系统，这件事情就发生了。罗恩的士兵竟然在几个小时内再次闯入了他的地盘。

他太盲目自信了。

他一直认为他知道罗恩太多的秘密，可以轻而易举地毁掉炼狱星球的网络，甚至让西里斯帝星的通信全部中断，给罗恩造成大麻烦。所以，罗恩不会明面上和他过不去。但是，他没想到，罗恩竟然会冲进他的实验室，冠冕堂皇地夺走了他的研究成果，还抢走了南卡。

难道，罗恩宣布造反夺权了？

第六章 逃亡之路

22/

本司汀给帝王潘特森当护卫的当天晚上，潘特森离奇地死了，就死在本司汀面前。

当天皇室晚宴后，他陪着帝王潘特森在收藏室里工作。巨大的收藏室里，存放着帝王私藏的艺术品和绝密文件，收藏室里只有他们两个人。帝王吩咐他，去收藏室的另一头找一份资料，他在档案柜里无意间发现"人造人"训练的绝密级视频档案，那不就是被他教父抹去的20年记忆吗？

他鬼使神差地取出了档案，躲在一个隐蔽的角落里拷贝数据，他的精力集中在档案数据上，没有留意到收藏室里的任何动静。等他回到帝王潘特森的书桌前时，他发现帝王被人用最残忍的方式暗杀：割喉。一刀毙命，刀口很深，精、准、狠。

杀手十分专业，帝王连挣扎的痕迹都没有。本司汀震惊了。

随即，侍者、医生、宫廷侍卫们都赶到了。帝王收藏室的门口挤满了人。奥库拉公主失声痛哭,紧接着侍卫长封锁了现场,拉出警戒线,将恐慌的人群赶出了收藏室,命令宫廷侍卫们将本司汀抓了起来。

全城戒严。

罗恩和揩灵也闻讯赶来。揩灵扑到帝王身前,崩溃到完全失去了理智。

本司汀百口难辩,没有反抗,除了惊恐这一切发生得太突然,他还算冷静,反复说:"公主,揩灵,我没有杀人。相信我,我没有杀帝王。凶手另有他人。"

他坦坦荡荡的,跟着星球警察去了审讯室。他无法解释帝王潘特森死时的那几分钟发生了什么,因为他不在现场,而帝王收藏室是非常私密的地方,除了贴身侍卫,帝王不允许任何人进入,室内也没有任何监视系统。

室外的监视系统显示,除了帝王和本司汀,没有任何人进出过收藏室。这是一个糟糕的事实:暗杀帝王的凶器没有找到,犯罪现场只有帝王和本司汀两个人的基因信息。

本司汀是帝王的贴身保镖,必须与帝王寸布不离,连上厕所都要打报告请示。他的辩解之词过于苍白:"我离开了几分钟去拷贝视频资料。"

宫廷和星球政府认为这个辩词荒唐至极。他们的一连串疑问像机关枪子弹一样猛烈地射向本司汀,让他防不胜防,没有退路。

"是什么样的视频资料,会让你忘记自己的责任?"

"这个视频资料比保护帝王的性命都重要吗?"

"怎么会这么巧,刚好赶在你去拷贝资料的时候,帝王被暗杀了?"

"你又怎么解释,现场只有你和帝王两个人的基因信息?若有第三者,一定会留下什么。"

"你把杀人的刀具藏在了哪里?"

……

本司汀的脑袋里一团糨糊，这是他头一次被人污蔑，但他毫无反驳之力。因为这些问题也是他的疑问。他的目光，无助地投向了旁听席，他需要最亲近的人的支撑。旁听席里坐着他的教父阿多瓦，神情凝重地向他摇摇头，示意他保持沉默。

"听说，你是罗恩将军的儿子？罗恩将军对你涉嫌杀害帝王一事怎么看？"旁听席里有个人突然问。本司汀更加诧异了，人们的目光投向了旁听席里正襟危坐的罗恩。

那些齐刷刷、突如其来的质疑目光让罗恩也紧张起来，他擦了下额头的汗水，身旁的助理帮他说："你是什么人？这里可不是开玩笑的地方。本司汀上尉15岁时，就和罗恩将军断绝了父子关系，他们之间没有任何来往，请审判长调查。对于帝王的死，我们都很悲痛。罗恩将军一直是帝国的英雄，帝王最好的将领和朋友，我们一定会协助政府查出元凶。若是本司汀所为,定会严惩不贷;如果不是,我们不能强加罪责。"

罗恩觉得此事蹊跷。他百分百肯定帝王不是本司汀杀的，本司汀没有杀帝王的动机。若真是他所为，他一定会承认。本司汀的个性，罗恩是了解的。他若是凶手，也不会轻易地束手就擒，早就启动飞行战靴逃亡了。可是，这些审判席上愚蠢的官员们，没人认识真正的本司汀。他们不会相信他。事情若追究下去，只会暴露本司汀人造人的身份，牵扯更多不必要的麻烦。

至于阿多瓦，这个事业如日中天的博士也不会愚蠢到去暗杀帝王吧。罗恩心中的阿多瓦是柔弱的，没有刺杀帝王的胆量，何况帝王潘特森和阿多瓦近期走得很近，阿多瓦要依仗帝王获得身份认同。

会是奥库拉和措灵吗？现在，西里斯帝星的局势不稳，一副烂摊子，无论他们谁登基，若后台不强大，都不会成功。这两个王位继承人应该不会贸然做这么冒险的事情。何况，他们都很爱自己的父王。

至于罗恩本人，确实有这几天暗杀帝王的计划，但他很清楚自己根本还没付诸行动。

此时，旁听席上的罗恩异常恐慌，似乎有一只强大的看不见的手，扰乱了胶着的局面。在西里斯帝星上，还有谁会有这么大的能耐暗杀帝王呢？

他很厌恶这种不确定性。也许，下一个被暗杀的人就是他。刚才旁听席里的那句质疑让他极度恐慌和敏感，提高了警惕。他仿佛看见一张巨大的隐形的网正在向他扑来，他欲逃，却逃不掉。他眼睁睁看着自己落入网里，成为网里的猎物，被乱箭射死，却看不清猎人的模样。本司汀，他的人造人儿子，只是猎捕他的诱饵罢了。

这个要猎捕他的猎人会是谁呢？

"调查下刚才提问的青年，什么背景，他怎么知道我是本司汀的父亲？"走出审讯室，罗恩对身旁的助理说。

整个审讯阶段，公主奥库拉都是哭哭啼啼的，她在等待审讯会的宣判。她含着泪咒骂本司汀，发出了狮子般的怒吼："是你的失职，害死了我父王。我饶不了你。"

阿多瓦左右为难，此时此刻，劝慰奥库拉只会火上浇油。他心急如焚，怎么办？该如何救出本司汀？

措灵王子没有出席审讯会，这个王子的内心悲痛而混乱，他慈祥的父亲被自己最好的朋友杀死，他很怕这一切是真的。他把自己关在屋子里，封闭起来，只委派了亲信到审讯室打探消息。

他在自己的房间里徘徊，回想几个小时前发生的事情。

他离开晚宴后，就在自己的寝宫见到了罗恩。所以，父王肯定不是罗恩杀的。他自己就是罗恩不在场的证据。罗恩一向鼎力支持他，待他如子。虽然父王一心要除掉罗恩，稀释罗恩的兵权，但是他铭记母后死前曾嘱咐他："危难之时，相信罗恩，他会帮你。"

措灵的脑子很乱。他想起罗恩为他注射了新的体能维持液，还说要告诉他一件非常重大的事情。当时，罗恩犹犹豫豫地还没开口，他的通信设备就响了。帝王的侍卫恐慌地告诉他，帝王被暗杀了。

他并不知道，罗恩趁机为他注射了秦始皇的细胞液。措灵对于自己正在变成秦始皇一事，毫不知情，只是隐约觉得有点想吐，浑身瘙痒。

措灵在琢磨，罗恩到底要告诉他什么呢？这件事肯定非常重要，否则罗思不至于带着医生亲自到他的寝宫找他，莫非罗恩知道父王之死的背后黑手？或者，他派人暗杀了父王？或者，他和本司汀联合杀害了父王，毕竟他们是父子啊！

23/

人造人是一个不能说的秘密，铁血战士是军方最高机密。本司汀不能跟任何人提及他的特殊身份。如果说出这个计划，教父阿多瓦、罗恩、王室成员一定会遭到民众的质疑，他自己将永无宁日，人们会恐惧他，疏远他，事情会越来越糟。所以，关于他在帝王收藏室里发现的"铁血战士受训记录视频"文件是不能公开提及的。

审讯官们问不出所以然来，同意休庭，择日再审。他们一致认为，即使本司汀不是凶手，他也犯有不可原谅的重大失职罪。他是西里斯帝星的罪人。

星球警察把本司汀移交到最高警察厅的临时监狱，休庭期间，他的教父阿多瓦也失去了探望他的权利。奥库拉和措灵王子各自在悲痛中，为葬礼和继承人的事情忙得不可开交，无暇顾及被抓起来的本司汀。

罗恩的助理跟踪了审判会上质问罗恩的那个年轻人。这个青年只是个初出茅庐的调查员，他说，他通过警察的系统查到了罗恩和本司汀的关系。罗恩的助理不相信，准备武力施压时，那个青年被远处的一把枪射杀了。

这件事情扑朔迷离起来。

"一定是有人给他塞了字条，或者收买了他，让他这么做的。收买他的人和我们一样，一直在跟踪他，防止他口风不严，事情败露，所以在我面前杀了他。"罗恩的助理向罗恩汇报。

罗恩慌乱的心再也无法平静了。

本司汀思念病重的南卡，一周过去了，星球警察认定了他是杀死帝王的凶手。即便他没有直接杀人，作为帝王的贴身保镖，玩忽职守，间接导致帝王潘特森的死亡，也要被判终身监禁。

罗恩也被警察局的调查员盯上了，他委托人给本司汀带来口信："我正在想办法找出凶手，救你。"

本司汀冷笑了一声，这是猫哭耗子假慈悲。他不相信罗恩会救他，或许他是罗恩的替罪羊，罗恩才是杀死帝王的最大嫌疑人。毕竟，在这个星球上，还有谁会有通天的本事，轻易地暗杀帝王潘特森呢？

他知道，这次他凶多吉少，有人要置他于死地。他不懂人类复杂的权欲世界。罗恩？魁姆？很多人都想要帝王潘特森的命。魁姆的势力太弱，只有罗恩有可能。他想起，在另一个时空，罗恩就是杀害帝王的凶手。这段记忆，清晰无比。

只有他利用"希望之石"的能源力量穿越过一次时空，所以在当下这个时空里，只有他清楚在另一个时空里发生了什么。虽然这不能作为命案的直接证据，但是，罗恩是凶手，他坚信不疑。

他恼怒了，为何罗恩要让他当替罪羊？他们的父子之情荡然无存了吗？

他启动了飞行战靴，身披战甲，一声怒吼，摧毁了关押他的宫廷监狱，误杀了几名星球警察，飞逃到拥挤的大街上。

整个城市骚动了，全城的警察们开始追击他。他攻击了几架警用飞行器，向城市中心飞去，交通一片混乱。

蜘蛛网状的城市交通系统被紧急叫停。十五六个机器人警察对他穷追不舍，他穿梭在城市的高楼大厦里，时而飞到楼顶，时而降低到半空中，企图甩掉机器人。路过的高楼建筑，被他和机器人撞得破碎，人们吓得魂飞魄散。

本司汀本不想伤害机器人警察，但警告无效，无奈之下只能启动盔甲的吸收功能，把机器人和它们手上的武器一个个吸收过来，撕得粉碎，几乎片甲不留。

地面涌动的人流纷纷用摄影机拍下了这个画面。

打败机器人警察之后，本司汀向阿多瓦的深山实验室飞去，他要带着南卡一起出逃。离开西里斯帝星，去哪里呢？如果教父阿多瓦可以把私人宇宙飞船借给他,他会带着南卡一起逃亡地球。

随即,罗恩收到最高法庭的决议,请军方配合政府,全星系通缉本司汀。本司汀成为宇宙通缉犯。

罗恩也害怕本司汀误以为帝王是他杀的。加上他做了一个错误的决定,几天前绑架了南卡,本想制约本司汀,并搞清楚她和本司汀的关系。罗恩采集了南卡大脑里的记忆数据,惊讶地发现与本司汀有关的零星片段,只发生在古城被洪水淹没后,本司汀救她的那刻。

罗恩放弃了对南卡的调查,让人好好照顾她。

"如果这个自然人公主没有什么特别的利用价值,那么,本司汀和阿多瓦愿意救她,重视她,只能说明本司汀喜欢上了这个南卡公主。这个公主清秀可人,有一种罕见的纯粹的美,是本司汀喜欢的类型。可是,在这个公主的记忆里,对本司汀没有一丝主动的爱恋情绪,本司汀是在自作多情?"罗恩冷笑了下,预料到本司汀一定会来找他麻烦。他和本司汀之间的矛盾是不可调和了。他必须集结兵力抓住他,关押起来,慢慢跟他解释,这是自保的最好方法。

24/

在深山实验室里,阿多瓦终于见到憔悴的本司汀,他内疚地流下两行泪。他不知如何向本司汀交代南卡的被抓。对于此事,他羞愧难当。他知道南卡在本司汀心里的分量,那是他的妻,尽管是另一个时空里的妻子。

"孩子，你别急，南卡身上我装有跟踪器。"阿多瓦说，"这几天我去找罗恩，请他放了南卡。他说你被诬陷了，帝王不是你杀的，也不是他杀的。他说，我们遇到了我们看不见的敌人，南卡住在他藏匿的地点才安全。他派了重兵守卫。"

"他就是杀害帝王的凶手，教父，在另一个时空里，是你告诉我，帝王被罗恩杀了。但是，他没有篡权，他支持措灵继位了。所以，我相信在这个时空里，帝王也是他杀的。"

"什么？我越来越糊涂了。他即便杀了帝王，也不至于置你于死地，让你背黑锅，他是你的父亲，幕后黑手一定另有其人。"阿多瓦假装安慰本司汀。

"从他吃我肉的那天开始，我们早已不是父子。杀死帝王的凶手不会有别人，一定是他，只有他有篡位夺权的阴谋。他把整个星球搞得乌烟瘴气的，宣扬同性恋社会，企图建立如同多摩星球那样的'单性生物社会'，将我们人类变成'单性人类'，这简直是变态至极。"

"你怎么知道？"

"人造人的终极目的不仅是为了补充兵力，更是为了解决'单性人类社会'不能繁殖的问题。只要有两个同性恋人的基因，就可以打造新的婴儿，这项技术罗恩的生物学家们正在研究中。帝王让我找的资料就是关于多摩星球上单性生物的发展报告。"本司汀义愤填膺地说。

阿多瓦的自尊心遭到了打击，他不知罗恩在搞什么鬼，甩开自己，罗恩掌握了人造人技术吗？这是一个让人不安的信号。他瘫坐在椅子上。

"这是帝王死之前在收藏室里告诉我的。他说，虽然我是罗恩的儿子，但是既然我选择了做他的贴身护卫，就是他最亲近和信任的人，那么，他就要告诉我一些事情，让我认清罗恩的真实面目。他希望我在星球安危和罗恩之间做个选择。当时，我不假思索地回答帝王，我会尽职尽责，以保护帝王、保护星球为使命。"

"那帝王知道你是人造人的事？"阿多瓦紧张地从椅子上跳起来。

"我觉得他不知道。人造人是他先提及的。当时我很忐忑，害怕戳穿我是人造人的事实。不过，看帝王的表情，他应该不知道我是人造人。他指的人造人，是罗恩正在大力研究同性恋基因下的人造人技术。他说有人向他密报，罗恩成立了'单性人类社会组织'，这个组织在星球的活动神秘莫测。他没有十足的证据，也不知道人造人的研发地点，所以不能贸然抓捕罗恩。"

"我的孩子，看来，罗恩的野心超过了我们的想象。"阿多瓦头脑发晕，罗恩彻底放弃与他的多年合作，单干了。他有种被至亲抛弃的失落感。他原以为罗恩的身边没有他，生命科学研究会停滞不前，罗恩会认识到他的价值，没想到罗恩没把他放在眼里。

阿多瓦很沮丧，莫名地消极，胸口发闷。他也不知道他的心为什么会疼，背部的脊椎骨好像断裂了，整个身体都在下沉。明明是他先做了选择，断绝了与罗恩多年的情谊，喜欢上了公主奥库拉，投靠了帝王阵营，此时此刻怎么会有被罗恩抛弃的感觉呢？

"教父，你怎么了？你的脸色很难看。"本司汀说。

"没事，我只是很担忧罗恩的阴谋。你说，我在听。"

"他要夺权，暗杀帝王潘特森，正好被我碰上了，他肯定没想到我会在现场。或许，他没想过嫁祸给我，但是这个星球上，除了他还会有谁有能力潜入宫殿，杀掉帝王呢？'自然人独立运动组织'吗？"本司汀猜测说。

"不，相信我，魁姆的目标是罗恩和可可斐，不是帝王潘特森。他们以前只是在公开场合，暗杀过几次帝王身边的保镖，制造恐慌，希望帝王能缓和DNA优选人与自然人的矛盾。他们没有能力进入帝王戒备森严的宫殿，更何况还是设置了万道关卡的帝王收藏室？"阿多瓦否定了本司汀对'自然人独立运动'的领导人魁姆的质疑。

"如果排除魁姆，就更能断定是罗恩了。"本司汀说。

"帝王潘特森的父亲执政时期，DNA优选基因技术诞生，那时的父母们都希望自己的孩子是最完美的精子和卵子结合体，生出的孩子是最健康、最聪明、最漂亮的。所以，DNA优选基因技术一夜间风靡全球，获得了民众的广泛认同。这么多年过去了，世界已经遍地都是DNA优选人，那些自然出生的孩子反而成了社会的底层群体，不得已，他们移民到多摩星球去生存。魁姆就是随家人一起移居到多摩星球的自然人中的一员。他的父亲是'自然人独立运动'的发起人之一。他们家在罗恩暴力镇压'自然人独立运动'的行动中遭到了枪击。他的家人都死了。所以，他最恨的是罗恩和可可斐。"阿多瓦继续为魁姆辩解，他要彻底打消本司汀对魁姆的质疑。

"孩子，你要知道，一切不一样了。我们原来想利用希望之石穿越时空，回到若干年前杀死罗恩，防止他篡位。现在帝王死了，希望之石也离奇地消失了。我们只能靠自己扭转局面了。"阿多瓦的语气里有些绝望。

25/

本司汀得知南卡被藏匿的地点后，孤身深入，见人就杀，近乎疯狂。

他想到雪豹库尔和机器人杰克无辜地惨遭毒手，就更加恼怒起来。

看守的士兵们求饶说："南卡好好的，我们并没有虐待她。"

本司汀说："你们杀了南卡和我最好的朋友，不可原谅。"

士兵们说："不，本司汀长官，我们没有。我们只是不小心杀了一只凶猛的豹子和一个顽抗的机器人。"

本司汀脖子里的青筋鼓起，将士兵们一顿暴打："我说的就是它们。你们这帮混蛋！"

接走南卡后，他一怒之下将整个藏匿点烧了，无人生还，他用激光在空地上写上自己的名字："本司汀"！这是在向罗恩发起公开的挑战。

失去理智后的"人造人"让所有星球警察们闻风丧胆。

"自然人独立运动"的领袖魁姆，主动联系了逃亡中的本司汀和南卡，在连线中，他保证帝王潘特森不是他所杀，称自己和萨罗月听到这个消息也很震惊。他们怀疑是罗恩所为。星球战争一触即发。

在魁姆和萨罗月的安排下，本司汀和南卡住进了多摩星球的一个僻静的山洞里。山洞里有魁姆和萨罗月事先准备好的食物和日常起居用品。这个山洞距离"人工自然区"非常遥远，女性无法在多摩星球的"非人工自然区"存活，必须穿上特制的隔离衣，戴上净化空气的口罩。

萨罗月和南卡浑身上下被包裹得严严实实。本司汀将南卡安置在一张简易的床上休息。萨罗月熟练地取出飞行器里的"人工自然"的设置装置，按下了几个按钮，空中发出几道彩色的光，在洞里形成一块"人工自然"的小区域。在小区域内，南卡可以脱掉隔离衣，自由呼吸、自由活动。

"记住，离开这个区域，南卡一定要穿隔离衣，戴上口罩，否则会有生命危险。这个星球上的自然环境不适合雌性生物。"萨罗月说。

"好,我记住了,萨罗月,谢谢你。"

"你有什么打算?"萨罗月问。

"南卡病得不轻,不适合东奔西跑。我们要等教父阿多瓦制造出适合南卡的人造器官。等她更换器官,恢复健康后,我想带她去地球。"

"地球?"

"是的。这里太不安全了。"

"可是,我们至今没有人去过地球,那是一个遥远的星球。稍不留意,你会在宇宙中迷失方向,或者发生种种意外而死。"

"或许我可以找到。"本司汀自信地说,"我会让教父阿多瓦帮我。"

"为了南卡值得冒险吗?你会娶她吗?"萨罗月关切地问。

"南卡是我的妻子。"本司汀深情地望了眼熟睡的南卡,轻声说。

"这是什么时候的事情?我听说你们认识没有多久,她一直在病床上。"萨罗月的心隐隐作痛,强颜欢笑地说。

"我不想对你隐瞒什么。萨罗月,南卡是我的妻子,我爱她。我在另外一个时空里爱上了她,我们在太空中举行了婚礼。"

"你让我糊涂了。"萨罗月伤感的眼神里透着艳美的光。

"三言两语解释不清楚,有时间我再告诉你。如果我遇到什么意外,答应我好好照顾她,给她更换教父制作的新器官,让她活下来,快乐地活下来。"本司汀向萨罗月索要承诺。

"我答应你。你要想好,你娶了一个自然人,你们的婚姻在西里斯帝星上不会得到祝福。或许去地球,去一个没有人认识你们的地方,可以幸福。"对待她曾经爱过的男人,萨罗月是重情重义的。

"我还没有告诉教父想带南卡去地球的想法,先替我保密好吗?我们要齐心协力，先解决掉罗恩，让西里斯帝星恢复和平。"

"嗯，放心。我和魁姆一直在为自然人的自由和平等的权利而努力，早已将生死置之度外。其实，我们现在的处境也很不好，罗恩加强了兵力在捉拿我们，不知道下次什么时候才能来看望你们。南卡体弱多病，你又被星球政府通缉，我会尽快来给你们送补给。"萨罗月警惕地又在洞口张望了一圈，说，"现在多摩星球上到处是罗恩和可可斐的人，你们一定不能掉以轻心。这一带属于未开发的荒凉之地，他们一时半会找不到这个山洞，但是多摩星球上的生物攻击性很强，你们要小心。"

"谢谢你。"本司汀目光呆滞，他守着睡着的南卡，开始抽自己的血，注射给南卡，维持南卡的生命，又叮嘱了萨罗月一句，"教父阿多瓦正在帮南卡制作匹配的人工器官，有消息的话，麻烦你第一时间通知我。替我告诉教父，我和南卡很平安，让他多保重。"

"嗯，我们一定通知到。"萨罗月说。

26/

逃亡的日子里，本司汀和南卡相拥相依，对本司汀来说，这是少有的单纯快乐的幸福时光。回想他的一生，他只在另一个时空里体味过这份类似的快乐，也是与南卡一起，在她的冰川古国，在一起太空旅行。

南卡从失去亲人和雪豹库尔的悲痛中舒缓过来。

本司汀每天跟南卡讲宇宙里的故事。他说，我们看到的星辰往往是数个世纪之前的情景，有可能现在它们已经死了。

南卡指着星空说："天空里有那么多的星星，你最喜欢哪一颗？"

他说:"我已看过银河,但我只爱一颗小行星,它的名字叫南卡星,也叫地球。她就在我的眼前。"

南卡对这句话似曾相识,似乎在梦境里,似乎在她的前世,她不记得了,她只是觉得这种感觉熟悉又动人。她开始接纳这个救过她的命,始终陪伴他的男人。

"地球很美吗?"南卡依偎着本司汀,坐在洞口的石头上,仰望星空。

"对,就像你一样美。你是世间最美的女子,地球是宇宙里最美的行星。"

"那你会带我去地球吗?"

"会。一定会的。"本司汀亲吻了隔离衣下南卡的额头,在满天星辰的夜里,他回想起初见地球的那一刻,如炎热的夏天里透心凉的美好。他狂躁的心平静了许多。

一个月过去了,山洞里的生活必需品快用完了,还不见萨罗月和魁姆的影子。山洞的周围一片沼泽,没有生物的迹象。本司汀想启动飞行战靴,去远一点的地方寻找食物,又担心自己暴露行踪。

他的飞行战靴和战甲一旦启动,教父阿多瓦就会知道他的具体方位。如果罗恩也有跟踪信号的能力,他和南卡就会有危险。他自己倒没什么,他只担心虚弱的南卡。

他开始割自己的肉,烧了给南卡吃。

南卡并不知情,只觉得肉的味道古怪。她瞥见本司汀的裤子上有鲜血的痕迹,问他,"给我看看,你是不是受伤了?"

本司汀慌张地遮掩起来。

"不行,给我看看,到底怎么回事?"南卡拖着虚弱的身体,倔强地挣扎着起身要去查看本司汀的大腿。

本司汀一向不擅长说谎,他支支吾吾地说:"我真的没事,不……不信你看。"他脱了裤子给南卡看个仔细。那大腿上确实没有伤痕,借着火光,南卡隐约看见似乎是金属和肌肉组合的肉体。那肉体和凡人有些不同,更加健硕有力一些,暴露的青筋和皮肉,如钢铁般坚固。

"你的身体?"南卡情不自禁地触碰了本司汀的大腿,那肉结实得像岩石。

"哦,不要害怕,我的脉络掺杂了稀有金属的成分,除了大腿这里全是肉,几乎所有的脉络都含有稀有的金属和特殊的能量液,包括我的大脑,我的肝脏,这样才能与贴身盔甲合而为一,我的战斗力才会增强。这件风衣也不普通,它也是一件智能盔甲。"

"这是怎么做到的?有巫师给你练功秘籍吗?"南卡小心翼翼地问他。

"嗯?"

"你的身体是怎么练成的?"在南卡的认知里,这是一种神功练就的身体。本司汀应该是得到神的眷顾,神给了他一本绝世武功的秘籍。

"哈哈,没有巫师,也没有秘籍。其实,我忘了,是不是不相信?可我真的是一点印象都没有,是教父帮我做到的。我只记得我参加训练时二十岁,结束训练时已经四十岁了。中间二十年的记忆不记得了,教父把我的记忆删除了。我像是被人做了手术,换了筋络,然后经过漫长的训练,让身体适应这些智能的金属、芯片和能量液。"

"所以,你在帝王的收藏室看见的文件与失去的二十年记忆有关?"

"是的,南卡。"

"你看了那份文件的内容吗?"

"没有,我还没有来得及看。其实,我有些害怕面对文件里的内容,教父曾对我说,删除记忆是为了我好。"

"那还是不要看了。"南卡开始心疼起眼前这个拥有钢铁般身躯和意志的男人。

"你的裤子上怎么会有血迹?在哪里受的伤?"南卡追问道,她的视线再次转移到本司汀裤子的血迹上,"我不希望你骗我。我只剩下你在身边了。"

本司汀犹豫不决,周围的空气突然凝固了起来,时间一分一秒地过去,气氛有点紧张,南卡严肃又关切地看着他,期待他的回答。火光下的两人一动不动,只有火在跳跃。两人的影子映在山洞的石壁上,南卡的侧脸望着本司汀低下的头,连石壁也静默了。

她终于忍不住,伸出手,握着本司汀的手,说:"我只是很担心你,如果出去捕猎受伤了,一定要告诉我。我不希望你有危险。"

他思前想后,挠了挠头,决定告诉她实情:"南卡,我……我刚才给你吃的是我的大腿肉。但是,你别担心,我的肉是可以吃的。别忘了,我是人造人。我的肉不同于一般人类的肉,割下了一块,是可以再长的……"

南卡没有等本司汀说完,就紧紧地抱住本司汀,悲伤地哭了。这个灵性又善良的女子,可能无法理解智能科技,但她疼惜眼前这个外表刚毅、内心温暖的男人。她说:"我不允许你今后再割自己的肉,即便我饿死,你也不要再为我这么做了。我爱你,本司汀。我会活下来的,为你,我会活下来的。"

"我可以靠体内储存的能量,不吃不喝活好些天。"本司汀安抚哭泣的南卡。他给了南卡一部智能通信设备,走出洞口,计划去远一点的地方寻找食物和水源。"一旦有危险，按下这个按钮，就能与我连线。如果天黑之前我没有回来，尝试通过这个设备联系萨罗月。不到万不得已，不要打开它，因为罗恩很有可能会通过这个设备追踪到我们，我们必须谨慎一点。"

"你当心，注意安全。"南卡嘱咐说。

多摩星球的白天很长，黑夜很短暂。日落时，本司汀还没有回来。南卡急了，穿上隔离衣，戴上口罩，起身到洞口翘首期盼，寻找本司汀的影子。终于，她远远地看见本司汀背着一只血淋淋的动物跑回来了。这是他们的晚餐。

南卡连忙接过本司汀背上的动物，回洞中升起火来。

"我来，你休息。"本司汀说。

"你还没吃过我做的饭呢。这顿我来吧。"南卡笑起来，从本司汀手里接过猎物，问道，"这动物叫什么名字？"

"我也不知道，如果能打开智能盔甲，我马上就可以查询到，但是现在不行，我怕罗恩会追踪到我们，他和教父都有我身上的追踪器。"

南卡虽然疑惑不解，但是她一点也不急躁，也没有不安，反而回望给本司汀一个善解人意的笑脸。

"小时候，父亲和教父怕我丢失，在我的大脑里安装了跟踪芯片，这样，他们两人就可以随时知道我在哪里。当我成为铁血战士后，跟踪芯片和肉身盔甲融为一体，相互影响。所以，一旦盔甲系统打开，跟踪芯片就发挥作用了。"

"嗯。那我们就小心点，不要打开它。"南卡温柔地说。

"西里斯帝星、多摩星球、炼狱星球、新娘市场都属于西里斯帝星的管辖范围，在这个范围内，我大脑里的芯片发出的信号很容易被搜索到。除非远离这些星球，比如在地球，他们即便有跟踪器，也根本搜索不到我。"本司汀说。

"虽然我听不懂你在说什么，但似乎教父和罗恩都有某种魔法，他们能随时找到你。"南卡说。她的疑问还有很多：什么是跟踪芯片？什么是铁血战士？什么是西里斯帝星、多摩星球、炼狱星球、新娘市场？什么又是地球？本司汀点燃了她的求知欲。

"没关系，南卡，以后你会明白这些科技的。我会慢慢教你，我们有的是时间。"

"那我们先做晚餐吧。这些天，真的很奇怪，前些日子太阳神照耀了大地，月亮神不见了。阳光融化了冰川，淹没了我的古国。"南卡的内心被一个又一个谜团交织着、包裹着，说，"我们做错了什么呢？太阳神要惩罚我们。"

本司汀看着忙着烤肉的南卡，不知该如何向她解释所发生的一切，地球、西里斯帝星、多摩星球，南卡曾生活在三个不同的星球，有三个不同的自然环境。这些信息量太大了，南卡虽然聪明，但是她毕竟只是一个封建奴隶制时期的地球人，她习惯见到的天文景观来自于地球。

西里斯帝星上的阳面属于人类居住区，没有黑夜，所以古国移动到西里斯帝星后，在高温作用下，它自然消亡了。这个古国的公主，她连枪支、火药、汽车、火车都没见过，怎么可能理解西里斯帝星上无人驾驶的列车、智能通信设备、宇宙飞船，还有悬浮在太空里的中转站新娘市场呢？幸好，在西里斯帝星的这些天，她大部分时间都是在实验室里。她还没见过西里斯人真正的生活。

"你们没做错什么，这是自然环境的变化。古国外面的世界很大，我们的西里斯帝星有成千上万像你们普诺岗日古国一样的城邦，你会了解西里斯人真正的生活。慢慢来，别急。"本司汀想了想，说。他不想欺骗南卡，可又暂时找不到合适的方式去告诉南卡实情。

"西里斯人？我们是西里斯人？"

"对，你看，这是西里斯帝星，你生活在西里斯帝星的这个城邦，它叫普诺岗日。我生活在这里。我们都叫西里斯人。"本司汀在地上画了一个圈，标出他生活的地方和南卡的古国所在地。

"那其他西里斯人的生活是怎样的呢？和我们古国很不一样吧？我只记得好多士兵在拯救我的古国，很多大鸟在天上飞，他们从大鸟上下来，跳进洪水里，去救我的子民。然后，然后，然后……"南卡仔细回想着，"然后，我就遇见了你。再然后，我就在一间白色的房间里，见到了教父阿多瓦和一些穿着白衣服的人。还有一个笨笨的铁人，他叫杰克。他和雪豹库尔为了保护我，被罗恩打死了。"南卡强忍着眼泪述说着，她利索地割下动物的肉，串在木棍上，在火上烤起来。她是个柔中带刚的女子，这是她熟悉的狩猎者的原始生活方式。

南卡的话，像是给了本司汀当头一棒。

突然，他的内心像洞外那一片苍凉的荒野，一点朝气都没有。他望着眼前熊熊燃烧的火焰，听着吱吱的干柴撕裂声，神情迷离起来。

他好像也并不了解西里斯人真正的生活。他童年、少年的生活是封闭的。在空军部队的生活是封闭的。然后，他在教父的深山实验室里接受了二十年的"铁血战士"训练，连记忆也没有，这段时间也是封闭的。

终于结束封闭式的四十年生活后，他还没来得及休假，就被教父派遣到地球，执行寻找"希望之石"的任务。从地球回来后，他一刻也没停歇,急着发挥"希望之石"的力量,拯救南卡的古国。再然后,就是在帝王收藏室里,被诬陷杀了帝王潘特森,成为全宇宙通缉犯。现在,他和南卡在一起,开始了逃亡之路。

"西里斯人的生活是怎样的呢?"他在不停问自己。

"西里斯人的生活是怎样的呢?"这声音就像山谷里的回响,没完没了地在他耳边出现,扰得他不得安宁。

他要寻找答案,他对自己的星球充满了前所未有的好奇心。

这太可笑了,四十多年过去了,他并不曾真正了解自己生活的星球,也不了解那些平凡的西里斯人的生活。除了措灵王子,在西里斯帝星上,他一个朋友都没有。机器人杰克算第二个,但是也被罗恩的人在绑架南卡时乱枪打死了,无法修复。

他和南卡一样,都是生活在局内的"局外人"。

突然,他很想和南卡隐姓埋名,回到西里斯帝星,过一段平凡的西里斯人的生活。

27/

"本司汀,你听,有动静。"南卡的听力是很灵敏的,这与古国人狩猎的习惯有关。

本司汀从遐想中回过神来。黑乎乎的洞口隐约传来笨重的脚步声,还有急促的呼吸声。本司汀护住南卡,帮她穿好隔离衣,戴上口罩,不要出声。他们警惕起来。

本司汀做好了随时启动智能战甲和飞行战靴的准备,以防万一。他拿起火把，小心翼翼地向洞口走去。南卡紧紧拉着本司汀的手，躲在他身后。

他们被眼前的一幕震慑住了。一百多只黑色的动物，密密麻麻地堵住了洞口。那领头的一只，眼睛里满是愤怒的杀气。"咱们完蛋了，本司汀，它应该是你杀掉的那只小可怜的妈妈。"南卡根据丰富的狩猎经历，提醒本司汀说。

那领头的动物，有两米多长，拖着长长的尾巴，两颗裸露的大牙里流下黏稠的涎水，尖尖的耳朵竖起，外形酷似一只巨大的老鼠，只是浑身没有毛发，更像海洋里的生物，表皮有一层厚厚的膜，显得滑溜溜的。巨鼠发怒的时候，它的表皮会鼓起无数个海绵状的包，隐隐约约散发出深蓝色的光。

其它跟随的巨鼠们怕火，不敢靠近山洞。唯独领头的那只巨鼠非常英勇，一步一步向本司汀和南卡逼近，神情凶煞。

猛地一下，它甩起强有力的尾巴，将本司汀卷到了五米开外的地方。本司汀狠狠地撞上山洞的石壁，然后重重地摔在地上，手上的火把也掉了。其它动物开始慢慢靠近，试图把这两个外来人撕得粉碎。毫无防范的本司汀没料到巨鼠有这么一招，差点被撞晕，南卡连忙跑过去，抓起火把，检查本司汀的伤势。

巨鼠丝毫不惧怕火把，跑上前抓起南卡，扔到了一角，试图用大牙咬死本司汀。本司汀拔出战靴里的刀具，奋力与巨鼠搏斗起来，周围的动物们开始发出奇怪的声音，像是在给领头的巨鼠鼓劲。

具有金刚之身的本司汀，对付一只巨鼠自然不在话下，没几个回合，巨鼠就倒在了血泊里。但是，他和南卡面对的是一百多只巨鼠的围攻。如果他一个人，可以与巨鼠周旋好几个小时，只是南卡在一旁分散了他

413

的注意力,他必须保护她。

十几只巨鼠倒下了,但南卡也受了伤。不能再拖延了,本司汀启动了风衣盔甲和飞行战靴。一刹那间,山洞成了血海。受伤的南卡拿着匕首蜷缩在山洞的一角,与一只进攻她的巨鼠搏斗,她根本没机会看清那一百多只巨鼠是怎么被本司汀干掉的。本司汀飞奔过来,杀掉了最后一只袭击南卡的巨鼠,血溅在南卡的隔离衣上。他把南卡从巨鼠们的尸体中间抱起来,飞出了山洞。

萨罗月收到本司汀的通信信号,终于赶来会合了。她为本司汀和南卡安排了一个新的躲藏地。那是多摩星球上,一个由"自然人独立运动"的支持者们构成的矿区小镇,人们敬仰魁姆,不会有人出卖魁姆的朋友。

如本司汀所料,罗恩捕捉到本司汀的信号,派遣可可斐去可疑地点搜查,等可可斐赶到山洞时,那里除了一百多只巨鼠的尸体,什么也没有。本司汀再次失踪。

本司汀和南卡来到萨罗月安排的小镇。本司汀深居简出,话也很少。逐渐康复中的南卡每日乔装,跟着照顾他们的自然人出去买些日常所需,她知道本司汀的苦,自然也不去烦他。空闲的时间,本司汀教授南卡西里斯帝星的语言。随着与自然人的接触越多,南卡的语言进步很快,不久便能阅读西里斯帝星的书籍。几个月后,阿多瓦派来的医生在萨罗月的安排下,给南卡移植了新的器官。

本司汀的心被仇恨覆盖。他心里想的是如何返回西里斯帝星去杀掉罗恩,揭穿罗恩的阴谋。他委托萨罗月和镇子里的人们帮他照顾南卡。他并不知道,此时的南卡已有了身孕。

经过周密的计划,本司汀在黑夜里袭击了多摩星球最大的矿业集团基地，将基地里的十几辆太空运输飞船炸为灰烬。矿业集团损失惨重，修建大型的太空运输飞船的成本极其高昂，时间周期很长。在短期内，矿业集团只能在多摩星球修建深加工工厂，移民更多的自然人到多摩星球来工作。

在中转站新娘市场上，深加工后的一批价值连城的稀有矿产、珠宝也突然被盗了。自从盗过地球上帝王的陵墓后，本司汀偷盗的本领增强了不少。他将稀有矿产、珠宝撒给了西里斯帝星上贫苦地区的自然人。这些自然人就像地球上的自然人一样，把他当未知的神一样崇拜。

罗恩的空军部队时刻在太空等着他，给他布下天罗地网。罗恩身上的亚历山大大帝的基因似乎发挥了效力，他比以前俊美了，个人战斗力明显增强。在过去，罗恩永远躲在指挥所里指挥士兵们战斗。而现在，他竟然走在了前线。唯一不变的是他讲究的发型。

几十部飞船蓄势待发，将炮口对准了本司汀，命令他放下武器，立刻投降。本司汀知道在强大的空军部队面前，他独自一人，负隅顽抗是没有任何意义的。

罗恩连线本司汀，说："本司汀，你是在向全星球展示你作为铁血战士的超能力吗？这是很好的亮相。你想逃到哪里？"

罗恩了解本司汀的为人，本司汀最大的软肋就是正义感和责任心很强，除非迫不得已，他不会开火伤害无辜的人，更何况，这些驾驶飞船的士兵，几乎都是他在空军部队的战友。他是一个忠诚度极高、最不可能叛变的战士。这也是当初阿多瓦博士，挑选本司汀作为"铁血战士"计划的实验品的原因。

可是，仇恨让本司汀变得深不可测。罗恩在变成亚历山大大帝，本司汀也在变成另一个受挫、受伤、受骗后的"人造人"本司汀。他发出了歇斯底里的挑衅信号，释放出铁血战士的能量场，利用太空里的物质组装武器，顽强抵抗。最后，他干脆将两艘太空船急速吸引过来，相互撞击，摧毁了它们。太空船的爆炸火焰照亮了太空。

他趁机逃离了。

星球的媒体上，依然在播出几个月前本司汀和机器人警察的人机大战，现在又多了一个画面，他毁灭了宇宙飞船。情况变得非常棘手。人们纷纷在猜测，这个人从哪里来？帝王的贴身侍卫怎么会飞？怎么会拥有超越机器人的能量？这个人是否会对人类产生威胁？

本司汀主动走上军事法庭，平静地出现在众人面前，他要控告罗恩的"铁血战士"计划，他要利用舆论的压力制衡罗恩。他希望自己能受到星球政府的保护，他有重要机密要公布于众。

因为涉嫌"铁血战士"军事机密，军方和政府打算采用内部非公开受理方式开庭。

监狱外面，军方和政府高层也围绕"铁血战士"展开了一次激烈的讨论。

政府认为，罗恩上将曾经保证"铁血战士"不会伤害平民。这个军事计划只是为了战争防御需要，提高"西里斯帝星"的军事实力，而实际上第一个"铁血战士"本司汀不仅轻而易举地杀死了帝王潘特森，而且在众目睽睽下，半小时内就轻松地撕碎了5个机器人，打掉了6架飞行器，城市交通一片混乱，有162个警察和平民在这次事故中重伤。星球空军部队在太空拦截中，也损失了3艘飞船，400多名官兵伤亡。

民众和媒体质疑西里斯政府的声音越来越高，很多官员认为必须终止"铁血战士"计划，罗恩要为此事负责。

罗恩被推到舆论的风口浪尖上，出不了家门。

28/

固若金汤的军事法庭监狱里，关押着本司汀。委员会同意，在本司汀被送往炼狱星球执行终身监禁之前，他的亲人好友可以探监。

措灵出现在本司汀面前，冷冷地问他："是不是你杀了我的父王潘特森？"

憔悴的本司汀回答："我从不欺骗任何人，更不可能骗你。我没有。帝王对我很好，我为什么要杀他？"

"因为你受训的视频档案袋。"

"什么档案袋？"

"我看了你在审讯会时无意提到的档案。我在父王的私人档案室里找到了它。我想知道是什么文件能吸引你，疏忽职守，弃父王的性命于不顾。"

"坦率地说，我直到现在都还没有打开这个文件档案。它一直储备在我的记忆库里，但这段时间的逃亡让我没有心思去查看它。"

"哦？你不想知道里面的内容吗？"

"你到底想说什么？"

"那可能是你杀害我父王的直接动机。"

"不可能，我根本就没看过那个视频档案。"本司汀义正辞严地说。

"那你现在可以打开看一下，我们有的是时间。"措灵在考验本司汀，注入秦始皇细胞液的他，比以前有智谋了。以前天真烂漫的少年，如今不再相信任何人。

"不管内容是什么，措灵，我没有杀死你父亲，请相信我。罗恩才是最大的阴谋制造者。我不知道他为什么会扶持你，但是我知道他别有用心。"

"他确实别有用心，因为他是我亲生父亲。"措灵说。

"什么？怎么可能？你今天看起来怪怪的。你变了，你连说话的口气和声音都变了。"本司汀仔细打量着自己最好的朋友，措灵的气场和以前明显不同了。眉宇间不见昔日的柔和，英气逼人，眼睛的轮廓也有了细微的变化，目光尖锐了许多，难道是秦始皇的细胞液起作用了？如果是，那真的不可小觑措灵的力量。

"罗恩，他才是我父亲。我母亲在怀孕之后嫁给了我父王潘特森，她是罗恩之前的恋人。我以前不理解为什么母亲自杀前，曾对我说'危难之时，相信罗恩，他会帮你'，现在我知道了，他是我父亲。他前几天告诉我的，还给了我一封母亲留给我的亲笔信，证明他是我的父亲。"

"天哪，你知道你在说什么吗？这是他告诉你的吗？难怪，难怪，难怪从小到大，他对你比对我还好。"对本司汀来说，这是个爆炸性的消息，如果措灵是罗恩的儿子，那么似乎过去发生的一切也都说得通了。

"你为什么要告诉我这些？措灵，你不能告诉其他人，这件事情一定要保密，否则你的王位继承人身份难保。"

"你还是先管好你自己吧。不管父王是不是你杀的，你也负有不可推卸的责任。我不会原谅你。"措灵的言语很冰冷，他的内心分明是喜极而泣，独白是"谢天谢地，我就知道不是你。好好保重。我会找到证据救你出来的。"可是，身为新任帝王的他还是说出了言不由衷的话。

此时的措灵是孤独的，他从罗恩口中得知自己的身世后，愁绪万千,以前可以找本司汀诉说他的心事,两个少年相互鼓励,如今,他失去了本司汀。他来监狱里探望本司汀,不为别的,只为了确认本司汀是不是杀死父王潘特森的凶手。如果不是,他便舒畅了。否则,这件事情就像巨石一样,压抑得他辗转反侧,喘不过气来。

他想告诉本司汀,坐在帝王的宝座上,他是自卑的,惶恐不安的,如坐针毡的。若他不是帝王的后代,他就不配坐在帝王的宝座上与政府官员们谈论国事。他每时每刻都在担心事情暴露,有人会揭穿他的身世之谜。他甚至开始躲着罗恩,似乎自己是赤身裸体的,孤零零的。连一根头发,一根汗毛,一个皮屑他都不敢随意落下,怕被别有用心的人捡了去,抓着了他真实基因的把柄。他寝宫里的侍者也全换成了罗恩的人。他的脾气开始变得暴躁起来。

"你错了。罗恩不是你父亲。"突然,阿多瓦走进来了。

"这到底怎么回事?教父,你怎么来了?"本司汀一头雾水。

"我的孩子,我一直在门外,你们的对话我听见了。以后这样的对话还是要谨慎点,若被其他人听了去,措灵,不,尊敬的帝王,你想过后果吗?"

"阿多瓦博士,不,我应该叫你姐夫吧,虽然我那个野蛮的姐姐并不准备跟你举办婚礼。"

"你?"阿多瓦对措灵的不知好歹有些生气。

"措灵,不要这样说教父,奥库拉公主和教父是真心相爱的。"

"真心?我那个有野心的姐姐对谁真心?她只对王位感兴趣。她恨不得我早点死。"措灵说。

"措灵,你变了,你以前可总是说奥库拉是个好姐姐,她做什么你都会原谅她。你还把帝王送给你的礼物分享给她。"本司汀说。

"那是她的戏演得太好了,我被她表面的柔弱骗了。"措灵说。

"行了,我们今天不是来评论奥库拉的,我想我们应该想想如何对付罗恩。"阿多瓦提高了嗓门说,"本司汀,我的孩子,视频文件你不用看了,是我储备的,当时只留了一份交给奥库拉,递给帝王潘特森,存放在帝王档案室里,那个文件里记载着铁血战士打造的全过程。视频里面的内容残忍、粗暴,为了打造你,很多人都成为牺牲品,我怕你精神受不了,把你那二十年所有的记忆都清除了。"

他停顿了下,接着对措灵说:"至于罗恩和你,我查看了你的原始基因资料,比对罗恩的原始基因,完全不是父子关系,你是帝王潘特森的儿子。你千万不要被罗恩蒙蔽。不信,你可以自己比对一次。"

"我看了存放在罗恩那里,母亲留给我的亲笔信。"措灵谨慎地说,其实在罗恩告诉他,他们是父子的时候,措灵并不开心,他并不想和罗恩相认。当时,他的内心世界开始扭曲,这个糟糕的消息意味着他不再是皇族的后代,他只是一个将军的儿子,他将失去帝王继承权。一个平凡人家的孩子接受类似事实尚有难度,便何况他是王位继承人?

"那是你母亲的计谋,她只是想借助罗恩的力量辅助你。她犯了贪污重罪,不得不死,她怕她死后你不仅王位难保,小命都可能没了。她担心你根本不是你姐姐奥库拉的对手。"

"你怎么知道?"措灵对阿多瓦的戒备心加重了,这个表面文弱沧桑的科学家不是一个好对付的人。

"我只是猜测,一个正常的母亲都会这么做。"阿多瓦说,"如果我和你姐姐奥库拉想害你,直接宣告天下,你不是帝王的儿子,你是罗恩的儿子。这样,不是更容易打败你吗?你姐姐没有你想得那么野心勃勃。我们想帮你，共同维护王族的威望，维护星球的和平，联合起来，除掉罗恩。他的兵力强大，我们单枪匹马不是他的对手，只有联合才有胜算。"阿多瓦说。

本司汀说："措灵，教父的话有道理。现在我们不要把所有注意力放在追查杀害帝王潘特森的凶手上，现在的关键是杀掉罗恩，他是威胁王位和星球安全的定时炸弹。"

措灵听完，一言不发地走了。本司汀叫了他两声"措灵，措灵"，他也全当没听见似的。

"本司汀，我的孩子，最近星球局势会有变动，王族和罗恩之间的战争在所难免，你不要再来趟浑水了。老老实实待在炼狱星球服刑，遇到适当时机，我会安排人协助你越狱。"阿多瓦临走时对本司汀说。

"可是，南卡怎么办？"

"你不要担心，萨罗月会照顾好她。听说她怀孕了，你最好安安静静地待着，这样南卡不用东奔西跑，待在多摩星球也安全，罗恩就不会到处去追捕你。你要是跑了，南卡的安全就得不到保障了，剩下的事情交给我吧。"

"教父，你是说南卡怀孕了？怀了我的孩子？"本司汀激动地说，他把所受的冤屈似乎忘到九霄云外。

"对，你要当爸爸了。等南卡顺利生下孩子，你再越狱吧。监狱对于你来讲，是最安全的地方。"

29/

那天，走出军事法庭的临时监狱，措灵把阿多瓦的话咽进了肚子里。

他表面上依旧对罗恩毕恭毕敬，私下里他在阿多瓦的安排下，秘密和"自然人独立运动"组织的领袖魁姆会晤，达成共识。

措灵出钱，招兵买马，委托魁姆在全星球给罗恩制造麻烦，分散他的兵力。他们计划将罗恩引诱到多摩星球，布下陷阱，杀死罗恩。事成之后，魁姆再辅助措灵正式登基。作为交换条件，措灵会宣布魁姆为"多摩星球最高执行官"，多摩星球享受部分自治权，自然人可以自由地在多摩星球生活，DNA优选人退出多摩星球的管理。

本司汀被转移，押送至炼狱星球，他被关在戒备最森严的房间，与其他犯人隔离开。

监狱长阴阳怪气地说："欢迎你来到炼狱星球，体验炼狱星球的半夜哀号。"

那里有条不成文的规定，每天半夜对不知悔改的犯人进行严刑拷问。那一阵阵哀号声是这个监狱的午夜钟声，新犯人往往被吓得半死，害怕得睡不着。而老犯人们早习以为常了。

本司汀是除了之前入狱的魁姆外，炼狱星球监狱史上关押的最重刑的犯人。罗恩委派了五十多个狱警单独看管他。

他听从了阿多瓦的话没有出逃，即便监狱里的狱警刁难他，他也不理会，只为了确保南卡平安、顺利地产下婴儿。

秦始皇的基因在措灵的身体全面渗透后，措灵往日的温顺完全消失了，性格逐渐暴戾、凶狠起来。也许，这段时间的经历也让他备受刺激，他的手腕越发强硬，做事越发谨小慎微，而且不再信任任何人，就连洗澡之后，也要亲眼盯着所有的侍者打扫清理现场，一尘不染，直到确保不留下他的任何指纹和基因信息。

不管他是不是罗恩的儿子，"基因"对于他来讲，是个可怕的词。

在西里斯帝星，措灵和奥库拉以及罗恩三足鼎立的局面形成。可是在罗恩心里，他以为这场战争他已经胜利了，他已经扶植他的儿子措灵成为代理帝王，接下来只需要不费吹灰之力，干掉妖媚的奥库拉。他憎恨奥库拉，不仅是因为奥库拉是措灵的帝位竞争者，而且奥库拉是阿多瓦的情人。

奥库拉主动找到措灵，言辞恳切地说："我亲爱的弟弟，罗恩是我们共同的对手，你和我争只会让罗恩坐收渔翁之利，我们首先要保护的是我们世袭的帝位不被罗恩篡夺，我放弃继承权，服从你的统治。"

措灵虽然对奥库拉的决定感到意外，不知道他这个心怀叵测的姐姐葫芦里卖什么药，但还是同意了奥库拉的建议，没有比王室联合更好的选择了。

他们集结了皇室亲信，在DNA优选人中散布谣言，声称罗恩才是杀死帝王潘特森的罪魁祸首。

罗恩对措灵的表现很失望。他费尽心思扶植措灵当上帝王，没料到措灵已不再是那个单纯的孩子。措灵运筹帷幄的能力超出了他的预期。

他们将战场放在了多摩星球的蛮荒之地。

阿多瓦觉得时机成熟了。他研制了一把有毒的激光枪。在可可斐熟睡时，魁姆派遣的激进分子用远程激光枪暗杀了可可斐。

罗恩听闻可可斐的死讯后大惊，匆匆忙忙乘坐专机赶往多摩星球。

可可斐的身体大面积灼伤，生出了脓疮，面目全非。

验尸者报告，可可斐死于中毒。

罗恩问："怎么中的毒？"

验尸者说："从身体中弹部位的面积来看，不是实弹所致，是远距离激光枪，而且激光带毒，以防一枪不能毙命。这种带毒的激光枪，不会留活口。"

罗恩问："激光枪只有高级军官才有，定额配置，但凡使用，都有严格的申请流程。带毒的激光枪？谁会有？"

验尸者说："做出带毒素的激光，并不是难事，任何一个生化专家都有可能。只是这个手段过于残忍。"

罗恩气得咬牙切齿，他在多摩星球上精心培养的死忠者，就这么莫名其妙地死了。他不得不在多摩星球上多待几日，处理一大堆琐事，严格地选拔和考核继任者。他猜想，这件事可能与阿多瓦或揩灵有关。但是，他并没有想到这两个人已经结盟，正在精心谋划，联合对付他。

在没有注入亚历山大大帝的细胞液之前，罗恩的脾气是易怒、狂傲的，甚至自卑的，但是，现在的罗恩沉着、冷静了许多，他比以前谨慎，懂得听取部下的意见，开始爱护将士，鼓舞士气，和战士们建立友爱的关系。

西里斯帝星的战士们对罗恩的支持度直线攀升，就连多摩星球的自然人士兵也开始改变对罗恩的成见。罗恩将他之前在多摩星球收敛的财富，分发给自然人士兵，提高他们的参军福利。

由于"毒性激光枪"事件，罗恩入住的地方加强了防范，拉起了一道反激光屏障的人墙，进出官邸外十公里的人都要严格搜身，禁止携带任何武器。鉴于激光枪的杀伤性极强，精准度高，杀人悄无声息，适合远距离杀人,帝王的宫殿、政府和军方高层的家里都设置有反激光屏障。在屏障范围内,激光枪失去了效力。但是,多摩星球上居住的都是自然人,且科技落后,大部分地区还属于蛮荒之地,政府和军方的官邸还没有设置反激光屏障和防弹的条件。

措灵和阿多瓦早料到罗恩会加强布控。罗恩家族苦心经营军队多年,加之罗恩最近的转变,使他深得人心,从内部瓦解他可能性不大。只有从他的名誉上着手,散播他是谋杀帝王潘特森的凶手的舆论,让西里斯帝星上的DNA优选人仇视他,同时在自然人的矿区制造事端,让自然人联合起来造反,才有打败罗恩的可能性。

他们声东击西,在三个地点连续发起了三次行动。

第一次行动选择在多摩星球"矿产集团"的某处基地。在工人们都在休息的深夜,魁姆带人炸毁了矿业集团的一个矿,导致矿区的一座山夷为平地,留在矿区执勤的50名机器人和15名自然人全部身亡,或身受重伤。罗恩火速到矿区视察,带领军队维持秩序。自然人群体对自己工作环境的安全性再次提出质疑,多摩星球上的独立运动全面爆发!

魁姆起初坚决反对这个计划,但是阿多瓦和措灵两人都很坚持。措灵说:"自然人想在多摩星球上自治,就必须有牺牲。"

第二次行动发生在炼狱星球。萨罗月带人攻击炼狱星球,号称"不救出本司汀,誓死不还"。其实,他们也只是虚张声势,招募了一些宇宙盗贼和通缉犯,分为20个小分队,频繁地在监狱防护网外制造零星的小麻烦,完成任务的盗贼和通缉犯们可以拿到丰厚的奖赏。这些资金来源于措灵和阿多瓦。

第三次行动发生在太空中转站——新娘市场。新娘市场上设立有"生物基因研究公司",没有人比阿多瓦更熟悉这个公司的运作。虽然这个公司直属于皇家管理,但是措灵却从未去过这家公司视察。目前整个研究所的设计、布局工作是阿多瓦主持的。研究室里关着上千种从多摩星球上捕捉的生物。

魁姆按照阿多瓦的指示,通过阿多瓦提供的门禁密码,打开了研究室的几扇大门,两千多只千奇百怪的动物跑到了新娘市场的核心地带,跑进了娱乐场所里,跑进了民众的家里,跑进了热闹的集市上,搞得新娘市场上混乱不堪,男人们、女人们、机器人们衣冠不整、尖叫着跑出家门,在大街上手忙脚乱地抓动物,中转站一片狼藉。

30/

罗恩的脑袋都要炸了,几天没有合眼睡觉。

他身体里亚历山大大帝的基因越来越强势,他的背后闪耀着亚历山大大帝的光辉。他终于忍无可忍,下达"闪电行动"的指示:追查措灵的下落,将其囚禁;将阿多瓦幽禁起来,切断实验室与外界的联系,不准他离开深山实验室半步;全面镇压"自然人独立运动",将所有与王室亲近、支持措灵的人统统关押起来。

这时,措灵的视频连线进来了:"你是要造反吗?"

罗恩说:"我是在维护星球治安与和平。请你想想你最近都干了什么好事。"

措灵说:"我是代理帝王,你要杀我,这是篡位!"

罗恩说,"你是我儿子,我煞费苦心扶持你,努力赢得财富和权力,全都是为了给你继承王位做铺垫,以防你姐姐奥库拉得势。你怎么能这样忘恩负义?"

措灵说:"我根本就不是你的儿子。我们俩的原始基因根本无法匹配。"

罗恩说:"你说什么?"

措灵说:"我母亲骗了你,当年她伪造了我的基因数据,让你相信我是你的儿子,这样我才能在你的庇护下与我的姐姐奥库拉较量。如今,你杀了我的父王,我不会原谅你。"

罗恩气得七窍差点出血,他曾被措灵的母亲见异思迁而抛弃,过去的几十年竟然被措灵的母亲再次欺骗了,他说:"我只跟你说一遍,也是最后一遍,我没有杀帝王潘特森。我是想过杀了他,辅助你上位,但是我的人还没到现场,他已经死了。"

措灵说:"你还在骗我?你让我最好的朋友本司汀当替死鬼,诬陷他是杀害我父王的凶手,况且他还是你的儿子,你考虑过我和本司汀的感受吗?你控制星球的军队,让我言听计从,我就像一个木偶一样听你的指挥,我几乎不能对你说一个'不'字,连我的父王生前都要依仗你,你考虑过我们王室的感受吗?"

罗恩说:"你?我没有你想得那么阴险狡诈。这个局设置得太大。我从没有想过让本司汀当替死鬼。帝王潘特森根本不是我杀的,也不是本司汀杀的。凶手现在正在得意忘形地看着我们,就像看舞台上哗众取宠的小丑一样。我们是他的小丑。"

"哦?那你说,谁是幕后黑手?"

"我暂时没有证据,不能妄加猜测。"

"就是你。你不要再演戏了,迷途知返还来得及。"

"迷途知返？你知道你在说什么吗？先王潘特森也不会这么跟我讲话。我也不奢望你相信我。是我做的，我承认，不是我做的，随便你怎么想。只是，我太小看你了，措灵，你一定有同谋，你一个人不可能同时在三个星球制造事端，'自然人独立运动'之前与王室、政府、军队水火不相容，不可能与你联盟，服从你的指挥。至少新娘市场上，生物基因研究所的高级密码可不是轻易能破解的。在这么短的时间内，你能召集这么多的力量，你说，阿多瓦是不是你的同谋？"

措灵说："你问这个问题没有意义，你只需要知道我的后盾之强大。我不想伤害无辜的民众，我约你明天在多摩星球的一个无人区见面，我们单独较量，两个男人之间的较量。你可以带战舰，我也可以带侍卫。你输了，你把军权交给我；我输了，我把帝位让给你，我甘愿做你的傀儡。从此，我们停止一切骚乱和暴动。"

罗恩沉思了一会，说："好！一言为定，两个男人之间的较量。"

措灵和罗恩对决的那天，南卡在小镇上生下了本司汀的儿子，取名"地球之子"。

措灵和罗恩的决斗场是在多摩星球的一个偏僻的树林里。

黎明时分，只有他们两人进了那片树林，士兵、侍卫们都留守在树林外，不得入内。

时间一秒秒地过去，亚历山大和秦始皇谁会赢，这是一个永远的谜。他们俩在树林里说了什么，有怎样的对话，也不得而知。时间漫长得可怕，观战的侍者和士兵们焦急地等待着消息，额头的汗水顺着脸颊流在衣襟里，浸透了贴身的衣服。

人群中的阿多瓦心乱如麻，神情凝重。

军方在现场拉出了一条警戒线，不允许任何人踏入警戒线以内，同时也不允许任何人使用望远镜之类的仪器设备观战。人们只能眼巴巴地在警戒线以外等待，通过树林里传出的声音判断战况。

有人盼着胜利者是罗恩将军，有人盼着胜利者是代理帝王措灵。

树林里只隐约传出佩剑撞击，还有树枝断裂的声响。一群群惊慌的飞鸟从树林里逃窜出来，从士兵们、侍卫们的头上飞过。

日落时分，远远地罗恩拖着血肉模糊的臂膀蹒跚地从决斗场走出来。那一刻，万千军队欢呼，现场沸腾了起来。罗恩是新的王！一旁观战的阿多瓦失望地看着罗恩一步步向他走近，感觉全盘皆输。他恐惧地往后退，却根本迈不开步伐。

在士兵们的欢呼声中，罗恩就在阿多瓦面前微笑着倒下了。阿多瓦的大脑里一片空白，他甚至没有弯身扶起倒下的罗恩，跟他做最后的告别。

亚历山大大帝和秦始皇用最原始的方式结束了战斗，这是两个英雄般的男人自己的选择。

官兵们清查现场的时候发现，罗恩的剑精准地刺在措灵的胸口，措灵死得很安详。

带着亚历山大面具的罗恩死在措灵的剑下。

带着秦始皇面具的措灵也死在罗恩的剑下。

或许，这是最好的结局。

他们输给了对方，也没有输给对方。亚历山大和秦始皇只是被转移后的时空历史打败了。他们因时空的转换相遇，却还是逃脱不了权力之战。

罗恩在咽下最后一口气之前，微笑着对阿多瓦说："我宁愿死在你手里。赫菲斯提昂，我走了。"

那无邪的微笑，不像是罗恩具有的，但确实是他的脸庞啊。这让阿多瓦无所适从，心中茫然，如原野上不剩下一颗野草，光秃秃的，荒凉得可怕。他赶紧逃离了现场。

31/

阿多瓦一口气跑进自己的飞船，坐在松软的椅子上，喝了口水压压惊，准备起飞返回西里斯帝星，和奥库拉商量后面的行动。他又突然觉得不安，手和腿都在发抖。他战战兢兢地扶着椅子，慌忙下了飞船，返回决斗现场，使出浑身力气推开众人，嘴里喊着："让开，请让开！"他走上前蹲到罗恩的尸体旁，他要亲自确认罗恩已死亡。

他的视线转移到罗恩血淋淋的脸上，那苦苦追寻的安全感和成就感，却猛地一下化作泡沫。泡沫又转化成冰冷的雨水，冲淋到他的头上。他不禁打了个寒战。本是燥热的天气，他却觉得冷。

罗恩的右脸和头发上，溅满措灵的鲜血，那只右眼被额头上的鲜血覆盖，模糊不清。额头像是被岩石或者木棍撞击过，破了一大块皮，血肉里夹杂着干草里的污渍。整张右脸上，血迹的图案透着艺术的美感，像海上汹涌澎湃的波浪，隐约有只小船在波浪里顽强地飘摇。他又摸了摸罗恩的左脸，那左脸要干净一些，毛孔、肤色、皱纹、小痣清晰可见。

"这个爱美的男人，死了也要这么美吗？"阿多瓦竟然不由自主地数了数罗恩眼角的皱纹，一条，两条，三条……这么多年，他第一次仔细看这张脸。他抬起头,努力回想罗恩生前各种喜怒哀乐的表情,奇怪,那些表情只有轮廓,他甚至记不起罗恩的模样,更别说他脸上哪里有小痣。

他又低下头继续观察罗恩的左脸。那张曾号令百万军队的嘴轻轻上扬,是讽刺的嘲笑吗?还是喜悦的微笑?

他鬼使神差地捧起罗恩的头,他要看清楚、记清楚这张脸。

不,那不是嘲笑,不是苦涩,不是鄙夷,而是压抑许久之后的释放。阿多瓦很难诠释他当时五味杂陈的心情,他突然设想自己就划着罗恩右脸上飘摇的小船,孤独地去向未知的远方,远方有个人,那是罗恩的模样。罗恩在海的尽头朝他招手,等他划船渡海。他满怀欣喜,努力前进,小船却被惊涛骇浪掀翻了,他沉到了海底。他挣扎着喊救命,海水灌进了他的鼻腔、口腔和肠胃里。罗恩的微笑在海水里再次出现,就在他的身边,无数张笑脸交替出场。他终于放弃挣扎了,他很享受被海水淹没的感觉。

"见鬼的幻觉!"阿多瓦的头突感眩晕,耳边充斥着罗恩临死前说的那句话,"我宁愿死在你手里。赫菲斯提昂,我走了。"

他勉强用手掌支撑着蹲下的身体,问自己:"这一切是结束了吗?罗恩刚才叫我什么?赫菲斯提昂?亚历山大的赫菲斯提昂?不,为什么我反而觉得此刻比之前更难过呢?"

他莫名流下了几滴泪。泪水滴在了罗恩的右脸上,滴在了那飘摇的小船上。那泪水没有融进罗恩脸上的血液里,反而冲刷了皮肤上的血渍,让罗恩血肉模糊的右脸好看了一些。

他情不自禁想多滴几滴泪,让罗恩的右脸变得更清晰一些,但却流不出来了。他快速眨巴着眼睛,揉了下眼睛,还是没有泪。

他从未认识到自己面对罗恩的死,会有如此怪异的举动。"厚葬将军！他最在意他的头发，浑身上下清洗干净再入殓。"他说。

阿多瓦被助理研究员紧张的呼喊声唤回到现实世界中："博士，快，南卡的孩子不行了。"

阿多瓦抹去眼角的泪痕，火速赶回西里斯帝星。他命令助理研究员打开炼狱星球的防护网，通知萨罗月和本司汀"越狱的时间到了"。

他必须让本司汀出狱后，见一面本司汀和南卡的孩子"地球之子"。那个孩子是人造人和自然人的后代，但是体弱多病，各种罕见的基因变异情况让阿多瓦措手不及。这个孩子存活的可能性几乎为零。孩子的体细胞也不健康，克隆或者重造生命的希望也极为渺茫。

32/

这一切遂了奥库拉公主的心意。罗恩死了，措灵死了，父王潘特森死了，她成了西里斯帝星唯一合法的王位继承人。当举国哀痛的时候，奥库拉迫不及待地等着登基的日子。

罗恩和措灵死后，按照西里斯帝星人类的惯例，掩埋前验尸官要检查他们的身体。他们发现一个惊人的秘密：罗恩是双性人。

罗恩的双性身份得到专家们的证实，阿多瓦也亲自检查了尸体。他抑郁了，灵魂出窍了，满脑子是罗恩死前那张天真无邪的笑脸。他发现他对故人竟然一无所知。他派人去罗恩的家乡，打听罗恩一家的陈年往事，他想知道罗恩在遇见他之前的所有经历。

罗恩生前，阿多瓦一直与他明争暗斗，他希望罗恩死，但是如今罗恩死了,他却比以往任何时候都怀念这位故人。

"我们做得对吗?为什么罗恩死了,我一点都不快乐?措灵为什么也会死?他那么年轻。"本司汀悲伤地问教父阿多瓦。

这个问题,使得阿多瓦陷入了悲哀的万丈深渊,他何尝不是这种感受?他思念罗恩,胜于思念他的情人奥库拉和他的孩子。但是,他不能把这种感受表现给本司汀看。至于措灵王子,他早就希望措灵被杀了。

他做实验开始频繁出错,不在状态。他的对手罗恩死了,好像他自己也死了一样。病床上躺着生育后的南卡和虚弱的婴儿,等待他的救助。南卡觉察到阿多瓦的魂不守舍,关切地问他:"教父,你怎么了?身体不舒服吗?"

阿多瓦掩饰住自己失落的情绪,说:"南卡,你好好休息吧。我会救你和你的孩子的。试验失败一次,我们就离成功近了一步。只是很抱歉,让你这么痛苦。"

南卡把自己看到的情况讲给本司汀听。"你要好好看着教父,他这两天神情恍恍惚惚的。"

"最近事情太多,他可能一时半会接受不了这么多人的死去。"本司汀说。

"你也要保重,罗恩的死、措灵的死不是你的错。"南卡说。

走出实验室,阿多瓦试着去专注他的家庭,陪儿子做游戏,但是罗恩生前的样貌依然时不时在他面前浮现。

他的注意力再也无法集中,无论走到哪里,无论是睡梦中,还是就餐时,他的眼前总是出现罗恩死前解脱似的笑容。

他从噩梦中惊醒,开始后悔一件事。"当罗恩从决斗场走出来,在我面前倒下的那一刻，我为什么没有扶起他？他是希望我扶起他的吧？"

被阿多瓦派去收集罗恩家族信息的人禀报，他们找到了罗恩家庭护士中的一位妇人。使者们亲自上门拜访，但是老护士闭口不谈。按照阿多瓦的指示，侍者们拿出一大笔钱送给她，她没有接受。

使者们说："罗恩已死，罗恩家族也完蛋了，你不用担心这个暴戾的军阀来威胁你。这些钱能让你的自然人儿子们获得细胞银行的服务。"没想到老护士一改过去的和善，愤怒地将使者们赶出了自己的家门。

第二天，老护士一家神秘失踪了。使者们在老护士的房间里找到了老护士和罗恩父母、少年罗恩的合影。他们把这个消息反馈给了阿多瓦。

阿多瓦说："你们的方法错了，罗恩家族并不是像外界传闻的那样，对侍者们粗鄙、残忍。这个老护士对罗恩家族有感念之心。她和罗恩父母的关系一定很深厚，你们一定要找到她。"

33/

使者们再次发现老护士，是在海边一个偏僻的自然人村庄里，阿多瓦叫上本司汀一同前往。

阿多瓦对老护士使用了敬称，介绍本司汀说："这位是罗恩将军的儿子本司汀。"阿多瓦深知要撬开老护士的嘴，还是要打感情牌，或者直接将老护士带到他的实验室，抽取她大脑的记忆库。

老护士平静地说："你们请坐。这几天，还有人在找我了解罗恩将军家里那些事。我为你父亲的死而难过。"

"他也是想了解更多他爷爷奶奶和父亲的事情。"阿多瓦说。

"你父亲活着的时候没有告诉你吗?"

"不,我们甚至很少谈及曾祖父维奇将军,我只见过他两次面,一次是我的十二岁生日,一次是他的葬礼。至于爷爷奶奶,父亲说他们去世早,家里连他们的照片都没有。"本司汀按照教父阿多瓦的要求与老护士对话。

"罗恩是个可怜的孩子,他恨他们。他恨他妈妈,可是他的父母是好人。我和另外四个护士负责照看女主人,男主人也就是你的爷爷,他对我们很好,对我们的家人也倍加关爱。"老护士抹了把眼泪,说,"爷爷一点贵族的样子都没有。他和你的曾祖父维奇将军也少有来往,据说是因为你的奶奶早期不能生育而闹翻的。你的爷爷爱你的奶奶,他对军事和权力一点兴趣都没有,他是一个喜欢大自然的环境学者。我从没有见过一个男人这么爱一个女人,甚至为了爱与家庭决裂。他对你奶奶的爱太沉重了,以至于对方承受不起。"

罗恩出生于军人世家,他的爷爷维奇将军是西里斯帝星上最大的地方军事将领之一。若不是他爷爷的特殊关系,他不会搭上体能测试的直通车。他的双性人特征显示他的基因并不优良,这是他参军的最大障碍。尽管手术后与常人并无差别,但是没有维奇将军暗自帮助,他不可能通过军队精密仪器的考核。

进入军队后,他凭着自身的上进心和维奇将军的支持,比同期入伍的人获得更多升迁的机会,直至后来进入军方高层,地位和成就远远超过他的爷爷维奇将军。

在罗恩掌控星球军务的时代,没人会质疑罗恩的 DNA 优选人身份。在过去的一百多年里,DNA 优选人存活率几乎达到 99.99%,但也有不到 0.01% 的婴儿由于母体的影响而出现四肢不健全、智商低下或者体质不合格的情况，甚至夭折。比如，母亲大量饮酒、饮食不健康、作息不规律、长期负面情绪等可能导致 DNA 优选的婴儿成为比健全的自然人更低等的一个族群。

罗恩就属于这个族群。

在西里斯帝星上，谁家要是生出怪异、低能的孩子，这家的女人会被世人嘲笑，不是可怜她的运气，也不是可怜她的孩子，而是嘲笑她的劣质 DNA。

DNA 是星球上人们的地位标签。

原本在母体子宫里健康成长的罗恩出现罕见的基因突变情况，当他出生时，医生惊讶地发现他有两个生殖器，换句话说，罗恩具有男人和女人的双重身份。他的高龄母亲受不了打击在产房里昏厥过去，醒来后以泪洗面，不愿意见这个孩子。她试图为家族怀上第二胎，获得维奇将军的认可，但 DNA 优选屡屡失败。医生明确地告诉她，她的卵子质量太差，恐怕生第二胎很难，而且对她的健康会有致命的影响。

罗恩的父亲原本很爱妻子，虽然多年来夫妻两人不能生育，没有子女，但一直相敬如宾，没有放弃这段情感。甚至，为了这段情感，罗恩的父亲选择了与维奇将军决裂。维奇将军一直不喜欢罗恩的母亲，加之她不能生育，更是对这个儿媳妇有偏见。罗恩的母亲偏偏又是个好胜心极强的女子。她发誓要为自己的丈夫挽回尊严，她一生的梦想就是生下健康聪明的孩子。

罗恩的母亲之所以一而再、再而三地尝试各种受孕药物和手术，是因为坚信她可以怀上孩子。准确地说，罗恩的父母并不是先天不孕不育。他们俩早年曾孕育过一个孩子，有一次罗恩的父亲在山上采集植物样本，罗恩的母亲也一同前往，他们在登山露营时，他的母亲意外受到野兽的惊吓，滚下了山，腹中的孩子流产而死。

　　DNA优选人技术诞生后，夫妻俩尝试再次优选精子和卵子受孕。这才有了罗恩。

　　罗恩的出生是喜剧，也是悲剧。

　　他没有给他的母亲带来一丝快乐，反而加重了她多年累积下来的自卑自贱、自怨自艾。尽管这个女人疯疯癫癫，有一晚试图掐死襁褓中的婴儿罗恩，但是他父亲依然疼爱妻子，不离不弃。罗恩两个月大时，他父亲便秘密请到了一位名医给罗恩做了变性手术，让罗恩获得男儿身，并支付了对方高额的封口费。但是，罗恩的母亲在得知自己不能生育的消息后，从此患了抑郁症，一蹶不振，与丈夫的关系渐渐疏远，没等罗恩变成男儿身就彻底疯了。

　　其实，即便她知道罗恩可以变成正常的孩子，她也不会从自卑的阴影里走出来。她宽恕不了自己。在她眼里，接受自己的DNA是劣质的这一事实，等同于自杀。

　　罗恩的父亲将他的疯子妻子隔离在山上的一处别墅里，配有专门的护士照顾，罗恩从小就没怎么见过他母亲，每年父亲会带他去探望母亲两三次，但都是隔着玻璃看一看。母亲给他的印象是呆坐在藤椅上，睡在装满儿童木偶的房间里，或者在别墅里穿着长袍到处乱跑，和护士们躲迷藏。

　　别墅里的护士们说她母亲是个疯子、重症病人，具体怎么病的，没人可以告诉他真实原因。直到他十三岁那年，他父亲说："你母亲的病情有所好转。"罗恩开心地提出，希望他的母亲能与家人一起过团圆节。但他父亲最担心的一幕发生了。他母亲胡言乱语的症状又出现了。

节日那天，罗恩终于突破了那扇透明的玻璃门，勇敢地走向坐在藤椅里的那个疯女人，送给她一个她喜欢的婴儿木偶。他看见这个女人的手臂上满是伤痕，护士说她以前有强烈的暴力倾向，甚至会自杀。他的眼前一片昏暗，他可怜母亲。那疯女人对罗恩视若无睹，并不认识他，也不理睬他。

他叫她："妈妈！"

那疯女人不理，自言自语："山上流了好多血，开了好多花。"

他叫她的名字。

那疯女人仍然不理，自言自语："宝宝，睡觉啦！"

少年罗恩一直渴望得到母亲的关爱，但看来空欢喜一场。他父亲拍拍他的肩膀，叹了口气说，"算了，你妈妈她活着就好。罗恩，你就当作她睡着了，有一天她会醒来的。她连我都不认识，怎么会记得你呢。"

罗恩转身，灰心地出门，准备和他父亲返程。就在此时，他母亲又说话了，嚎啕大哭起来，只不过，那些话成了罗恩和他父亲的噩梦。

"我生了不男不女的孩子，我生完孩子就昏迷了，医生们以为我没听见，可是他们的话我隐隐约约全听见了。他们说我的孩子罗恩是一个怪物，他有男性器官，也有女性器官。他们说我是个DNA劣质的女人。我是DNA劣质的女人，我是DNA劣质的女人。维奇将军一直看不起我。他说我拐骗了他的儿子，恨不得杀了我。"

"你在胡说八道什么？"罗恩的父亲冲那个疯女人吼道，同时拉着罗恩就往门外走。罗恩甩开他父亲有力的手掌，站在原地，他想继续听下去。

"医生们就在那里，就在那里，他们在讨论，该如何把我生了一个怪物的实情告诉给我的丈夫。他们说我的丈夫正在门口等候消息。他们说，怕我的丈夫承受不了这个打击。天哪，我的意识是清醒的，我并没有完全昏厥。可我不想醒来。我怕我的丈夫对我失望，我怕被人们痴笑。我想杀了那个孩子，一了百了。"

　　罗恩的身体瞬间瘫软了下来，倒在了地上，不知过了多久，他迷迷糊糊地感受到他母亲的几个护士忙作一团在给予他急救，他的父亲在歇斯底里呼喊他的名字。他终于理解了刚才那个疯女人说的："天啦，我的意志是清醒的，我并没有完全昏厥。可我不想醒来。"

　　此时，他就是不想醒来啊。

　　罗恩清楚地知道，他是如何被别墅里的护士们急急忙忙地抬进了急救车，他温和的父亲生平第一次给了那些护士一次严重的警告："如果管不好你们的嘴巴，你们的家人会付出代价。"

　　一路上，罗恩在想，那个疯女人说的话都是真的，不是空穴来风，因为他从小就不喜欢和女生玩耍，他喜欢漂亮的男生，但是正在发育的他不敢告诉任何人。

　　他也清楚他的父亲茶饭不思，在他身旁守候。这个男人一直在保护他免受伤害。

　　当然，他也清楚那天窗外打着雷、下着雨，家里的几只宠物鸟也不见了，侍者们经过他的窗外焦急地议论着，在花园里到处寻找。那是他的宠物鸟，父亲希望他醒来时，他的鸟儿陪着他。但是，鸟儿们却在那个凄凉的雷雨天集体失踪了。

　　或许它们解放自由了，去更广阔的天空飞翔了。

　　或许它们受了雷电的惊吓，死了。谁叫罗恩宠坏了它们？

　　罗恩没有心思关心他的父亲，也没有心思关心他的宠物鸟。他不想醒来，他在回想那个疯子女人的话。他不再叫这个女人妈妈，他说："那个疯子女人。""那个疯子女人想杀了我。""怎么会有妈妈想杀死自己的孩子,就因为我是畸形儿?"

"我知道你在装睡,我对不起你。不要相信你妈妈的话,她是个疯子。"他的父亲在他身旁说。

侍者慌张地进门了:"先生,夫人的别墅那边来人了。你能出来一下吗?"

罗恩睁开眼看见父亲焦急离开的背影,他迅速起床走到窗口,父亲冒雨出行,行色匆匆、神情凝重。他不曾想到,那是他与父亲的最后一面。

第二天,罗恩得知他的父母赶走了护士们,烧毁了别墅,自尽了。来接他的是他的爷爷维奇将军。十三年来,他第一次见到这个陌生的爷爷。

维奇将军多年前并不承认这个双性人孙子,他从来没到家里来探望过女主人的病情。现在他的儿子和儿媳妇都死了,老人在这世上唯一的亲人就是罗恩了。他不得不赶来接走罗恩,照顾他,培养他。这个老将军的心好坚硬,他的儿子死了,他一滴眼泪都没有流。

34/

"那天,男主人和小主人罗恩走后,女主人突然一心求死,拼命地撞墙,我们把她捆绑起来,派人去禀告男主人。男主人来到别墅后,把我们都赶出了别墅。我们听见里面在争吵,具体吵什么,我们听不清,随后是女主人的哭声,然后就是两声枪响。我们吓坏了,在别墅外缩成一团不敢靠前,紧接着屋里浓烟四起,别墅着火了。我们幡然醒悟,两个主人自杀了。男主人一定是无法忍受女主人的折磨，才杀了她，然后自己自尽了。"老护士抹着泪，讲完了这个隐藏多年的故事。

阿多瓦听完，跟跟跄跄地扶着小屋的简陋家具，走出了屋子。"别跟着我，我出去透透气。"本司汀想上前搀扶他，被他拒绝。

"谢谢你，夫人。"本司汀感谢老护士让他知道了自己的家世。他头脑混乱，心在撕裂。如果早知道父亲罗恩的身世，他会对父亲尊重一些。"为什么这么多年我一直把他当恶魔？"

罗恩的残暴，他对本司汀无微不至的关爱，都是源于他孤独、悲惨的童年经历；他放纵的生活方式与他双性人的精神压力有关；他制造"人造人"，是为了让那些相爱却不孕不育的夫妻拥有抚育孩子的权利，还是为了建立单性人类社会？

本司汀苦恼了，彷徨而困顿。他的天才教父独自站在海边，在恒星的照耀下暴晒。

本司汀突然想马上回到南卡和孩子身边，他空洞的心灵需要南卡的慰藉。只有在南卡那里，他才能找到安全感。可笑的是，这个西里斯帝星上的人们认为，南卡和她的古国民众只是低等的自然人群体中的原始人。

一个帝王的贴身侍卫与原始人相爱，本司汀成为街头巷尾饭后的谈资。他们的爱情，只有阿多瓦祝福。

新女王奥库拉私下对本司汀说："迫于舆论的压力，政府不能给你们颁发联姻证明。如果你还是先王的保镖，南卡的基因符合优质的标准，你们是可以获准结婚的。但是，你现在还是杀死先王的重大嫌疑犯，你的教父让我做出不抓你的承诺。我不把你抓起来，已经是我能做的最大让步。你和南卡在一起是非法的，不要出现在公众场合。希望你能理解我的立场。"

"见鬼的权利，见鬼的法律！"本司汀开始痛恨他所在的西里斯帝星。

35/

本司汀和南卡的孩子夭折了。南卡在悲痛中病情复发。

本司汀想起他小时候生活过的罗恩庄园，那里有人造天穹，有日夜和白昼，南卡去那里养病再好不过。他们在那里与世隔绝，过了一段清闲日子。

注射了克里奥帕特拉基因的奥库拉，果断拒绝和阿多瓦结婚，这让阿多瓦狂笑不止。他笑他自欺欺人、甘愿被公主利用，他笑他原来爱的人竟然是罗恩，他们之间是纯粹的同性之爱。他真是个十足的笨蛋，这么多年过去了，他对罗恩的爱完全没有察觉。

他疯癫了，选择了慢性自杀。

他列了一个科学家名单，召集了一次高端学术会议，地点就在深山实验室。这是他第一次对外敞开他的深山实验室，他的号召力自然吸引了西里斯帝星上最顶级的科学家们争相前往。那阵势和场面堪比帝王的寿宴。没有受邀的科学家们私底下对阿多瓦议论纷纷，骂起他来。

在会议中，科学家们纷纷上前热情地问候他。他坐在自己的位置上，对熟悉的、不熟悉的科学家们微笑示好，什么也没说。甚至没有任何心理上的挣扎，他环视会议室一圈，然后按下了手里的遥控器，悄无声息地引爆了他的深山实验室，以及遍布全球的细胞银行和智能数据库。

他在爆炸声中怒吼、狂笑，肆无忌惮地发泄积怨，他在火中狂舞，唱起了歌。身边的人拉他逃跑，他甩手拒绝了，说："逃不出去的，你们逃不出去的。"

他任由石柱倾塌在他面前，石块砸到他的身体，玻璃碎片溅到他的脸，擦破他的皮。他一点也不惶恐，反而自鸣得意，想让毁灭来得更猛烈些。

他变态地呐喊："我该下地狱，你们都该下地狱！"

本司汀在坍塌中寻找他的教父阿多瓦。

这个失控的天才科学家差点把自己烧死，被一旁的本司汀在关键时刻救了出来。只有他们两个人是幸存者。

那几百个秘密制造的第二批"人造人"婴儿，在这起灾难中全部被炸得灰飞烟灭，那上百年的发明成果、原始数据全部成为灰烬。整个深山实验室像是经历了原子弹爆炸，山峦在崩塌，附近的海在咆哮。随之死掉的还有西里斯帝星上最前沿的科学家以及他们的助理。

西里斯帝星的生物和航天科技倒退了大约两百年。一些先进的宇宙飞船废置在旷野里，失去了动力系统的能量源。飞往太空中转站、炼狱星球和多摩星球的班次全部叫停，只有军队和女王才能乘坐改装后的飞船前往。而原本一天的行程，乘坐改装后的飞船要花上一周的时间。

在阿多瓦的科技自杀式行动中，他保留了多摩星球的人工自然系统，并将技术传递给了多摩星球的自然人科学家。在人工自然系统内，自然人女性可以生存，人们也可以种植生活所需的食材，不需要过度依赖西里斯帝星的补给。多摩星球的自然人感激阿多瓦，但整个西里斯的DNA优选人都仇恨他。

由于对附属星球的管理困难加大，再加上多摩星球开始出现饥荒，自然人需要西里斯帝星提供大量的粮食补给,奥库拉女王迫不得已宣布多摩星球的自然人获得自治权,由魁姆担任首任执行官。

"现在内忧外患,多摩星球是个大包袱,但总有一天,我会拿回多摩星球的自治权。"她立下誓言。

西里斯帝星上罗恩庄园的黑夜突然消失,恒星的光线强烈地照射下来。南卡坐在草地上,正在数着星星,人造天穹不见了,她又以为天神在惩罚人类了。

本司汀身上的战甲和脚下的飞行战靴也失去了效力,成了一堆废弃的金属。

富人们炫富的人造天穹全部失灵。黑夜里的星空美景再次成了西里斯人的奢望。

奥库拉懊悔不已,她应该关心阿多瓦,和他结婚的。她应该多留意他的情绪,阻止他的科技自杀式行动的。没有了先进的高智能科技,她只能做个安静的西里斯帝星的女王,就连去一趟炼狱星球监狱、多摩星球都不再是容易的事。

大街上、公园里、警察局里到处停泊着面目全非的智能机器人,它们随着阿多瓦的科技自杀式行动,也在一夜之间全部"自杀"了。它们被一辆辆的大卡车拖走,运到某个工厂里处理成钢铁。

重建这些系统,建造这些庞大的智能机器,大概需要上百年的时间。

比起多摩星球的自治、航天科技的倒退,奥库拉更在意的是细胞银行没了,她会衰老,她无法长生不老。

她把疯了的阿多瓦软禁了。"瞧你都做了什么?"奥库拉朝阿多瓦怒吼。

阿多瓦只会傻呵呵地笑，像个流浪者一般不修边幅，他念叨着："我自由了，终于自由了！"

奥库拉愤懑而去。

她找到本司汀，希望本司汀能帮助阿多瓦振作起来。作为交换条件，她不会杀阿多瓦，也不会伤害南卡，她为本司汀豁免了罪行，让死去的罗恩当了谋杀帝王潘特森的替罪羊。她恢复了本司汀的自由，批准了本司汀和南卡的婚姻。

南卡在本司汀的教授下学习西里斯帝星的文化。直到几年后，她偶然在书籍里看到时空转移的可能性，开始关注宇宙天体运动。她开始质疑她的古国一夜之间洪水泛滥的原因。她质疑的理由很充分。西里斯帝星有阴阳两面，一面是人类生活的阳面，每日阳光普照。一面是人类的禁区，是永久性的黑夜。她的古国原来明明有一个太阳、一个月亮，有白天、有黑夜，有零下30度的冰寒气候。怎么会一夜之间月亮没了呢？

有没有一种可能，她的故乡不是西里斯帝星？

在明亮的星球图书馆里，南卡把这个离谱的猜想告诉给了本司汀。

本司汀惊讶于南卡对科技的痴迷和进步，他合上正在阅读的古书，选择告诉南卡实情。

"你总是提到地球，地球在哪里？为什么我在书里从来没有看到过有关地球的介绍？"南卡问，"资料库里也没有查到任何关于地球的信息。"

"去往地球的路径改变了。你知道教父疯了，摧毁了西里斯帝星上的一切高科技成果。我们现在的科技实力后退了至少一百年。恐怕要再等两三百年，我们西里斯人才能探索到地球的具体位置。"本司汀说。

"带我回地球吧。从哪里来，到哪里去。这里不属于我。"南卡望了望窗外的大街上如火如荼的造物工程。灰蒙蒙的一片天，浓烟滚滚，又一座大型工厂要成立了。奥库拉女王将在工厂里建造机器人。

"我也想。是我把你从地球带到西里斯帝星的，以为是救了你，却也是害了你。"本司汀忧伤地说。

"快告诉我地球是什么样的？"南卡握着本司汀的手，渴求他告诉她关于地球的一切。她像迷路的孩子，想找到母亲。

一群游行的队伍从图书馆门口经过，浩浩荡荡，隐约听见他们喊："自然生死，拒绝基因改造人！"

本司汀的心隐隐作痛，他说："你原本生活的地球五彩斑斓，没有细胞银行，没有DNA优选人和人造人。我们的世界比地球文明很多，但人们活得却太累了。为什么人类的科技在进步，但是幸福感却不如几个世纪前的人类？你看外面的人们多么恐慌，有的人仍然想要长生不死，有的人砸了细胞银行，拿着'自然生死'的标语游行。"

"你真的要帮奥库拉女王，说服教父交出细胞重生技术吗？"

"不，我只是担心你和教父的生命安全。西里斯帝星一片混乱，奥库拉希望得到我的帮助搞科技研发。她是一个聪明而又自私的女人，现在的局面更有利于她的统治。"

"奥库拉女王要感谢魁姆和萨罗月，她不找他们的麻烦，支持多摩星球的自然人自治，他们也不找她的麻烦，还帮她把多摩星球治理得井井有条，定期送来优质的矿产资源，重建西里斯帝星的繁荣。"南卡补充说。

"教父的细胞重生技术只是帮助她延缓衰老罢了。她软禁教父，只想独自拥有长生不老的权利。南卡，我更想研究去往地球的路径。我们去那里度过余生吧。"

"嘘，嗯，要多久？"南卡示意本司汀小点声，毕竟图书馆是公共场合，谈论女王的是是非非不是明智之举。

"不会太久，尽我所能。"

其实，本司汀更担心南卡，终有一天她会自然老死。但是他呢？他是人造人，拥有长生不老的身体。他开始在深夜里催眠南卡，偷偷给南卡注射自己的人造人细胞，以延缓南卡的衰老。

在外人面前，本司汀不得不用化妆术，去掩盖他始终年轻的面孔和人造人的身份。但是，在南卡面前，他是掩盖不下去的。

他深思熟虑后决定告诉南卡实情，以南卡现有的知识水平，不难理解"人造人"的生命特征。

"所以，这是我们的孩子不能健康存活的原因吗？我们的精子和卵子不能正常结合吗？"南卡始料未及的问题震撼了本司汀，她并没有从失去孩子的悲痛中缓解过来。

36/

当本司汀带着南卡回到民间，过上普通人的生活，才逐步了解一个真实的西里斯帝星。奥库拉女王迫于多摩星球上魁姆的压力，不敢打扰本司汀和南卡。这是女王和魁姆的交易。

饥荒、疾病和战争，这三大困扰人类的灾难似乎从未停止。走在人类先进文明道路上的西里斯帝星，依旧面临着这三大问题。

奥库拉执政后一两年，西里斯帝星的战争威胁并没有完全解除，多摩星球上的自然人还在闹饥荒。

早在潘特森执政时，随着"生命重生"技术的成熟，以及细胞银行的普及，西里斯帝星上的人口急剧增加，自然资源越来越匮乏。星球政府开始制定法律，控制甚至禁止部分地区新生儿的诞生，他们大力开发太空资源，主张将西里斯帝星的人类陆续移民到其他适合人类生存的星球。而这一决策的直接结果是人类伦理道德的毁灭。

西里斯帝星由于一切劳作均有机器人包办，人们因安逸变得越来越懒散、空虚、乏味，逐步丧失爱、家庭和信仰观念。

没有谁愿意生活在一个没有新生儿的世界里，没有人愿意跟自己的儿孙看起来一样大，没有谁愿意跟一个伴侣一起生活数百年，更没有人愿意接受没有疾病的平淡生活。

智能科技的高度发达和长生不老的实现，并没有使人们到达数万年以来所期许的极乐世界，反而令人们痛苦万分。有些人开始痛恨"细胞重生"技术。

物极必反。西里斯帝星上的自杀率呈几何式增长，到了奥库拉执政的公元 1637 年，已提升至百分之二，也就是一年以内，平均每一百个人中就有两个人自杀，全球各地每天都上演着千奇百怪的自杀事件。整个社会开始动荡，麻木的人们频繁地制造暴乱、冲突、流血事件。西里斯帝星上的恐怖活动日渐严重，参与者有 DNA 优选人，也有自然人。他们开始借民众的愤怒心理，组织大规模暴力行动，在世界各地的"细胞银行"的残垣上拉起了"请阿多瓦负责"的标语，而身为"细胞重生"技术发明者的阿多瓦博士，成为千夫所指。

除了奥库拉、本司汀和南卡，没人知道阿多瓦博士还活着，全世界都认为他已经和诸多科学家一起，下了深山实验室的地狱。

不然，他一定会被世人的唾沫淹死。

对于西里斯帝星而言，这是一个内忧外患的时代，昔日风光无限的阿多瓦博士成为历史的罪人，除了多摩星球的自然人，再也没有人支持他。特别是在他的科技自杀式行动之后，富人们也加入了讨伐他、仇视他的阵营。

奥库拉执政压力巨大，她是一个野心勃勃的女王，希望改变西里斯帝星的现状。她不希望西里斯帝星在自己手里毁于一旦。她虽然痛恨阿多瓦擅作主张摧毁了星球科技，但对阿多瓦还存有希望，期盼阿多瓦帮助她复苏西里斯帝星的科技。

本司汀厌倦了西里斯帝星的一切，一心想带着南卡回地球。

时空转化后，回地球的路径也改变了。本司汀无奈之下，只能靠直觉和印象，带着南卡踏上寻找地球的旅程。他们在太空漫游，还是找不到去地球的路，宇宙飞船里的食物也快消耗殆尽了，他们必须返航。

地球也似乎随着希望之石消失了。

本司汀和南卡返回西里斯帝星，已是许多年过去了，西里斯人恢复了和平，发生了什么，他也不关心了。镇子上出生的孩子都是自然人，他们在街道上跑来跑去，准备生育的夫妻也不用去医院挑选优秀的精子和卵子了。这都是奥库拉女王的政绩。

奥库拉就像埃及女王克里奥帕特拉一样，拥有出色的管理帝国的天赋，星球事务被她处理得妥妥帖帖。炼狱星球的犯人也可以重返西里斯帝星与家人团聚，由政府提供工作岗位。新娘市场作为最大的太空中转站，那里生活的民众、妓女享有与西里斯人同样的权利，妓女们不再受到歧视。奥库拉还亲自挑选了一批年轻的科学家，派往多摩星球帮助自然人在那里种植粮食，建立城市。

DNA优选人、人造人、细胞银行的时代彻底结束了。

只是，她一直没有正式承认与阿多瓦的夫妻关系。她表面上禁止任何人在她面前提到"阿多瓦"这个名字，实际上她每天都会带着孩子去探望疯了的阿多瓦。她有足够的耐心等待阿多瓦清醒。

她的面容一天天老去，她迫切地需要阿多瓦交出细胞重生技术，延长她的寿命。

本司汀找了个隐蔽的小城市，和南卡安顿下来。他们收养了五个孩子，满足南卡当母亲的愿望。

本司汀开始反思他的星球给宇宙带来的灾难。

"所谓的长生不老是个伪命题，它会导致人类的伦理道德失衡。"

"爱和信仰没有了，人就失去了灵魂，活着如同行尸走肉。"

"宇宙的能量是无法估计的，我们要有敬畏之心。"

"反人类的研发是会加速人类毁灭的。"

"什么是恐怖主义？军国主义的政要比恐怖主义更可怕。"

这些都是他跟孩子们常说的话。但是，他和南卡从不提及他们的过去。

第七章 写给未来的人类

37/

"快，本司汀，你教父找你。他今天叫出了我的名字，还跟我们的孩子一起共进了午餐，你说，他是不是正常了？"奥库拉女王激动地联系本司汀。

"好，我马上过来。"本司汀也激动万分。

谁知道，这是他与教父阿多瓦的永别！

阿多瓦在自杀前叫来本司汀，给他看了一本陈旧的书《写给未来的人类》。本司汀方才知道，他的天才教父研究生物科技的原动力，来自一本画本日记。他所有的科学成就源自于他对书中内容的解读。

阿多瓦卧病在床，讲述了他与画本日记的故事。多半时间里，本司汀静静地听着，他从未听过教父灰暗的童年，更加不知道这本画本日记背后的故事。

阿多瓦幼年在山村里生活，跟随父亲狩猎的时候，在一个幽暗的山洞里捡到一本高级文明遗留的科技画本日记，封面上的字是"写给未来的人类"，画本的大部分页面为空，很显然这本日记并没有完成，阿多瓦便在空白的页面上继续画着自己的科学日记。

他说:"这是我和画本主人最好的沟通方式。我能感受到他的存在,他的思想,他的喜怒哀乐。小时候没人和我讲话,小朋友也不爱和我玩,老师认为我是怪胎。这个画本的主人成了我最好的朋友。"

长大后,随着他对生物科技的深入研究,他逐渐对画本里的内容产生了强烈的好奇,但穷尽一生,也只能解读画本里的部分内容。他从图画中大胆猜想地球上也有人类存在,某个高级文明人类才是西里斯帝星和地球人类的祖先。一万年以前,高级文明人类派出使者团去宇宙中寻找宜居的星球,这个使者团全部由"人造人"构成,某一位或者一批使者发现了地球和西里斯帝星,在地球上、西里斯帝星上播下人类文明的基因种子,等待人类文明再次复苏、繁衍、生息。同时,他们也将宇宙诞生时的一种能量源带到了地球,埋葬在冰山之下封存。

他不是神,也不是有预见性的科学天才,只是这本画本让他知道人类基因的发展史,以及地球上超能量源的存在,奠定了他发明"人造人"和时空变形理论的思想基础。

他猜想,可能宇宙中还有诸多星球有人类存在。

冥冥之中,他有一个强烈的愿望,要找到地球,验证他对《写给未来的人类》画本日记的猜测。

这件事,本司汀帮他做到了。

经过多年苦心研究,他惊讶地发现,一万年前西里斯帝星人类的祖先生活的未知星球发生了大冻结,不再适合人类居住。人们抱着最后一丝希望,派出"人造人"使者们带着"星球卵"到宇宙中寻找适合人类生存和繁育的星球,播下人类基因的种子,让人类重新适应环境、进化、繁衍，这就是西里斯帝星人类文明的来历。

原理很简单。标准的人类细胞只含有 30000 个基因，排列在 30 亿个 DNA 碱基对上，只要充分利用母体的养分就可以造出一个完整的人。同样，"星球卵"尽管复杂，但理论上也可以制作。"星球卵"由一个先进文明所需要的全部信息构成，然后充分利用另一端、另一个世界的资源作为原材料，就可以再造一个先进文明出来。

阿多瓦不清楚高级文明的人类是如何制作"星球卵"，又是如何让"星球卵"适应新的星球环境的。毕竟宇宙间没有完全相同的星球环境。智慧生命必须在特定的自然环境常数下才能诞生。在星球大环境允许的条件下，打造小范围的人工自然满足人类生存尚且不易，遥远的星球大环境常数设定更不简单，那简直是天方夜谭。自然环境的常数无以计数，就像宇宙间的繁星，只有神秘的力量才能完成这个浩大的工程。

如果人类不能控制大自然、大环境，不能人为设定复杂的自然常数，那么就只能去浩瀚宇宙中寻找新的宜居星球，然后播下"星球卵"里人类文明的基因种子，期待种子适应新环境，与之融合，生根发芽，复苏人类文明。

除了西里斯帝星，使者们也同时去了地球，在那里储备了产生虫洞、将时空变形的能量源——希望之石。但是，阿多瓦起初并不明白为何高级文明的人类没有使用存放在地球上的能量源让时空变形，使得一万年前高级文明的人类，回到若干年以前继续生存，以逃避世界末日。

直到本司汀使用希望之石，穿越时空拯救南卡的古国，他才幡然醒悟，纵使人为改变时空，也不会阻止人类走向灭亡，南卡的古国注定要消失在星际里，而且希望之石也会随之消失。

那个未知高级文明中的人类是智慧的，他们比阿多瓦明白这个道理。

所以，人类不得不另寻其他出路延续基因，"星球卵"就是一个有效的途径。

"教父，我一直知道你没有疯。"听完阿多瓦讲述《写给未来的人类》，本司汀说。

"我做了太多错事，从没有亲手杀过一个人，双手却沾了数以万计人的血。活着是生不如死，我在等待我的审判日。可笑的是，我铁不下心丢掉最后一丝自尊，坦诚地、赤裸地面对这个世界。"

"您，想说什么就说吧，我知道您准备好了。您今天给我看《写给未来的人类》就证明您在坦诚地面对这个世界了。"

"我和你父亲这一生，我们彼此欣赏、彼此竞争、彼此怨念，打着兄弟的旗号，却暗自较量。他活着，我希望他死。他死了，我希望他活着。"

"教父，这不是你的错，也不是罗恩的错。我们生活的时代是不允许我们选择的。就像你发明了我，也是由不得我选择的。"

"可是，孩子，我们可以选择在这个固有的时代里，如何创造新的时代，如何度过这一生。"

本司汀静静地听着。

"我和你父亲创造了伟大的事业，成就了西里斯人的科技辉煌。我们野心勃勃，都想主宰这个世界，甚至想主宰未知的宇宙。我们真的是自不量力。我研究秦始皇和亚历山大大帝的基因，不只是为了促进帝王潘特森的管理，我也有私心，我也想当王。我最真实的目的是打造人造人秦始皇和人造人亚历山大大帝，控制他们，送他们回地球，然后将西里斯帝星上的自然人移民到地球，用地球人管理地球人的方式统治地球，让西里斯的自然人在地球上有尊严地活着。"

本司汀看着病床上年迈的教父,他本应该惊讶和愤怒,但这么多年的沧桑累积成一堵高墙,他将恨意屏蔽了,他对谁都没有恨意了。

他突然发现教父的两鬓斑白,面容安详,那是一副自我救赎的期望表情。

"没事,教父,一切都过去了。"他握着老人的手说。

"我和罗恩是两个可怜又可恨的人。我们最大的弱点就是从不敬畏西里斯神,我们只相信科技的力量,盲目自信,我甚至狂妄地认为我可以掌控时空,成为宇宙的主宰,差点酿成大错。我的孩子,我和你父亲利用了你,但我们也都是爱你的。"

说完,阿多瓦当着本司汀的面,用尽力气撕掉了《写给未来的人类》日记,扔进了垃圾桶里。

他含着泪,说:"这本日记是一个有毒的诱惑。一切都过去了。我的孩子,你走吧,我想一个人待会。好好照顾南卡,保护我们的星球,西里斯人和地球人都需要你。"

"好的,教父,你好好休息,我明天再来看你。"

"这封信是给你的,回家了再看。记住,不要帮助奥库拉研究永生细胞,细胞银行就是个错误,它不应该在这个时代诞生。等到它该诞生的时候,它会造福于人类的。"

本司汀接过信件,忐忑不安地走出教父阿多瓦在城堡里的寝宫,他有不好的预感,但也说不清会发生什么,他找了块高地,回望了好几次城堡,那里不见昔日的辉煌,却也是雄伟壮观的。他扭头向家的方向走去,路过一家食品店,支付了虚拟货币,买了一些食材回家,南卡还等着他做饭呢。

突然,他被一声声巨响震晕了,手里的食材散落一地。空中的飞行器拉响了警报,街上的人们在慌乱中奔跑,抓住一个人问:"发生了什么?"

那人惊恐地说:"快去救火,女王的城堡爆炸了,不知道是谁干的。"

本司汀回过神来,向滚滚浓烟的城堡跑去。那里到处充斥着侍女们的尖叫声,士兵们全城戒备。

负责照顾阿多瓦的侍女向他哭诉:"阿多瓦博士死了,帝王私人收藏室发生了爆炸。这一切太可怕了。"

本司汀瘫坐在地面上。

他知道,那不是他杀,是自杀,他的教父终于脱掉名誉、尊严的外衣,坦诚面对这个世界了。

阿多瓦在帝王的私人收藏室自杀了,他的左脸上怪异地画着罗恩的妆容。帝王的卧室镜子上写着一句话,应该是阿多瓦自杀前照镜子时写下的:

何为爱人?
启发灵感、智慧和勇气的人。
亚历山大大帝和赫菲斯提昂,
以爱之名,
征战疆场。
不顾生死,
山盟海誓。
聚散浮萍,
化为藻泥。

惊扰时空，

以情而终。

阿多瓦的死让整个星球法庭震惊了。经过调查发现，帝王的私人收藏室里有暗门，直通帝王的寝居。监控器显示，他拖着病重的身体进入帝王潘特森的房间，吩咐侍者在门口等着他，许久都没有出来。直到帝王收藏室爆炸，守在帝王寝居门口的侍者们慌忙闯进帝王的寝居，发现桌子上有阿多瓦留下的一张字条："我才是杀害帝王潘特森的幕后凶手，我将清白还给罗恩。阿多瓦留言给世人。"

帝王潘特森是阿多瓦杀的，举世哗然，星球政府为逝去多年的罗恩以及嫌疑犯本司汀正名。

整个审判期间，奥库拉都没有出席，她在极力摆脱与阿多瓦的关系，她甚至以女王和先王潘特森女儿的名义，恳请星球法庭严惩阿多瓦，剥夺他的尸体被焚烧净化的权利。

但她偷偷储存了他的尸骨。

她需要保存阿多瓦的基因，尽管她不知道这些基因能做什么，但是她知道未来的人类会发现阿多瓦基因的价值。

38/

本司汀拖着疲惫的身体回到家，南卡正在厨房里忙碌，扭过头来问他："见到教父了吗？他怎么样呢？我让你买的食材都买了吗？今天我们要好好庆祝下教父的病情好转。我就知道他会好起来的。他是个好人……"

"噢,亲爱的,对不起,我忘了去市场,我们吃点别的吧?"他努力掩饰自己的悲痛,径直走进了浴室。

"教父还好吗?"南卡放下厨具走过来,隔着房间的门,关切地问。

"噢,亲爱的,我想洗个澡,我们等会再聊可以吗?"他打开了水龙头,将水的声音放到最大,双手支撑在墙面上,镜子里的那个他泪流满面。

他蜷缩在角落里,打开了教父阿多瓦留给他的亲笔信,只有短短的几行字,却足以置他于死地。

我的孩子:

　　我发明了你,也毁了你。

　　我要向你道歉,道歉一千次、一万次都不敢奢求你原谅我。

　　我瞒了你很多事。

　　你的父亲罗恩是爱你的,他只是听我说你的肉可以吃,可以再长,出于好奇尝试了几次,但他并不想杀了你。是我让他和你之间产生了仇恨。

　　我还瞒着你秘密造了第二代人造人,不是一个,而是几百个。我计划造出更多的人造人。我才是最贪婪最卑鄙的那个人,我才是要去攻占地球、要去当王的那个人。

　　答应我,从你的记忆库中删掉你二十年的铁血战士训练记忆吧,如此,你才有可能和南卡幸福地生活下去。我知道你一直没有打开这个文件,但是也没有删除。

　　原谅我,罗恩是我和奥库拉借措灵的手杀的,潘特森帝王也是我和奥库拉谋杀的，不要去恨她，要恨就恨我吧。她是我孩子的母亲，也是如今维持和平的女王。今生我做的最愚蠢的事情，不是选择了奥库拉，也不是开办了细胞银行，而是利欲熏心地害了你和罗恩，你们是我最爱的人。

我走了，带着我给这个世界带来的发明一起走了，去向我从不敬畏、从不承认的西里斯神谢罪了。

也许，在另一个未知的世界，我能找到我的亚历山大（罗恩），渴求他原谅我。

爱你的父亲　罗恩／阿多瓦

他看完信，整个身体都在抽搐，他将信撕得粉碎，扔进了水槽里冲掉。在哗啦啦的声响中，他晕死了过去，沉睡了数日。

他梦见自己是一个孤独的座钟，钟摆在旷野里左右摇摆，上下摇摆，前后摇摆。总之，不能停止摇摆。时间一分一秒地过去，没人可以阻止时间停留。旷野里的花儿在开放、枯萎，羚羊渐渐长大、奔跑、衰弱、老死。有一只奄奄一息的羚羊突然化身为他的教父阿多瓦，步履蹒跚，老态龙钟，咳嗽不止，干瘦如柴的脸上堆满了皱纹。他想去救这只快要老死的羚羊，但他这个孤独的时钟，无法停止摇摆。摇摆是他心脏的脉动，如若停止，他也将死亡。

是啊，有谁能掌控时空呢？

醒来时，好在有南卡，她是他在这世上唯一留恋的温存。他望着南卡忧虑的眼眸，握住她的手说："你放心，我没事，只是最近太累了。"

"什么也别讲，我听说了，我都知道了，教父自杀了。这不是你的错。好好休息。"南卡说。

本司汀在南卡怀里痛哭了一场。他不能告诉南卡，他哭的不是教父的逝去，而是真相的残酷无情，而这些残酷的事实只能他独自承受。

结束"自然人和DNA优选人"战争后的人们深知生命无常，安居乐业尤为宝贵。

南卡渐渐老去，本司汀仍然是一副年轻的模样。南卡的脾气开始日渐焦躁。

她殚精竭虑地研读生命工程，试图延缓自己的衰老，也开始接触宇宙学，寻找故乡地球的方向。

那些年她一门心思扎进科研里，比西里斯帝星上的任何一个女科学家都努力。她不再是几十年前部落首领的女儿，完全是一个西里斯人。她每天都很忙，很少看见她休息。在奥库拉的安排下，南卡和许多科学家在一起秘密研究不老之术。他们不敢明目张胆地工作，怕受舆论的质疑，就躲藏在奥库拉设置的秘密基地进行实验。

西里斯人明白了一个道理，自然生死，人生无常，才是爱存在的土壤。因为有生，才会有死。生带来欢喜，死带来悲伤，再迎接新的生命，送走凋谢的生命，重复着欢喜和悲伤。在这个过程中，人们产生互助、协作、爱恨情仇，以及对生死的敬畏之心。如果只有生，每个人都长生不老，就是违背了自然规律，剥夺了许多生命"生"的权利。世上诸多事都不公允，唯独生死是每个人、每个物种与生俱来的平等权利，即便浩瀚星空里，能量巨大的恒星也没有"免死金牌"。

如果没有对死亡的畏惧，人类就会变得更加贪婪、狂妄、肆无忌惮。生命也会失去意义。

奥库拉是顽固的。或者说，历代的帝王们在权力面前都是顽固的，与其说他们不想死，不如说他们不想离开权力。

她的科学家们失败了千百次后，取得了一些进展，找到许多换肤、美颜、延缓衰老的办法，但都远不及阿多瓦的"细胞重生技术"。虽有药物和手术的维持，奥库拉依然慢慢衰老，身体免疫力逐渐下滑，她给科学家们的压力越来越大，经常骂他们是"一群饭桶"。她要求科学家们根据阿多瓦的基因，再造一个阿多瓦，但是没有哪个科学家能制造"人造人"。似乎，这是天方夜谭。

在这一代，人类要活到300岁不再可能，长生不死更不可能。

本司汀想去帮南卡，可是他不能纵容奥库拉，南卡只是奥库拉的科研工具。他陷入两难的境地，他答应过教父将细胞银行封杀，何况，他目睹了细胞银行给西里斯人带来的灾难。在社会制度仍然有许多欠缺的情况下，细胞银行的诞生不是福祉，而是灾难。如果那些挑战人类道德底线的问题不解决，细胞银行还是关闭了比较好。

即便他想做研发，也并非易事。他的教父阿多瓦生前并没有传授他永葆青春的秘方，他也需要长期的实验与摸索。

衰老的奥库拉对着镜子看到自己褶皱的皮肤，

医生说，如果再加大美颜护肤药品的剂量，女王会有生命危险。

她便生气地摔碎了镜子："滚！"

她差人将本司汀召唤到她的宫殿里，咆哮着："南卡是自然人，终究会离开你，你忍心看她死吗？"

"女王，您比我更清楚即便细胞银行依然存在，它也做不到让人永生，我也无能为力。"本司汀冷静地回答，他心如刀割。

女王愤怒地背过身去，她必须面对现实。本司汀如果知道长生不老之术,一定会应用到他的妻子南卡身上。显然,南卡在慢慢老去。如果本司汀掌握了不老之术,却不愿意交出来,她也拿他没办法。

见过女王后,本司汀回到家仔细观察南卡,她乌黑亮丽的黑发确实白了一些。休息的时候,他便偷偷抽出更多的血存在器皿里,准备趁南卡睡着后输送给她,控制她衰老的细胞。

南卡发现后,生气地拒绝了:"我对你的血液过度依赖,不是长久之计,如果被奥库拉知道了,她会不顾魁姆和萨罗月的牵制,抽干你的血的。你的行为等同于慢性自杀。你知不知道,你这样做只会让我难过?"

"可是,细胞银行已经不存在了,技术是教父的,他毁灭了所有研究成果,帝王收藏室也被炸毁了,所有的历史记录都没有了。参与那项研究的人也都死了,你们根本找不到办法的。"本司汀哀求她。

"那你有没有想过,如果奥库拉发现我比她年轻,结果会怎样?她一定怀疑要么是你在帮我维持容颜,要么就是我隐瞒了科研成果。我们两个,包括我们的孩子都会丧命。"南卡说。

她俯下身,麻利地挽起本司汀的衣袖,细心地把他的血液注射回去。"不要让女王知道你血肉的秘密。"

"那你让我什么都不做?"本司汀觉得自己有些窝囊。

"对,那是保护我和孩子们最好的方式。我和同事们会找到长生不老的办法的。"南卡把注射针管拔出来,揉了揉本司汀的手臂。

"南卡,你知道,这是不可能的,现在的科技后退了一百多年。教父把一切生物科技都毁灭了。"

"我知道,我们都知道,可是你别忘了,教父也是自然人。他也是从零开始,他能做到,我们也能做到。一定能。"南卡坚定地说。她销毁了针头,凡是有本司汀血液的物品统统都要销毁,以免被奥库拉的人发现破绽。

"南卡,没有意义,你看以前为了长生不老死了多少人?人们痛恨细胞再生技术、痛恨细胞银行,它没有给人类带来福祉,反而让我们的社会混沌、混乱。奥库拉只是在利用你们,是她自己想长生不老。"

"怎么没有意义?你要我怎么跟你共度余生?你看我的头发、我的皮肤、我的血管都在衰老。我怎么能够若无其事地和你生活在一起?我知道你痛苦,我比谁都知道你的痛苦。你每天化妆出门不辛苦吗?在孩子们面前,你都要掩饰你的容颜,我真的很难过。"

"南卡,没关系,我可以承受。我不介意。你头发白了,皮肤皱了,我也依然爱你。"

"我介意,是我介意,好吗?你照照镜子,你现在看起来就像我的孩子,我怎么能接受这个事实?我会死的。"

"死不可怕,畏惧死亡才可怕。如果你死了,我也会陪着你。"

"你胡说八道什么?如果我死了,你绝对不可以自杀。你是我的英雄,你一定有用武之地。我要你活下去。"

"不,你不要再做这项研究了,我也知道你的心思,你担心奥库拉把我抓去解剖,所以你才加入她的研发团队。我不需要你去做冒险的事情,假装配合奥库拉来掩护我。如果是这样,我宁愿死去。"

这是他们生平第一次,也是唯一一次吵架,南卡暴躁地砸碎了家里所有的镜子。

这个善良的女子,她并不是真的贪恋长生不死之术。她的丈夫本司汀被奥库拉政府禁止移民到其它星球,他的飞行战靴和战甲也失去了智能效力,他哪里也去不了。他们夫妻俩只能和孩子们生活在西里斯帝星。

而她的丈夫不断给她注入他的血液以延缓她的衰老，已经引起了奥库拉的怀疑。长此下去，本司汀和她的孩子们都会陷入危险的境地。特别是本司汀，一定会成为奥库拉实验室里的祭品。

她平复心情，说："本司汀，我爱你，我放弃这个荒唐的行为，我会向奥库拉女王请求和你一起做航天研究，探寻通往地球之路，但是我们要接受女王更加严密的监视，所以你不能再继续为我注射你的血液了。这太冒险了。"

"好。"

"我们一定要离开这个地方，我的余生只想和你去地球看一看。也许在地球上我们会发现'希望之石'，就在地球上我的故乡冰川之国，这样我们就能改变时空，让一切重来。"

"重返地球，离开西里斯帝星，我们重新开始。"本司汀答应了南卡。

南卡的话燃起了本司汀对生命的珍视，虽然他知道自然人和DNA优选人的死是无法改变的事实，"希望之石"并不能改变什么。在另一个时空里，西里斯的细胞银行、他的教父阿多瓦、父亲罗恩、好友措灵、帝王潘特森、南卡的王国还是会消逝，该发生的事情会以另一种方式呈现。

人可以暂时逃避追捕，动物可以暂时逃脱猎杀，但是生灵无法挣脱死亡的命运。

他和南卡的科学研究没有取得实质性的进展，南卡没到110岁就自然死亡。

没有了阿多瓦"细胞重生"技术的西里斯帝星，他们的邻居、孩子、孙子相继死去。作为母亲，她接受不了收养的孩子们相继离去的事实，经常在抑郁中度日。

她说，她是靠着本司汀的血苟且活着、勉强长寿的人。

临死前，她对本司汀说的遗言是："活着，带我回地球吧！答应我，回到我们最初相识的地方。真想去那里看看啊。"

"嗯，我答应你。"本司汀再次向无形无色的时光低下了头，恐惧感涌上心头。

"我好像看见了那里深褐色的土壤，翠绿的森林，白色的雾凇，翱翔的苍鹰……"

南卡苍白的脸上挂着希望的笑容。

"还有奔跑的雪豹，满天的星辰。"本司汀畅想着他们在地球的生活，紧握着南卡的手，接着说。

"你一定要将我的尸骨埋在那里。从哪里来，到哪里去。"南卡艰难地呼吸着。

"嗯，我一定会带你去那里。一定会！"本司汀把南卡的手贴在了他的心窝上，表明决心。

"我的爱人，你也可以去那里重新开始，继续快乐地活着。"南卡微笑着说。

"不……"

"答应我，也许还能找个漂亮的地球姑娘。我会感谢那个姑娘替我照顾你。"

"像你一样美丽的姑娘。你不怕你走了，我移情别恋吗？"本司汀强忍着泪水。

"呵呵，不怕。"

"我怕。"

"怕什么？"

"怕再找一个姑娘，不顾生死地带着希望之石，与我私奔到西里斯帝星，俘虏了我的心。"本司汀深情地说。

"呵呵，若重来一次，我依然选择与你私奔。"

"若重来一次，我想做雪豹库尔，用一生陪伴你，呵护你，守护你，为你而战死。"

"答应我，忘掉这里的一切，忘掉所有……"

星球上的航天技术进展缓慢，找到去往地球之路谈何容易。南卡死后，本司汀没有埋葬南卡的尸骨，而是按照地球人的方法，将尸骨保存了起来。或许真的有一天，他能重返地球。

他知道过去的一百年终将成为历史，人类总是不知疲惫地在老路上前行，他们似乎很健忘，忘记过去发生了什么，也很容易让往事重演。西里斯帝星上又有第二个阿多瓦、第三个阿多瓦诞生了，他们如痴如醉地把自己献给了各类科学研究。只是，人造人仍然是一个久攻不克的课题。

本司汀就像一个隐者、一个看客一样，观察着西里斯帝星发生的一切。

直到地球纪年的公元2016年，本司汀终于等到了这一天，他被选拔为第一个到达地球的宇航员。

他带着妻子南卡的尸骨回到了地球，一个梦开始的地方。

三百多年前，他曾对南卡说："我已看过宇宙的银河，但我最爱的星星只有一颗，它的名字叫南卡星，也叫地球。我爱你，南卡。"

他还说过："宇宙浩瀚，总有一个时空容下我和南卡。在那里，我们的爱情会开出星系里最晶莹剔透的花。"

我想，一年前他在飞船里再次看见地球的那一瞬间，一定看到了南卡纯洁的笑脸。她一袭白色长裙，手腕上戴着草原的花环，骑着骏马，引着雪豹库尔，英姿飒爽地向他奔来。围绕她身边的是舞动的彩蝶，一路吟唱的是金色的百灵鸟，那骏马酷似火红的马头星云。迎接他的，是善良、诗意和美好。

后续

本司汀的故事讲到这里，我还有很多的疑问，从他送给我的记忆芯针里，或许可以找到答案。

那些梦还在继续。

他的故事也还会继续。

记忆构建行为方式，行为方式构建灵魂，因此，记忆就是灵魂。你记住了黑，你就成为黑，你记住了白，你就成为白。这就是记忆芯针的秘密，也是它的价值。

记忆芯片告诉我，不同时空的人们，只要是人，脱离不了人性，依旧存在不同的矛盾：权力与欲望、战争与和平、理智与情感。

这个外星来的"人造人"本司汀可能拯救了整个地球，也可能摧毁了我们，答案只有未来的地球人知道。总之，我们要小心，不久的未来，第二个、第三个、第四个外星"人造人"有可能会来袭。

他们融入我们的社会，就像鹰眼无处不在。他们会探索地球人的信息，等待时机占领或者摧毁地球……

这是"人造人"本司汀跳崖前提醒我们的。向我爱的他致敬！

但，也许最可怕的，还是地球人自己正在，或即将悄无声息地研发"人造人"……

感谢他陪伴我的 2016 年，让我如一个天真的孩童，在百无聊赖的日子里，带着想象力和对自然的敬畏之心，仰望星空。

雨果日记

幻境和现实轮流出场，我在虚实之间游离。

他存在吗？

我在反复问自己。

还是我一厢情愿的幻觉？

我在反复问自己。

多想变成他私人的艺术品被他珍藏。

多想变成他背上的行囊，一起流浪。

我吃过他身上的肉，喝过他身上的血，算是生死之交了吧。

不，怎么能及南卡与他冰雪深情的亿万分之一？我蜷缩在角落里，有生以来第一次自卑与彷徨，摸了摸头上他为我装下的记忆芯片，求得心安，独自思与念。

我叫雨果，一个生活在地球上的自然人。他叫本司汀，一个背着妻子的尸骨旅行的男人，来自遥远的西里斯帝星。

他说，他是人造人，不是妖怪，更不是机器人，而是DNA改良后人类自行设计、体细胞重新构建的人，一个没有起源和归属的生命体。

他的身体里有令人难以置信的两套生命系统，在动物和植物模式之间自然转换。当没有食物时，他依靠高效的光合作用储存能量，便可以永久生存。

他说，一粒尘埃尚有来世今生，但他的生命连尘埃都谈不上。

我的心隐隐作痛。

在我看来，他是宇宙中最懂爱、灵魂最饱满、让我最敬畏的人。

可，听不见了。

本以为死最可怕。

他说，不能自然结束的生命才可怕。

本以为再崇高的爱，也无非是男女之间荷尔蒙的本能反应。

他说，爱也可以没有荷尔蒙。他的教父之所以自杀，是因为爱人已逝。而那个人活着时，他从未以爱人称呼他，反而视为仇敌，打败对方便是欢畅。

那是棋逢对手的"对手之爱"，也可以是亚历山大大帝对赫菲斯提昂的同性之爱。

> 有一位从特里尼蒂来的年轻小伙子，
> 他取无穷大的平方根，
> 但位数之大，
> 使他害怕；
> 他丢下数学去从事神学。

这是他喜欢的天文学家乔治·伽莫夫的一首打油诗，以此表达他对浩瀚星空的敬畏之心，以及对人类未知世界、不确定性因素的恐慌。

我也恐慌，恐慌的不是未知的宇宙，而是失去他之后，只剩下"我"的狭隘世界。

　　他不爱我，他爱他已逝的妻子南卡，正是体悟他的深情，我爱上了这个背着妻子尸骨旅行的男人。

　　无可救药。期待他会爱上我。

　　与他一起度过的五天旅程吞噬了我，我心的位置被他的思想占据了。我逐渐明白，看尽冰川古国的人们在寻找冰川古国之外的世界，看尽地球的人们在寻找地球之外的宇宙，看尽宇宙的人们在寻找另一个平行时空或者多重宇宙……

　　我们以为我们的常识是真理，殊不知，宇宙也仅是浩瀚时空里的一个事件而已，何况渺小的人呢？

　　我们要寻找，我们对世界了解得还太少。

　　人类诞生是偶然，人类毁灭是必然。

　　我们要寻找，我们对爱了解得还太少。

　　遇见他是偶然，爱他却是必然。

　　他说，雨果，你们地球人的神真多，你信仰哪个神？

　　我支支吾吾地说，我……我对大自然和神灵都有敬畏之心。

　　他说，你怎么和神对话？打电话吗？能把他们的联络方式给我吗？

　　我对这个突如其来的问题感到恐慌，说，用心对话，恐怕我找不到神的电话号码，但我一直在努力寻找。

　　他说，你们地球人太不可思议了。没有神的电话号码，没有见过神的模样，没有听过神的声音，却能认识神，画下神的画像，清楚写下神的来龙去脉，遵守神的告诫。

我沉默了。

尽管和他相处的日子里，我时常沉默，但这次沉默似乎他偷走了我的灵魂，只剩下虚弱的躯壳在冰川上孤独地行走，那是连个倒影都没有的苍凉。他的问题犀利吗？不！他的问题尖酸吗？不！他的问题高深吗？不！这是小孩子都可以想到，但老者、智者们无法回答的问题。

为什么往往越简单的问题越没有答案？我问神，联络不到他，无果。我问自己，脑子里另外一个自己回答：这是为什么呢为什么？就是这样啊，没有为什么。

这不是扯淡吗？想一个没有答案的事情。我想了一个下午，又想了一个星期，将自己封闭在一个黑匣里思考，将自己放任到旷野里思考，还是没有答案。

为什么爱他？这个问题也是扯淡吧，因为没有答案，意外到自己毫无防备。或许宇宙中真有一种无形的力量指引着我们去找到另一个人。他就这样踩着时光的车轮来到了我的世界。

雨纷纷，却没有草木生；雪飞飞，却不见腊梅开。我试着去拥抱他，温暖他冰封的双唇，可他的身后背着妻子南卡的尸骨。他说，你喜欢小河，那是你没见过银河。我说，你见过银河了，那你喜欢什么？他说，我看过银河，但我只爱一颗小行星，她的名字叫南卡星，也叫地球。

我落下一滴泪，嫉妒那是怎样的女子用三世的修为，换得他踏破天际而来。

他又说，古埃及的木乃伊会诅咒吗？三百多年前，他盗了亚历山大大帝的墓，取走了木乃伊，亚历山大诅咒了他。

我不信这个外星疯子的话，虽然我和未婚夫山姆也在找亚历山大大帝遗失的墓，可我得有点耐心去倾听一个垂死的人。

何况，他是个高智商的疯子。

何况，他还是个带着使命来到地球的外星人。

何况，他吻过我，吻我的时候我心动过，甚至苛求不要停止。我不能告诉我的未婚夫山姆我对"人造人"本司汀复杂的情感，里面夹杂着情欲之乐。山姆会杀了他。

他又说：亚历山大早已灰飞烟灭，进入浩瀚宇宙，分解为无数看得见的看不见的物质，他没有诅咒我，是我自己诅咒了自己。

世上无鬼，无妖，但有物，有人，还有人造物，人造人。

"人造人"的话神神道道的，行为神神道道的，快要把我逼疯，我却独爱这濒临疯癫的痛感与悦感。

他本是人造，他的南卡是人。何以相恋于今世与来生？

他跳下冰川悬崖的瞬间，我彻底崩溃！

他可能活着，也可能死了。

他生于人类的战争，活于人类的权欲，自杀是他的宿命。他在宇宙中遨游数百年，寻觅生死的要义，与人类的权欲搏斗，挣脱人类贪婪的枷锁，为挚爱活着。

这一天，是三百多年前，他在地球上初识南卡的纪念日。

我知道，他至死也不能如愿，不能埋葬南卡于她的古国，此为大苦。

跋

我的 Y 先生 我的爱情观

Y 先生是我对所爱之人的简称，只因我的姓氏以 Z 开头，在英文字母表里处于最后的位置，太过孤单，只有 Y 是靠着 Z 的。我便戏称他为 Y 先生，我自称为 Z 小姐。他在前方给我带路，高大伟岸，气定神闲，对我不离不弃。看着他，我的生命敞亮了许多。我不需要像 JKQR 那样，被字母表里的伙伴们团团围住，受众人拥护。

我是 Z 小姐，有 Y 先生在我身旁，已足够！

坦率地说，创作这部小说时，我一直在思念某人，思如海，思如烟，思如潮水，念他的遥不可及。若能化作春泥陪伴他，化作云飘向他，我愿意。

茶几上的水壶发出吱吱的声响，水沸腾了，我的身体却是疲软的，慵懒在沙发里，敲打着文字，写着这部小说的结局。脑袋里不是想着我的小说主人公"人造人"本司汀，而是他，我的 Y 先生。

本司汀是我的幻想，Y 先生是我的现实。

因为他们，我听着恬静悠远的《神秘园之歌》交响乐，仰望了一个季节的星空，与两个我爱的男人在小说里谈恋爱，沦陷于梦境，不想清醒。

感谢他们，带给我美轮美奂的想象力。

说到爱，这部小说的女主人公雨果，一个平凡的地球自然人，爱上"人造人"本司汀的代价是无法计量的，有取舍，有恐惧，有抽离，但欲罢不能，越挫越勇。原本一颗微不足道的魂，遇见他，生命便厚重了起来。不再苟且，在生活的阴沟里，有了抬头仰望星空的力量。明知爱他会万般艰辛，还是要任性一次，义无反顾。

我恋Y先生，亦如此。

本司汀是值得被雨果疼爱的，Y先生也值得被我疼爱。

爱一个人，会上瘾。写一个人，也会上瘾。

我欲赋予本司汀以完美，却在笔下给了他太多残缺、残酷和残忍。我欠他的，寄希望于还能再见他，在下一部小说里，还给他。

这是我的自私和矛盾。

正如，我恋Y先生，也是自私的，词不达意的。众人给他鲜花和掌声，而我只关注他的领带和鞋带。

领带是他的面子，搭配得好不好，反映的是他的气质和状态。我在意他的面子和疲倦的脸色，却吝啬对他的赞美，我更愿意指出他的不足，尽管会伤了他的面子。

鞋带是他的里子。他走路不看路，鞋带时常散开，我担心他绊着、摔着。我在意他的里子，吃得健康，穿得舒心，开心就好，他的名利场与我无关，却忽视了他不是我的孩子。虽然，他有颗孩子般天真烂漫的心，但大多数时间里，他是我的智者。

我知道，他若老了，陪在他身边的那个人是我。

一定是我。

这是命数。我对他，有如诗般的直觉和超前的预见性。就在碧水蓝天下，就在青山绿水旁，他的左手牵着我的右手。

我相信他存在，故我终究会嫁给爱情。

前几日去看著名摄影师肖全的展览，主题是"听普通人说20年后的愿望"，我心里默想，希望20年后，我的目光还能聚焦在Y先生的领带和鞋带上，还能和他旅行、漫步、吵架。

可是，我的Y先生，他在哪里？

或许，他从不曾出现在我的世界里，只存在于我的文字里。

他是我的念想。

水壶里的开水咕噜咕噜喷了出来，壶盖都快要掀翻了。

我慌忙起身，关掉了电源，慢悠悠冲煮了一杯热咖啡，心不在焉地没打奶泡，也没放糖，如往常一样，轻轻沿着杯口啜饮了一口，那应该很苦，而我却不识甘苦。忍不住拿起手机，发了条简讯给远方的Y先生："玲珑骰子安红豆，入骨相思知不知？"

不想打扰他的，还是打扰了。

纵使我谈过几次恋爱，擅长描写爱情小说里的套路，但是，在Y先生面前，那些笨拙的套路统统失效了，我是学不来的，我的高傲也莫名其妙地消逝了。当爱来临，我如同一只失去了法力的白兔精，手无缚鸡之力。

唯独，纯粹的爱是真的。

心，不会撒谎。骗得了众人，骗不过他，也骗不过自己。

望着窗外的梧桐摇曳，我想起身边的诗人朋友们常常怨风吹落花，怨月勾相思。我时常拂袖偷笑，认为此感此悟实在矫情。人生自是有情痴，此恨无关风与月。可如今轮到我，方知春风十里，明月皓洁，也还是要落下几滴梧桐雨。

心事暗相期，阳台云雨迷。

我没痴迷过谁，所以之前无知地嗤笑了诗人。

现在，我在嗤笑自己。

如果没有遇见Y先生，我可能正在和某个爱我的男人相拥相依，比今天幸福，比今天清净，不会有漫长的、折磨人的思念。可是，若有人要将他从我的记忆里强行删除，我想我会用尽最后一丝尊严，乞求将这份记忆留给我。至少留下他的名字，这样我可以倔强的再去寻他，纵使千里万里。

一阵惊雷响起，我方才想起还有工作没完成。我终于坐到了书桌前，决定为这部小说继续码字，记录我创作这个科幻故事的心情。

我自知自己的天赋和对世界的感知能力，注定是成为不了伟大的作家的，但是我在努力从一个写字的人转变为作家。我的文笔并不能让我满意，或许永远不会让自己满意，我是一个追求完美的人，尽管世上并无完美之事。但是，这并不妨碍我和读者们分享我在创作过程中的所思所想。

若我决定了做一件事，我的执着和信念常常让我自己都会恐慌。

去海拔5000米的高原，挑战68公里徒步旅行的时候，我曾为自己的意志力恐慌过。但我想，我爱，故我坚持。

辞掉优渥的企业高管工作，转而开书店、专注写作的时候，我曾为自己的选择恐慌过。但我想，我爱，故我坚持。

和旅友们骑着自行车，飞驰在阿尔巴尼亚的首都地拉那的大街上，深夜去探寻破败的千年古堡的时候，我曾为自己的安全恐慌过。但我想，我爱，故我坚持。

现在，我决定为女性读者们写一部科幻爱情小说，那就用女性的视角写下去，我也恐慌。但我想，我爱，故我坚持。

我的想象力和构思能力，远不及那些创作科幻小说的优秀作家，我也没有任何理工科背景，我是进入大学后就与数理化绝缘的文科女生，我恐慌完不成这部小说。创作的过程非常辛苦，我不得不花大量的时间复习数理化，阅读生物学和物理学的经典，向科学家朋友们求教，特别感谢那些给予我指导意见的朋友们。

至少，我创作科幻爱情小说的态度是端正的。不求这部小说多么讨人喜欢，只求能吸引更多的女性朋友关注科幻、星空和宇宙，挑战一些让我们欣喜但又恐慌、认为不可能的事。

写了几行字，喝完一杯咖啡，我又开始思念Y先生了。这不是一件坏事情，我确实也需要这种情绪融合到我的文字里，让我的文字里有爱的气息。

午后的书房，飘着玫瑰精油的芬芳，我在毕加索的画里寻找夏加尔柔情悦目的爱，在祭神仪式的庄严里寻找阿拉伯地毯上的狂舞者。那画图里，那旋律里，映衬着埃及艳后克里奥帕特拉在凯撒大帝面前的温柔，流淌着秦始皇在祭祀中的眼泪，透射着赫菲斯提昂和亚历山大在战场上的相拥厮守。我感受到了和Y先生一路走过的村庄、野草，一起闻过的花香，一起见过的郊外彩虹。窗外下着七月的暴雨，我误认为是三月的江南。

人生中第一次明白什么叫倔强的非他不可，逃不掉的心慌意乱。想到他，杯中苦涩的黑咖啡也变得甜蜜起来，我的耳根血脉在膨胀，像导火索一样点燃了我身体的神经系统。

那思念的红晕，从脸颊传染到臂膀，整个身体都在滚烫地燃烧。我慌乱地跑到储物室，翻箱倒柜找到药箱，取出温度计，量了下体温，谢天谢地，我瘫坐在地上，38摄氏度，这是爱的温度吗？爱他，却看不见他、摸不着他，不明他的心意，有一种跃下山崖、穿越时空去寻他的冲动。

感谢Y先生，带给我写作的灵感和动力。我想对他说：
我们的爱情故事始于颜值，陷于才华，忠于品行。
所谓爱人，便是启发灵感、智慧和勇气的人。
不论你在哪里，我会找到你。
不论你去向何方，我在这里等你。
你知道，我在写你。

图书在版编目（CIP）数据

本司汀 / 张艳华著. -- 北京：新星出版社，2017.1
ISBN 978-7-5133-2472-4
Ⅰ.①本… Ⅱ.①张… Ⅲ.①长篇小说-中国-当代 Ⅳ.①I247.5
中国版本图书馆CIP数据核字（2016）第323223号

本司汀

张艳华　著

责任编辑：简以宁　冯文丹
特约编辑：陶梦月
责任印制：李珊珊
装帧设计：一千遍工作室

出版发行：新星出版社
出 版 人：谢　刚
社　　址：北京市西城区车公庄大街丙3号楼　100044
网　　址：www.newstarpress.com
电　　话：010-88310888
传　　真：010-65270449
法律顾问：北京市大成律师事务所

读者服务：010-88310811　service@newstarpress.com
邮购地址：北京市西城区车公庄大街丙3号楼　100044

印　　刷：三河市兴达印务有限公司
开　　本：660mm×970mm　1/16
印　　张：30.25
字　　数：265千字
版　　次：2017年1月第一版　2017年1月第一次印刷
书　　号：ISBN 978-7-5133-2472-4
定　　价：49.00元

版权专有，侵权必究。如有质量问题，请与印刷厂联系调换。